Juan Moreira

Bilingual English & Spanish edition
with Glossary for English speakers

Juan Moreira

Bilingual English & Spanish edition
with Glossary for English speakers

Eduardo Gutiérrez

Juan Moreiraa

Bilingual English & Spanish edition with Glossary for English speakers

© 2019 by Daniel Bernardo

SOJOURNER BOOKS
https://sojournerbooks.com

Translated by Daniel Bernardo

ISBN: 978-1-989586-06-8

Cover Image: *Gaucho from Argentina*, photographed in Peru, 1868

Preface

Juan Moreira is presented as a bilingual, Spanish/English book, with side-by-side texts.

Juan Moreira is a classic gaucho novel by the Argentine writer Eduardo Gutiérrez, published as a serial history between November 1879 and January 1880 in the newspaper *La Patria Argentina*. It is inspired by a real police chronicle starring the legendary gaucho Juan Moreira, who was killed by the police in Lobos, in 1874. It is one of the most important texts of Argentine literature and Hispano-American romanticism.

As far as I know, there is only one other English translation of this book, made by John Charles Chasteen and published by Hackett under the title *El Gaucho Juan Moreira*. This translation is very different from Chasteen's, since instead of shortening and adapting the text to make it more pleasing to the English reader, my goal was to keep this translation as close as possible to the original, without sacrificing its legibility.

Some words couldn't be translated properly, because there are not English words for them, in such cases the Spanish word was left as it was, but we explain its meaning in the Glossary and/or in footnotes. All words included in the Glossary are <u>underlined</u>.

Some examples of words that are not translated are:

Pulpería: A Spanish American rural grocery store often functioning also as a drinking establishment.

Pulpero: The owner or person in charge of a *pulpería*.

Bombilla: Thin metal straw used to sip *mate*. It is about 8 inches long and the part that is introduced into the liquid ends in the form of an almond full of holes, so that only the infusion passes and not the herb of the *mate*.

Boleadoras: An instrument consisting of two or three balls of stone or other heavy material, lined with leather and fastened with leather straps, which is thrown at the legs or neck of the animals to apprehend them.

I hope this bilingual translation can help English readers to understand better this classic work of the Latin-American literature.

The Translator

Table of Contents

1

Juan Moreira

Como fiera perseguida
piso una senda de abrojos,
sin sueño para mis ojos
ni venda para mi herida,
sin descanso ni guarida;
ni esperanza ni piedad
y en fúnebre soledad
mi dolor amarrado,
voy a la muerte arrastrado
por mi propia tempestad.

G.P.R. Gutiérrez - Lázaro

As a persecuted beast
on a path of thistles,
without sleep for my eyes
or bandage for my wound,
without rest or lair;
neither hope nor pity
and in funereal solitude
my pain tied up,
I'm going to die dragged
by my own tempest.

G.P.R. Gutiérrez - Lazarus

Juan Moreira es uno de esos seres que pisan el teatro de la vida con el destino de la celebridad; es de aquellos hombres que cualquiera que sea la senda social por donde el destino encamine sus pisadas, vienen a la vida poderosamente tallados en bronce.

Moreira no ha sido el gaucho cobarde encenegado en el crimen, con el sentido moral completamente pervertido.

No ha sido el gaucho asesino que se complace en dar una puñalada y que goza de una manera inmensa viendo saltar la entraña ajena desgarrada por su puñal.

No; Moreira era como la generalidad de nuestros gauchos: dotado de una alma

Juan Moreira is one of those beings who tread the theater of life with the destiny of becoming famous; he is one of those men who, whatever the social path on which fate leads his footsteps, come to life powerfully carved in bronze.

Moreira has not been a cowardly gaucho entrenched in crime, with a completely perverted moral sense.

He has not been the killer gaucho who is pleased to stab and enjoys in an immense way watching the other's entrails jump torn by his dagger.

No; Moreira was like the generality of our gauchos: endowed with a strong soul and a

fuerte y de un corazón generoso, pero que lanzado en las sendas nobles, por ejemplo, al frente de un regimiento de caballería, hubiera sido una gloria patria, y que empujado a la pendiente del crimen, no reconoció límites a sus instintos salvajes despertados por el odio y la saña con que se le persiguió. Moreira sabía que peleando defendía su vida amenazada de muerte, y peleaba de una manera frenética, y haciendo lujo de un valor casi sobrehumano.

Moreira tenía los sentimientos tiernos e hidalgos que acompañan siempre al hombre realmente bravo.

Educado y bien dirigido, cultivaba con esmero su propensión guerrera y su astucia inherente a la mayor parte de nuestros gauchos ya lo hemos dicho, hubiera hecho una figura gloriosa.

Hasta la edad de treinta años fue un hombre trabajador y generalmente apreciado en el partido de Matanzas, donde habitó hasta aquella edad, cuidando unas ovejas y unos animales vacunos, que constituían su fortuna pequeña.

Domador consumado, se ocupaba en amansar aquellos potros que, por indomables, llevaban a su puesto con aquel objeto.

No concurría a las pulperías sino en los días de carreras en que iba a ellas montado sobre un magnífico caballo parejero, aperado con ese lujo del gaucho que reconcentra toda su vanidad en las prendas con que adorna su caballo en los días de paseo.

Nunca se le había visto beber con exceso, ni andando en aquellas fatales parrandas de los gauchos donde nacen las peleas que terminan generalmente enterrando un cadáver más en el cementerio y proporcionando una nueva alta a los cuerpos de caballería que guarnecen las fronteras, cuerpos de línea que guardan las leyendas más tristes de pobres gauchos enviados allí con el pretexto de ser vagos o no tener hogar conocido.

generous heart, if he had the opportunity to follow nobler paths, for example, in front of a regiment of cavalry, he would have been a patriotic glory, instead, pushed to the slope of crime, he did not recognize limits to his wild instincts awakened by the hatred and the fury with which he was persecuted. Moreira knew that by fighting he was defending his life threatened with death, and he was fighting in a frantic manner, and displaying an almost superhuman courage.

Moreira had the tender and noble feelings that always accompany the really brave man.

Educated and well instructed, he cultivated with care his penchant for warriorship and his cunning which is intrinsic to most of our gauchos.

Until the age of thirty he was a hard-working man, which was generally appreciated in the district of Matanzas, where he lived until that age, taking care of sheep and bovine animals, which constituted his small fortune.

A consummate bronco buster, he broke those foals that, because they were indomitable, took to his place with that object.

He did not go to the pulperías but on the days of races when he went mounted on a magnificent racing horse, dressed with the luxury of the gaucho who concentrates all his vanity on the garments with which he adorns his horse on the days for showing off.

He had never been seen to drink excessively, not even was accustomed to those fatal gaucho sprees where fights are born, generally ending in burying one more corpse in the cemetery and providing a new man to the cavalry bodies that guard the borders, army units that guard the saddest legends of the poor gauchos sent there on the pretext of being lazy or having no known home.

Pero dejemos aquellas fúnebres historias de que algún día nos ocuparemos, y volvamos a Juan Moreira.

Si alguna vez se le vio desnudar su daga y guardarla en la cintura sucia de sangre, era cuando mezclado a la Guardia Nacional salía en persecución de alguna invasión de indios que hubiera venido a los partidos vecinos.

En esos días en que los buenos guardias nacionales abandonaban el lazo y la marca para seguir al Comandante militar del partido, Moreira se presentaba montado en su mejor caballo, llevando de tiro a su soberbio <u>parejero</u>.

En el combate se lucía, en la persecución siempre salía adelante en alas de su caballo que parecía volar, y concluido el combate y derrotada la indiada, regresaba a su puesto sin pedir la menor recompensa, apreciando lo que acababa de hacer como el cumplimiento de una obligación ineludible.

En ese género de correrías se había conquistado el nombre de *El guapo*, con que lo distinguían aún fuera de su pago, llegando sus compañeros hasta no considerar eficaz una persecución a los indios si en ella no había tomado parte el amigo Moreira.

Moreira vivía casado con una paisanita hija de un honrado vecino de su mismo partido, y tenía de ella un hijito que constituía toda su aspiración y todo su haber en el mundo, fuera de su mujer, a quien quería con idolatría.

Jamás se alejaba a las persecuciones de indios, sin estrechar en sus brazos al pequeño Juan Moreira, a quien llamaba mi crédito, y últimamente lo llevaba consigo a todos sus paseos, ya a las cabezadas de su lujoso apero, ya a su lado, gauchamente montado sobre un peticito que domara expresamente para él y en cuyas prendas figuraban los más bellos trenzados de tiento de potro que salían de sus manos primorosas para este género de trabajos.

But let's leave those funereal stories that one day we'll deal with, and go back to Juan Moreira.

If he was ever seen stripping his dagger and keeping it in his bloodstained waist, it was when he participated with the National Guard in pursuit of some Indian invasion that had come to neighboring districts.

In those days when the good national guards abandoned the lasso and branding irons to follow the military commander of the party, Moreira presented himself mounted on his best horse, bringing also with him his superb racing horse.

In the combat he showed off, in the chase he always went ahead on the wings of his horse that seemed to fly, and when the combat was over and the Indians were defeated, he returned to his post without asking for the least reward, appreciating what he had just fulfilled an unavoidable obligation.

In this kind of raids he had conquered the name of *The brave*, with which he was still distinguished outside of his district. His companions came to the point of not considering a persecution of the Indians to be effective if the friend Moreira had not taken part in it.

Moreira lived married to a countrywoman daughter of an honest neighbor of the same district, and he had a little son of her who constituted all his aspiration and all his wealth in the world, apart from his wife, whom he loved with idolatry.

He never went away to the chases of Indians, without holding in his arms the little Juan Moreira, whom he called my credit, and lately he took him with him to all his walks, already in front of him in his luxurious saddle, or at his side, mounted on a little horse that he had trained expressly for him and in whose garments there were the most beautiful colt leather braids that came out of his hands, exquisite for this kind of work.

Moreira poseía una tropa de carretas, que era su capital más productivo y en la que traía a la estación del tren más inmediata grandes acopios de frutos del país que se le confiaban conociendo su honradez acrisolada.

Allá, en su pago y años atrás, él había sido también una especie de trovador romancesco. Dotado de una hermosa voz, solía templar su guitarra, llena de incrustaciones de nácar, en algún baile de amigos, y echar un par de tiernas y amorosas décimas, con ese sentimiento delicado de que está dotado nuestro gaucho payador, sentimiento que se ve rebosar en su cara inteligente y que da a su canto una ondulación rara y quejumbrosa y que llega hasta el fondo del alma.

Cuando un gaucho canta un triste, parece que vertiera él todo un compendio de desventuras.

Su rostro moreno se baña de una intensa palidez; su voz tiembla: brilla su pupila humedecida por una lágrima; los dedos con que oprime la cuerda sobre el diapasón, parece que quisieran encarnar en ella todo lo que siente; la guitarra gime de un modo particular, y el que escucha se siente dominado por un éxtasis arrobador.

El gaucho trovador de nuestra pampa, el verdadero trovador, el Santos Vega, en fin, cantando una décima amorosa, es algo de sublime, algo de otro mundo, que arrastra en su canto, completamente dominado a nuestro espíritu.

¡Es una gran raza la raza de nuestros gauchos!

Todos ellos están dotados de un poderoso sentimiento artístico.

Moreira had a troop of wagons, which was his most productive capital, in which he brought to the nearer train station, large collections of fruits of the country that were entrusted to him knowing his impeccable honesty.

There, in his district, years ago, he had also been a kind of a Romance troubadour.

Endowed with a beautiful voice, he used to temper his guitar, full of mother-of-pearl incrustations, in some friends' dance, and throw a couple of tender and loving decimas, with that delicate feeling that our gaucho payador[1] is gifted with, a feeling that is seen overflowing in his intelligent face and that gives to his song a rare and complaining undulation that reaches to the bottom of the soul.

When a gaucho sings a sad song, it seems that he pours a whole compendium of misfortunes.

His dark face is bathed in intense pallor; his voice trembles: his pupil shines, moistened by a tear; the fingers with which he presses the guitar strings seem to want to embody in it everything he feels; the guitar groans in a particular way, and the listener feels dominated by a rapturous ecstasy.

The troubadour gaucho of our pampa, the true troubadour, like Santos Vega[2], in short, singing a loving song, is something sublime, something from another world, which carries in its song, completely dominated, our spirit.

The race of our gauchos is a great race!

All of them are endowed with a powerful artistic feeling.

---

1 Singer who improvises in opposition to another.

2 Santos Vega was an Argentine gaucho, and invincible *payador*, who was only defeated by the Devil himself, disguised as the *payador* Juan sin Ropa.

Tocan la guitarra por intuición sin tener la más remota idea de lo que es la música, y cantan con la misma ternura que improvisan sus huellas, llegando, como Santos Vega, a construir esta sublimidad:

> *De terciopelo negro*
> *tengo cortinas*
> *para enlutar mi cama*
> *si tú me olvidas.*

Y el sentimiento artístico estaba poderosamente desarrollado en Moreira.

Cuando preludiaba la guitarra, la asamblea enmudecía, y cuando de su poderosa garganta partía, como un quejido, una trova, las paisanas se sentían atraídas y los hombres se conmovían.

Hemos hablado una sola vez con Moreira, el año 74, y el timbre de su voz ha quedado grabado en nuestra memoria.

Cuando hablamos con él, entonces Moreira estaba tachado de bandido y su fama recorría los pueblos de nuestra campaña.

Y había sin embargo en el conjunto de su arrogante apostura tanta nobleza, tal sello de simpática bravura, que uno se hacía en su pensamiento esta fuerte conclusión: es imposible que este hombre sea un bandido.

No había en su semblante una sola línea innoble, su continente era marcial y esbelto, y hablaba con un acento profundo de ternura, bañando, por decirlo así, el semblante de su interlocutor con la intensa y suavísima mirada que brotaba de su pupila de terciopelo.

Era una cabeza estatuaria colocada en un tronco escultural.

Entonces Moreira tenía apenas treinta y cuatro años.

Era alto y regularmente grueso, vestía con un lujo pintoresco, el traje nacional que llevaba con una desenvoltura y una arrogancia notable.

Su hermosa cabeza estaba adornada de una tupida cabellera negra, cuyos magníficos ri-

---

They play the guitar by intuition without having the remotest idea of what music is, and they sing with the same tenderness that improvises their songs, arriving, like Santos Vega, to create this sublimity:

> *Of black velvet*
> *I have curtains*
> *to mourn my bed*
> *if you forget me.*

And the artistic feeling was powerfully developed in Moreira.

When he began to play the guitar, the crowd was speechless, and when, like a groan, a ballad was uttered by his powerful throat, the country women were attracted and the men were moved.

We have spoken only once with Moreira, the year 74, and the timbre of his voice has been engraved in our memory.

When we spoke to him, Moreira was then branded a bandit and his fame was touring the villages of our country.

And yet there was in the whole of his arrogant posture so much nobility, such a seal of sympathetic bravery, that one reached in his thought this strong conclusion: it is impossible for this man to be a bandit.

There was not a single ignoble line in his countenance, his continent was martial and slender, and he spoke with a deep accent of tenderness, bathing, so to speak, the countenance of his interlocutor with the intense and very soft gaze that flowed from his velvet pupils.

It was a statuary head placed on a sculptural trunk.

Moreira was then barely thirty-four years old.

He was tall and of normal weight, wearing with picturesque luxury, the national costume that he wore with remarkable ease and arrogance.

His beautiful head was adorned with a thick black hair, whose magnificent curls fell di-

zos caían divididos sobre sus hombros; usaba la barba entera, barba magnífica y sedosa que descendía hasta el pecho, sombreando graciosamente una boca algo gruesa donde se hallaba eternamente dibujada una sonrisa de suprema amargura.

Sus más hermosas facciones eran los ojos y la nariz. Los primeros iluminaban su semblante atrayente, dándola una expresión inteligente y altiva, la segunda ligeramente aguileña, contribuía a aquella expresión de simpática bravura que era la que dominaba en aquel semblante.

Vestía entonces un <u>chiripá</u> de paño negro sujeto a la cintura por un tirador cubierto de monedas de plata, que le servía para oprimir su estómago algo saliente.

De este tirador pendían por la parte de adelante dos brillantes trabucos de bronce, y sujetaba sobre el vacío, al alcance de la mano derecha, una daga lujosamente engastada.

El aseo de su ropa, que se veía en su blanquísima camisa y en el prolijio cribo del calzoncillo, era notable.

Su traje estaba completado por una bota militar flamante, adornada con espuelas de plata, un saco de paño negro, un pañuelo de seda graciosamente enrollado al cuello, y un sombrero de anchas alas.

En su mano derecha, pendiente de la muñeca, se veía un látigo de plata, de los llamados brasileros; en el dedo meñique usaba un brillante de gran valor, y sobre su pecho, cayendo hasta uno de los bolsillos del tirador, brillaba una gruesa cadena de oro que sujetaba un reloj remontoir.

Éste era Juan Moreira, cuyos hechos han pasado a ser el tema de las canciones gauchas, y cuyas acciones nobles se cantan tristemente al melancólico acompañamiento de la guitarra.

¿Qué motivo poderoso, qué fuerza fatal fue la que empujó por la pendiente del crimen a un hombre nacido con todas las condicio-

vided on his shoulders; he wore the whole beard, a magnificent and silky beard that descended to his chest, gracefully shading a somewhat thick mouth where a smile of supreme bitterness was eternally drawn.

His most beautiful features were his eyes and nose. The first illuminated his attractive countenance, giving it an intelligent and haughty expression, the second slightly aquiline, contributed to that expression of sympathetic bravery that dominated his countenance.

He then wore black cloth breeches attached to his waist by a leather belt covered with silver coins, which served to compress his somewhat protruding stomach.

Two brilliant bronze blunderbusses hung from the front of this suspenders, and he had a luxuriously-set dagger near his waist, within reach of his right hand.

The cleanliness of his clothes, which could be seen in his very white shirt and in the neat sifting of his underpants, was remarkable.

His suit was completed by brand new military boots, adorned with silver spurs, a black cloth sack, a silk scarf graciously rolled around his neck, and a hat with wide wings.

In his right hand, hanging from his wrist, there was a silver whip, one of the so-called Brazilians; in his little finger he wore a diamond of great value, and on his chest, falling into one of the belt's pockets, shone a thick gold chain that held a winding clock.

This was Juan Moreira, whose deeds have become the subject of the gaucho songs, and whose noble actions are sadly sung to the melancholic companionship of the guitar.

What powerful motive, what fatal force was it that pushed through the slope of crime a man born with all the conditions of a beau-

nes de un bello espíritu, y que hasta la edad de treinta años fue un ejemplo de moral y de virtudes?

Tomemos su vida desde diez años atrás y encontraremos la razón de la conducta que observó Moreira en el último tercio de su vida.

Hemos hecho un viaje expreso a recoger datos en los partidos que este gaucho habitó primero y aterrorizó después, sin encontrar en su vida una acción cobarde que arroje una sola sombra sobre lo atrayente de la relación que emprendemos.

Era una especie de judío errante que combatía eternamente, disputando a la justicia su cabeza, porque sabía que entregarse era morir irremediablemente y porque en su insolente orgullo había dicho y repetido que no existía una partida de policía suficientemente fuerte para prenderlo.

Tomemos, pues, como punto de partida aquella época de su vida, que llamaremos Los amores de Moreira.

La gran causa de la inmensa criminalidad en la campaña, está en nuestras autoridades excepcionales.

El gaucho habitante de nuestra pampa tiene dos caminos forzosos para elegir: uno es el camino del crimen, por las razones que expondremos; otro es el camino de los cuerpos de línea, que le ofrecen su puesto de carne de cañón.

El gaucho, en el estado de criminal abandono en que vive, está privado de todos los derechos del ciudadano y del hombre; sobre su cabeza está eternamente levantado el sable del Comandante militar y de la partida de plaza a quien no puede resistirse, porque entonces, para castigarlo, habrá siempre un cuerpo de línea.

Ve para sí cerrados todos los caminos del honor y del trabajo, porque lleva sobre su frente este horrible anatema: hijo del país.

En la estancia, como en el puesto, prefieren al suyo el trabajo del extranjero, porque el

tiful spirit, and who until the age of thirty was an example of morals and virtues?

Let us take his life from ten years ago and we will find the reason for the conduct Moreira observed in the last third of his life.

We have made an express journey to collect data on the district that this gaucho first inhabited and then terrorized, without finding in his life a cowardly action that casts a single shadow over the attractiveness of the story we undertake.

He was a kind of wandering Jew who fought eternally, contending with the Law for his head, because he knew that to surrender was to die irremediably and because in his insolent pride he had said and repeated that there was no police force strong enough to take him.

Let us take, then, as a starting point that period of his life, which we will call Moreira's Loves.

The great cause of the immense criminality in the campaign lies in our exceptional authorities.

The gaucho, inhabitant of our pampa, has two forced ways to choose: one is the way of the crime, for the reasons that we will expose; another is the way of the army, that drafts him as cannon fodder.

The gaucho, in the state of criminal abandonment in which he lives, is deprived of all the rights of the citizen and of the man; on his head is eternally raised the saber of the military commander and of the troops to whom he cannot resist, because then, to punish him, there will always be a group of troopers.

He sees for himself all the ways of honor and work closed, because he bears on his forehead this horrible anathema: son of the country.

In the ranch, as in the post, they prefer to theirs the work of the foreigner, because the

hacendado que tiene peones del país está expuesto a quedarse sin ellos cuando se moviliza la Guardia Nacional, o cuando son arriados como carneros a una campaña electoral.

El gaucho viene así a ser un paria en su propia tierra, que no sirve para otra cosa que para votar en las elecciones con el Juez de Paz o el Comandante, o para engrosar las filas de los regimientos de línea a que tiene horror.

¡Y que tiene razón de sentir aquel horror a los cuerpos de línea!

El gaucho marcha a la frontera, enviado por vago (no encuentra trabajo), por falta de papeleta (no votó con el Comandante sino con su patrón), o simplemente porque su mujer es una paisanita hermosa y codiciada.

Va a la frontera con una barra de grillos en los pies, como si fuera un criminal miserable: allí sufre durante dos años de desnudez, el hambre y los horribles tratos de un cuerpo de línea, pudiéndose dar por feliz si al cabo de este tiempo puede obtener su cédula de baja.

El gaucho vuelve a su pago, creyendo olvidar sus sufrimientos en la tranquilidad de su rancho y al lado de su mujer y sus hijos, pero es precisamente allí en su rancho donde le espera la desventura, el dolor y la vergüenza.

Sus caballos y sus animalitos se lo han repartido como botín de guerra los que han saqueado su rancho; su mujer, sitiada por hambre, vive con el mismo alcalde o teniente alcalde que lo envió a la frontera, engrillado, con este solo objeto, y sus hijitos, sus pobres hijitos han sido regalados a diferentes familias a quienes servirán de criados sabe Dios hasta cuándo.

El dolor rebosa en su alma al contemplar este cuadro de desolación y dolor supremo, su corazón absorbe todo el veneno que tanta maldad ha derramado en él, y el gaucho

se lanza al camino lleno de odio y ansioso de venganza.

Entonces es puesto fuera de la ley que para él no existió nunca, y condenado a pelear en el campo para defender su cabeza que codicia la <u>partida de plaza</u>, con la que pelea hasta morir, porque sabe que una vez rendido será inmediatamente muerto por haberse resistido a la autoridad, o por cualquier otro pretexto.

El alcalde teme que el gaucho venga una noche a cobrarle con su puñal la cuenta de sus desventuras, y quiere deshacerse de él a todo trance para librarse de aquella venganza tardía a veces, pero segura siempre.

Aquel hombre tiene que vivir huyendo como un bandido: tiene que robar para llenar las necesidades de la vida; empieza por matar defendiendo su cabeza, y concluye por matar por costumbre y por placer, porque la vida errante le ha hecho contraer el vicio de la bebida y los que acompañan a éste o son engendrados por él.

He aquí por qué este hombre de hermosísimas prendas de carácter dotado de una inteligencia natural y de un corazón de raro temple, se lanza a la senda del crimen, que recorre paso a paso, hasta sucumbir como Moreira, combatiendo contra a una partida de gendarmes ayudados por tropa, que ha ido directamente a matarlo, o a caer entre las manos de la justicia, cuando el sueño y la fatiga lo han rendido, como Julián Andrade.

¿Tenemos nosotros derecho para condenar a este criminal con todo el peso de la ley?

Y sin embargo nuestros presidios están llenos de estos tipos que habían nacido para todo, menos para asesinos y bandidos, a quienes se aplica la última pena, que sufren con una serenidad hermosa y un valor inquebrantable.

He aquí la existencia de nuestro gaucho, narrada a grandes rasgos, pero con una exactitud innegable.

and the gaucho throws himself to the road full of hatred, anxious for revenge.

Then he becomes an outlaw, condemned by the justice that never existed for him, and forced to fight in the field to defend his head that the troopers covet, and he fights until he dies, because he knows that once he surrenders he will be immediately killed for having resisted authority, or for whatever other pretext.

The mayor fears that the gaucho will come one night to collect with his dagger the account of his misfortunes, and wants to get rid of him at all costs to escape of that revenge sometimes late, but always certain.

That man has to live fleeing like a bandit: he has to steal to fill the necessities of life; he begins by killing defending his head, and ends by killing for habit and for pleasure, because the errant life has made him contract the vice of drunkenness and all other ones who follow it or are engendered by it.

This is why this man of beautiful character, endowed with a natural intelligence and a heart of rare temper, throws himself on the path of crime, which goes step by step, until he succumbs, as Moreira did, fighting against a group of gendarmes, helped by the army troops, which go directly to kill him, or he falls into the hands of the law, when sleep and fatigue have surrendered him, as Julián Andrade (see chapter 16, *Checkmate*).

Do we have the right to condemn this criminal to the full extent of the law?

And yet our prisons are full of these men who were born for everything, except for murderers and bandits, to whom the ultimate penalty applies, who suffer with beautiful serenity and unwavering courage.

Here is the existence of our gaucho, narrated roughly, but with undeniable accuracy.

Volvamos ahora al protagonista del drama policial que nos ocupa tomándolo años antes de su primer puñalada.

Let us now return to the protagonist of the police drama that occupies us, taking him years before his first stabbing.

2

Los amores de Moreira
Moreira's loves

Moreira vivía en el partido de Matanzas, donde se había criado desde pequeñito, sin haber conocido a su padre que era aquel tremendo Moreira que hizo fusilar Rosas, dándole una carta para Cuitiño, en cuya carta le daba orden de fusilarlo y que la víctima creía ser una orden para que le entregasen un dinero que se le había prometido.

Muchos de nuestros lectores que vivieron en aquellas épocas luctuosas, tal vez hayan conocido al padre de nuestro héroe.

Ya hemos dicho que Juan Moreira, como la mayoría de nuestros gauchos, tocaba la guitarra con ese sentimiento artístico que nace del corazón y que no se puede imitar, acompañándose con tiernas <u>décimas</u> y tristes, que gemían melancólicamente al poder sentido de su hermosa voz.

En aquellas plácidas noches de luna, en que se ve al campo plateado por la luz suavísima del astro de la noche, Moreira ensillaba su caballo con esa coquetería ca-

Moreira lived in the district of Matanzas, where he had been raised since he was a child, without having known his father who was the tremendous Moreira who Rosas[1] had ordered to be executed, which was done by giving him a letter to Cuitiño, in which he gave him an order to execute Moreira, and that the victim believed that it was an order to have delivered to him some money that had been promised to him.

Many of our readers who lived in those mournful times may have known our hero's father.

We have already said that Juan Moreira, like most of our gauchos, played the guitar with that artistic feeling that comes from the heart and cannot be imitated, accompanied by tender and sad songs, melancholically sang with the powerful feeling of his beautiful voice.

On those placid moonlit nights, when the silvery field is seen by the very soft light of the nocturnal stars, Moreira saddled his horse with that affectionate coquetry he

---

1 Juan Manuel de Rosas (30 March 1793-14 March 1877), nicknamed "Restorer of the Laws", was a politician and army officer who ruled Buenos Aires Province and briefly the Argentine Confederation.

riñosa que tiene siempre para su pingo el gaucho de buena ley, y colgando su guitarra a los tientos del recado, se iba a algún rancho amigo, donde era siempre bien recibido, porque con él iban la alegría y la perspectiva de una noche de baile.

La jarana se armaba entonces en toda regla: al rancho empezaban a caer los amigos de los alrededores, el cimarrón circulaba de boca en boca, alternando con un traguito de ginebra, y el baile seguía a la décima y al triste, baile alegre e inocente que duraba hasta las doce de la noche o la una de la madrugada.

En estas correrías y jaranas Moreira conoció a Vicenta, joven paisanita cuya hermosura era proverbial en el pago, y entonces el rancho de Vicenta fue el preferido por Moreira, para sus noches de baile y alegría.

Generalmente querido por su extremada bondad y mansedumbre, en los bailes que improvisaba Moreira no había el menor disgusto pues a la par que se le quería, se le respetaba, y ninguno de ellos hubiese querido granjearse su enemistad.

Este género de baile pasa siempre en el mayor orden porque a ellos concurre sólo la buena gente trabajadora, y alguno que otro forastero que es invitado a desensillar, porque la hospitalidad para el gaucho es una especie de religión que practica con placer.

Los gauchos alzados y vagos no concurren nunca a este género de bailes, porque siempre andan huyendo de los centros de población, frecuentados por la autoridad.

Su teatro es la pulpería, donde se apea de noche y de donde sale de día a vagar hasta la vecina, con el ojo siempre avizor y la daga al alcance de su mano.

A los bailes que Moreira improvisaba en casa de Vicenta, asistían además del pai-

always has for his horse the good gaucho, and hanging his guitar at the straps of his saddle, he went to a friendly ranch, where he was always well received, because with him came the joy and perspective of a night of dancing.

The revelry was then fully armed: friends from the surrounding area began to fall to the ranch, the unsweetened mate circulated from mouth to mouth, alternating with a sip of gin, and the dance happy and innocent, followed the song, lasting until midnight or one o'clock in the morning.

In one of these revelries Moreira met Vicenta, a young countrywoman whose beauty was proverbial in the district, and since then Vicenta's ranch was preferred by Moreira, for his nights of dance and joy.

Generally loved for his extreme kindness and gentleness, in the dances that Moreira improvised there was not the least displeasure because at the same time that he was loved, he was respected, and none would have wanted to earn their enmity.

This kind of dances always are peaceful because they are attended only by good working people, and by some strangers who are invited to unsaddle, because hospitality is a kind of religion for the gaucho, that he practices with pleasure.

The gauchos who are pursued by the law and bums never attend this kind of dances, because they are always fleeing from the population centers frequented by the authorities.

Instead their theatre is the pulpería[2], where they appear at night and from where they go out during the day to wander in the neighborhood, with their eyes always vigilant and the dagger within hand's reach.

To the dances that Moreira improvised in Vicenta's house, besides the neighbors,

---

2　A Spanish American rural grocery store often functioning also as a drinking establishment

sanaje, el teniente alcalde del cuartel que habitaba y uno que otro comerciante amigo del paisano o de la familia.

Moreira amaba a Vicenta como ama el gaucho en su inocencia primitiva, sin hablarle una palabra, pero revelándole el amor de su alma virgen con la mirada de sus magníficos ojos y el proverbial "dispense, doña Vicenta", con que le dedicaba sus más sentidas décimas, y amorosas trovas.

Vicenta comprendía este amor y callaba, correspondiéndole con una mirada expresiva y el mate especial que le servía, ligeramente espolvoreado con canela.

Moreira era un joven sumamente arrogante era de los más acreditados en el partido como valiente y como el mejor cantor, prendas que en la campaña para la mujer, son estimadas con preferencia.

El padre de Vicenta veía estos amores con cierta vanidad, pues a más de todo esto, Moreira era un hombre trabajador, honrado y dueño de una fortuna que, trabajada, podía ser algún día una riqueza.

El buen paisano alentó los amores de Moreira, para provocar entre los dos jóvenes un honesto casamiento.

El teniente alcalde, que frecuentaba las reuniones a que aludimos, hacía tiempo que andaba enamorado de la gentil Vicenta, pero con distintas intenciones de las de Moreira.

Quería emprender la seducción de Vicenta, y no podía mirar con tranquilidad aquellos amores; primero, porque ellos desbarataban sus planes, y segundo, porque Moreira era un paisano sagaz con quien no se podía jugar sucio.

El teniente alcalde empezó entonces a fraguar la trama interna que da por resultado la frontera y los grillos para que se persigue con cualquier pretexto, aunque la rama iba

also attended the lieutenant mayor of the military base and one or another merchant friend of the countryman or of the family.

Moreira loved Vicenta as the gaucho loves in his primitive innocence, without speaking a word to her, but revealing the love of his virgin soul with the look of his magnificent eyes and the proverbial "with your permission, doña[3] Vicenta", with which he dedicated his most heartfelt songs, and loving ballads.

Vicenta understood this love and kept silent, corresponding him with an expressive look and the special mate that she served him, lightly sprinkled with cinnamon.

Moreira was an extremely arrogant young man who was one of the most accredited in the district as a brave and the best singer, qualities that in the courtship of women are esteemed with preference.

Vicenta's father saw this courtship with a certain vanity, because more than all this, Moreira was a hard-working man, honest and owner of some wealth that, well worked, could one day be a fortune.

The good countryman encouraged Moreira's courtship, hoping for an honest marriage between the two young people.

The lieutenant mayor, who frequented the meetings to which we allude, had long been infatuated with the gentle Vicenta, but with intentions different from those of Moreira.

He wanted to undertake Vicenta's seduction, and he could not look with tranquillity at that love; first, because it unleashed his own plans, and second, because Moreira was a shrewd countryman with whom one could not play dirty.

The lieutenant mayor then began to forge the internal plot, to be pursued under any pretext, that resulted in the frontier and the shackles for Moreira, although the stratagem

---

3 Respectful treatment that takes precedence over first names

esta vez a hacerse difícil, pues se estrellaba en un hombre intachable por su conducta.

Moreira no malició la perfidia que le reservaba el teniente alcalde, tranquilo y servidor como siempre, siguió en sus bailes y en sus amores con Vicenta, amores ya aceptados por el padre.

Fue en estos días que Moreira facilitó al almacenero Sardetti la suma de diez mil pesos que éste le pidió para hacer una compra de frutos del país, préstamo que fue echo sin recibo ni documento alguno, y completamente a la buena fe de ambos.

Moreira se había decidido por fin a hablar y había concertado su casamiento para un mes después.

Fue aquella una fiesta memorable en la que hubo licor de rosa y tortas fritas, en que se bailó hasta destabarse y se tocó la guitarra hasta el "sol alto".

Y fue también en esa noche en que tuvo lugar el primer acto de hostilidad del teniente alcalde, que no incurrió al baile y al otro día mandó a sacar a Moreira una multa de quinientos pesos por haber dado baile público "sin permiso de la autoridad".

Moreira, a pesar de la opinión de su suegro, preocupado por su reciente felicidad, pagó la multa, diciendo que sin duda alguna aquella era el remojo que cobraba el amigo don Francisco.

Pero las multas empezaron a repetirse con frecuencia, lo que empezó a alarmar el pacífico vecindario que comprendía la injusticia de ellas.

Un día Moreira era citado a casa del teniente alcalde, porque se había encontrado un animal de su propiedad haciendo daño en los sembrados y era preciso abonar la multa que el paisano pagaba humildemente, aun-

was going to become difficult this time, as it involved a man blameless for his conduct.

Moreira did not suspected the perfidy that the lieutenant mayor reserved to him, always being calm and helpful; he continued with his dances and his love for Vicenta, love already accepted by his father.

It was in these days that Morcira gave the storekeeper Sardetti the sum of ten thousand pesos which he asked him to make a purchase of fruits of the country, a loan which was made without any receipt or document, and completely in the good faith of both.

Moreira had finally decided to talk and had arranged her marriage for a month later.

It was a memorable party where there was rose liqueur and fried cakes, in which people danced until they were totally exhausted and the guitar was played until the sun was up.

And it was also on that night that the first act of hostility of the lieutenant mayor took place. He did not went to the dance and the next day ordered Moreira to pay a fine of five hundred pesos for having given a public dance "without permission from the authority".

Moreira, in spite of the opinion of his father-in-law, worried about his recent happiness, paid the fine, saying that it should be a tax for newlyweds charged by his friend Don Francisco[4].

But the fines began to be repeated frequently, which began to alarm the peaceful neighborhood that understood their injustice.

One day Moreira was summoned to the lieutenant mayor's house, because an animal of his property had been found damaging the crops and it was necessary to pay the fine, that the countryman paid humbly,

---

4 The name of the lieutenant mayor.

que sin ninguna voluntad y protestando de la injusticia.

Otro día era una multa por no haberse presentado a un supuesto llamado de la autoridad, y otro en fin por haber molestado al vecindario a deshonra con su acto.

Estas multas empezaron a agriar poco a poco a Moreira, hasta que un día se presentó en casa del amigo don Francisco, decidido a saber el porqué de esta persecución.

El amigo Francisco escuchó agriamente el justo humilde reclamo y lo respondió con aspereza que no tenía que darle cuenta de sus acciones y que si no pisaba más derecho le iba a remachar una barra de grillos.

Ante esta amenaza Moreira palideció, pero dominándose rápidamente le dijo.

–Yo no he ofendido a nadie, don Francisco: usted me persigue de puro vicio y esto va a acabar mal.

–Parece que me amenaza, respondió don Francisco alzando la voz –pues ahora mismo irás al cepo.

Y Moreira fue puesto en el cepo, donde permaneció cuarenta y ocho horas, sin que se le oyera pronunciar una sola queja.

Es preciso saber lo que es un cepo de Justicia de Paz, en los lejanos y abandonados pueblos de nuestra campaña.

Un cepo de esta clase es siempre una gruesa viga, de ñandubay u otra madera dura, llena de agujeros y aserrada a lo largo, tomando por centro la mitad de los agujeros: la parte baja de este aparato está asegurada en el suelo, a la que va adherida por medio de grandes bisagras a un extremo, la parte alta que se cierra al otro por un gran candado.

Aquel aparato inquisitorial está colocado siempre a campo y bajo de un árbol, que la única protección que el paciente tiene contra los soles y las heladas y a donde es puesto del pescuezo, de las piernas o de donde

although without any willingness and protesting the injustice.

Another day was a fine for not having presented to a supposed call of the authority, and then another one for having annoyed the neighborhood, a dishonorably act.

These fines began to sour Moreira little by little, until one day he showed up at the friend Don Francisco's house, determined to know the reason for this persecution.

The friend Francisco listened bitterly to the just humble claim and answered it with roughness that he did not have to give account of his actions and instead said to Moreira that if he did not walk straighter he was going to rivet a bar of shackles on him. Faced with this threat Moreira paled, but mastered quickly said.

–I have not offended anyone, Don Francisco: you persecute me out of pure vice and this is going to end badly.

–It seems like you're threatening me –Don Francisco answered, raising his voice.

And Moreira was placed in the stocks, where he remained for forty-eight hours, without being heard to pronounce a single complaint.

It is necessary to know what the stocks used by of Justice of Peace are, as they are used in the distant and abandoned towns of our campaign.

A thick beam, made of ñandubay or other hard wood, full of holes and sawn along its length, through the center of the holes: the lower part of this apparatus is secured to the ground, to which it is attached by means of large hinges at one end, the upper part, which is closed at the other end by a large padlock.

That inquisitorial apparatus is always placed in a field and under a tree, which is the only protection that the subject has against the sun and the frost and to where it is fixed by his neck, his legs or where it fan-

se les ocurre al teniente alcalde que manda ejecutar el martirio.

Allí fue puesto Moreira, de las piernas y allí permaneció cuarenta y ocho horas sin que se le oyera la menor protesta contra aquel proceder arbitrario, mansedumbre que irritó al amigo Francisco, hasta el extremo de mandar echar de allí Vicenta, que vino a pasar la noche al lado de su marido.

Igual proceder se mandó observar con el suegro y los numerosos amigos que fueron a visitar al preso, única protesta muda que les era permitida de aquella acción cobarde.

Cuando Moreira fue puesto en libertad, se dirigió a su rancho, donde ensilló su caballo, y se fue a casa de su compadre Giménez, padrino de su casamiento, a quien relató lo que le sucedía y pidió consejo, pues no quería desgraciarse por aquel hombre que tan sin motivo se había puesto a perseguirlo.

Giménez aconsejó a Moreira se fuese al juzgado de Paz y contase lo que le sucedía pidiendo se evitase que aquel hombre siguiera cometiendo estos abusos.

Pero a Moreira se había anticipado el amigo Francisco, imponiendo al juez de que aquel diablo había empezado a echarse a perder y que había tenido que ponerlo en el cepo porque había llevado su insolencia hasta amenazarlo.

El gaucho invocó sus derechos ¿pero qué gaucho tiene derechos? invocó la justicia, palabra hueca para él, y no fue escuchado; ofreció acreditar su conducta con los vecinos de su cuartel, y fue expulsado del juzgado con la amenaza de que si no se corregía sería, enviado a la frontera en el primer contingente.

El gaucho salió del juzgado con la primera semilla de venganza en el corazón, y convencido de que para él no había más derecho que el que le proporcionara el filo de su

cies the lieutenant mayor, who commands to execute the martyrdom.

There Moreira was placed, attached by his legs and there he remained by forty-eight hours without being heard the least protest against that arbitrary procedure, gentleness that irritated the friend Francisco, to the point of sending Vicenta, who came to spend the night next to her husband, out of there.

The same procedure was observed with the father-in-law and the numerous friends who went to visit the prisoner, the only mute action they could carry to protest that cowardly action.

When Moreira was released, he went to his ranch, where he saddled his horse, and went to the house of his buddy Giménez, godfather of his marriage, to whom he told what was happening to him and asked for advice, because he did not want to become an outlaw for injuring or killing that man, who without reason had set out to persecute him. Giménez advised Moreira to go to the Justice of the Peace and tell him what was happening to him, asking him to prevent the man from continuing to commit these abuses. But Moreira had been anticipated by his friend Francisco, who already said to the judge that Moreira was going from bad to worse and that he had to put him in the stocks because he had taken his insolence to the point of threatening him.

The gaucho invoked his rights, but what gaucho has rights? He invoked justice, a hollow word for him, and he was not heard; he offered to prove his conduct with the neighbors of his barracks, and he was expelled from the court with the threat that if he was not corrected he would be sent to the frontier in the first contingent.

The gaucho left the courthouse with the first seed of revenge in his heart, and convinced that for him there was no right other than the one that the edge of his dagger gave

puñal, ni más justicia que la que él mismo se hiciera.

Regresó a su rancho, sombrío y con la frente oscurecida por la resolución inquebrantable que había adoptado.

Los paisanos estaban asombrados de la mansedumbre de Moreira, llegando alguno de ellos a decirle que no fuera tonto, que no soportara las porquerías del amigo Francisco callado la boca, pues entonces aquel lo agarraría como a hijo.

Moreira sonrió y comunico a los paisanos que había resuelto desde ese día no tolerar nada.

Así pasaron algunos meses, sin que el gaucho fuese molestado de nuevo; parecía que se hubiera olvidado lo pasado, y la alegría había vuelto a renacer en el rancho de Moreira.

Sin embargo, desde aquel día en que fue expulsado del juzgado de Paz, Moreira cambió su cuchillo de trabajo por una lujosa daga, que sólo usaba en los días de combate con los indios y la que había afilado con sumo esmero.

Así pasó el tiempo, se cambió el Juez de Paz que no removió a la mayor parte de alcaldes y tenientes alcaldes entre los que quedó el amigo Francisco; pero Moreira no fue molestado.

Parece que el amigo Francisco había cambiado de táctica o había sabido lo que para el porvenir debía esperar de Moreira, y tuvo miedo.

El gaucho tuvo un hijo, que vino a absorber todo su cariño y todo su tiempo; la lujosa daga cayó de su cintura para dejar sitio a la cuchilla del trabajo, y la antigua alegría volvió a sentar sus reales en el humilde rancho.

Los bailes renacieron, y la guitarra volvió a sonar y la magnífica voz del gaucho volvió a escucharse cantando hermosas <u>décimas</u> y picarescos pies de <u>gato</u>.

him, nor more justice than the one that he did himself.

He returned to his ranch, grim and with his forehead obscured by the unshakable resolution he had adopted.

The countrymen were astonished at Moreira's meekness, and some of them even told him not to be a fool, not to put up with the filth coming from his friend Francisco, because if he keep silent he would be helpless.

Moreira smiled and told the countrymen that he had resolved since that day not to tolerate anything more.

A few months went by, without the gaucho being disturbed again; it seemed that the past was forgotten, and joy had been reborn in Moreira's ranch.

However, since that day when he was expelled from the Peace Court, Moreira exchanged his work knife for a luxurious dagger, which he only used on days of combat with the Indians and which he had sharpened with great care.

Time went by, the Justice of the Peace was changed, but he did not remove most of the mayors and lieutenant mayors among whom Francisco remained, but Moreira was not disturbed.

It seems that his friend Francisco had changed his tactics or had known what to expect from Moreira for the future, and he was afraid.

The gaucho had a son, who came to absorb all his affection and all his time; the luxurious dagger fell from his waist to make way to a working blade, and the joy of yesterday returned to the humble ranch.

The dances were reborn, and the guitar sounded again and the gaucho's magnificent voice was heard again singing beautiful <u>décimas</u> and picaresque *pies de <u>gato</u>.*[5]

---

5 Folk music and dance from Argentina, Bolivia, Paraguay and Uruguay.

El amigo Francisco no volvió a parecer por el rancho de Moreira, pero mandó emisarios que dijeron a Moreira que sentía infinito lo que había sucedido y que quería olvidar lo pasado.

Ya hemos dicho que Moreira tenía bellísimas prendas de carácter; su corazón era incapaz de guardar por tanto tiempo la idea de una venganza y fue él mismo a estrechar la mano del amigo Francisco y a convidarlo para el bautismo de Juancito que debía celebrarse el próximo sábado.

Ese día llegó, alegre para todo el sencillo vecindario del apreciable gaucho, hubo carne con cuero y baile de noche, se echó la casa por la ventana y la ginebra y el licor anduvieron por alto, alternados con el mate y las guitarras, pues cada amigo había caído con la suya, para amenizar el baile del amigo Moreira.

A la cara hermosa del paisano asomaba toda la felicidad que aquel hijo había derramado en su alma, haciéndolo renacer; cantó toda la noche, y en medio de los más frenéticos aplausos cepilló un malambo que daba mil gustos, según la expresión característica.

Moreira se excedió en la bebida un tanto cuanto, lo que fue motivo de mayor alegría y algazara, pues según los que le han tratado, cuando estaba divertido, era cuando se le veía más alegre y accesible a todo género de bromas.

Aquel baile hizo época en el partido, porque duró dos noches y el día que a éstas separara.

Fue siempre en medio de la más franca y cordial alegría, pues cuando algún invitado se mamaba, era conducido al pequeño bosque donde dormía a su gusto y de donde regresaba al baile.

Así fue bautizado el pequeño Juan Moreira abriendo una nueva faz al espíritu del padre que se había vuelto más contraído aún

His friend Francisco didn't go back to Moreira's ranch again, but he sent emissaries who told Moreira that he felt sad for what had happened and that he wanted to forget the past.

We have already said that Moreira had a beautiful character; his heart was incapable of keeping the idea of revenge for so long and he went himself to shake the hand of his friend Francisco and to invite him to the baptism of Juancito that was to be celebrated next Saturday.

That day arrived, cheerful for all the simple neighborhood of the well liked gaucho, there was beef roasting in its hide and dancing at night, expenses were not spared and the gin and liquor flowed, alternating with the mate and guitars, as each friend had bought his own, to entertain the dance of the friend Moreira.

The handsome face of the countryman showed all the happiness that his son had poured into his soul, making him be reborn; he sang all night, and in the midst of the most frenetic applause he played a malambo[6] that was enjoyed by everyone.

Moreira drank too much, which was a motive for greater joy and cheer, because according to those who have treated him, when he was slightly drunk, it was when he was seen to be more cheerful and accessible to all kinds of jokes.

That dance made an impression in the district, because it lasted two nights and the day that separated them.

It was always in the midst of the most frank and cordial joy, because when a guest was drunk, he was taken to the small forest where he slept to his liking and from where he returned to the dance.

Thus was baptized the little Juan Moreira opening a new face to the spirit of the father who had become even more dedicated

---

6 Traditional argentine folk dance.

at work because he already had a future to work for.

The hostilities suspended by the deputy mayor were again felt with small woes.

One day he was called by his friend Francisco, who notified him that he had to pay a fine of four hundred pesos, because two cows he owned had been damaging the wheat fields.

Moreira paled in anger, looked at the waist for the place of the dagger, but the silhouette of his son crossed his imagination and he constrained himself.

He paid the fine and moved away from that "house of justice", feeling in his heart the same idea of revenge that made his heart beat that day he was in court, was reborn more powerful.

He returned gloomy to his ranch and occupied himself that night with finishing a pair of luxurious braided reins, a true gaucho delicacy, which he had been making for his Juancito for days, who although he had just walked, already accompanied him on his walks to the pommel of his saddle.

Vicenta had thickened.

Happiness had corrected the soft lines of her oval and kind face, and she was a beautiful little countrywoman, whose most immense pleasure was combing the black curls and Moreira's silky beard.

At that time Moreira needed money to buy cheap estates, and asked his friend Sardetti for the ten thousand pesos he had borrowed more than a year.

Sardetti asked him to wait because business was not very good, and Moreira agreed without hesitation, begging to make payment as soon as possible, because beggars can't be choosers.

Two months went by.

Moreira was always asking for payment and the storekeeper was always asking for more

no tenía ni aún mil pesos que poderle dar a cuenta.

Moreira fue perdiendo la paciencia poco a poco, hasta que un día hizo presente al deudor que si no le pagaba los diez mil pesos se iba a ver en la necesidad de demandarlo.

El pago no se efectuó, y Moreira entabló su demanda ante el amigo Francisco, que mandó buscar a Sardetti.

Fuera que éste se hubiera entendido con el teniente alcalde, fuera simplemente obra de su mala fe, Sardetti negó la deuda asegurando que no debía a Moreira un solo peso.

–¿Y a qué viene entonces tanta mentira? –preguntó hostilmente el teniente alcalde–. ¿Por qué vienes a cobrar un dinero que no es tuyo?

–Cobro mi plata que he prestado, replicó Moreira trémulo de ira, y la cobro porque la necesito; este hombre quiere robarme si dice que no me debe, y yo entonces vengo a pedir justicia.

–La justicia que yo te he de dar es una barra de grillos, ladrón, que vienes a contar bolazos.

Al sentirse tratar así, Moreira tembló, miró a aquellos hombres de una manera feroz y llevó la mano a la espada, mano que retiró vacía porque conociéndose se había tenido miedo a sí mismo y había dejado en su casa las armas.

–¿Quiere decir que no me debes nada? –preguntó trémulo a Sardetti, que palideció, pero que contestó secamente:

–¡Nada!

–¿Y usted no quiere hacer que me pague? –preguntó dirigiéndose al teniente alcalde.

–Es claro, puesto que nada te debe, y que tú has venido a "jugar sucio".

A la anterior alteración de Moreira se sucedió una de aquellas calmas que son más temibles aún que la explosión de la cólera, pues ellas son hijas de una resolución suprema y de un carácter poderoso.

–Está bueno, amigo –dijo Moreira, dejando caer la mirada de sus negros ojos sobre

time, claiming that he didn't even have a thousand pesos to give him.

Moreira lost his patience little by little, until one day he reminded the debtor that if he did not pay him the ten thousand pesos, he would have to sue him.

The payment was not made, and Moreira filed his lawsuit with his friend Francisco, who sent for Sardetti.

Either because he was in cahoots with the deputy mayor, or simply because of his bad faith, Sardetti denied the debt, assuring that he did not owe Moreira a single peso.

–So what's all the bullshit about? –asked the lieutenant mayor hostilely. Why do you come to collect money that isn't yours?

–I will collect my borrowed money –said Moreira, trembling with anger–, and I will collect it because I need it; this man wants to rob me if he says he doesn't owe me, and then I come to ask for justice.

–The justice I have to give you is a bar of shackles, you are a thief, who comes to count lies.

When Moreira was treated this way, he trembled, looked at those men in a fierce way and put his hand to the sword, hand that he withdrew empty because knowing himself he had been afraid of himself and had left his weapons at home.

–You mean you don't owe me anything? –He asked, trembling, to Sardetti, who paled, but answered dryly:

–Nothing!

–And you don't want to make him pay me? –he asked the lieutenant mayor.

–Of course, since he owes you nothing, and you've come to play dirty.

The previous agitation of Moreira was followed by one of those calms that are even more fearsome than the explosion of anger, because they are the daughters of a supreme resolution and of a powerful character.

–It's good, my friend –Moreira said, dropping the look of his black eyes on Sardetti.

Sardetti–. Usted me ha negado la deuda para cuyo pago le di tantas esperas, pero yo me la he de cobrar dándole una puñalada por cada mil pesos. Y usted, don Francisco, que me ha "echado al medio" de puro vicio, guárdese de mí porque usted ha de ser mi perdición en esta vida.

Moreira iba a retirarse, pero fue detenido por don Francisco, que llamando al soldado de la partida que con él representaba allí la justicia (rara justicia) lo hizo meter al cepo, esta vez de cabeza por desacato a la autoridad.

Moreira se dejó poner en el cepo sonriendo porque sabía que pronto había de llegar la hora de su desquite, y sufrió las insolencias y aún los golpes del amigo Francisco, sin pronunciar una sola palabra.

Al día siguiente fue puesto en libertad y oyó de boca del amigo Francisco estas palabras:

–La tercera es la vencida, y si vuelves a las andadas te remitiré a la frontera con una buena barra de grillos.

Moreira escuchó estas palabras sin apagar de sus labios la sonrisa que los orlaba y se retiró replicando sencillamente: "hasta la vista entonces, don Francisco".

Moreira se fue a su casa, donde permaneció todo el día prodigando a su hijo y a su mujer un mundo de tiernas caricias; estuvo tocando en la guitarra una serie de tristes, hasta la hora de cenar, en que asistió a la mesa por fórmula.

Llegada la noche, Moreira se vistió cambiándose la ropa interior y poniéndose a la cintura su daga de combate, ensilló su caballo parejero con esa prolijidad que usa el gaucho cuando ha de hacer una larga jornada.

Sus ojos brillaban de una manera particular y su fisonomía había tomado una expresión de fúnebre amenaza.

–¿Adónde vas a estas horas? –preguntó Vicenta cuidadosa, al ver los preparativos que había estado haciendo.

You have denied me the debt for which I waited so long, but I have to collect it by stabbing you for every thousand pesos. And you, Don Francisco, who has hazed me of pure vice, beware of me because you must be my damnation in this life.

Moreira was going to retire, but he was arrested by Don Francisco, who called the soldier of the party that with him represented there the justice (rare justice) made him put into the stocks, this time head first for contempt of authority.

Moreira let himself be put in the stocks smiling because he knew that soon the hour of his revenge would come, and he suffered the insolence and even the blows of his friend Francisco, without pronouncing a single word.

The next day he was released and heard these words from his friend Francisco:

–The third time is the charm, and if you go back to your old ways I will send you to the frontier with a good bar of shackles.

Moreira listened to these words without extinguishing from his lips a smile and when he withdrew simply said: "See you then, Don Francisco".

Moreira went home, where he spent the whole day lavishing on his son and his wife a world of tender caresses; he was playing on the guitar a series of sad songs, until dinner time, when he attended the table as usual.

At night, Moreira dressed, changing her underwear and putting his combat dagger at his waist, saddled his horse with that neatness that the gaucho uses when he has to make a long journey.

His eyes shone in a particular way and his physiognomy had taken on an expression of funereal threat.

–Where are you going at this hour? –asked Vicenta carefully, seeing the preparations he had been making.

–Voy a lo de mi compadre Giménez, respondió éste saltando sobre su caballo, no tardaré en volver.

El suegro que estaba en el rancho acompañando a la hija y ayudándole a sobrellevar la pena que la causaba la prisión del marido, trató de averiguar a Moreira dónde iba a aquellas horas.

–Ya vuelvo, tata viejo, contestó el paisano y oprimiendo los ijares de su overo bayo, se perdió entre las sombras de la noche.

¿Adónde iba Moreira que así precipitaba la marcha del inteligente animal, que parecía comprender el apuro del jinete?

Moreira corría como quien huye entre las sombras de la noche, de un peligro imaginario.

El viento agitaba su largo cabello que iba a azotar su espalda, y su sedosa barba dividida por el mismo viento, cubría sus hombros como un manto de crespón.

Y animaba la marcha del caballo con la palabra, queriéndole imprimir el ardor que sentía por llegar al punto de su destino.

A los veinte minutos de marcha, sujetó el caballo en una de esas características pulperías de campaña, echó pie a tierra, ató con un nudo fácil el maneador en el palenque y penetró a la pulpería, concurridísima a esa hora.

Era ésta la pulpería de Sardetti, y Moreira iba allí a cobrar sus diez mil pesos y a tomar cuenta del proceder del pulpero.

En la trastienda de la pulpería, sentados sobre alguna silla milagrosa y cajones vacíos había una media docena de paisanos que se ocupaban en comentar el proceder del teniente alcalde y la desgracia en que había caído Moreira.

Cuando éste entró, los paisanos se pararon contestando a su comedido saludo; unos se contentaron con decirle: "Dios le guarde, amigo Moreira"; mientras otros le estrechaban afectuosamente la mano.

–I'm going to see my buddy Giménez –said him, jumping on his horse, I will come back soon.

His father-in-law, who was at the ranch accompanying his daughter and helping her to bear the pain caused by her husband's imprisonment, tried to find out from Moreira where he was going at that time.

–I'll be right back, old father –answered the countryman, and pressing on the flanks of his spotted horse, he got lost in the shadows of the night.

Where was Moreira going, urging the march of his intelligent animal, who seemed to understand his rider's rush?

Moreira rode like one fleeing from the shadows of the night, from an imaginary danger.

The wind shook his long hair that lashed his back, and his silky beard divided by the same wind, covered his shoulders like a mantle of crepe.

And he animated the horse's march with his commands, wanting to impress upon the beast the ardor he felt to reach the point of his destiny.

After twenty minutes of marching, he unsaddled his horse at one of those characteristic pulperías of the countryside, threw foot to earth, tied his horse with an easy knot to the hitching post and went into the pulpería, very crowded at that hour.

This was Sardetti's pulpería, and Moreira went there to collect his ten thousand pesos and take account of the actions of its owner.

In the back of the pulpería, sitting on some few chairs and empty drawers, there were half a dozen countrymen who were busy commenting on the lieutenant mayor's actions and the misfortune into which Moreira had fallen.

Some were content to say: "God keep you, friend Moreira", while others shook his hand affectionately.

Sardetti había visto entrar al gaucho y había palidecido mortalmente: su corazón tembló anunciándole la causa de aquella visita y tendió la vista por la trastienda interrogando el semblante de los concurrentes.

Moreira estaba allí sereno, altivo, recibía de los amigos calurosas felicitaciones por su libertad y sonreía dejando ver por la abertura de sus labios, la doble fila de sus blanquísimos dientes que formaban un hermoso contraste con su negra barba.

–Una copa, <u>pulpero</u> –dijo tranquilamente, dirigiéndose a Sardetti–. Amigos, dijo a los paisanos, yo pago la otra vuelta.

Sardetti se apresuró a obedecer y llenó los vasos que los paisanos enjuagaron a la salud de Moreira.

–Han creído que soy vaca que se ordeña sin manear –prosiguió diciendo–, ¡y así va a ser la cornada!; me han agarrado por bueno pero se me hace que esta vez no la han de sacar por tarja.

Moreira pidió otra vuelta y con una tranquilidad aterradora siguió hablando así dirigiéndose a los paisanos:

–La paciencia se gasta, porque no es oro, y siento que la mía ha ido a parar a la loma del diablo; anoche me ha hecho su blanco el teniente alcalde y me ha metido en el cepo, pero hoy la vaca se ha vuelto toro y no hay que hacerle al dolor.

El <u>pulpero</u> tragaba saliva, dejando ver en su palidez el espanto que le dominaba; la calma de Moreira le hacía prever una desgracia, desgracia inevitable, pues sabía que las palabras de Moreira no eran hijas de una mera compadrada, sino que ellas eran dictadas por una resolución inquebrantable; la amenaza que le había hecho el paisano no se había borrado de su memoria y veía que el momento de cumplirla había llegado fatalmente.

–Todos ustedes saben que yo presté a este hombre diez mil pesos –continuó señalando a Sardetti con el cabo del <u>rebenque</u>–, he tenido que demandarlo porque no había

Sardetti had seen the gaucho enter and had paled mortally: his heart trembled announcing to him the cause of that visit and he looked into the back room interrogating the countenances of the audience.

Moreira was there serene, haughty, he received warm congratulations from his friends for his freedom and he smiled, showing by the opening of his lips, the double row of his very white teeth that formed a beautiful contrast with his black beard.

–A drink, <u>pulpero</u> –he said quietly, addressing Sardetti–. Friends, he said to the countrymen, I'll pay the next round.

Sardetti hastened to obey and filled the glasses that the countrymen rinsed to Moreira's health.

–They thought I was a cow that could be milked without roping it– he continued, and that's the way they're going to be gored! They have caught me for being good, but this time they will not have it easy.

Moreira asked for another turn and with a terrifying tranquility continued speaking thus addressing the countrymen:

–Patience is worn out, because it's not gold, and I feel that mine has gone to hell; last night the lieutenant mayor made me his target and put me in the stocks, but today the cow has become a bull and there will be plenty of pain.

The <u>pulpero</u> swallowed saliva, showing in his paleness the terror that dominated him. Moreira's calm made him foresee a misfortune, an inevitable misfortune, because he knew that Moreira's words were not empty threats, but that they were dictated by an unbreakable resolution; the threat that the countryman had made to him had not been erased from his memory and he saw that the moment to comply with it had fatally arrived.

–You all know that I lent this man ten thousand pesos –he continued, pointing to Sardetti with the head of the whip–, I had to sue him because I had not been able to get

podido conseguir que me pagara, ¿y saben lo que ha contestado? Pues ha dicho que yo era un ladrón, y que no me debía un medio. Y al decir esto la voz del paisano se había vuelto trémula y sus ojos estaban empañados por las lágrimas que de ellos hacía brotar el coraje.

–Es verdad, amigo Moreira –respondió humildemente el pulpero–, yo he negado la deuda porque no tenía plata y si la confesaba me iban a vender el negocio, pero yo sé que le debo y algún día le he de pagar.

Moreira no hizo caso de las palabras del pulpero y siguió hablando de esta manera, a los paisanos que ya habían comprendido las intenciones con que había ido allí el gaucho, y que adivinaban la escena tremenda que iba a pasar.

–Me han puesto en el cepo de cabeza, como a un ladrón, me han golpeado cuando me han visto indefenso –y mostraba sobre su altiva frente una ligera cicatriz que recibió al ser metido en el cepo–, y por último me han largado con el calor de la marca diciéndome que me habían de mandar a la frontera.

Y los ojos del gaucho se dilataban de una manera feroz, dejando ver un brillo frío y siniestro que hacía la impresión de una puñalada.

Uno de los paisanos que le escuchaba, más viejo y más amigo de Moreira que los otros, le dijo que tenía mucha razón, pero que un perro de aquella especie, no merecía que un hombre de bien se perdiera haciendo una hombrada.

–Tú tienes un hijo –concluyó aquel gaucho bondadoso–, y va a padecer las consecuencias de lo que hagas. Si no lo haces por mí, hazlo por esa prenda de tu cariño, y vámonos tomando la copa del estribo.

Una inmensa agonía cruzó como un relámpago el hermoso semblante de Moreira, y mirando tristemente al hombre que le había recordado su hijo, le replicó.

him to pay me, and do you know what he replied? Well, he said that I was a thief, and that he didn't owe me anything.

And when he said this, the voice of the countryman had become tremulous and his eyes were blurred by the tears that the courage made them produce.

–It's true, my friend Moreira –answered the pulpero humbly–, I denied the debt because I had no money and if I confessed it they would sell my business, but I know I owe you and one day I will pay you.

Moreira ignored the words of the pulpero and continued speaking in this way, to the countrymen who had already understood the intentions with which the gaucho had gone there, and who guessed the tremendous scene that was going to happen.

–They put my head in the stocks, like a thief, they hit me when they saw me helpless –and he showed on his haughty forehead a light scar that he received when he was put in the stocks–, and finally they freed me away like a branded steer, telling me that next time they would send me to the frontier.

And the gaucho's eyes dilated in a ferocious manner, revealing a cold and sinister glow that made the impression of a stab wound.

One of the countrymen who listened to him, older and more of a friend of Moreira than the others, told him that he was quite right, but that a dog of that kind did not deserve a good man to get lost by his vengeance.

–You have a son –concluded the kindly gaucho–, and he will suffer the consequences of what you do. If you don't do it for me, do it for those that you love, and let's we go with the stirrup cup.

An immense agony crossed Moreira's beautiful countenance like lightning, and looking sadly at the man who had reminded him of his son, he replied.

–Yo no me voy sin haber cumplido mi palabra y sin terminar lo que voy a hacer, y no tomo la copa del estribo, porque no quiero que mañana digan que lo que yo he hecho lo hice divertido, porque no tuve entrañas para hacerlo fresco.

El paisano viejo trató de persuadirlo de nuevo haciéndole oír razones sencillas y tocantes, pero todo fue inútil.

Moreira estaba decidido a cumplir su palabra a pesar de todo, y no hubo razón que lo hiciera ceder.

–Concluyamos que es tarde –dijo levantándose de pronto–, amigo Sardetti, vengo a que me pague los diez mil pesos o a cumplir mi palabra empeñada.

El pulpero vaciló, miró con espanto a Moreira, y dirigiendo una mirada de suprema súplica al paisano que había tratado de disuadir a aquel terrible acreedor, respondió de una manera humilde y quejumbrosa:

–Yo no tengo plata, amigo Moreira, espérese unos días, y le juro por Dios que lo he de pagar hasta el último peso.

–No espero más –contestó el paisano con suprema altivez–, vengan los diez mil pesos o te abro diez bocas en el cuerpo, para que por ellas puedas contar que Juan Moreira cumple lo que promete, aunque lo lleve al diablo.

Y con mano segura desnudó su daga que brilló con un fulgor siniestro.

Los paisanos habían quedado helados, Sardetti estaba más muerto que vivo y Moreira, arrogante y altivo, con la daga en la mano y la manta de vicuña, volcada sobre el brazo izquierdo, estaba allí como el ángel del exterminio.

–O pagas sobre el acto, dijo imperiosamente Moreira, o te abro como un peludo.

–No tengo plata –balbuceó el pulpero en una especie de estertor, mientras el paisano que desde un principio había tratado de evitar el lance, se cruzaba delante de la daga de Moreira, diciéndole:

–I don't leave without keeping my word and finishing what I'm going to do, and I don't take the cup of the stirrup, because I don't want them to say tomorrow that what I did I made it drunk, because I didn't have the guts to make it sober.

The old countryman tried to persuade him again by making him hear simple and touching reasons, but everything was useless. Moreira was determined to keep his word in spite of everything, and there was no reason to make him give in.

–Let us conclude that it is too late –he said, rising suddenly–, my friend Sardetti, I come to you to collect ten thousand pesos or to keep my pledged word.

The pulpero hesitated, looked with horror at Moreira, and looking at the man who had tried to dissuade the terrible creditor, he replied in a humble and complaining manner:

–I don't have any money, my friend Moreira, wait a few days, and I swear by God that I will pay you to the last peso.

–I will not wait any longer –replied the countryman with supreme arrogance–, give me ten thousand pesos or I'll open ten mouths in your body, so that you can tell them that Juan Moreira fulfills what he promises, even if he takes him to the devil.

And with a sure hand he bare his dagger which shone with a sinister glow.

The countrymen were frozen, Sardetti was more dead than alive and Moreira, arrogant and haughty, with the dagger in his hand and the vicuña blanket over his left arm, was there as the angel of extermination.

–Either you pay now, Moreira said emphatically, or I'll open you up like an armadillo.

–I don't have any money –whispered the pulpero in a sort of stertorous voice, while the countryman, who from the beginning had tried to avoid the fight, crossed himself in front of Moreira's dagger, telling him:

–No te pierdas, hermano, el gringo no vale la pena y vas a tener que huir del pago.

Moreira apartó al paisano con un ademán vigoroso, y saltando al otro lado del mostrador, se lanzó sobre Sardetti con el brazo encogido y en ademán de tirar una puñalada.

Los paisanos cerraron los ojos para no ver aquello.

Cuando los paisanos abrieron los ojos creyendo que todo había concluido, encontraron a Moreira todavía frente al pulpero.

¿Qué extraño pensamiento había detenido su daga con la fuerza de un brazo humano? ¿Qué lo había hecho hacer un paso atrás en el momento de herir? ¿Había tenido miedo? ¿Se había arrepentido?

No, Moreira había cedido a un sentimiento de hidalguía; había visto al pulpero desarmado y no se había atrevido a herir, porque no había ido allí a cometer un asesinato ni a dar muerte a un hombre indefenso.

Cuatro o cinco segundos duró apenas la vacilación de Moreira, que viendo inmóvil aún al pulpero, le dijo de la manera más natural del mundo:

–¿Qué haces que no te defiendes? ¿O quieres que te degüelle como a un peludo?

–No tengo armas –respondió Sardetti–, y aunque las tuviera, esto será siempre un asesinato.

Moreira arrebató a uno de los paisanos el puñal de la cintura, arrojándolo a los pies del pulpero, y se preparó a herir.

Sea que la cobardía de Sardetti fuera porque no tenía armas realmente, fuera que comprendiese que solo matando al gaucho podía escapar a aquel peligro de muerte, al verse dueño de un cuchillo sus ojos brillaron y desapareció por completo su aspecto de terror y de víctima resignada.

Empuñó la daga y esperó alerta el ataque que debía ser impetuoso.

–Don't get lost, brother, the gringo isn't worth it and you're going to have to run away from the district.

Moreira pulled the countryman aside with a vigorous gesture, and jumping across the counter, he threw himself at Sardetti, with a retracted arm and in the gesture of thrusting a stabbing.

The countrymen closed their eyes not to see that.

When the countrymen opened their eyes believing that everything was over, they found Moreira still in front of the pulpero.

What strange thought had stopped his dagger with the force of a human arm?

What had made him step back in the moment of wounding? Had he been afraid? Had he repented?

No, Moreira had given in to a feeling of nobility; he had seen the pulpero unarmed and had not dared to injure him, for he had not gone there to commit murder or to kill a helpless man.

Four or five seconds lasted barely Moreira's hesitation, that seeing the pulpero still, told him in the most natural way of the world:

–What do you do that you don't defend yourself? Or do you want me to slit your throat like an armadillo?

–I don't have any weapons –replied Sardetti–, and even if I do, this will always be murder.

Moreira snatched one of the countrymen's dagger from his waist, threw it at the feet of the pulpero, and prepared himself to wound the pulpero.

Whether Sardetti's cowardice was because he didn't really have weapons, whether he understood that only by killing the gaucho could he escape the danger of death, when he saw himself the owner of a knife his eyes shone and his aspect of terror and resigned victim disappeared completely.

He wielded the dagger and waited alert for the attack that surely was to be fierce.

En la trastienda no había más gente que Moreira, los paisanos que allí se encontraban a su llegada, el <u>pulpero</u> y un dependiente de catorce a quince años, que estaba dominado por el espanto.

Una sola lámpara de querosene colgada del techo por un alambre, alumbraba aquella escena fuertemente dramática.

Los paisanos cuando vieron que se trataba de un duelo, se apartaron y sólo quedaron al lado del mostrador los dos combatientes, midiéndose con la mirada.

Cuando Moreira vio la nueva actitud que asumía el <u>pulpero</u>, cuando lo vio apoderarse de la daga y esperar sereno el ataque, le dijo estas palabras:

–¡Así te quería ver <u>maula</u>! –y lo acometió tirándole un hachazo a la cabeza que Sardetti evitó volcando el cuello, respondiéndole con una puñalada tremenda que Moreira adivinó con su vista de lince y que evitó fácilmente con el <u>poncho</u> que pendía del brazo izquierdo.

El combate era formidable; las puñaladas se dirigían rápidas y mortales por una y otra parte, y aunque la lucha llevaba ya más de dos minutos, ninguno de ellos se había podido herir.

Por fin Sardetti, comprendiendo que la duración del combate podía ser fatal para él porque su enemigo era poderoso y firme, hizo un poderoso esfuerzo y se tendió a fondo en una terrible puñalada.

Aunque Moreira metió el <u>poncho</u>, aunque quebró si cuerpo como una <u>vara</u> de mimbre, la punta del puñal de Sardetti, pasando a través de los pliegues del <u>poncho</u>, fue a herirlo levemente en la tetilla izquierda.

–Ahora ya no te tengo asco –gritó Moreira al sentir sobre su pecho el frío de la daga, y bajando la cabeza subiendo hasta la altura de sus ojos el antebrazo izquierdo de que colgaba el <u>poncho</u>, entró a Sardetti por el costado izquierdo con tal ímpetu, que le sepultó allí la daga por completo.

In the back room there were no more people than Moreira, the countrymen who were there upon his arrival, the <u>pulpero</u> and a fourteen to fifteen year old clerk, who was dominated by fright.

A single kerosene lamp hung from the ceiling by a wire, illuminating that strongly dramatic scene.

When the countrymen saw that it was a duel, they moved away and only the two fighters stood beside the counter, measuring each other with their eyes.

When Moreira saw the <u>pulpero</u>'s new attitude, when he saw him seize the dagger and wait serenely for the attack, he said these words:

–That's how he wanted to see you, coward! –and he attacked him by throwing an cut at his head, which Sardetti avoided by tipping his neck, answering him with a tremendous stab wound that Moreira guessed with his lynx sight and which he easily avoided with the <u>poncho</u> hanging from his left arm.

The fight was formidable; the stab wounds were quick and deadly on both sides, and although the fight had been going on for more than two minutes, none of them had been able to injure his opponent.

At last Sardetti, realizing that the duration of the combat could be fatal to him because his enemy was powerful and firm, made a powerful effort and stretched himself deeply thrusting a terrible stab wound.

Although Moreira interposed the blanket, although he slanted his body like a wicker rod, the tip of Sardetti's dagger, passing through the folds of the blanket, went to slightly wound him in the left nipple.

–Now I no longer I'm wary –shouted Moreira as he felt the cold of the dagger on his chest, and lowering his head, and raising his forearm, from where the blanket hung, up to the height of his eyes, his knife entered Sardetti from the left side with such impetus that he buried the dagger there completely.

Sardetti lanzó una especie de quejido sordo, dejó caer la daga de su mano, y vaciló sobre sus pies.

Entonces como un relámpago, como una máquina de muerte, Moreira le dio nueve puñaladas más; tres en el pecho, cuatro en el vientre, y dos en el costado, arriba de la primera.

Sardetti cayó pesadamente, sin pronunciar una palabra, sin proferir un acento de dolor; parecía que la primer puñalada le había dado la muerte y que las otras las había recibido en el intervalo que tardó en caer.

Moreira contempló un segundo el cadáver de Sardetti, miró a los paisanos que no habían vuelto de su estupor y salió de la pulpería diciendo:

–Ahora, que se cumpla mi destino

Fue hasta el palenque, desató su caballo y se le sintió alejarse al trotecito, como si quisiera aclarar sus ideas antes de llegar al paraje a que se encaminaba.

Así llegó a su rancho donde era esperado con una ansiedad profunda.

Su suegro, hombre práctico en la vida, había adivinado con esa mirada clara del paisano que su yerno salía a algo grave; lo comprendía por los sucesos anteriores y por los aprestos que hizo aquél antes de dejar su rancho.

–No se hacen estas cosas con un hombre de su temple –había dicho el buen viejo–, tanto se baraja el naipe que al fin se gasta, y mi Juan va a hacer uno de estos días una hombrada que los va a dejar fritos.

Vicenta interrogaba a su padre llorosa y espantada al ver el triste ademán con que el paisano trataba de consolarla.

–Vaya usted a buscarlo, tata –decía agarrando las manos del paisano–, vaya a buscarlo porque se me ha puesto que Juan ha ido a matar al amigo Francisco que así se ha puesto a perseguirlo.

Sardetti uttered a kind of dull moan, dropped the dagger from his hand, and hesitated on his feet.

Then like lightning, like a death machine, Moreira stabbed him nine more times; three in the chest, four in the belly, and two in the side, above the first.

Sardetti fell heavily, without uttering a word, without uttering other expression of pain; it seemed that the first stab had killed him and that the others had been received in the interval until he had fallen.

Moreira looked at Sardetti's corpse for a second, looked at the countrymen who had not returned from their stupor, and came out of the grocery store saying:

–Now, let my destiny will be fulfilled

He went to the tethering post, untied his horse and the men heard him riding away at a trot, as if he wanted to clarify his ideas before reaching the place he was heading for.

Thus he arrived at his ranch where he was expected with deep anxiety.

His father-in-law, a man practical in life, had guessed with that clear look of the countryman that his son-in-law was going out to do something serious; he understood it from the previous events and from the preparations that he made before leaving his ranch.

–You don't do these things to a man of his quality –said the good old man–, the card is shuffled so much that it is finally spent, and my Juan is going to make one of these days a manly deed that will leave them stupefied.

Vicenta interrogated him weeping and frightened, when she saw the sad gesture with which her father was trying to console her.

–You go and get him, tata –she said, holding the hands of the countryman–, go and get him because I've been told that Juan has gone to kill his friend Francisco, who has set out to persecute him.

-Lo que Juan haya ido a hacer -replicaba éste-, lo hará aunque se mezcle el diablo. Cuando él ha salido así, es porque ya estaba resuelto y tal vez los ruegos lo enojen más. Deja no más hija, que no ha de tardar en venir -y el viejo sonreía tristemente, porque estaba persuadido de que Moreira se había ido a matar a media justicia, empezando por don Francisco.

-¿Y si lo matan, tata? -había preguntado Vicenta en colmo de la desesperación.
-No hay quien haga esa gauchada, contestó el paisano -para matar a Juan tendrán que juntarse dos partidas.

Y era tal la profunda seguridad que tenía el viejo en el coraje y en la vista de Moreira a quien amaba con toda la sencillez del gaucho, que al decir aquello había infundido valor al decaído espíritu de Vicenta.

En esta conversación estaba padre e hija, cuando relinchó el overo bayo, relincho que arrancó un grito de placer a Vicenta y que despidió al buen viejo de la silla en que se hallaba sentado.

Cuando se asomaron al alero del rancho, ya Moreira había atado su parejero al palenque, y se sentían en dirección al rancho sus conocidas pisadas, acompañadas el metálico ruido que produce la rodaja de la espuela.

El paisano abrazó tiernamente a Vicenta, y estrechó a tosca mano de su suegro, en un apretón que fue la narración de todo lo que hiciera.

Su suegro lo comprendió así y guardó silencio; bajó la cabeza y quedó en una actitud pensativa.

Moreira estaba sereno, pero en su mirada hermosa se podía ver toda la tempestad que cruzaba su espíritu varonil.

Hemos hablado con los empleados de policía que han combatido con Moreira, inválidos todos, y que figurarán a su tiempo en

esta narración, y hemos conversado largamente con el capitán de las partidas de plaza de Lobos y Navarro, inválidos también, y todos ellos nos han relatado la honda impresión que producía la mirada de Moreira en el combate.

Su pupila se dilataba poderosamente sombreada por la larga pestaña; a sus ojos afluía e irradiaba su espíritu varonil, dominándolo todo como la soberbia mirada del león.

Pidió a su mujer un <u>mate</u> y cuando ésta se alejó a prepararlo, Moreira tomó de nuevo entre las suyas la mano de su suegro, y con una expresión de infinita melancolía le dijo:

–Me he desgraciado, <u>tata</u> viejo, he muerto a un hombre.

El viejo levantó la cabeza, miró a Moreira a través de un velo de lágrimas y le preguntó sencillamente.

–¿En buena ley?

El paisano guardó silencio, pero abrió su saco y mostró coagulada sobre la camisa la sangre de la herida recibida.

–¿Qué piensas hacer ahora, Juan? –preguntó el paisano, envolviendo en su mirada sagaz a su yerno.

–Me voy del pago, <u>tata</u> viejo, por unos días, mientras pasa el alboroto.

He matado sólo a Sardetti porque no encontraré en su casa a don Francisco, pero no por mucho madrugar amanece más temprano; ya le llegará su turno.

Y era verdad, antes de ir a su rancho, Moreira había estado en casa del amigo Francisco, pero éste no estaba allí, había ido al juzgado a dar cuenta de la <u>cepiada</u>, anticipándose al paisano como la vez primera.

–Es preciso, <u>tata</u> viejo, que usted me cuide a Vicenta y a Juancito, que son prendas suyas también; sabe Dios cuando pegaré yo la vuelta y no es justo que ellos pasen trabajos por mí. Yo me voy así como a la madrugada y antes de rumbiar el camino hablaré con mi compadre Giménez.

story, and we have talked at length with the captain of the hunting parties of Lobos and Navarro, also invalids, and all of them have related to us the deep impression that Moreira's look produced in the fight.

His pupils dilated powerfully, shaded by the long eyelashes; his manly spirit flowed and radiated from his eyes, dominating everything, like the arrogant look of the lion.

He asked his wife for a <u>mate</u> and when she went away to prepare it, Moreira took again among his the hand of her father-in-law, and with an expression of infinite melancholy she told him:

–I've doomed myself, old father, I've killed a man.

The old man lifted his head, looked at Moreira through a veil of tears and simply asked him.

–In a fair fight?

The countryman remained silent, but opened his sack and showed the blood from the wound coagulated over the shirt.

–What are you going to do now, Juan? asked the countryman, wrapping his son-in-law in his sagacious gaze.

–I'm leaving the district, old father, for a few days, while the uproar goes on.

I only killed Sardetti because I couldn't find Don Francisco in his house, but time must take its course; his turn will come.

And it was true, before going to his ranch, Moreira had been at Francisco's house, but he wasn't there, he had gone to the court to give an account of Moreira's second time in the stocks, anticipating the countryman as he did the first time.

–It's necessary, old father, that you take care of Vicenta and Juancito, who are also your loves; only God knows when I will come back again and it is not fair that they suffer for me. I will leave at dawn and before taking the road I will speak with my buddy Giménez.

Moreira pasó la noche en su rancho, conversando indiferente de los trabajos del campo y tratando siempre de ocultar a Vicenta lo sucedido, que ya lo adivinaba por haber visto la empuñadura de su daga con sangre y su <u>poncho</u> de vicuña desgarrado en varias partes y manchado también de sangre.

Al rayar el alba, Moreira se mudó de ropa, sujetó en el tirador una pistola de dos cañones y revisó con una prolijidad asombrosa la montura de su overo bayo, a cuyos tientos ató una cantidad de "vicios" como cuando salía con la Guardia Nacional en persecución de indios.

Volvió las casas, besó a su mujer en la boca, estuvo mirando largo rato a su hijito que dormía, y oprimiendo la mano de <u>tata</u> viejo, saltó sobre el overo bayo que se perdió un instante después por entre los alfalfares y alambrados.

Moreira caminó así un cuarto de hora, con la cabeza inclinada sobre el pecho, el brazo derecho caído sobre las vueltas del lazo trenzado, y la mano izquierda con las riendas llevadas al acaso, apoyadas sobre las cabezas del recado.

¡Sabe Dios el mundo de angustias que en esos momentos cruzaba por su espíritu!

La vida de martirio había empezado para él, sabía que el resultado de su acción era la frontera, como sabía explicárselo en su rudo pensamiento, que la frontera era su muerte civil, aprendizaje que había hecho con el ejemplo de mil gauchos desgraciados que habían hecho igual suerte.

Y lo que Moreira había hecho aquella noche no era la mínima parte de su sangriento plan.

La muerte de Sardetti, su cadáver, era el reto de muerte que dejaba allí a la Justicia de Paz, cuyas partidas saldrían en su persecución a disputarle sus pies para una barra de grillos y su cuerpo para engrosar un contingente.

Moreira spent the night at his ranch, chatting indifferently about the work in the fields and always trying to hide what had happened from Vicenta, who already guessed it by having seen the hilt of his dagger with blood and his vicuña <u>poncho</u> torn in several parts and also stained with blood.

At dawn, Moreira changed his clothes, inserted a two-barrel pistol in his belt and checked the saddle of his spotted horse with astonishing tidiness, as when he went out with the National Guard in pursuit of Indians.

He returned to the houses, kissed his wife on the mouth, looked for a long time at his sleeping son, and pressing the hand of the old father, jumped over his spotted horse and he was gone a moment later between the alfalfa fields and the wire fences.

Moreira rode for a quarter of an hour, with his head bowed over his chest, his right arm falling over the twists of the braided ribbon, and his left one letting the reins resting on the pommel of his saddle.

God knows the world of anguish that at that moment crossed his spirit!

The life of martyrdom had begun for him, he knew that the result of his action was the frontier, as he knew well in his rough thought, that the frontier was his civil death, learning that he had got from the example of a thousand unfortunate gauchos who had done the same way.

And what Moreira had done that night was not the least part of his bloody plan.

The death of Sardetti, his corpse, was the death challenge that he left to the Justice of Peace there, whose hunting parties would go out in pursuit to dispute his feet for a bar of shackles and his body to enlarge the frontier soldiers.

Este último pensamiento fue sin duda lo que iluminó entonces su soberbia cabeza que irguió con una altanería imponderable; sujetó la marcha del magnífico animal, divisó el campo con su vista de águila y no percibiendo persona alguna, hizo cambiar de frente al caballo, se empinó sobre los estribos y permaneció inmóvil.

¿Qué miraba el paisano que lo hacía palidecer tan intensamente?

¿Por qué en la punta de sus negras pestañas se veían relucir gotas de llanto, semejantes a las gotas de rocío que a esa hora se podían ver en cada hoja de las flores y pastos silvestres?

Él hundía su mirada en el horizonte, hasta llegar con ella a su rancho, que hubiera parecido un pequeño punto blanco para cualquier otra mirada que no fuera la mirada escudriñadora de un paisano.

Miraba su rancho que era todo su mundo, pensando que tal vez lo dejaba para siempre, sin volver a ver aquellos seres queridos de su corazón, o para verlos de nuevo en una situación vergonzosa.

El gaucho cayó a plomo sobre el recado, como cediendo al peso de su pensamiento; dos lágrimas rodaron sobre su barba quedando allí brillantes y temblorosas, arrojó con la punta de sus dedos, en dirección al rancho, un beso de despedida, y bajó la rienda sobre el cuero del overo bayo cerrando sus flancos con las espuelas.

El animal dio un brinco poderoso que hubiera dado en tierra con cualquier otro jinete, y esta vez se perdió por completo, a impulsos de la carrera vertiginosa.

Moreira fue a detener la marcha de su caballo en casa de su compadre Giménez, con quien habló sin apearse.

–Compadre, anoche me desgracié –dijo Moreira así que se le acercó Giménez–, allí en mi rancho queda todo lo que tengo en el mundo, que vengo a ponerlo bajo su amparo, porque usted entiende esas cosas de

This last thought was undoubtedly what illuminated his superb head, which he straightened with an imponderable haughtiness; he held the march of the magnificent animal, saw the field with his eagle's eye and, not perceiving any person, he made the horse stop, he stretched over the stirrups and remained motionless.

What did the countryman look at that made him pale so intensely?

Why on the tip of his black eyelashes were teardrops gleaming, similar to the dewdrops that at that hour could be seen on every leaf of flowers and wild grasses?

He sunk his gaze into the horizon, until he reached his ranch with it, which would have looked like a small white spot to any other look than the scrutinizing gaze of a countryman.

He looked at his ranch which was his whole world, thinking that perhaps he would leave it forever, without ever seeing those loved ones of his heart again, or to see them again in a shameful situation.

Two tears rolled over his beard, remaining there shining and trembling, he threw with the tip of his fingers, in the direction of the ranch, a kiss of farewell, and lowered the reins on the leather of his horse closing its flanks with the spurs.

The animal gave a powerful jump that would have throw to the ground any other rider, and this time he was lost completely, impulsed by a dizzying race.

Moreira stopped the march of his horse at the house of his buddy Giménez, with whom he spoke without getting off of the horse.

–Buddy, last night I doomed myself –said Moreira when Giménez approached him–, there in my ranch remains everything I have in the world, which I come to put under your protection, because you under-

la justicia y los podrá proteger contra toda desgracia que allí quiera, sentar reales.

Una desgracia nunca viene sola, y con usted he contado en la ocasión.

Giménez preguntó a Moreira como había sido aquello, y el paisano narró el drama de la pulpería, según su expresión, con todos sus pelos y señales.

Giménez lamentó lo sucedido, mostrando los inconvenientes que tenía aquel proceder, pero Moreira lo interrumpió y le dijo:

–Ya está hecho eso, compadre, y es en vano lamentarse –ahora no hay más que poner el hombro y hacer espalda ancha–, el que hizo el perjuicio que sufra el daño. Y ya que tanto me han pinchado y se han cebado en mí porque me veían humilde, haciéndoseles bueno el partido, paciencia y barajar, compadre, no hay que quejarse de lo que yo haga. Ahí le dejo eso, compadre, prosiguió enterneciéndose por grados, cuídemelos y cuente conmigo para todo en esta vida.

Concluyó de hablar así, apretó las espuelas al caballo y tomó la dirección del partido del Saladillo sin volver la cara.

Eran ya la cinco de la mañana y el sol "el poncho de los pobres", empezaba a dorar la mañanita.

Giménez, cruzado de brazos, se quedó contemplando como se alejaba aquel hombre extraordinario.

Cuando lo hubo perdido de vista volvió a su casa, sacó las prendas de ensillar, y aperando lindamente un magnífico oscuro tapado que le regalara el mismo Moreira la noche de su casamiento, tomó el camino del cuartel que habitaba el fugitivo, a enterarse bien de lo que había sucedido la noche anterior, y de las medidas que contra Moreira hubiera tomado la Justicia de Paz.

Cuando Giménez llegó a las primeras casas fue recibido con la sangrienta novedad.

stand these things of justice and you'll be able to protect them against any misfortune that befalls them there.

A misfortune never comes alone, and I have counted on you for the occasion.

Giménez asked Moreira how it had been, and the countryman narrated the drama of the pulpería, according to his expression, with all his hairs and signs.

Giménez lamented what had happened, showing the inconveniences of such actions, but Moreira interrupted him and told him:

–It's already done, buddy, and it's in vain to lament –now all I have to do endure the consequences– the one who did the damage have to suffer. And since I have been pricked and abused because they saw me humble, making things easier form them, patience and shuffle again, buddy, nobody should complain because what I do. There I leave you that, buddy, he went on, getting more excited gradually, take care of them and count on me for everything in this life.

He finished talking like that, squeezed the spurs on the horse and took the direction of the Saladillo district without turning his face.

It was already five o'clock in the morning and the sun, "the blanket of the poor", began to paint the morning.

Giménez, folded his arms and watched that extraordinary man move away.

When he had lost sight of him, he returned to his house, took out his luxurious saddle clothes, a magnificent dark cover that Moreira himself gave him the night of his wedding, took the road to the barracks where the fugitive lived, to find out what had happened the night before, and the measures that the Justice of Peace had taken against Moreira.

When Giménez arrived at the first houses he was greeted with the bloody novelty.

Todos comentaban la muerte de Sardetti, de manera más o menos favorable a Moreira.

El teniente alcalde se había puesto en campaña con cuatro soldados de la partida y habían empezado las tropelías y desastres.

Los paisanos que presenciaron el hecho, fueron reducidos a prisión y puestos en cepo algunos de ellos.

El rancho de Moreira fue invadido por completo, como malón de indios, y Vicenta y el suegro de Moreira fueron también conducidos a prisión.

Era necesario vengar la muerte del <u>pulpero</u>, y a falta del criminal, ahí estaban su esposa y su hijo para satisfacer a la Justicia de Paz, que necesitaba una víctima.

Giménez se impuso de lo que sucedía, y se trasladó al juzgado para obtener la libertad de Vicenta y su padre; pero su pedido fue despreciado y desoído.

Su mujer, según el teniente alcalde, como su padre, debían saber dónde se hallaba el bandido, y era preciso que lo confesaran para que la justicia lo redujera a prisión.

Con este objeto, y para costear los gastos del proceso, se había embargado todo lo que a Moreira pertenecía, y ya se sabe lo que es un embargo de bienes de un paisano.

Los animales se carnean por los depositarios y sus sembrados son destruidos enteramente por el completo abandono en que quedan.

Moreira había caído en desgracia, y envueltos en ella habían caído también su hijo y su mujer.

¿Quién podía defender a aquellos seres de los avances de aquella justicia *sui géneris*?

¿Quién defendería aquellos intereses embargados para costear con ellos un sumario que aún no se había principiado?

Sólo quedaba el puñal de Moreira, y sabe Dios donde había sujetado éste el vértigo de la carrera del overo bayo.

Everyone commented on Sardetti's death, more or less in favor of Moreira.

The lieutenant mayor had campaigned with four soldiers from the party and the abuses and disasters had begun.

The countrymen who witnessed the event were imprisoned and some of them were put in the stocks.

Moreira's ranch was completely invaded, as with an Indian attack, and Vicenta and Moreira's father-in-law were also taken to prison.

It was necessary to avenge the death of the <u>pulpero</u>, and in the absence of the criminal, there were his wife and son to satisfy the Justice of Peace, which needed a victim.

Giménez imposed himself on what was happening, and went to court to obtain the freedom of Vicenta and her father; but his request was despised and ignored.

His wife, according to the deputy mayor, like his father, had to know where the bandit was, and they had to confess so that justice could reduce him to prison.

For this purpose, and in order to cover the costs of the trial, everything that belonged to Moreira had been seized, and it is well known what a seizure of a fellow countryman's property is.

The animals are slaughtered by the depositories and their crops are entirely destroyed by the complete abandonment in which they remain.

Moreira had fallen into disgrace, and enveloped in it had also fallen his son and his wife.

Who could defend those beings from the advances of that *sui generis*[7] justice? Who would defend those embargoed interests to pay with them a summary that had not yet begun?

Only Moreira's dagger remained, and God knows where he had held the vertigo of the spotted horse race.

---

7 One-of-a-kind.

El cadáver de Sardetti fue recogido y sepultado de la mejor manera que se pudo, y la partida de plaza salió en demanda del gaucho, con la orden de reducirlo a prisión o matarlo si se resistía, última parte que se cumple rigurosamente, aunque el gaucho a quien se persigue sea sorprendido durmiendo.

Y el gaucho que conoce esto, pelea con el ardor del que sabe que entregarse es morir.

¿Qué había sido entre tanto de Moreira?

Moreira se fue al partido del Saladillo y allí pidió hospedaje a unos amigos que habían sido sus compañeros en tiempos más felices.

¿Qué gaucho niega su hospitalidad a un paisano en desgracia?

¿Quién niega un amparo al que ha caído en la enemistad de la justicia?

Ninguno, seguramente, porque la hospitalidad es una religión en el gaucho, religión que no han podido extirpar de su alma los castigos, las fronteras, y ese otro azote que el paisano llama sardónicamente la justicia, porque justicia es para él la privación de todo derecho, la altanería del alcalde, el sable de la partida de plaza, y el regimiento de línea, que es el último tramo de su *vía crucis*.

La justicia para él es la causa de que le falte trabajo, pues el estanciero lo rechaza temiendo que una leva lo deje sin peones; justicia, es la palabra que invocan para ponerle una barra de grillos porque en las elecciones no votó con el Comandante militar; y justicia por fin, es la palabra que se oye sonar siempre en pos de una desventura o de una tropelía.

Si tiene algún pingo lindo, la autoridad se lo quiere comprar, y si no se lo vende se lo quita, y si reclama ya puede ganar el campo.

Por eso es que el paisano detesta todo lo que lleva el nombre de justicia, y de ahí nace el

Sardetti's corpse was collected and buried in the best way possible, and the police force left the square in demand of the gaucho, with the order to reduce him to prison or to kill him if he resisted, the last part that is always rigorously complied with, although the gaucho who is pursued is caught sleeping.

And the gaucho who knows this, fights with the ardor of the one who knows that to surrender is to die.

What had become of Moreira in the meantime?

Moreira went to the Saladillo district and there he asked for lodging to some friends who had been his companions in happier times.

What gaucho denies his hospitality to a disgraced countryman?

Who denies a protection to the one who has fallen into the enmity of justice?

None, surely, because hospitality is a religion in the gaucho, a religion that has not been able to extirpate from his soul the punishments, the frontiers, and that other scourge that the countryman calls sardonically justice, because justice is for him the deprivation of all rights, the haughtiness of the mayor, the saber of the police force and the army, which is the last stretch of his *Way of Sorrows*.

Justice for him is the cause of his lack of work, because the rancher rejects him fearing that a levy will leave him without laborers; justice, is the word they invoke to put a bar of crickets on him because in the elections he did not vote with the military commander; and justice at last, is the word that is heard always sounding after a misfortune or an abuse.

If he has a nice horse, the authority wants to buy it, and if he doesn't sell it, they take it away, and if he complains against it, he can already win the field and escape.

That is why the countryman hates everything that bears the name of justice, and

amparo que presta al que viene huyendo de ella.

Así Moreira encontró asilo seguro en casa de sus amigos, a quienes narró su desventura, con ese colorido lánguido y melancólico que imprime el paisano en desgracia a todos sus actos y palabras.

Profunda impresión produjo en el espíritu de aquella gente sencilla la desgracia del amigo Moreira y la narración de la escena de la <u>pulpería</u>, que sería la causa de que a aquellas horas lo anduvieran buscando para prenderlo y remacharle una barra de grillos.

–Y todavía estoy en el principio, había dicho amargamente el gaucho; aquella muerte es el principio de mi obra, y don Francisco es el fin con que tengo que estrellarme. Ese hombre me ha humillado, sin que yo le haya dado motivo, él me ha hecho banco y me ha echado al medio haciéndosele bueno el partido y es la causa que me halle como me veo.

Ese hombre ha de morir a mis manos, aunque después tenga que ganar la pampa para huir de las partidas.

–No se aflija compañero, le replicó el amigazo que le había abierto su rancho y su corazón. Sólo la muerte no tiene remedio en esta vida.

–¿Y mi hijo? ¿Qué será de mi hijo y de Vicenta? –preguntó Moreira con una indefinible expresión de dolor–. <u>Tata</u> viejo está ya achacoso y son capaces de matarlo en el cepo para que confiese dónde estoy. ¡Ah! ¡Don Francisco! –concluyó el paisano, abatiendo su hermosa cabeza en la palma de la mano–, ¡no tiene suficiente vida para pagarme el mal que me ha hecho!

Moreira guardó silencio, silencio que no se atrevieron a interrumpir ni el dueño de casa ni las personas que en él estaban.

Las palabras del gaucho eran para ellos el reflejo de sus propias desventuras, y cada cual pensaba en las suyas, recordadas por Moreira.

that is the source of the protection he lends to those who flee from it.

Thus Moreira found safe haven in the home of his friends, to whom he narrated his misfortune, with that languid and melancholic color that the countryman imprints in disgrace to all his actions and words.

Deep impression produced in the spirit of those simple people the misfortune of the friend Moreira and the narration of the scene of the <u>pulpería</u>, that would be the cause of that at those hours they were looking for him to catch him and to rivet a bar of shackles to him.

–And I am still in the beginning, said the gaucho bitterly; that death is the beginning of my work, and Don Francisco is the end with which I have to finish. That man has humiliated me, without my giving him a reason, he has hazed and has persecuted me, and he is the reason that put me in my actual predicament.

That man has to die at my hands, even if later I have to win the pampa to escape from the hunting troops.

–Don't worry, mate –replied the friend who had opened his ranch and his heart to him. Only death has no remedy in this life.

–What will become of my son and Vicenta? –Moreira asked with an indefinable expression of pain–. Her old man is already ailing and they are capable of killing him in the stocks so that he can confess where I am. Ah! Don Francisco! –The countryman concluded, bowing his beautiful head in the palm of his hand–, he doesn't have enough life to pay me for the evil he has done to me!

Moreira kept silent, a silence that neither the owner of the house nor the people in it dared to interrupt.

For them, the words of the gaucho were the reflection of their own misfortunes, and each one thought of his own, remembered by Moreira.

De repente uno de los gauchos, el amigo Julián, abandonó su poyo y avanzando hasta Moreira, le golpeó familiarmente el hombro, obligándole a levantar la abatida frente.

Era éste un paisano pobremente empilchado, pero con un rostro enérgico iluminado por una expresión de suma inteligencia.

Su nariz aguileña y afilada, indicaba la firmeza de su carácter y a su pupila parda, suavemente humedecida por el enternecimiento que le dominaba asomaban los relámpagos de un espíritu fuerte y bien templado.

Cuando Moreira sintió sobre su hombro, el peso de aquella mano, levantó la cabeza y miró al amigo Julián con su ojo escudriñador; aquellas dos miradas se fundieron, por decirlo así, y ambos sonrieron; los paisanos se habían comprendido en la expresión de la mirada, y habían hecho un punto.

El gaucho de corazón y de prendas de carácter, no necesita hablar para ser comprendido por el gaucho; dotados de una sensibilidad delicada, llegan al corazón con una mirada, en un lenguaje poderosamente elocuente.

Esto había sucedido con Moreira y el amigo Julián, en cuyas miradas había habido una oferta y una aceptación.

–Ahora mismo me voy a Matanzas, concluyó Julián, y mañana a estas horas tendrá usted noticia de lo que por allí haya sucedido; hoy por mí y mañana por ti, puede descansar a su gusto amigo, que yendo yo es lo mismo que si usted fuera.

Moreira oprimió entre las suyas las manos del paisano, salió con los otros a la puerta a despedir al amigo Julián que saltó sobre su caballo y se perdió entre el follaje de los árboles; ni siquiera había alzado su chuspa que se veía sobre un viejo baúl.

Moreira fue obsequiado con un churrasco que ni siquiera probó; estaba abatido por la idea de su mujer y su hijito a quienes ima-

Suddenly one of the gauchos, the friend Julián, abandoned his support and advancing to Moreira, hit him familiarly on the shoulder, forcing him to raise his dejected forehead.

He was a poorly dressed countryman, but with an energetic face illuminated by an expression of extreme intelligence.

His sharp, aquiline nose indicated the firmness of his character and his brown pupil, softly humidified by the tenderness that dominated him, showed the lightnings of a strong and well tempered spirit.

When Moreira felt the weight of that hand on his shoulder, he lifted his head and looked at his friend Julián with his scrutinizing eye; those two glances melted, so to speak, and both smiled; the countrymen had understood each other in the expression of the gaze, and had made a point.

The gaucho of heart and character need not speak to be understood by another gaucho; endowed with a delicate sensibility, they reach the heart with a look, in a powerfully eloquent language.

This had happened with Moreira and his friend Julián, in whose glances there had been an offer and an acceptance.

–Right now I am going to Matanzas, concluded Julián, and tomorrow at this time you will have news of what has happened there; today for me and tomorrow for you, you can rest as you like, friend, that going me, it's the same as if you were there.

Moreira pressed the hands of the countryman between his own, went out with the others to the door to say goodbye to the friend Julián who jumped on his horse and lost himself among the foliage of the trees; he had not even taken with him his tobacco bag, which could be seen on an old trunk.

Moreira was given a steak that he didn't even tasted; he was downhearted by the idea of his wife and his little boy whom he

ginaba habían conducido al Juzgado y maltratado para averiguar su paradero.

Por momentos sentía deseos de montar a caballo e ir a buscarlos, pero se acordaba de su venganza y al pensar que ésta pudiera desbaratarse, se sentía clavado en el sitio.

El paisano tomó la guitarra y se puso a preludiar un triste, pero la arrojó enseguida lleno de hastío; estaba dominado por su pensamiento fijo en su rancho y en los seres queridos que allí había dejado.

Los paisanos que en el rancho habían quedado respetaban su silencio, dejando oír sólo de cuando en cuando el ruido característico que produce la <u>bombilla</u> al absorber del <u>mate</u> los últimos vestigios de agua.

Moreira salió por fin al patio, nombre que dan los paisanos al pedazo de suelo sin verde que está delante del rancho.

Fue hasta el palenque y sacó el apero del caballo, colocando las piezas en el suelo, de manera a poder ensillar de un solo golpe; pidió un poco de alfalfa que dio al caballo y se tendió sobre el recado, boca abajo, con la barba apoyada sobre los brazos, que doblados en sentido contrario, venían a proporcionarle una especie de almohada.

Así permaneció toda la noche, inmóvil sumido en su pensamiento y con la mirada hundida en el horizonte.

Entonces se agolparon a su memoria las últimas injusticias que se habían cometido con él, los ultrajes del Juez de Paz, los golpes que le diera el teniente alcalde cuando estaba en el cepo de cabeza, y entonces se pintó en su semblante todo el odio que afluía a su corazón ardiente y que inconscientemente le hacía oprimir el puño de la daga.

Pensaba en Vicenta, pensaba en su hijo que tal vez fuesen las víctimas inofensivas de su acción, y de sus ojos caían silenciosas las lágrimas que iban a perderse entre la seda de su barba, después de haber resbalado por la fiebre de sus mejillas.

imagined had been taken to court and mistreated to find out his whereabouts.

At times he wanted to ride a horse and go looking for them, but he remembered his revenge and when he thought that it could fail, he felt nailed to the site.

The countryman took the guitar and began to prelude a sad song, but threw it immediately full of boredom, he was dominated by his fixed thought in his ranch and the loved ones he had left there.

The countrymen who had remained on the ranch respected his silence. The only sound was the characteristic noise produced by the <u>bombilla</u> when it sucks the last traces of water from the <u>mate</u>.

Moreira finally went out to the patio, the name given by the countrymen to the piece of soil without grass in front of the ranch.

He went up to the tethering post and took the saddle from his horse, placing the pieces on the ground, so as to be able to saddle in a single stroke; he asked for a little alfalfa that he gave to the horse and he stretched himself on the saddle, face down, with his beard resting on his arms, which bent in the opposite direction, came to provide him with a kind of pillow.

So he remained all night, immobile in his thoughts, with his gaze sunk in the horizon.

Then the last injustices committed against him, the outrages of the Justice of the Peace, the blows given to him by the lieutenant mayor when he had his head in the stocks, came to his memory, and then he showed on his countenance all the hatred that flowed to his ardent heart and that unconsciously made him oppress the fist of the dagger.

He thought of Vicenta, he thought of his son who might be the harmless victims of her action, and from his eyes fell silent the tears that were going to be lost in the silk of his beard, after having slipped due to the fever of his cheeks.

Cuando Moreira levantó la cabeza y se sentó sobre su recado, ya la primer luz del alba empezaba a dibujarse entre las últimas sombras de la noche.

Los pajaritos entonaban sus cantos matutinos al abandonar sus nidos y las ovejitas balaban en diversos tonos, al ver abiertas las puertas del corral que para ellas presentaban la perspectiva del bocado de trébol humedecido por el cristalino rocío de la noche.

El que no ha visto en el campo el despertar de la naturaleza en los primeros minutos de la mañana, no ha visto la obra más asombrosa de la creación, que pinta la grandeza del Creador del Universo en la más miserable de sus manifestaciones, desde el leve temblor del cogollo de pasto que se mueve a impulsos de la mansa brisa, hasta el alegre relincho del caballo que saluda a su dueño al verlo aproximarse a la estaca que lo aprisiona durante la noche.

Hay en esta hora suprema de la mañana, una música inexplicable que brota de todas partes y que conmueve nuestra alma como una caricia maternal que recibiéramos al abrir los ojos.

Luego aparece el primer rayo que irradia el sol, el <u>poncho</u> de los pobres, y que aprovecha el ave tendiendo su ala sobre la tierra como para secar el rocío de la noche, y la naturaleza toma un nuevo vigor en sus manifestaciones de la vida como para saludar alegremente el astro divino de la mañana.

Moreira oprimió entonces su cabeza y aspiró con placer aquel aire recibiendo sobre su frente enardecida el primer rayo del sol naciente; se levantó en seguida y acariciando el cuello de su overo bayo, lo desató y lo llevó al lado del pozo para darle agua.

El animal como agradeciendo el cuidado, paró las orejas y golpeó el hombro de su dueño, como haciéndole presente que estaba ya dispuesto para la fatiga.

When Moreira lifted his head and sat on his saddle, the first light of dawn began to draw between the last shadows of the night.

The little birds intoned their morning songs as they left their nests and the sheep bleated in various tones, as they saw the doors of the corral open, which for them presented the perspective of a clover morsel moistened by the crystalline dew of the night.

He who has not seen in the field the awakening of nature in the first minutes of the morning, has not seen the most astonishing work of creation, which paints the greatness of the Creator of the Universe in the most miserable of its manifestations, from the slight trembling of the bud of grass that moves to impulses of the gentle breeze, to the happy neighing of the horse that greets its owner on seeing him approach the stake that imprisons him during the night.

There is in this supreme hour of the morning, an inexplicable music that sprouts from everywhere and that moves our soul like a maternal caress that we receive when we open our eyes.

Then the first ray that radiates the sun appears, the blanket of the poor, and the bird takes advantage of it, spreading its wings on the earth as to dry the dew of the night, and nature takes a new strength in its manifestations of life as to cheerfully greet the divine morning star.

Moreira then oppressed his head and sucked in the air with pleasure, receiving the first rays of the rising sun on his ardent forehead; he immediately got up and caressed the neck of his spotted horse, untied it and took it to the side of the well to give it water.

The animal, as if in gratitude for the care, stopped its ears and hit its owner's shoulder, as if to remind him that he was already ready for tiring work.

Hecha esta operación, Moreira regresó a las casas, y se encaminó al fogón, donde ya estaban los paisanos alrededor del fuego en que se calentaba el agua para empezar a cebar mate, sin cuyo mate matinal, el paisano es hombre muerto.

Moreira formó parte de la rueda, se reanudó la conversación del día anterior y se empezaron a hacer comentarios sobre la pronta vuelta del amigo Julián, que había prometido regresar esa noche, trayendo las noticias que con tanta ansiedad esperaba Moreira y que debían marcar sus acciones posteriores en la senda en que lo había arrojado la fatalidad.

Se trató de distraer al paisano, pero inútilmente; no había poder bastante a arrancarlo de su pensamiento.

Así llegó el medio día, hora de la siesta, y los paisanos se turnaban en sus tareas, de manera que uno de ellos estuviese siempre haciendo compañía al sombrío huésped.

Por fin llegó la tarde, y junto con ella la esperanza de ver aparecer de un momento a otro al amigo Julián.

Moreira no había pegado sus ojos a la siesta, que pasó en el mismo desvelo y asaltado por los mismos pensamientos que a la noche.

Esta tendió por fin sus negras alas, y la naturaleza quedó envuelta en su poético letargo. De pronto Moreira pegó un brinco y se precipitó al alero del rancho; su oído finísimo había apercibido el galope de un caballo, y su corazón latiendo precipitadamente, le había anunciado la vuelta de Julián.

Al fin iba a saber de lo suyo, e iba a poder obrar con entera libertad, sabiéndolos en seguridad, pues se imaginaba estarían seguros en casa de su compadre Giménez.

El galope del caballo fue haciéndose cada vez más perceptible, hasta que la silueta del amigo Julián se dibujó a través de la escasísima claridad de la noche.

After doing this, Moreira returned to the houses, and headed to the hearth, where the countrymen were already around the fire in which the water was heated to begin to brew mate, since without his morning mate, the countryman is a dead man.

Moreira was part of the circle around the fire, the conversation of the previous day was resumed and comments were made about the prompt return of the friend Julián, who had promised to return that night, bringing the news that Moreira so anxiously awaited and that should indicate his subsequent actions in the path which fatality had thrown him.

It was a matter of distracting the countryman, but in vain; there was not enough lures to pull him out of his thoughts.

So came the middle of the day, nap time, and the countrymen took turns in their tasks, so that one of them was always keeping company to the gloomy guest.

At last the evening came, and with it the hope of seeing the friend Julián appear from one moment to the next.

Moreira had not closed his eyes to take a nap, he passed nap time which the same sleeplessness and assaulted by the same thoughts as at night.

Night finally spread its black wings, and nature was enveloped in its poetic lethargy. Suddenly Moreira jumped and rushed to the eaves of the ranch; his very fine ear had noticed the gallop of a horse, and his heart beating precipitously, had announced Julián's return.

At last he was going to know about his family, and he was going to be able to act with complete freedom, knowing them in security, because he imagined they would be safe in the house of his buddy Giménez.

The gallop of the horse became more and more noticeable, until the silhouette of the friend Julián was drawn through the very poor clarity of the night.

Moreira respiró con gran fuerza, como si en sus pulmones no hubiera habido una sola gota de aire, y un relámpago de suprema alegría cruzó iluminando por un segundo la tempestad de su espíritu.

El amigo Julián había echado pie a tierra, y después de atar su caballo al palenque, se dirigió a la puerta del rancho.

El aspecto del paisano era sombrío, su pisada era valiente y parecía querer evitar el choque de la vista de Moreira, que comprendió inmediatamente que las noticias que iba a recibir eran tristes y dolorosas.

–Coraje, amigo Moreira –fue el saludo del paisano–, no todo sale al paladar y para que algunas cosas salgan bien es preciso que otras se la lleve el diablo –aunque de esta hecha puede que se vuelva con las maletas vacías.

–Largue todo el rollo, amigo Julián –dijo Moreira con una especie de sollozo–, largue todo el rollo, que aquí hay suficiente entrañas para recibir las noticias que me traiga; no le haga asco a la relación por dura que sea.

–Vamos por partes amigo, que quiero tomar las cosas desde su principio para que mi cuento salga bien.

Los paisanos entraron a la cocina y se sentaron alrededor del fogón donde estaba la eterna pava del agua; el amigo Juan vació el mate con que fue obsequiado de entrada y empezó el relato de lo que había sucedido en Matanzas después de la partida de Moreira.

Se hizo el silencio más absoluto y el gaucho habló así:

–Cuando yo caí a su pago, no se hablaba de otra cosa que del hecho de usted paisano, y de que la partida había salido a perseguirlo con orden de matarlo en donde quiera que lo encontrara, y decir que se había resistido. Al oír esto, se vio temblar a Moreira y asomar una feroz expresión de exterminio al terciopelo de sus pupilas.

–Esto será si pueden, contestó sencillamente y costándoles algo; siga nomás, amigo.

–El amigo don Gregorio (suegro de Moreira) prosiguió el paisano Julián, fue preso con la Vicenta para que declaran donde se hallaba usted, pero como vieron que no había como sacarle una palabra los han puesto en libertad, sin duda para que viniera en su busca, pues le dijeron que si usted no se presentaba, la pagarían con su Vicenta y su hijo.

El amigo don Gregorio ensilló y salió a campearlo, pero dicen que ha pegado una rodada tan fiera, que no va a contar el cuento.

A medida que Julián narraba, Moreira iba poniéndose densamente pálido y un temblor convulsivo movía todos sus músculos.

–Su compadre Giménez ha hecho todo lo posible para sacar a Vicenta, pero no la han querido soltar, pues dicen que estando ella presa, usted ha de volver a caer, y para ese caso, el alcalde don Francisco se ha instalado en su rancho con dos soldados de la partida, y allí están de <u>mate</u> y coperío.

–No me han de esperar mucho tiempo, respondió Moreira sonriendo, y se levantó de una manera amenazadora.

–¿Qué va a hacer, amigo? –preguntaron al paisano sospechando ya lo que por su espíritu pasaba.

–Voy a dar el vuelto a don Francisco, repuso tranquilamente Moreira, y ya que está en mi casa no quiero que espere mucho.

El paisano salió afuera y empezó a ensillar su parejero, con una serenidad pasmosa; más bien parecía se preparaba para ir a una fiesta de carreras, que para salir al encuentro de la muerte.

El amigo Julián mudaba caballo y otro de los paisanos ensillaba silenciosamente, para ir a acompañar a Moreira, pero éste adivi-

–This will be if they can, he replied simply and at a cost to them, just go on, my friend.

The friend don Gregorio (Moreira's father-in-law) continued the countryman Julián, was imprisoned with Vicenta so that they would declare where you were, but since they saw that there was no way to get a word out of them, they have released them, no doubt hoping that he would come looking for you, because they told him that if you didn't show up, they will make your Vicenta and your son pay for you.

The friend Don Gregorio saddled up and went out to the field, but they say that he has made such a fierce roll that he is not going to tell the story.

As Julián narrated, Moreira became densely pale and a convulsive tremor moved all his muscles.

–Your compadre Giménez has done everything possible to get Vicenta out, but they didn't want to let her go, because they say that while she's in jail, you'll have to come back again, and in that case, the mayor don Francisco has settled in your ranch with two soldiers from the party, and there they are there waiting with <u>mate</u> and drinks.

–They won't have to wait long for me –Moreira replied, smiling, and rose in a threatening manner.

–What are you going to do, my friend? –They asked the countryman, already suspecting what was going on in his spirit.

–I'm going to give back to Don Francisco what he deserves, Moreira replied quietly, and since he's in my house, I don't want him to wait too long.

The fellow countryman went outside and began to saddle his horse, with an astonishing serenity; he seemed more like he was preparing to go to a racing party than to go out to meet death.

The friend Julián changed horse and other of the countrymen saddled silently to go with Moreira, but the latter, guessing their

nándoles el pensamiento e interrumpiéndolos en la tarea, les dijo bondadosamente:

-Gracias, amigos, yo voy solo, no quiero que digan que no me basto para pelear a esos maules; pronto nos volveremos a ver la cara, pues el corazón me dice que aún no ha llegado mi hora.

Los paisanos desensillaron, mientras Moreira que ya había apretado la cincha, alzaba el <u>poncho</u>, pasaba una ligera revista a su traje y saltaba sobre su overo bayo que relinchó de placer al sentir el peso de su jinete.

-Bueno amigo, hasta la vuelta -gritó Moreira, y el galope de su caballo confundió su eco entre los murmullos de la noche-.

-Lo que es yo -dijo el amigo Julián echando de nuevo las <u>caronas</u> sobre su flete-, no lo dejo ir solo. Moreira va caliente y es capaz de hacerse matar; para eso son los amigos, ¡qué <u>canejo</u>! y al fin y al cabo uno no tiene el cuero para negocio.

Se despidió de sus compañeros y guiando su caballo por la rastrillada que dejara el overo bayo, y se perdió también entre las brumas de la noche, después de haberse cerciorado que su daga iba bien segura en el tirador.

thoughts and interrupting them in the task, told them kindly:

-Thanks, friends, I'm going alone, I don't want them to say that I'm not enough to fight those cowards; soon we'll see each other's faces again, because my heart tells me that my time has not yet come.

The countrymen unsaddled, while Moreira, who had already tightened the girth, lifted his <u>poncho</u>, checked lightly his clothes and jumped over his spotted horse, which whinnied with pleasure as he felt the weight of his rider.

-Well friend, until my return -shouted Moreira, and the gallop of his horse confused his echo with the murmurs of the night.

-What is me -said his friend Julián, saddling again-, I won't let him go alone. Moreira is hot and capable of being killed; that's what friends are for, what the hell! and after all I cannot do otherwise.

He said goodbye to his companions and guided his horse through the tracks left by Moreira's horse, and also lost himself in the mists of the night, after having made sure that his dagger was safely tucked in his belt.

3

Un castigo terrible
A terrible punishment

Moreira marchaba conteniendo los bríos de su fogoso animal, con la habilidad del jinete que sabe no disponer más que de una sola cabalgadura, y lo da resuellos largos cada dos leguas tratando de conservarlo en estado de poder bajarle la rienda con confianza. Así galopó esa noche y la mañana siguiente.

A la hora de la siesta desmontó, aflojó la cincha al noble animal y le sacó el freno que sujetó al fiador, para que el caballo pudiera almorzar con toda comodidad.

En seguida tendió en el suelo su lujosa manta de vicuña y se echó sobre ella, de barriga, para reposar la larga jornada.

Para hacer esta operación, había elegido una especie de cicutal, algo retirado del camino, donde sin ser visto, podía él observar las personas que pasaban; le faltarían unas ocho leguas para llegar a su rancho donde era esperado por la justicia.

Allí se puso el paisano a reflexionar sobre el cambio radical que en tan poco tiempo había experimentado en su posición.

Hacía muy pocos días que era un hombre estimado de todo el partido; vivía feliz con su mujer y su hijito, sin que nadie tuviese que tacharle el menor acto de su vida, y hoy

Moreira rode containing the energy of his fiery animal, with the skill of the rider who knows how to travel with only one horse, and gives it long rests every eight miles trying to keep it in a responsive state, obedient to the reins.

So he galloped that night and the next morning.

At nap time he dismounted, loosened the girth of the noble animal and removed the brake that held part of the muzzle, so that the horse could eat in comfort.

Then he spread out his luxurious vicuña blanket on the ground and threw himself on it, belly down, to rest the long day.

To rest, he had chosen a grove of hemlocks, something removed from the road, where without being seen, he could observe the people passing by; he still was about thirty miles away from his ranch where he was expected by justice.

There the countryman began to reflect on the radical change he had experienced in his position in such a short time.

A few days ago he was a man esteemed by the whole district; he lived happily with his wife and his little son, without anyone criticizing him for any of his actions, and today

se veía errante y perseguido por la justicia a quien había provocado.

¿Qué causa, qué razón de ser tenía este cambio que precipitaba a un hombre honrado por la pendiente del crimen?

Moreira pensaba, recorría todas sus acciones pasadas y no encontraba en ellas cosa alguna que pudiera haber dado margen a las persecuciones de que fue objeto, persecuciones que llevó el amigo Francisco hasta tratarlo como al último de los criminales, metiéndole de cabeza al cepo.

Moreira se explicaba las persecuciones del teniente alcalde sólo en las pretensiones que este pudiera haber tenido sobre Vicenta.

Y cuando el paisano pensaba en esto, la sangre se agolpaba a su corazón conmoviéndolo de una manera poderosa y haciéndolo temblar de angustia al sospechar que Vicenta se hallaba entonces en poder de aquel hombre que sin duda lo había perseguido con ese solo objeto.

Moreira experimentó celos, se sintió impotente y echó instintivamente mano a su puñal retirándola en seguida después de haber oprimido el mango.

De pronto el pensamiento de Moreira fue interrumpido por un relincho de su overo bayo que con las orejas paradas, tenía fija la vista en dirección al camino.

El relincho del overo fue respondido por otro relincho más lejano que venía de aquella dirección.

Moreira se puso de pie en un movimiento nervioso, y dirigiéndose a su caballo le apretó la cincha y le puso el freno con increíble rapidez, quedando a su lado en observación.

A los pocos segundos de estar en esta actitud volvió a oírse el relincho más próximo; relincho que fue respondido por el overo y sobre el camino, a veinte cuadras de distancia se dibujó la silueta de un paisano.

La vista del gaucho es una vista proverbial; él conoce el pelo de un caballo, a la distancia en que un ojo vulgar sólo percibe un

he saw himself wandering and persecuted by the justice he had provoked.

What cause, what was the reason for this change that precipitated an honest man on the slippery slope of crime?

Moreira thought, went through all his past actions, and found in them nothing that could have made room for the persecutions to which he was subjected, persecutions that his friend Francisco took to the point of treating him like the last of the criminals, headlong into the stocks.

Moreira explained the lieutenant mayor's persecution only in the pretensions he might have had about Vicenta.

And when the countryman thought about it, the blood flowed to his heart moving him in a powerful way and making him tremble with anguish when he suspected that Vicenta was then in the power of that man who without a doubt had persecuted him with that only object.

Moreira was jealous, felt helpless, and instinctively put his hand to his dagger, removing it immediately after he had pressed its hilt.

Suddenly Moreira's thought was interrupted by a whinny of his spotted horse who, with his ears stopped, was staring towards the road.

The whinny of the horse was answered by another more distant whinny coming from that direction.

Moreira rose to his feet in a nervous motion, and going to his horse he squeezed his girth and put the brake on him incredibly quickly, remaining at his side for observation.

A few seconds after being in this attitude, a nearest whinny was heard again; whinny that was answered by the spotted horse and on the road, twenty blocks away the silhouette of a countryman was drawn.

The gaucho's sight is a proverbial sight; he knows the hair of a horse, at the distance in which a vulgar eye only perceives a small

pequeño bultito en el horizonte, y conoce al jinete que lo monta, como dicen, en su modo de sentarse.

Gracias a estas vistas imponderable, Moreira había reconocido en aquella silueta el amigo Julián, como éste había conocido al overo bayo.

Julián dirigió entonces su caballo hacia el cicutal, mientras Moreira volvía a quitar el freno y aflojar la cincha de su parejero.

Cuando Julián se aproximó, Moreira sonreía melancólicamente y mientras ponía su saino en las cómodas condiciones del overo, sintió que Moreira le golpeaba la espalda diciéndole.

–¿A qué ha venido, amigo? ¡Ya lo dije que esta patriada la tengo que hacer solo!

–Si los amigos no sirven en la ocasión, repuso Julián, no sirven ni para tizón de fuego.

Yo quería además decirle algo que no le comuniqué anoche porque sólo usted lo debe oír; y había en esto una delicadeza de espíritu elevado.

Julián tendió su <u>poncho</u> al lado de Moreira, armaron un cigarro y el paisano completó así su narración de la noche anterior.

–Los hombres de su alma, amigo Moreira, no le hacen asco al dolor, es preciso pues que usted sepa una cosa amarga: ¡qué <u>canejo</u>! gota más, gota menos, el veneno viene a ser el mismo, y el amargo no se aumenta.

Moreira al escuchar al amigo Julián, se iba poniendo lívido, se sentía sofocar ante la amenaza de una nueva desventura, que por los preámbulos con que el paisano la adornaba, debía ser la más dolorosa de todas.

–Una de mis primeras diligencias fue ir a visitar a la Vicenta con quien me costó mucho hablar porque en el juzgado sabían que yo podía ser un mensajero suyo, sospecha que fui bastante <u>ladino</u> para disipar.

Después de conversar un rato con ella sobre los últimos sucesos le dije que no llorara,

que todo se había de remediar porque usted tenía buenos amigos; pero Vicenta siguió llorando y me dijo estas palabras que sonaron en mi oído como una puñalada.

–Dígale a mi Juan que no tenga cuidado por mí, y que no vaya a venir a casa porque lo van a matar, como han muerto a mi padre, diciendo que había pegado una rodada. Que huya lejos porque don Francisco lo persigue porque era mi marido y no ha de parar hasta que lo mande a la frontera; que esto me lo dijo él mismo anoche, que vino a ponerme por condición de que lo dejaría en paz si yo me iba con él a un puesto que tiene en Navarro.

Al oír esta revelación, la voz de Moreira sonó como un trueno, pronunciando una imprecación horrible.

Con una precipitación febril se dirigió a su caballo que ensilló y enfrenó en un segundo de tiempo y saltando sobre él con una agilidad vertiginosa se alejó a gran galope, gritando al amigo Julián que se había quedado como clavado en el suelo.

–Ahora, ni el mismo diablo es capaz de salvarlo de mi puñal.

A eso de las ocho de la noche, Moreira detenía la marcha de su caballo a unas tres cuadras de su antiguo rancho.

En el interior había cinco personas, siendo éstas el teniente alcalde, dos soldados de la partida y dos paisanos de la vecindad.

En momentos en que Moreira, ocultándose entre las sombras, asomaba su pálida cabeza por las junturas de la puerta, aquellos hombres hablaban de él, sentados alrededor de una mesa de pino, donde se veía un frasco de ginebra y dos vasitos.

–Era un buen <u>criollo</u> –decía en ese momento uno de los paisanos–, lo que él ha hecho, lo hubiera hecho usted mismo, don Francisco, y cuando un hombre como él se halla en la mala es preciso darle algún alivio, que demasiado tiene con andar huido del pago.

–No, dijo el teniente alcalde, lo he de perseguir hasta encontrarlo, y cuando lo encuen-

thing would be remedied because you had good friends; but Vicenta kept on crying and told me these words that sounded in my ear like a stab wound.

–Tell my Juan not to worry for me, and not to come home because they're going to kill him, just as they killed my father, saying that he had fallen from the horse. He should flee away because Don Francisco is chasing him because he was my husband and he won't stop until he can send him to the frontier; he told me this himself last night, when he told me that he would leave him in peace if I went with him to a post he has in Navarro.

Upon hearing this revelation, Moreira's voice sounded like thunder, pronouncing a horrible imprecation.

With a feverish rush he went to his horse which he saddled in a second of time, and jumping over it with dizzying agility he galloped away, shouting to his friend Julián, who was as if nailed to the ground.

–Now, not even the devil himself can save him from my dagger.

At about eight o'clock in the evening, Moreira stopped his horse's march about three blocks from his old ranch.

Inside there were five people, these being the deputy mayor, two soldiers of the party and two countrymen of the neighborhood.

At the time when Moreira, hiding in the shadows, showed his pale head by the door joints, those men were talking about him, sitting around a pine table, where a jar of gin and two little glasses could be seen.

–He was a good <u>criollo</u> –said one of the countrymen at the time–, what he has done, you would have done yourself, Don Francisco, and when a man like him is in a bad way you must give him some relief, running away from the district is suffering enough.

–No, said the lieutenant mayor, I must chase him until I find him, and when I find

tre lo he de matar como a un perro; pero antes de matarlo lo he de hacer sufrir alzándome con su mujer, que me ha robado, porque, yo me iba a casar con ella, y ya que no ha querido ser mi mujer, será mi gaucha.

El paisano que habló primero iba a responder, pero la palabra se heló en sus labios a impulsos del terror que dominó a aquellos hombres.

La puerta se había abierto cediendo a un vigoroso puntapié y en su dintel, altiva e insolente había aparecido la lívida figura de Moreira.

Sus negras pupilas lanzaban rayos iluminados por el coraje que a ellos afluía del corazón; su cuello estaba erguido con una soberbia infinita; sobre su vigoroso brazo izquierdo se veía recogida la manta de vicuña y en su diestra brillaba con un fulgor siniestro su daga, su terrible daga de combate, que más tarde debía ser el terror de aquellas comarcas.

Moreira dominó la escena por completo, con una actitud resuelta, y dirigiendo la temblorosa palabra al teniente alcalde, habló así:

–Quien va a matar de esta hecha, y a matar como matan los hombres, soy yo, don Francisco, que lo vengo a pelear, para tener el gusto de levantarlo en la punta de mi daga, como quien mata a un perro.

Don Francisco era bravo, conservaba su fama de tal, y acostumbrado a que nadie se le resistiera, desde que era justicia, se sintió templado ante las amenazas del gaucho, y sacando su revólver hizo un disparo sobre Moreira, disparo desgraciado que no logró dar en el blanco.

–Así matan ustedes, dijo Moreira, que estaba más sereno mientras mayor era el peligro de lejos y sin riesgo; y avanzó al interior de la pieza en dirección al teniente alcalde que hizo otro disparo tan inútil como el primero.

him I must kill him like a dog; but before I kill him I must make him suffer by taking myself up his wife, who he stole from me, because I was going to marry her, and since she did not want to be my wife, she will be my concubine.

The countryman who spoke first was going to answer, but the word froze on his lips as a result of the terror that dominated those men.

The door had been opened with a vigorous kick and on its threshold, haughty and insolent had appeared the livid figure of Moreira.

His black pupils reflected rays, illuminated by the courage that flowed to them from the heart; his neck was erect with infinite arrogance; on his vigorous left arm the vicuña blanket was seen gathered and on his right hand his dagger shone with a sinister glow, his terrible combat dagger, which later was going to the terror of those regions.

Moreira dominated the scene completely, with a resolute attitude, and addressing his jittery words to the deputy mayor, he spoke thus:

–The one who is going to kill, and kill as men kill, is me, Don Francisco, who came to fight you, to have the pleasure of lifting you on the tip of my dagger, like someone who kills a dog.

Don Francisco was brave, kept his fame as such, and accustomed to no one resisting him, since he was justice, he felt tempered by the threats of the gaucho, and taking out his revolver he fired a shot at Moreira, an unfortunate shot that failed to hit the target.

–That's how you kill, said Moreira, for he was more serene the greater the danger from afar and without risk; and he advanced inside the piece in the direction of the deputy mayor, who fired another shot, as useless as the first.

Moreira siguió avanzando lentamente, protegiendo su cuerpo con los pliegues del poncho.

Y era en verdad magnífica su apostura.

Arrogante y soberbio, Moreira sonreía y miraba a don Francisco como eligiendo el paraje donde había de herirlo.

Y era tal el dominio que ejercía aquel hombre, que don Francisco, a pesar de ser hombre probado, empezaba a tener recelo.

–¿Qué hacen ustedes que no matan a ese hombre? –preguntó el teniente alcalde, dirigiéndose a los dos soldados.

Éstos que estaban estáticos, sintiendo sus simpatías inclinarse hacia el paisano, salieron de su aturdimiento, y sacando el sable que pendía de sus cinturas; cargaron a una sobre Moreira.

Entonces sucedió una cosa horrible, una escena de sangre y muerte de que aún se conservan allí las mentas.

Como una fiera acosada, ágil y avizor, Moreira levantó el brazo del poncho hasta la altura de los ojos, encogió el brazo derecho presentando la daga de punta y esperó el ataque.

Los dos soldados le acometieron de frente y enarbolaron el sable amagando un hachazo a la cabeza.

Moreira calculó el tiempo con esa habilidad especial del gaucho de avería y cuando vio caer los dos hachazos, dio un poderoso salto de lado para evitar los golpes y cayó sobre el flanco del soldado que estaba a su derecha, a quien le sepultó hasta la empuñadura, su daga en el vacío.

El gendarme cayó sin lanzar la menor queja, como si hubiera sido herido por un rayo.

Enseguida, rápido y ejecutivo, cayó sobre el otro soldado, que había quedado sorprendido por la maniobra del gaucho.

Moreira cayó sobre él, le barajó en el poncho el hachazo con que fue recibido y tiró una terrible puñalada.

Moreira continued advancing slowly, protecting his body with the folds of the poncho.

And his posture was truly magnificent.

Arrogant and superb, Moreira smiled and looked at Don Francisco as if choosing the place where he would wound him.

And such was the dominion exercised by that man, that Don Francisco, in spite of being a proven man, began to have misgivings.

–What are you waiting for to kill this man? –the lieutenant mayor addressed the two soldiers.

Those who were static, feeling their sympathies leaning towards the countryman, came out of their daze, and taking out the sabers hanging from their waists; they attacked Moreira, like one.

Then a horrible thing happened, a scene of blood and death, the history of which still is told there.

Like a harassed, agile and avid beast, Moreira raised the poncho's arm to eye level, shrugged his right arm presenting the pointed dagger and waited for the attack.

The two soldiers attacked him head-on, sabers raised, feigning a cut to his head.

Moreira calculated the time with that special skill of the dangerous gaucho and when he saw the two sabers fall, he gave a powerful jump to the side, to avoid the blows and fell on the flank of the soldier that was to his right, in whom he buried, until the hilt, his dagger, under his ribs.

The gendarme fell without making the slightest complaint, as if he had been wounded by lightning.

Immediately, fast and executive, he fell on the other soldier, who had been surprised by the gaucho's maneuver.

Moreira fell on him, shuffled on the poncho the chop of the saber that received his advance and thrust a terrible stab.

La filosa daga penetró entre la cuarta y quinta costilla del soldado, que vaciló dio algunos traspiés y fue a caer pesadamente a los pies del amigo Francisco, que seguramente no se había esperado este desenlace fatal que tan mal colocado lo dejaba como autoridad.

Aquellos dos hombres, víctima el uno y verdugo el otro, se encontraron frente a frente midiéndose con la mirada amenazadora, sin más testigos que los dos paisanos que estaban allí como clavados, y los dos cadáveres de los soldados de la partida.

El duelo a muerte, el verdadero duelo a muerte sangriento, sin cuartel, dirigido por el odio en que rebosaban aquellos dos corazones, iba a empezar de una manera encarnizada.

A la vista del peligro el teniente alcalde se rehízo por completo.

Ya hemos dicho que era hombre bravo.

Arrojó al revólver como arma que le inspirara poca confianza y desnudó una espada corta y filosa que usaba como teniente de la partida.

Moreira sonrió, miró fijamente a don Francisco y avanzó a su encuentro diciéndole: Vamos a ver el color de sus entrañas, aparcero y el manejo de su lata vieja.

El choque fue espantoso, como era presumible entra combatientes de valor y animados de un profundo sentimiento de odio sin cuartel.

Ambos vigorosos, ambos bravos, ambos deseosos de terminar cuanto antes, se acometieron frenéticos, confundiendo el ardiente relámpago de la pupila, con el pálido y frío relámpago del acero.

El teniente alcalde combatía con la desesperación del que ve amenazada su vida por un peligro que sólo ha de evitar su valor y destreza.

Moreira peleaba con la confianza del que se conoce superior al peligro que afronta, y

The sharp dagger penetrated between the fourth and fifth rib of the soldier, who hesitated, stumbled, and went to fall heavily at the feet of the friend Francisco, who surely had not expected this fatal outcome, that in so bad spot put him as the authority.

Those two men, victim one and executioner the other, found themselves face to face, measuring each other with a menacing gaze, with no more witnesses than the two countrymen who were there as if nailed to the ground, and the two corpses of the soldiers of the detachment.

The duel to death, the true duel to bloody death, without quarter, directed by the hatred in which those two hearts overflowed, was to begin in a fierce manner.

In view of the danger, the deputy mayor completely rebuilt himself.

We have already said that he was a brave man.

He threw away the revolver, as a weapon that would inspire little confidence to him and undressed a short, sharp saber that he used as lieutenant of the police force.

Moreira smiled, stared at Don Francisco and advanced to meet him saying: Let's see the color of your entrails, friend and the handling of your old tin.

The clash was frightful, as it was presumable between brave combatants and animated by a deep feeling of hatred without quarter.

Both vigorous, both brave, both eager to finish as soon as possible, they went frantically, confusing the burning lightning of his pupils with the pale and cold lightning of steel.

The lieutenant mayor fought with the desperation of the one who sees his life threatened by a danger that only his courage and dexterity could avoid.

Moreira fought with the confidence of the one who knows himself superior to the

la tranquilidad de su espíritu positivamente intrépido, tranquilidad que no llegaba a vencer la cólera de que estaba poseído ni el deseo vehemente de levantar en su puñal a aquel hombre odiado, causa de sus desgracias.

Por eso se le veía sonriente ante la estocada o hachazo, que evitaba con su <u>poncho</u> hábilmente manejoso, y blandía la daga como eligiendo el paraje donde debía sepultarla.

Moreira llevaba sobre su contrario la enorme ventaja de la serenidad, que es la salvación en esta clase de luchas.

Don Francisco había tirado sobre su adversario más de diez golpes, ya de hacha ya de punta, que habían sido diestramente barajados en el <u>poncho</u>, sin que Moreira hubiese tirado una puñalada, parecía que quería fatigar a su adversario para desarmarlo y tenerlo a su merced vencido.

Don Francisco comprendió que prolongar la lucha era morir, y en un movimiento desesperado cayó sobre Moreira con un hachazo terrible.

Moreira puso el <u>poncho</u> que amortiguó el golpe y pasando con increíble rapidez su daga a la mano izquierda arrancó el sable de su enemigo.

Éste, sorprendido, retrocedió hasta la pared, pidiendo ayuda en nombre de la justicia a los paisanos que contemplaban la lucha.

Los paisanos no se movieron; estaban dominados por la situación y por el inmenso valor que vieran desplegar a aquel hombre extraordinario.

–No se asuste tan fiero –dijo entonces Moreira a don Francisco–, no lo he desarmado para matarlo, sino para decirle dos palabras que precisaba escuchar a usted antes de morir. Usted me ha perseguido sin motivo, reduciéndome a la condición en que me veo, usted me ha golpeado en el cepo, porque no era capaz de golpearme frente a frente, y no contento con esto, usted a pretendido ma-

danger he faces, and the tranquillity of his positively intrepid spirit, a tranquillity that did not overcome the anger of which he was possessed, nor the vehement desire to raise in his dagger that hated man, the cause of his misfortunes.

That is why he was seen smiling at the lunge or chop, which he avoided with his skillfully handled <u>poncho</u>, and wielded the dagger as if choosing the place where he was to bury it.

Moreira carried on his opponent the enormous advantage of serenity, which is salvation in this kind of struggle.

Don Francisco had thrown on his adversary more than ten blows, either chops or stabs, that had been skillfully shuffled in the <u>poncho</u>, without Moreira throwing a single stab, it seemed that he wanted to fatigue his adversary to disarm it and to have it defeated to his mercy.

Don Francisco understood that to prolong the fight was to die, and in a desperate movement he fell on Moreira with a terrible chop.

Moreira put the <u>poncho</u> that cushioned the blow and passing with incredible speed his dagger to the left hand pulled out the saber of his enemy.

The enemy, surprised, went back to the wall, asking for help in the name of justice to the countrymen who watched the struggle.

The countrymen did not move; they were dominated by the situation and by the immense courage they saw that extraordinary man display.

–Don't be so frightened –Moreira said to Don Francisco–, I didn't disarm you to kill you, but to tell you two words you need to hear before I kill you. You have persecuted me for no reason, reducing me to the condition in which I see myself now, you have put me in the stocks, because you were not capable of handling me face to face, and not content with this, you have pretended

tarme para hacer suya mi prenda, a quien usted no puede servir ni de taco. Yo lo voy, pues, a matar a usted, no porque le tenga miedo, sino por evitar en mi ausencia a Vicenta, el asco de oírle una nueva proposición desvergonzada.

Y al concluir estas palabras arrojó a la cara de don Francisco la espada que le quitara, añadiendo:

–Ahora defiéndase porque va de veras.

Don Francisco se abalanzó sobre su espada empuñándola con una alegría inmensa; parecía que la posesión de su arma le había vuelto todo su valor, todos sus bríos, enfriados por el último golpe de desarme.

Fuera de sí, con los ojos dilatados de una manera feroz, con la boca entreabierta por la ansiedad terrible, don Francisco se lanzó sobre Moreira, amagando tal estocada, que los dos paisanos que presenciaban la lucha lanzaron un débil grito creyendo que el sable se había sepultado en el pecho de Moreira.

Éste, tranquilo siempre, siempre sereno, esperó el golpe cuya llegada apreció matemáticamente, volcó con su poncho hacia la izquierda el sable del teniente alcalde, descubriéndole el pecho anhelante, donde sepultó rápido su daga hasta la S.

–¡Socorro, que me han asesinado! –gritó don Francisco cayendo de espalda y dejando caer el sable de su mano inerme.

–Mientes trompeta, repitió Moreira, te he muerto en buena ley, y ahí quedan los testigos.

Y para terminar de una vez, buscó con una mirada llena de avidez el sitio donde estaba el corazón de aquel hombre, y sin el menor escrúpulo le dio la puñalada de gracia.

Moreira miró a los tres cadáveres tendidos en el suelo, levantó la vista hacia los paisanos enmudecidos por el asombro y envainó tranquilamente la daga, tomando la dirección de la puerta.

to kill me in order to make my wife your own, whom you cannot even serve as a heel. So I am going to kill you, not because I am afraid of you, but to avoid, in my absence, to Vicenta, the disgust of hearing a new shameless proposition.

And at the end of these words, he threw to the face of Don Francisco the sword which he took from him, adding:

–Now defend yourself because now I'm serious.

Don Francisco pounced on his sword, wielding it with immense joy; it seemed that the possession of his weapon had given him back all his courage, all his strength, cooled by the last blow of disarmament.

Out of his mind, with his eyes dilated in a ferocious manner, his mouth ajar with terrible anxiety, Don Francisco threw himself at Moreira, feigning such a blow that the two countrymen who witnessed the struggle uttered a weak cry believing that the sword had been buried in Moreira's chest.

This one, always calm, always serene, waited for the blow whose arrival he appreciated mathematically, he overturned with his poncho towards the left the lieutenant mayor's saber, discovering his longing chest, where he quickly buried his dagger until the hilt.

–Help, I've been murdered! –cried Don Francisco, falling on his back and dropping the sword from his helpless hand.

–You lie scoundrel, Moreira said, I have killed you in a fair fight, and there remain the witnesses.

And to finish once and for all, he looked with a greedy gaze for the place where the man's heart was, and without the slightest scruple he stabbed him with a final killing blow.

Moreira looked at the three corpses lying on the floor, looked up at the countrymen, muted in awe, and sheathed his dagger quietly, taking the direction of the door.

Al llegar al umbral retrocedió un paso, y llevó nuevamente la mano a la cintura al ver un hombre que acababa de llegar y que estaba de pie mirando conmovido aquella escena de luto y muerte.

Pero Moreira retiró la mano de su puñal, conociendo al recién venido.

Era el amigo Julián que había llegado sin ser sentido y que le tendía la mano, después de secar con ella una lágrima que había asomado a sus párpados.

–Tiene usted más entrañas que un toro, amigo Moreira; es lástima que usted esté mal con la justicia porque nos vamos a quedar sin partidas.

Moreira, sin contestar una palabra a este sarcasmo, dicho con una gracia de la tierra, apretó la mano de Julián y ambos salieron del rancho, dejando allí tres cadáveres y dos vivos a quienes se hubiera tomado por muertos.

Moreira y Julián se dirigieron al sitio donde el primero había dejado su caballo, en cuyo apero frotaba su fatigada cabeza el pingo de Julián, que dejado por éste a corta distancia, había caminado hasta el caballo a quien conocía desde la víspera.

Cuando estuvieron allí, Moreira se abandonó por completo a toda la melancolía de su espíritu; tal vez se reprochaba íntimamente lo que acababa de hacer.

–Ahora, dijo a Julián, ya se ha acabado todo para mí; las partidas saldrán a matarme y no tendré, más camino que ganar los indios.

–Dios le ha de ayudar amigo –respondió sentenciosamente Julián, porque la justicia está con usted desde que a usted lo han obligado a hacer esto.

–Para el gaucho no hay justicia, amigo Julián, y la que no me haga yo, no me la ha de hacer nadie, y el paisano sonrió dejando ver sus blanquísimos dientes. Ya no hay que mezquinar el cuerpo –concluyó– ahora me va a hacer usted un último servicio.

–Mande como si fuera su peón, amigo Moreira, para servirle he venido.

–Vaya a ver si puede hablar a Vicenta –dijo el paisano–, la partida va a salir a la bulla de lo sucedido y no va a haber quien vigile. Cuéntele lo que he hecho y dígale que ya no tiene que temer nada de aquel hombre, que yo velaré por ella, desde donde me lleve el destino, y que antes de irme voy a hablar con mi compadre Giménez, para que la atienda en lo que precise. Mi perro, que es la única prenda que podré llevar conmigo adonde me empuje la suerte, debe estar con ella, porque no lo he visto en casa, dígale que me lo mande, que me lo quiero llevar; yo lo espero en lo de mi compadre.

El paisano Julián cinchó y saltando a caballo, se alejó en dirección al juzgado, mientras Moreira saltaba ágil sobre el overo y tomaba el camino de lo de su compadre, con la mayor lentitud que le fue posible.

Moreira abatió la cabeza sobre el pecho y se abismó en su pensamiento.

Dos lágrimas ardientes cruzaron todo el largo de su cara, y entonces con una desesperación creciente, al pensar en Vicenta, castigó al overo que partió como una exhalación.

Moreira había comprendido que en esa situación no debía dejarse abatir por el dolor, pues tal vez esa noche necesitaría la entereza de todo su espíritu.

Cuando llegó al rancho, su compadre Giménez no había vuelto desde la víspera.

Moreira echó pie a tierra y decidió esperarlo.

Mientras él estaba allí, podía llegar la <u>partida de plaza</u>, que tal vez anduviera ya buscándolo, pero se sentía con suficiente fuerza y coraje para combatir contra todas las partidas de la campaña sud.

–Command as if I were your laborer, friend Moreira, to serve you I have come.

–Go see if you can speak to Vicenta –said the countryman–, the police force will be out in force and there will be no one left to watch. Tell her what I have done and tell her that she no longer has anything to fear from that man, that I will watch over her from wherever destiny takes me, and that before I leave I will talk to my buddy Giménez, so that he can attend to her in whatever way he needs. My dog, which is the only thing I can take with me wherever luck pushes me, must be with her, because I have not seen him at home, tell her to send him to me, that I want to have him with me; I'll wait for him at my buddy's place.

The countryman Julián girded his horse and, jumping on horseback, rode away in the direction of the courthouse, while Moreira jumped agile over his spotted horse and took the path of his buddy's home, as slowly as possible.

Moreira lowered his head over his chest and plunged into his thoughts.

Two burning tears crossed the entire length of his face, and then with growing desperation, thinking of Vicenta, he punished the horse that departed like an exhalation.

Moreira had understood that in this situation he should not let himself be cast down by pain, since perhaps that night he would need the integrity of his whole spirit.

When he arrived at the ranch, where his buddy Giménez had not returned since the previous day.

Moreira set foot on the ground and decided to wait for him.

The police force may arrive there while he was there, because they might already be looking for him, but he felt strong enough and courageous enough to fight against all the soldiers of the southern campaign.

Se sentó en uno de los palos de la tranquera, con la rienda en la mano, y se entregó por completo a pensar en Vicenta y Juancito.

¿Qué sucedía, entre tanto, en el juzgado de Paz, adonde se había dirigido Julián?

Los paisanos que quedaron en el rancho se habían rehecho y se habían presentado a llevar el parte de lo que había sucedido.

Inmediatamente el Juez de Paz, seguido de la partida compuesta de ocho soldados que quedaban y el capitán, se habían dirigido al lugar del suceso, creyendo inocentemente que aún podían prender al gaucho, que esperaría allí tal vez envalentonado con su triunfo.

Lo que Moreira había previsto sucedió; el juzgado quedó acéfalo y Julián pudo conversar con Vicenta, sin pedir permiso a nadie.

El paisano narró a Vicenta lo que había sucedido y terminó precipitadamente pidiendo el perro que mandaba buscar Moreira.

El paisano quería alejarse pronto, porque sabía que la partida podía volver y aprehenderlo como cómplice, sospecha que hizo presente a Vicenta, y además porque le mortificaba enormemente el amargo llanto a que la pobre paisana se había entregado.

Ésta dominó su dolor, entregó el perro que era un cuzquito bayto overo, como el caballo, y volvió la cara que hundió entre las ropas del niño que tenía en los brazos.

Julián tomó el perro, contempló un segundo a aquella mujer tan joven y tan desventurada y salió como una centella.

Un cuarto de hora después llegaba a casa del compadre Giménez, con quien hablaba a la sazón Moreira, y narró el desempeño de su comisión, entregando el perro, que veremos figurar más adelante, y se retiró en seguida discretamente.

Moreira había contado todo a Giménez, que ya lo sabía, y le había pedido que durante su ausencia cuidara a su mujer y a su

He sat down on one of the sticks of the gate, with his rein in his hand, and gave himself completely to thinking about Vicenta and Juancito.

What was going on, in the meantime, in the Peace Court, where Julián had gone?

The countrymen who remained at the ranch had recovered his wits and had reported what had happened.

Immediately the Justice of the Peace, followed by the remaining eight soldiers and the captain, had gone to the place of the events, believing innocently that they could still catch the gaucho, who would wait there perhaps emboldened by his triumph.

What Moreira had foreseen happened; the court was acephalous and Julián was able to talk to Vicenta, without asking anyone's permission.

The countryman told Vicenta what had happened and ended up hastily asking for the dog Moreira was looking for.

The countryman wanted to leave soon, because he knew that the police force could return and apprehend him as an accomplice, suspicion that he made Vicenta present, and also because he was greatly mortified by the bitter weeping of the poor countrywoman.

Vicenta dominated his pain, gave the dog that was a spotted small dog, like the horse, and turned her face that she plunged between the clothes of the child she had in her arms.

Julián took the dog, contemplated for a second that woman so young and so unfortunate and came out like a spark.

A quarter of an hour later he arrived at the house of his buddy Giménez, with whom Moreira was talking at the time, and he narrated the performance of his commission, handing over the dog, which we shall see in action later, and he left at once, discreetly.

Moreira had told Giménez everything, although he already knew it, and had asked him to take care of his wife and his little son

hijito, impidiendo que el Juez de Paz hiciera presa en ella.

Giménez prometió cuidar con el esmero que el paisano reclamaba a Vicenta y Juancito, y Moreira montó a caballo después de poner al Cacique (así se llamaba el perro) sobre las cabezadas, y se alejó acompañado de Julián.

–Antes de irme quiero pedirle un servicio compadre –dijo el paisano.

–Hable con franqueza, compadre –respondió Giménez–, ya sabe que soy su verdadero amigo.

Regáleme su par de pistolas de dos cañones porque ya yo conozco que voy a vivir peleando y no tengo armas de fuego.

Giménez entró al rancho, de donde salió en seguida con un par de hermosas pistolas Lefaucheux que entregó a Moreira y que éste puso adelante, entre su tirador, diciendo, gracias compadre, pronto nos hemos de ver.

Y los paisanos salieron de allí al tranquito, confundiéndose entre las sombras de la noche.

El cuartel donde pasaron estos sucesos sangrientos, estaba en la mayor confusión, confusión que se había extendido hasta el pueblito.

Se había buscado en vano a Moreira por los alrededores y no encontrándolo, la partida había regresado al rancho donde tuvo lugar el drama.

Se corrió a buscar al médico del pueblito, para que reconociese los cadáveres, y prestara los auxilios de la ciencia, inútil ya, pues cada herida de los cadáveres era una herida forzosamente mortal.

Esa noche fue empleada en velar aquellos muertos y hacer los sencillos preparativos para sepultarlos al día siguiente, preparativos que consistían en mandar al pueblo por tres cajones de pino y dar aviso al sepulturero para que hiciera las tres fosas que habían de recibirlos.

during his absence, preventing the Justice of the Peace from keeping her prisoner.

Giménez promised to take care of Vicenta and Juancito with the care that the countryman demanded, and Moreira rode on horseback after putting the Chieftain (that was the dog's name) on his saddle, and he rode away accompanied by Julián.

–Before I go, I want to ask you for a service, buddy –said the countryman.

–Speak frankly, buddy –replied Giménez–, you know that I am your true friend.

Give me your pair of two-barrel pistols, because I know I'm going to live fighting and I don't have any firearms.

Giménez entered the ranch, from where he left at once with a pair of beautiful Lefaucheux pistols that he gave to Moreira and that he put in front, stuck in belt, saying, thank you buddy, we will see each other soon.

And the countrymen came out of there slowly, confusing themselves in the shadows of the night.

The barracks where these bloody events took place were in the greatest turmoil, confusion that had spread to the town.

Moreira had been looked for in vain in the surroundings and not finding him, the police force had returned to the ranch where the drama took place.

They called the doctor of the town, so that he could recognize the corpses, and give the help of science, useless now, because each wound of the corpses was a forcibly deadly wound.

That night was used to watch over the dead and make the simple preparations to bury them the next day, which consisted in ordering three boxes of pine from the town and give notice to the grave digger to make the three graves that were to receive them.

Al día siguiente los restos de aquella <u>partida de plaza</u>, compuesta de los ocho soldados y el capitán, salieron en busca de Moreira, que no debía estar lejos, mientras el Juez de Paz, acompañado de los vecinos se ocupaba en sepultar los cadáveres y redactar el parte que debía pasar al Juez de Crimen.

Moreira y Julián habían hecho noche en una <u>pulpería</u> situada a dos <u>leguas</u> de distancia del pueblo en dirección al Salto.

Allí Julián había hecho un gran gasto de elocuencia aconsejando al paisano que huyera, pues la partida había de llegar de un momento a otro.

Pero todas las reflexiones de Julián se estrellaban ante la temeraria resolución de Moreira, que le había dicho tranquilamente:

–Espero a la partida para pelearla; quiero que sepan de lo que soy capaz y se convenzan que no hay partida que me vengan bien.

Como se ve, la temeridad de Moreira no reconocía límites.

Sabía que un hombre guapo no sellaba sus hechos si no había peleado a la partida, que es la demostración más positiva de valor que puede hacer un gaucho, y la esperaba, para dejar antes de irse bien sentada su fama de guapo.

–Es preciso que usted se vaya –dijo a Julián–; no quiero que digan que me hago acompañar porque tengo miedo, o porque no me considero suficiente.

–Yo no me voy compañero, ni me separo de usted en este trance, soy su amigo y lo he de acompañar hasta que lo vea irse del pago.

–Váyase, amigo Julián, ya sé que usted es un hombre de coraje y que había de pelear conmigo hasta morir, pero este día quiero pelear solo a toda la gente que venga a prenderme. Váyase, que no hay necesidad de que por mí se vea usted perseguido y tenga presente que si se queda, he de mirarlo como a enemigo.

The next day, the remains of the police force, composed by eight soldiers and a captain, went out in search of Moreira, who should not be far away, while the Justice of the Peace, accompanied by the neighbors, was busy burying the corpses and writing the part that should pass to the Judge of Crime.

Moreira and Julián had spent the night in a <u>pulpería</u> eight miles away from the town in the direction of Salto.

There Julián had made a great expenditure of eloquence advising the countryman to flee, because the police force had to arrive from one moment to another.

But all Julián's reflections crashed at Moreira's reckless resolution, which he had quietly told him:

–I'll wait for the police to fight them; I want them to know what I am capable of and to be convinced that there is no detachment that can win over me.

As you can see, Moreira's recklessness recognized no limits.

He knew that the true stamp of a brave man was to fought with the police, which is the most positive demonstration of courage that a gaucho can give, and he waited for them, before going away, to leave well seated his fame of brave.

–You must leave –he said to Julián–; I don't want them to say that I am being accompanied because I'm afraid, or because I don't consider myself enough.

–I am not going away, nor am I separating from you in this trance, I am your friend and I must accompany you until I see you leave the district.

–Go away, my friend Julián, I know that you are a man of courage and that you are willing to fight with me until you die, but this day I want to fight alone with all the people who come to take me. Go away, there is no need for you to be persecuted, and keep in mind that if you stay, I must look at you as an enemy.

–Yo no me voy –volvió a decir el amigo Julián–, le prometo dejarlo pelear sólo y no meterme en nada, pero yo quiero verlo pelear y acompañarlo enseguida hasta mi pago, donde podrá estar unos días en seguridad.

Moreira estrechó cordialmente la mano de Julián, y no habló más del asunto.

Sabía que en estas situaciones el gaucho cumple siempre lo que promete y que es capaz de respetar la voluntad de un amigo hasta el extremo de verlo pelear sin prestarle ayuda a pesar de los impulsos del corazón.

Los paisanos salieron fuera de la <u>pulpería</u> y se acercaron al palenque donde estaban atados sus caballos.

Empezaba a amanecer y las golondrinas pasaban como flechas sobre las cabezas de los dos paisanos, saludando la hermosa mañana que empezaba a dibujarse entre las sombras de la noche.

Moreira se acercó al overo, le puso el freno que le quitara a su llegada para que pudiera comer una ración, y le apretó la cincha después de revisar el apero con esa minuciosidad del que conoce que en el caballo está muchas veces la salvación del que va a combatir de una manera tan desigual.

Su práctica en las persecuciones a los indios le había enseñado a revisar bien el caballo antes del combate, y él observaba esta práctica cuidadosamente, haciéndola extensiva hasta su daga.

Así es que después de concluido el arreglo del caballo, sacó sus pistolas y su terrible daga, que examinó haciendo jugar los muelles de las primeras y blandiendo la hoja de la segunda como para asegurarse de que estaba firme en el cabo.

Concluida esta operación indispensable que Julián veía practicar con una sonrisa de aprobación, los paisanos tendieron su manta al lado de los caballos y reanudaron su conversación.

–I'm not leaving -said again the friend Julián–, I promise to let you fight alone and not get into anything, but I want to see you fight and accompany you right away until my district, where you can stay for a few days in security.

Moreira cordially shook Julián's hand, and they didn't talk about it anymore.

He knew that in these situations the gaucho always fulfills what he promises and that he is capable of respecting the will of a friend to the point of seeing him fight without helping him despite the impulses of the heart.

The countrymen came out of the <u>pulpería</u> and approached the tethering post where their horses were tied.

It began to dawn and the swallows passed like arrows over the heads of the two countrymen, greeting the beautiful morning that began to be drawn in the shadows of the night.

Moreira approached his spotted horse, put on him the brake that he had removed on his arrival, so that he could eat a ration, and tightened his girth after checking the implement with that thoroughness of the one who knows that the horse is often the salvation of the one who is going to fight in such an unequal way.

His practice in the persecutions to the Indians had taught him to check well the horse before combat, and he followed this practice carefully, not forgetting to check his dagger as well.

So after the horse had been tidied up, he took out his pistols and his terrible dagger, which he examined by playing the springs of the former and wielding the blade of the later as if to make sure it was firm on its hilt.

Once this indispensable operation, which Julián saw him practicing with a smile of approval, was over, the countrymen spread their blankets next to the horses and resumed their conversation.

Ya empezaban a caer a la pulpería algunos paisanos de los alrededores, que saludaban a Moreira llenos de asombro al ver la tranquilidad del gaucho, cuando en su busca andaba la partida de plaza, con la orden de matarlo donde quiera que lo hallaran.

–Váyase, amigo Moreira –le habían dicho con el mayor interés–, váyase porque lo van a matar.

Mire que por guapo que sea un hombre, no puede luchar con tantos y la partida es dura y numerosa.

–Pues por eso mismo me quedo –contestó Moreira sonriendo–, quiero mostrarles como se corre a una partida.

–No sea temerario amigo –insistió el paisano–, ya sabemos que usted es guapo, y por lo mismo no debe exponerse a un peligro en que le llevan la media arroba.

–A mí no me llevan ni esto –dijo el paisano–, con una altanería suprema e hizo sonar entre sus dientes la uña del dedo pulgar. Vayan entrando amigos, no quiero que vengan las justicias y se vayan de arriba creyendo también que ando con partida; usted también, amigo Julián, ya sabe lo que me ha prometido, y en su promesa descanso.

Los paisanos entraron a la pulpería asombrados de tanto valor y convencidos de que aquella lucha iba a ser fatal para Moreira, pues todos sabían que el capitán de la partida era mozo empeñoso y de valor reconocido.

El pulpero estaba lleno de angustia porque le podrían creer tapador de Moreira, pero no se atrevía a pedir a éste se retirara.

–Es lástima que lo maten –dijo uno de ellos dando el caso por perdido–, es un mozo de prendas, y al fin y al cabo lo que él ha hecho lo hubiera hecho cualquiera; así no más no se hecha un hombre al medio.

Some countrymen from the surrounding area were already beginning to drop into the pulpería, and they greeted Moreira full of astonishment when they saw the gaucho's tranquillity, in spite of a knowing that the police force was searching him, with the order to kill him wherever he was found.

–Go away, friend Moreira –they had told him with the greatest care–, go away because they are going to kill you.

No matter how brave a man may be, he cannot fight with so many and the police is hard and numerous.

–Well, that's why I'm staying –Moreira smiled–, I want to show them how I will handle them.

–Don't be foolhardy friend –insisted the countryman–, we already know that you are brave, and therefore you shouldn't expose yourself to a danger in which you are at disadvantage.

–They don't even have this advantage, said the countryman with supreme arrogance, and he made his thumbnail ring between his teeth sound. Go inside, friends, I don't want the justices to come and go away believing that I also have a detachment with me; you too, my friend Julián, I already know what you have promised me, and I believe in your promise.

The countrymen entered the pulpería amazed by so much courage and convinced that the fight was going to be fatal for Moreira, because everyone knew that the captain of the party was a man of recognized courage.

The pulpero was full of anguish because they might believe him to be Moreira's accomplice, but he did not dare to ask Moreira to leave.

–It is a pity that they will kill him –said one of them, taking the case for lost–, he is a man of quality, and after all, what he has done would have been done by anyone; you cannot treat a man just like that.

–¡Quién sabe! –respondió el amigo Julián, el amigo Juan es un hombre de muy linda vista y tiene mucho coraje.

Se me hace que me va a salir con la suya, porque es como luz para la daga y tiene dos pistolas de dos cañones que son armas ventajosas.

Los paisanos se pusieron a hacer la mañana, dejando ver en su actitud pensativa, el hondo pesar que les dominaba; no podían ver con indiferencia el peligro que iba a correr aquel hombre, amigo de todos.

Cediendo a los impulsos del corazón, todos ellos lo hubieran rodeado y hubieran combatido con él como en las persecuciones a los indios, pero era preciso respetar su voluntad.

Entre tanto Moreira, estaba sentado sobre su manta de vicuña, al lado de su caballo, acariciando el lomo del Cacique.

De cuando en cuando levantaba la cabeza soberbia, divisaba el campo, sonreía y volvía a acariciar a su perro que dormitaba perezosamente en sus faldas.

Parecía imposible que aquel hombre tan tranquilo y tan sereno estuviese esperando a ocho o diez, con quienes iban a librar un duelo a muerte, plenamente confiado en el valor de su alma y en la hoja de su puñal que según su expresión genuina "no sabía contar mentiras".

Así transcurrió aquella mañana, hasta la hora de la siesta, sin que la partida de plaza se hiciera sentir.

A la pulpería habían llegado otros paisanos, y algunos de los primeros se habían alejado ya para ir a sus trabajos unos, ya para recorrer el campo otros, a ver si veía la partida y traer con tiempo la noticia a Moreira.

La pulpería quedó sumida en ese tranquilo silencio que se observa en el campo a la hora de la siesta, en que el paisano se entrega al sueño perezoso de que se siente invadido.

–Who knows! –The friend Julián replied, the friend Juan is a man of very keen sight and has a lot of courage.

It seems to me that he is going to get away with it, because it's like a light with a dagger and it has two two-barrels guns that are advantageous weapons.

The countrymen began to perform their morning chores, showing in their thoughtful attitude, the deep sorrow that dominated them; they could not see with indifference the danger that Moreira, friend of all, was going to face.

Yielding to the impulses of the heart, all of them would have surrounded him and fought with him as in the persecutions of the Indians, but it was necessary to respect his will.

Moreira, meanwhile, was sitting on his vicuña blanket next to his horse, caressing Chieftain's back.

From time to time he lifted his superb head, looked at the field, smiled and stroked again his dog that dozed lazily.

It seemed impossible that such a calm and serene man was waiting for eight or ten soldiers, with whom he was going to fight a duel to the death, fully confident in the value of his soul and in the blade of his dagger that according to his genuine expression "did not know how to tell lies".

So it was that morning, until the nap time, without the police force being heard.

Other countrymen had arrived at the pulpería, and some of the first ones had already gone away to do their jobs, or to visit other fields, to see if they could see the police detachment and bring the news to Moreira in time.

The pulpería was submerged in that calm silence that is observed in the field at the time of the afternoon nap, in which the countryman gives himself to the lazy slumber which invades him.

Sólo Moreira estaba despierto, divisando el campo, ocupación que abandonaba para prestar sus caricias al Cacique.

Por fin él mismo empezó a ser dominado por ese soñoliento estado que se apodera a esa hora del hombre de campo, y cambió de posición para entregarse al sueño.

Sacó de su tirador las armas que colocó en la parte del <u>poncho</u> que debía servirle de cabecera y se acostó de barriga.

Sus manos cruzadas sobre las armas, fueron una especie de almohada, donde reposó la cabeza, a cuyo lado se echó el vigilante Cacique, y en esta actitud aquel hombre se entregó por completo al sueño como si tuviera estado en su rancho sin que le amenazara el menor peligro.

Así inmóvil, sin cambiar de posición una vez sola permaneció más de media hora.

Dormía profundamente, con ese sueño pesado y tranquilo del hombre que ha pasado tan larga y pesada fatiga.

Era la primera vez en tres días que Moreira se entregaba por completo al sueño.

¿Tenía seguridad que lo despertarían si el peligro se presentaba, o dormía fiado él la lealtad o instinto del Cacique que estaba a su lado?

De repente apareció un bulto a lo largo del camino; el perrito se levantó y se puso a ladrar de una manera amenazadora, con ese ladrido fino y penetrante del cuzco.

Moreira, como movido por un golpe eléctrico, se puso de pie con las armas en la mano.

Sobre el camino se veía un jinete que marchaba hacia la <u>pulpería</u>, castigando el caballo como si no quisiese perder un segundo.

El paisano llegó adonde estaba Moreira, y con la voz entrecortada por la fatiga de la carrera, y algo conmovida por el espanto, le dijo:

–Sálvese amigo, ahí viene la partida; son ocho hombres y el capitán.

Only Moreira was awake, looking at the field, an occupation he only abandoned to caress Chieftain.

At last he himself began to be dominated by that sleepy state that took possession of the man of the field at that hour, and changed position to give himself to the sleep.

He took out of his belt the weapons that he placed on the part of the <u>poncho</u> that was to serve as his headrest and lay down on his belly.

His hands crossed on the weapons, formed a kind of pillow, where he rested his head, to whose side the vigilant Chieftain lay, and in this attitude that man gave himself completely to sleep as if he had been in his ranch without the least danger threatening him.

Thus, motionless, without changing his position once, he remained asleep for more than half an hour.

He slept soundly, with that heavy and quiet sleep of the man who has gone through such a long and heavy fatigue.

It was the first time in three days that Moreira gave himself completely to sleep.

Was he sure that he would be awakened if the danger presented itself, or did he sleep confident in the loyalty or instinct of Chieftain, next to him?

Suddenly a lump appeared along the road; the little dog got up and barked in a threatening manner, with that fine, penetrating bark from the small dogs.

Moreira, as if moved by an electric shock, stood with his weapons in his hand.

On the road there was a rider marching towards the <u>pulpería</u>, punishing the horse as if he did not want to lose a second.

The countryman arrived where Moreira was, and with his voice choked by the fatigue of the race, and somewhat moved by the fright, he said:

–Save yourself friend, here comes the police; there are eight men and the captain.

Moreira no se inmutó; miró sonriente al espantado paisano que le traía la noticia, y tendió hacia el camino su mirada de águila.

Efectivamente a distancia de una <u>legua</u> se veía como una ligera nube de polvo que levantaban varios jinetes que venían a gran galope.

–Sálvese amigo que tiene tiempo –volvió a decir el paisano–, la partida es brava y el capitán ha dicho que lo va a llevar muerto o vivo.

–Lo siento por el capitán, dijo Moreira sonriente siempre, porque presumo que no va a volver por sus propias piernas, agradezco el aviso, paisano –concluyó–, y váyase adentro a ver la función, porque el <u>malambo</u> va a ser fuerte y son muchos los que van a cepillar.

El paisano se dirigió a la <u>pulpería</u>, lamentando con un ademán profundo la muerte de aquel hombre que para él era inevitable.

Moreira echó las riendas arriba de su magnífico caballo, que colocó dando el lado del lazo hacia el grupo que venían, se paró del lado de montar presentándose de frente, cruzó el pie izquierdo sobre el derecho con la punta hacia abajo, en actitud de descanso recostó los dos brazos sobre el apero y se quedó en actitud perezosa, observando a los que venían, como si estuviera ajeno de lo que iba a pasar allí.

Era hasta donde se podía llevar la ostentación de valor moral que poseía aquel hombre extraordinario.

Él no estaba obligado a combatir, pues podía haber huido sin dejarse alcanzar; el caballo que montaba era sobresaliente; pero lo detenían allí el amor propio comprometido la noticia de que la partida era mandada por un capitán de mentas, y el odio de su primer paso en la vida de destrucción que había emprendido, había jurado a todos aquellos que emanara de la justicia, de esa

Moreira did not flinch; he smilingly looked at the frightened countryman who brought him the news, and stretched his eagle's gaze towards the road.

Indeed, at a distance of four miles, it looked like a light cloud of dust that was being raised by several riders who were coming at a great gallop.

–Save yourself, friend, you have time –said the countryman again–, this detachment is fierce, and the captain has said that he will carry you dead or alive.

–I'm sorry for the captain, said Moreira, always smiling, because I presume he's not going to return by his own legs, I appreciate the warning, fellow –he concluded–, and go inside to see the performance, because the <u>malambo</u> is going to be strong and there are many who are going to tap his feet.

The countryman went to the <u>pulpería</u>, mourning with a profound gesture the death of that man that looked inevitable to him.

Moreira threw the reins on top of his magnificent horse, which he placed giving the side of the lasso towards the group that were coming, he stopped on the riding side presenting himself from the front, crossed his left foot on the right with the tip down, in an attitude of rest he leaned both arms on the saddle and remained in a lazy attitude, observing those who were coming, as if he were unaware of what was going to happen there.

It was as far as the ostentation of moral courage possessed by that extraordinary man could be carried.

He was not obliged to fight, for he could have fled without being caught; the horse he rode was outstanding; but he was stopped there by his self-respect, after hearing the news that the police was commanded by a well respected captain, and the hatred of his first step in the life of destruction he had sworn to undertake against all those who emanated from justice, from that word jus-

palabra justicia que suena como una sangrienta sátira en el oído del gaucho, pues ella sólo representa para él el capricho del Juez de Paz, el sable del Comandante militar, y como último trance, un cuerpo de caballería de línea.

Decidido a vencer o a morir en buena ley, esperó a la partida con la confianza de su propio valor y la convicción de su superioridad.

La partida llegó deteniendo la marcha de sus caballos, hasta dos varas antes de llegar a Moreira, sin que éste variara de su perezosa posición.

En la cara de los soldados se notaba cierta emoción que no podían dominar, y al encontrar con la suya la altiva mirada del gaucho, bajaron la vista sobre las riendas, evitando los rayos que despedían aquellos ojos soberbios.

Los paisanos se habían agolpado con el pulpero a la reja del despacho, desde donde contemplaban trémulos y bañados de honda palidez la escena de sangre que iba a principiar.

En la puerta de entrada, con los brazos abiertos y como buscando con las manos un apoyo para no caer, estaba el amigo Julián, con la mirada húmeda fija en Moreira, cuya figura se destacaba poderosamente de aquel cuadro amenazador.

Para todos aquellos hombres, Moreira iba a pelear bien, porque sabían que era hombre de vista y de coraje, pero tenían el presentimiento que aquella lucha debía ser fatal para el paisano, por la superioridad numérica del enemigo y por las mentas del capitán, que mandaba la gente, hombre joven y de simpático aspecto.

Sólo el amigo Juan tenía confianza en el éxito de la lucha; esto se veía a pesar de su turbación, a pesar de su mirada tristemente humedecida por una lágrima y en la forzada sonrisa que contraía sus labios.

El capitán y el sargento se adelantaron un paso sin dejar de mirar con cierta descon-

tice that sounds like a bloody satire in the ear of the gaucho, for it only represents for him the whim of the Judge of Peace, the saber of the military commander, and as a last resort, a corps of line cavalry.

Determined to win or die in his own terms, he waited for the police with the confidence of his own courage and the conviction of his superiority.

The police came stopping the march of his horses, up to six feet before reaching Moreira, without the latter modifying his lazy position.

In the face of the soldiers there was a certain emotion that they could not dominate, and when they crossed their gazes with the haughty look of the gaucho, they lowered their sight on the reins of their horses, avoiding the sight of those arrogant eyes.

The countrymen had crowded with the pulpero, against the fence of the pulpería, from where they contemplated trembling and bathed in deep pallor the scene of blood that was about to begin.

At the entrance door, with open arms and as if searching with his hands for a support so as not to fall, was his friend Julián, with his emotional gaze fixed on Moreira, whose figure stood out powerfully from that menacing picture.

For all those men, Moreira was going to fight well, because they knew that he was a man of sight and courage, but they had the feeling that the fight was going to be fatal for the countryman, because of the numerical superiority of the enemy and because of the captain who commanded the people, a famous young man with a nice appearance. Only the friend Juan had confidence in the success of the fight; this was seen in spite of his turmoil, even though his eye was moistened by a tear and a forced smile contracted his lips.

The captain and the sergeant took a step forward without ceasing to look with a cer-

fianza a los paisanos que estaban tras de la reja, y el primero, dirigiéndose a Moreira, a pesar de conocerlo y como una especie de fórmula, le preguntó secamente:

–¿Es usted Juan Moreira?

–Para lo que guste mandar –respondió este, parándose altivo, siempre protegido por el cuerpo del caballo, y tocando levemente el ala de su sombrero.

–Dese usted preso en el acto y sin hacer resistencia –añadió el capitán, echando instintivamente mano a la empuñadura de la espada.

–¿Y a quién he de entregarme preso? –volvió a interrogar el gaucho, cuya actitud se había vuelto amenazadora.

–A la <u>partida de plaza</u> que viene en nombre del Juez de Paz –concluyó el joven, desvainando la espada, acción que imitó el sargento.

Moreira miró un segundo a aquel joven que se le cruzaba fatalmente en el camino y con un tono frío e incisivo como la hoja de un puñal, le dijo sentenciosamente.

–Vuélvase amigo, usted es muy mozo para prenderme a mí, vaya a hacerse limpiar las narices y después vuelva.

Esta chuscada sarcástica dicha con una gracia infinita hizo sonreír a algunos a pesar de lo imponente de la situación; aquello era provocar a aquel joven que tal vez venía allí a su pesar.

Las palabras de Moreira, aquella sátira despreciativa le hizo hacer un movimiento de ira reconcentrada y picando su caballo hacia Moreira dijo por última vez:

–Dese usted a preso amigo o tendré que matarlo para cumplir la orden que traigo.

–Pues a matarme –dijo el paisano sacando del tirador el par de pistolas que le regalara su compadre Giménez y amartillándolas.

El capitán y el sargento atropellaron a un tiempo con el sable enarbolado, tratando de ganar al paisano el lado de montar.

tain distrust at the countrymen behind the fence, and the first, addressing Moreira, in spite of knowing him and as a kind of formula, asked him dryly:

–Are you Juan Moreira?

–For whatever you like to command –Moreira answered, standing proudly, always protected by the horse's body, and lightly touching the wing of his hat.

–Let yourself be imprisoned in the act and without resistance –added the captain, instinctively putting his hand to the handle of the saber.

–And to whom shall I deliver myself prisoner? –The gaucho, whose attitude had become threatening, asked again.

–To the police force that comes in the name of the Justice of the Peace –concluded the young man, drawing his saber, an action imitated by the sergeant.

Moreira looked for a second at the young man who fatally crossed his path and with a cold and incisive tone like the blade of a dagger, he said sententiously.

–Go back friend, you're too young to take me, go get your noses wiped and then come back.

This sarcastic joke said with infinite grace made some people smile in spite of the imposing situation; that was to tease that young man who perhaps came there in spite of himself.

Moreira's words, that contemptuous satire made him make a movement of concentrated anger and making his horse move towards Moreira, he said for the last time:

–Give yourself as a prisoner friend or I will have to kill you to fulfill the order I bring.

–Then kill me –said the countryman, taking out from his belt the pair of pistols that his buddy Giménez had given him and cocking them.

The captain and the sergeant charged over at the same time with their sabers raised, trying to attack the countryman on the side where a a horse is mounted.

Aquello fue como un relámpago, pero un relámpago de muerte.

Moreira, ágil y sereno, se protegió contra los encuentros del caballo del capitán, que se había adelantado mucho sobre el anca del overo, hizo puntería, y antes que aquel pudiera bajar el sable, se sintió una detonación doble casi simultánea, y aquel joven desgraciado cayó de espaldas sobre el anca del caballo que disparó dando con su cuerpo en tierra a pocos pasos de distancia.

–¡A él! ¡Mátenlo, no lo dejen escapar! –gritó el sargento cargando sable en mano sobre Moreira, que lo esperaba sereno apuntándole con las pistolas, que conservaban un cañón cargado.

Moreira había creído detener el sargento con su actitud y tomarse el tiempo necesario para montar a caballo, pero se vio cargado por toda la partida y volvió a hacer fuego enviando al sargento la muerte, por decirlo así, envuelta en el fogonazo de un disparo.

El sargento dio un grito y soltando el sable llevó su mano al costado derecho, donde había recibido un proyectil.

El resto de la partida le había ganado el lado del caballo, y lo cargaba aunque débilmente, impresionada por la muerte del capitán y del sargento.

Moreira pasó por bajo de su caballo, y volvió a quedar protegido por el cuerpo del animal.

Había arrojado al suelo sus pistolas inservibles ya, y en su diestra poderosa se veía relucir su daga de ancha y filosa hoja.

Moreira se deslizó a lo largo del caballo hacia el pescuezo, y vino a quedar al costado derecho del soldado que marcaba el último, siguiendo la vuelta que ejecutaban los otros para salirle por el anca del overo.

–Ahora te toca a ti, dijo Moreira, sepultando su daga hasta la S en el vientre del soldado que fue a caer de espaldas al lado del sargento, dejando oír un prolongado y lastimero quejido, seguido de estas palabras:

It was like lightning, but it was like deathly lighting.

Moreira, agile and serene, protected himself against the encounters of the horse of the captain, who had advanced a lot on the rump of the spotted horse, made aim, and before the captain could lower the saber, he felt a double detonation almost simultaneous, and that unfortunate young man fell backwards on the rump of his horse, which run away, throwing his body on the ground a few steps away.

–Kill him, don't let him escape! –shouted the sergeant, charging, sword on hand, over Moreira, who waited serenely for him, pointing his guns at him, which kept a loaded cannon.

Moreira had thought he could stop the sergeant with his attitude and take the necessary time to ride a horse, but he was charged by all the detachment and shoot again, sending the sergeant to death, so to speak, wrapped in the flash of a gunshot.

The sergeant gave a scream and releasing the saber he took his hand to his right side, where he had received a bullet.

The rest of the detachment had reached the side of the horse, and were attacking Moreira feebly, impressed by the death of the captain and sergeant.

Moreira passed under his horse, and was again protected by the animal's body.

He had thrown his useless pistols to the ground, and in his powerful right hand was his dagger of wide and sharp blade.

Moreira slid along the horse towards his neck, and came to be on the right side of the last soldier, following the turn that the others were executing to get out by the rump of the spotted horse.

–Now it's your turn –said Moreira, burying his dagger up to the hilt in the belly of the soldier who went to fall backwards next to the sergeant, letting hear a prolonged and pitiful moan, followed by these words:

–¡Dios me ayude!

La caída de este soldado concluyó de desmoralizar por completo a la <u>partida</u>.

Los seis soldados que quedaban revolvieron sus caballos, huyendo de la daga de Moreira que siempre recostado a su caballo les acometía poderosamente, y echaron a disparar a todo lo que daban los mancarrones.

–¡Oíganle a la <u>maula</u>! –gritó Moreira, saltando sobre su caballo, que tembló al sentir el peso del jinete–. Así son todos estos puercos, añadió soltando una poderosa carcajada y amenazándoles aún con la daga que conservaba en la mano; cuando unos les hace una merma disparan como avestruces.

El Cacique ladraba alegremente participando de la alegría de su amo.

Enseguida, y siempre sonriendo, picó los ijares del caballo con la lujosa espuela y se acercó a los cadáveres.

El capitán y el soldado estaban completamente muertos.

El sargento respiraba con suma dificultad y oprimía nerviosamente el costado derecho, que vertía abundante sangre.

Moreira echó pie a tierra, envainó la daga y conservando en la mano la rienda del overo, examinó detenidamente al herido.

–No es nada compañero –le dijo–, de peores que esta he visto librarse un hombre –y acercándose a la reja pidió un vaso de caña, que el <u>pulpero</u> le sirvió como una máquina, pues como los demás paisanos, aún no habían vuelto de su asombro.

Moreira se acercó al herido, le echó en la boca un trago de caña, le lavó la herida y empapando en el resto de la caña un pañuelo que le desató del cuello, se lo colocó sobre la herida a manera de compresa, diciéndole:

–Esto le dará ánimo, mientras le llevan al pueblo le sacan la bala; que no se diga que Juan Moreira es un salvaje que no tiene compasión por los hombres vencidos.

–God help me!

The fall of this soldier completely demoralized the rest of the <u>police</u>.

The six remaining soldiers stirred their horses, fleeing from Moreira's dagger, which was always lying on his horse, attacking them powerfully; and they escaped as fast as their not so good horses could gallop.

–Listen to the cowards! –Moreira shouted, jumping on his horse, which trembled as it felt the rider's weight. That's how all these pigs are, he added, laughing loudly and threatening them with the dagger he kept in his hand.

Chieftain barked happily, participating in the joy of his master.

Immediately, and always smiling, he stung the flanks of the horse with the luxurious spur and approached the corpses.

The captain and the soldier were completely dead.

The sergeant breathed with great difficulty and oppressed nervously his right side, which poured abundant blood.

Moreira set foot on the ground, sheathed the dagger and, holding the reins of the spotted horse in his hand, examined the wounded man carefully.

–It's not too bad fellow –he said–, I've seen a man recover from worse wounds –and approaching the <u>pulpería</u>'s grille he asked for a glass of rum, which the <u>pulpero</u> served as a machine, for like the other countrymen, he had not yet recovered from his astonishment.

Moreira approached the wounded man, poured a sip of rum into his mouth, washed the wound, and soaking a handkerchief in the rest of the rum, untied his neck, and placed it over the wound in the manner of a compress, telling him:

–This will cheer you up, while they take you to the town to extract the bullet; let it not be said that Juan Moreira is a savage who has no compassion for defeated men.

Y se dirigió con el caballo de la rienda hacia la pulpería.

Todavía estaba allí conservando la misma actitud que le vimos al principio de la lucha el amigo Julián, completamente dominado por la emoción.

Moreira le tendió la mano, y Julián le dio un abrazo tan estrecho que, como dice Estanislao el Pollo:

> *Sus dos almas en una*
> *acaso se mixturaron.*

Julián había abrazado a Moreira con el placer inmenso que le causaba la resurrección del gaucho, a quien había visto muerto más de diez años durante aquella lucha encarnizada; había en su abrazo toda la efusión de un cariño profundo y reconcentrado.

El abrazo de Moreira había sido de íntimo agradecimiento. En la actitud asombrada del paisano, en su mirada ansiosa aún, Moreira comprendió lo que había sufrido aquel hombre, el esfuerzo supremo que había tenido que hacer para no prestarle ayuda, y se sintió conmovido.

–Gracias amigo Julián –dijo Moreira–, ya sé que para correr a esas maulas basta un hombre solo; así son todos, amigo, así son todos.

Y había en el gaucho una convicción profunda al decir aquellas palabras; se conocía que con la misma serenidad que había luchado con aquella partida desgraciada, estaba dispuesto a luchar con todas las que le salieran al camino, en la seguridad de obtener el mismo asombroso resultado.

–Dios lo proteja como hasta aquí, amigo Moreira –respondió Julián–, porque usted es el hombre más guapo que he conocido en mi vida. Ahora lo van a perseguir como a cosa mala, y se van a echar detrás de usted todas las justicias de la campaña.

–Y a todas las pelearé –dijo el gaucho con una fiereza suprema–. Yo ya no tengo nada

And he went towards the pulpería, takings his horse by its reins.

Julián was still there with the same attitude that he presented at the beginning of the fight, completely dominated by emotion.

Moreira reached out to him, and Julián gave him a hug so close that, as Estanislao el Pollo says:

> *His two souls in one*
> *maybe they got mixed up.*

Julián had embraced Moreira with the immense pleasure caused by the resurrection of the gaucho, whom he had seen die for more than ten years during that fierce struggle; there was in his embrace all the effusion of a deep and concentrated affection. Moreira's embrace had been one of intimate gratitude. In the astonished attitude of the countryman, in his still anxious gaze, Moreira understood what that man had suffered, the supreme effort he had to make in order not to help him, and he was moved.

–Thank you, my friend Julián –said Moreira, I know that one man is enough to scare away those cowards; that's how they all are, my friend, that's how they all are.

And there was a deep conviction in the gaucho when he said those words; it was known that with the same serenity that he had fought with that unfortunate detachment, he was willing to fight with all those who came out on the road, in the certainty of obtaining the same astonishing result.

–God protect you as you have done so far, my friend Moreira –replied Julián–, because you are the most brave man I have ever met in my life. Now they are going to persecute you as a bad thing, and they are going to throw behind you all the justices of the campaign.

–And I will fight all of them –said the gaucho with supreme fierceness. I no longer

en el mundo, mi hacienda se la habrán repartido, mi mujer y mi hijo ya no los volveré a ver más; no tengo pues otro camino que pelear con las partidas hasta que me <u>maten</u>, que será para mí un día de placer, porque habré concluido de penar.

Y al decir esto el paisano se había enternecido de tal modo que se vio obligado a secar con el <u>poncho</u> un par de lágrimas que rodaron por sus temblorosas mejillas, dando a su cara hermosa y varonil, una expresión de ternura infinita.

Aquel hombre que acababa de combatir contra nueve sin conmovérsele un solo músculo, una sola fibra; aquel hombre cuyo corazón no había temblado ante la muerte con que se le amenazó, se conmovía hasta las lágrimas ante el recuerdo de su mujer y su hijo, recuerdo que avasallaba su corazón de bronce.

Es que en Moreira no había la tela de un asesino, ni su conducta obedecía a mezquinos móviles.

Hombre de grandes pasiones, de corazón ardiente y espíritu vigoroso, se había sentido empujar en aquella rápida pendiente y se había entregado por completo a la fatalidad que lo guiaba.

De su corazón valiente iban desapareciendo poco a poco los nobles impulsos, y sólo se llenaba por completo con el odio que en él habían sembrado los hombres.

Moreira sacudió la cabeza con un movimiento magnífico, echando a la espalda los negros rizos que cubrían sus hombros, miró a los paisanos que se habían ido acercado poco a poco a medida que se iban reponiendo de la emoción, estrechó por última vez la mano a Julián y le dijo:

–Adiós amigo, yo me voy ahora donde me lleve la suerte; quién sabe cuando nos volveremos a ver, pero si algún día sucede, me comprometo a pagar la copa a todos los que han estado aquí en esta ocasión.

have anything in the world, my estate will have been already divided between them and my wife and my son will never see me again; I have no other way than to fight with the soldiers until they kill me, which will be a day of pleasure for me, because I will have finished my punishment.

And in saying this the countryman had become so tender that he was forced to dry with the <u>poncho</u> a couple of tears that rolled down his trembling cheeks, giving to his beautiful and manly face, an expression of infinite tenderness.

That man who had just fought against nine without being shaken by a single muscle, a single fiber; that man whose heart had not trembled before the death with which he was threatened, was moved to tears before the memory of his wife and son, memory that overwhelmed his heart of bronze.

In Moreira there was not a trace of a murderer, nor did his conduct obey petty motives.

A man of great passions, with an ardent heart and a vigorous spirit, he had felt himself push on that fast slope and had given himself completely to the fatality that guided him.

From his courageous heart the noble impulses were gradually disappearing, and he was only completely filled with the hatred that men had sown in him.

Moreira shook his head with a magnificent movement, throwing back the black curls that covered his shoulders, looked at the countrymen who had approached little by little as they were recovering from the emotion, shook Julián's hand for the last time and said to him:

–Goodbye, my friend, I'm going now wherever my luck takes me; who knows when we'll see each other again, but if one day it happens, I promise to pay the drink to all those who have been here on this occasion.

Tomó su perrito que colocó en las cabezadas del recado, saltó sobre el caballo y tomando una actitud melancólica se alejó al
trotecito, diciendo al pasar por el lado del
herido que atendió de tan buena voluntad:

–Dios lo conserve, amigo y alíviese para
que me estreche la mano a la vuelta.

Quince o veinte cuadras había andado
cuando dio vuelta de pronto, saludó con el
poncho a los que quedaban en la pulpería y
se perdió en una de las vueltas del camino
sin cambiar el paso del caballo que marchaba a la ventura, visto el completo abandono
de la brida.

¿Adónde dirigiría sus pasos aquel hombre
extraordinario?

No hemos de tardar mucho en encontrarlo,
luchando con la fatalidad de su suerte.

He took his little dog which he placed on
his saddle, jumped on his horse and, taking a melancholic attitude, he rode away at
a trot, saying as he passed by the side of the
wounded man that he attended with such
good will:

–God keep you, my friend, and get ready to
shake my hand on the way back.

After riding fifteen or twenty blocks he
turned suddenly and greeted with his poncho those who were left in the pulpería and
got lost in one of the turns of the road without changing the step of the horse that was
going unguided, given the complete abandonment of his bridle.

Where would that extraordinary man direct his steps?

We should not take long to find him, struggling with the fatality of his fate.

4

El Cacique
The Chieftain

El Cacique era un cuzquito que aquel paisano había criado en tiempos más felices, sin sospecharse el servicio que le iba a prestar más tarde.

El perro es la policía del gaucho; como es su soldado de confianza y el guardián de sus intereses, según la raza a que pertenece.

El gaucho tiene un particular aprecio por el perro, que aplica a su género de vida semi-salvaje con una astucia asombrosa.

Se sirve del perro que llama galgo, como pastor de sus ovejas el perro pastorea las majadas, se da vuelta cuando se alejan mucho y las trae a dormir al corral, con una prolijidad asombrosa.

Toma tal amor a este oficio que le ha confiado su amo, que va hasta recoger en la boca delicadamente, al corderito tierno a quien el cansancio ha impedido seguir la marcha de la majada.

La inteligencia del perro ovejero en el oficio a que lo ha destinado el paisano, suple con ventaja, muchas veces, los cuidados de un buen peón.

El paisano tiene también su perro de combate, que en el mismo tiempo, se puede decir su ayudante de campo y su compañero de trabajo.

The Chieftain was a small dog that the countryman had raised in happier times, without suspecting the service he was going to give him later.

The dog is the gaucho's policeman; he is his trusted soldier and the guardian of his interests, depending to the race to which he belongs.

The gaucho has a particular appreciation for the dogs, which suits well his semi-wild lifestyle with an astonishing cunning.

He uses the dog that he calls greyhound, as shepherd of his sheep, the dog shepherds the flocks, turns them when they are far away and brings them to sleep in the corral, with an astonishing tidiness.

He takes such a love for this trade that his master has entrusted to him that he even delicately gathers in his mouth the tender little lamb whom tiredness has prevented from following the march of the sheepfold.

The intelligence of the shepherd dog in the trade to which the countryman has destined it, supplements with advantage, many times, the care of a good laborer.

The countryman also has his fighting dog, which at the same time can be said to be his helper in the field and his co-worker.

Esta clase de perros, que son aquellos poderosos animales de pelo corto y rabo enroscado que conocemos con el nombre de mastines están siempre en las casas cuyas tales casas son el rancho y la cocina, acometen al que llega, y ayudan al amo a recoger la hacienda a la caída de la tarde, y contienen a una sola indicación, a cualquier novillo bravo que pretende salirse de las filas, resistiéndose a la arriada.

Este perro es de una gran bravura y de un poder extraordinario –combate al Lado del amo y no es cosa extraña verlo bajar a un hombre del caballo, a quien haría pedazos inmediatamente, si no fuese contenido por la voz del amo.

Suelen encontrarse en el campo tropillas de estos perros que andan alzados, ya por la muerte del amo u otras causas, a quienes los paisanos tienen que dar sendas batidas, por los destrozos que hacen en las haciendas cuando se sienten acosados por el hambre.

Es cosa muy común ver tres o cuatro de estos perros carnear un novillo bravo, y repartirse las diversas presas.

El cuzco es la policía del gaucho.

Este perrito de extremada sagacidad, adivina los peligros que comunica a su amo con su ladrido penetrante y su actitud agresiva y decidida.

El cuzco está reputado en el campo como el más sagaz y más corsario de todos los perros.

Su cariño por el amo es su calidad especial, condición que hace de aquel perrito inofensivo una especie de fiera en los momentos de peligro para su dueño.

El gaucho conoce las magníficas condiciones del cuzco y lo ha dedicado para su policía, para su centinela avanzada que le avisa al momento la más leve novedad o el rumor menos perceptible que se siente en el campo.

Parece que los otros perros reconocieran en el cuzco superioridad de olfato o de oído pues cuando ladra el cuzco todos los otros

This class of dogs, are the powerful animals of short hair and curled tail that we know with the name of mastiffs. They are always in the houses, that is the ranch and the kitchen, they attack anyone that arrives, and they help the master to gather his flocks at the end of the day, and they hold, following a single indication, any brave young bull that tries to leave the ranks, resisting when they are being herded.

This dog is of great bravery and extraordinary power –he fights side to side with his master and it is not strange to see him lower a man from the horse, who would be torn to pieces immediately, if not contained by the voice of the master.

Wild packs of these dogs are usually found in the field, they join these packs either forced by the death of his master or by other causes. The countrymen have to raid these packs, to prevent the damage they do to the ranches when they feel harassed by hunger.

It is very common to see three or four of these dogs slaughter a brave young bull, and share the prey.

The small dog is the gaucho's police.

This dog of extreme sagacity, guesses the dangers, which he communicates to his master with his penetrating bark and his aggressive and determined attitude.

Small dogs are reputed in the field as the sharpest and most savage of all dogs.

His affection for the master is his special quality, a condition that makes that inoffensive dog a kind of beast in moments of danger for its owner.

The gaucho knows the magnificent conditions of the small dog and uses it as guard dogs, as a sentinel that warns him at the moment the slightest novelty or the less perceptible rumor is perceived in the field.

It seems that the other dogs recognize the small dog superiority of smell or hearing because when the small dog barks all the

perros se ponen en movimiento y se alzan decididos en la dirección que el cuzco señala con sus pequeños galopitos agresivos.

Es el perro más centinela, fuera de duda y es más leal para el hombre, que el hombre mismo, pues lleva su cariño hasta seguirlo a la tumba y echarse sobre ella a cuidar sus restos; como hemos tenido hasta hace poco un ejemplo en el Cementerio del Norte.

El que cruza por estas tumbas, guardadas por cuzcos, se encontrará provocado a la risa ante la solitud hostil y agresiva de aquel pequeño animalito cuyo poder sólo alcanzaría a dañar el pantalón.

Pero si se medita un segundo ante aquella actitud amenazadora y colérica del animalito que se desespera conociendo tal vez su impotencia y pensando le puedan robar su tesoro, se encontrará conmovido ante aquella prueba de amor leal y abnegado, que levanta aquel pequeño y gracioso animal, sobre el nivel de muchos seres.

Moreira conocía todas estas condiciones en este animalito, y llevaba a su Cacique, que debía ser en adelante, el guardián de su dueño y su centinela más celoso y activo.

Allí iba sobre las cabezas del apero o a las ancas del caballo, siempre alegre, siempre vigilante y siempre dispuesto a menear la cola al menor movimiento de su amo, cuya mano buscaba siempre su cabeza pequeña e inteligente para prodigarle una caricia.

Moreira en el trascurso de su vida errante, no dormía jamás de noche, conociendo que su perdición estaba en el sueño.

Sólo dormía a la siesta, en medio del campo y al rayo del sol.

A esa hora perezosa y ardiente en que todo el mundo se entrega al reposo, en que es un fenómeno hallar un hombre que se atreva a cruzar el campo bajo los abrasadores rayos del sol, Moreira tendía su manta de vicuña al lado de su caballo, sacaba sus armas

other dogs are put in movement and they stand up without hesitation, pointing in the direction that the small dog indicates with its small aggressive gallops.

No doubt this dog is the best sentinel, and is more loyal to man than man himself, because it takes his love to follow him to the grave and lie on it to care for his remains, as we had until recently an example in the North Cemetery.

The one who crosses these tombs, guarded by small dogs, will find himself laughing at the hostile and aggressive solitude of such small animals whose power would only damage his trousers.

But if one meditates for a second before that threatening and angry attitude of the little animal, that despairs, perhaps knowing his impotence and thinking that his treasure can be stolen, one will find oneself moved by that proof of loyal and self-sacrificing love that lifts that small and gracious animal above the level of many other beings.

Moreira knew all these conditions in this little animal, and took his Chieftain, who was to be from now on, the guardian of his owner and his most jealous and active sentinel.

There he went over the pommel of the saddle or on the horse's rump, always cheerful, always vigilant and always ready to wag the tail at the slightest movement of his master, whose hand was always looking for his small and intelligent head to lavish a caress on him.

Moreira, in the course of his wandering life, never slept at night, knowing that his perdition was in sleep.

He only took a nap after midday, in the middle of the field and under the rays of the sun.

At that lazy and ardent hour in which everyone gives himself to rest, in which it is very rare to find a man who dares to cross the field under the scorching rays of the sun, Moreira stretched out his vicuña blanket beside his horse, took out his weapons

del tirador poniéndolas sobre el <u>poncho</u>, se tendía de barriga, y se hacía con los brazos cruzados, una almohada sobre las armas, cuyas engastaduras venían a quedar bajo las manos.

Allí, en aquella actitud, con el perro echado al lado de su cabeza y la rienda del parejero atada en el antebrazo, el paisano se entregaba por completo al reposo, confiando en la vigilancia del Cacique.

El lejano galope de un caballo, la proximidad de un animal cualquiera, era suficiente para que el Cacique gruñera de una manera amenazadora y dejara oír su ladrido agudo y penetrante.

Entonces Moreira se ponía de pie como movido por un resorte, con las armas en la mano y en actitud de combate.

Parecía que el Cacique conocía que la vida de su amo dependía en aquellos momentos de su vigilancia, pues se le veía de cuando en cuando abandonar su sitio de reposo en la cabecera de Moreira y dar una pequeña vuelta, como explorando los alrededores.

Después de la siesta el paisano se levantaba, colocaba sus armas en la cintura, recogía el <u>poncho</u> y saltaba a caballo después de haber puesto sobre el apero al Cacique y prodigándole las caricias que el inteligente animal recibía con muestras de sumo alborozo.

El Cacique se había asimilado de tal modo con Moreira, que en las horas de tristeza que solían dominarlo, haciéndole abatir la cabeza sobre el pecho a impulsos de un recuerdo amargo, se veía al Cacique sentado sobre sus patas traseras, mirando a su amo con una expresión patética y tristísima, sin salir de esa actitud hasta que el paisano alzaba la frente y lanzaba un poderoso suspiro, como si con él pretendiera arrancar de sí y disipar en el espacio la nube de amarga tristeza que oscureciera su espíritu.

El Cacique entonces se paraba en sus cuatro patitas, trepaba con las dos delanteras sobre la lujosa abotonadura del tirador, y lamía,

from his belt putting them on his <u>poncho</u>, stretched out his belly, and made himself with his arms crossed, a pillow over the weapons, whose settings came to be left under his hands.

There, in that attitude, with the dog lying next to his head and the horse's rein tied to his forearm, the countryman gave himself completely to rest, trusting in the Chieftain's vigilance.

The distant gallop of a horse, the proximity of any animal, was enough for the Chieftain to growl in a threatening manner and let his sharp and penetrating bark be heard.

Moreira then stood as if moved by a spring, weapons in hand and in combat attitude.

It seemed that the Chieftain knew that his master's life depended on his vigilance at that time, for he was seen from time to time abandoning his resting place at Moreira's head and taking a small stroll, as if exploring the surroundings.

After the nap, the countryman got up, put his weapons on his waist, picked up the <u>poncho</u> and jumped on horseback after putting the Chieftain on the saddle, lavishing on him the caresses that the intelligent animal received with signs of great joy.

The Chieftain had assimilated himself in such a way with Moreira that in the hours of sadness that used to dominate him, making him bow his head on his chest with the impulses of a bitter memory, the Chieftain was seen sitting on his hind legs, looking at his master with a pathetic and very sad expression, without leaving that attitude until the countryman raised his forehead and threw a powerful sigh, as if with him he wanted to tear from himself and dissipate in space the cloud of bitter sadness that darkened his spirit.

The Chieftain then stood on his four legs, climbed with his two forelegs on the luxurious buttons of the belt, and licked, solici-

solícito, la mano que llevaba la brida, como prodigando a su amo un consuelo necesario para hacer cambiar el rumbo de su pensamiento.

Moreira llegaba a las pulperías del camino, donde asaba un pedazo de carne que comía en cordial amistad con el Cacique, y daba a su overo bayo la ración de alimento necesario a conservar sus fuerzas en todo su vigor.

Moreira no desensillaba jamás; cubría la montura con un gran poncho de goma que llevaba bajo el cojinillo cuando llovía, contentándose con aflojar la cincha que no ajustaba nunca sino en situaciones supremas. En las pulperías era siempre bien recibido si le conocían, por ese espíritu de compañerismo de que siempre hace gasto el paisano, si era desconocido, porque su aspecto y varonil belleza cautivaban desde el primer momento.

Hacía siempre pequeñas jornadas de diez o veinte cuadras y siempre al tranco para conservar su caballo, ya para un momento crítico, ya para correr una carrera de interés en las diversas pulperías a que llegaba, carreras que ganaba siempre, pues su caballo era sobresaliente.

Aquel animal había sido regalado a Moreira por el malogrado doctor Alsina en una situación que conocerá más adelante el lector. Nunca hacía noche en las pulperías, de las que se retiraba a la hora de cerrar y evitaba siempre acercarse a poblado, donde iba solo por una imperiosa necesidad.

Entre las muchas aventuras que tuvo en esta vida de vagancia, se cuenta la siguiente.

Moreira había llegado a la pulpería de un tal López, en momentos que cuatro o cinco paisanos jugaban a la taba.

Ató su caballo al palenque, y después de saludar a los jugadores, colocó al Cacique sobre la montura y se acercó a mirar la jugada.

tously, the hand that carried the bridle, as if lavishing to his master a consolation necessary to change the course of his thought.

Moreira arrived at the grocery stores of the road, where he roasted a piece of meat that he ate in cordial friendship with the Chieftain, and gave his spotted horse the ration of food necessary to preserve his strength in all its vigor.

Moreira never unsaddled; he covered the saddle with a large rubber poncho that he wore under the cushion when it rained, contenting himself with loosening the girth that he never adjusted except in supreme situations. He was always well received in the pulperías, either if they knew him, by that spirit of companionship which the countryman always shows, or, if he was unknown, because his appearance and manly looks captivated from the first moment.

He always made small journeys of ten or twenty blocks and always at a walk, to keep his horse fresh, either for a critical moment, or to run a race of interest in the various pulperías to which he arrived, races that he always won, because his horse was outstanding.

That animal had been given to Moreira by the ill-fated doctor Alsina in a situation that will be known later by the reader.

He never spent the night in the pulperías, from which he withdrew at closing time and always avoided approaching a village, where he went only out of necessity.

Among the many adventures he had in this life of vagrancy, we can mention the following one.

Moreira had reached the pulpería of a certain López, at a time when four or five countrymen were playing taba.

He tied his horse to the tethering post, and after greeting the players, he placed the Chieftain on the saddle and approached to watch the game.

Algunos de los paisanos que conocían a Moreira, se pusieron a conversar con él y le obsequiaron con una <u>sangría</u>, sin interrumpir el juego, siendo un tal González el protegido por la suerte.

Pocos minutos hacía que conversaban los paisanos, cuando el Cacique dejó sentir un gruñido que parecía un rezongo.

Moreira se levantó y se dirigió al caballo con presteza, indagando con su vista de águila la causa de aquel aviso del Cacique.

Sobre el camino y a larga distancia aún, se vieron varios bultos, noticia que sembró la alarma entre los paisanos, suponiendo pudiera ser una partida.

Los bultos fueron acercándose poco a poco hasta que se pudo distinguir que aquel grupo lo formaban un paisano que venía arreando unas vacas.

Los paisanos volvieron tranquilamente a su juego, y Moreira se separó del caballo, y pidiendo otra <u>sangría</u>, se acercó de nuevo a mirar la jugada.

Apenas habían transcurrido cinco minutos, cuando llegó a la <u>pulpería</u> un paisano, rodeó un momento los animales que traía, desmontó y se acercó al despacho donde pidió un refresco de caña con limonada.

Era éste un paisano alto y delgado; su apero era muy sencillo y atravesada a su espalda se veía una daga de un largo descomunal; era un resero, según dijo, que se dirigía a Navarro.

El notable largo de la daga, provocó la mayor hilaridad entre los jugadores, inspirándoles los dichos más chuscos e incisivos.

–¿Peleará sola? –preguntó uno guiñando el ojo; a lo que otro contestó:

–No, es el asador que trae en traje de daga.

El resero estaba lívido de coraje, pero no había contestado una palabra; los jugadores eran muchos y la lucha era muy desigual.

Some of the countrymen who knew Moreira, began to talk with him and gave him a <u>sangría</u>, without interrupting the game, being a certain González the one favored by luck.

After the countrymen talked for a few minutos, the Chieftain growled, as if complaining.

Moreira got up and went to the horse with haste, investigating with his eagle's eye the cause of that warning from the Chieftain.

On the road and still at a long distance, several bundles were seen, news that sowed the alarm among the countrymen, supposing it could be the police.

The bundles approached little by little until it could be seen that the group was made up of a countryman who was herding cows.

The countrymen returned calmly to their game, and Moreira left his horse, and asking for another <u>sangría</u>, he approached again to look at the game.

Just five minutes had passed, when a countryman arrived at the <u>pulpería</u>, he herded for a moment the animals he was bringing, dismounted and approached the <u>pulpería</u>'s desk where he asked for a rum with lemonade.

He was a tall and thin countryman; his implement was very simple and a dagger of enormous length could be seen across his back; it was a herder, he said, that was heading for Navarro.

The notable length of the dagger provoked the greatest hilarity among the players, inspiring them with the most incisive and sharp sayings.

–Will it fight alone? –one winked, another answered:

–No, it's the roasting spit he's wearing in a dagger suit.

The herder was livid with anger, but had not answered a word; the players were many and the fight was very unequal.

Pagó su refresco, miró de una manera feroz a los paisanos, se dirigió a su caballo y se alejó al trotecito en medio de las bromas que entonces se multiplicaron, siempre sobre el tema de la larguísima daga que tanto les llamara la atención.

El paisano se detuvo a unos veinte pasos de la pulpería, sacó su daga de la cintura y la clavó en el suelo, gritando a los jugadores:

–Vayan viniendo de a uno, maulas, que este día quiero carnear chanchos. ¿Qué hacen que no copan esta banca?

Como los paisanos no hicieran caso de la provocación. El resero se desató en todo género de injurias y amenazas.

Entonces el individuo González abandonó el juego y se dirigió adonde estaba el paisano, pretendiendo arrancar de la tierra la larga daga.

El paisano sacó entonces del tirador un revólver y lo abocó sobre González, quien vio su causa perdida por la desigualdad de las armas y retrocedió a la pulpería cuerpeando hábilmente a los balazos que le disparó el paisano.

Al ver el gaucho que González huía, se acercó a los otros jugadores, a quienes empezó a insultar y provocar de todas maneras,

–¡Manga de sinvergüenzas! –les gritó agitando el revólver– asco me da bajarme y darles una vuelta de azotes.

Los paisanos callaban sin duda por respeto a Moreira, que miraba la escena pálido y apoyado sobre su caballo.

–Supongo –preguntó tranquilamente–, que eso no rezará conmigo, amigazo.

–Con usted y hasta con su abuela –replicó el paisano–, yo no soy amigo de ningún maula.

–Está bueno, amigo –replicó Moreira–, ya le ha dado usted gusto a la lengua; ahora puede retirarse en paz que usted no es justicia y ha venido solo.

Esta actitud humilde hizo crecer la cólera al paisano que viendo en las últimas pala-

He paid for his refreshment, looked fiercely at the countrymen, went to his horse and rode away at a little trot in the middle of the jokes that then multiplied, always on the subject of the very long dagger that so caught their attention.

The countryman stopped about twenty steps from the pulpería, took his dagger out of his waist and nailed it to the ground, shouting to the players:

–Come one by one, cowards, this day I want to slaughter pigs. What are you doing that you don't come here?

As the countrymen ignored the provocation. The herder unleashed all sorts of insults and threats.

Then the fellow called González abandoned the game and went to where the countryman was, trying to pull the long dagger from the ground.

The countryman then pulled out a revolver from the belt and pointed it on González, who saw his cause lost, due to the inequality of the weapons and went back to the pulpería, skillfully dodging the bullets that the countryman shot at him.

When the gaucho saw González fleeing, he approached the other players, whom he began to insult and provoke anyway,

–Bunch of scoundrels! –He shouted at them, waving his revolver–, It's disgusting for me to get down and whip you around.

The countrymen were silent, no doubt out of respect for Moreira, who was watching the scene, pale and leaning on his horse.

–I suppose –he quietly asked–, that it doesn't apply to me, friend.

–With you and even with your grandmother –replied the countryman–, I am no friend of any coward.

–It's all right, my friend –Moreira replied–, you've already indulged your tongue; now you can retire in peace, for you're not justice and you've come alone.

This humble attitude increased the anger of the countryman who, seeing in the last

bras del gaucho una alusión a su daga, lo acometió revólver en mano pretendiendo atropellarlo con el caballo.

–Ya esto no se puede sufrir –dijo Moreira, sacando su daga y tendiendo la manta sobre el poderoso brazo, evitó con un asombroso movimiento de cuerpo un tiro que le disparara el resero y lo acometió por el lado de montar.

El paisano se sorprendió del ataque, disparó hasta la daga que desenterró con presteza y blandiéndola enérgicamente se preparó al combate.

La acometida fue violenta; las dagas se chocaron produciendo chispas, pero fue un choque sin consecuencia: ninguno se había herido.

Moreira retrocedió a tomar distancia y acometió de nuevo, más sereno y con más recato, comprendiendo que el enemigo era duro.

Esta vez el choque fue desgraciado para el resero.

Moreira le dio un hachazo en la cabeza y envolviendo en un movimiento rápido y hábil la daga de su adversario con el poncho, se la arrancó de la mano con admirable facilidad.

El resero quedó estático y desarmado a merced de su adversario, pero mayor fue su asombro al ver que Moreira guardaba en el tirador su daga, y ofreciéndole la suya con un ademán bondadoso le dijo:

–Ahí la tiene amigo; usted se empeñó, y no ha sido culpa mía, yo no mato sino a las partidas.

–¿Y quién es usted, paisano? –preguntó el gaucho en el colmo del asombro.

–Yo soy Juan Moreira –replicó éste lleno de soberbia–, y puede usted mandar con confianza.

En seguida se acercó a su overo bayo, sobre el cual montó tranquilamente, y sin volver

words of the gaucho an allusion to his dagger, attacked him, revolver in his hand, pretending to run him over with the horse.

–This can no longer be suffered –said Moreira, taking out his dagger and spreading the blanket over his powerful arm, avoided with an astonishing movement of his body a shot from the herder and attacked him from the riding side.

The countryman was surprised by the attack, he first shot, but he dug up quickly his dagger, and wielding it energetically he prepared for combat.

The attack was violent; the daggers crashed producing sparks, but it was a shock without consequence: none had been injured.

Moreira went back to take distance and attacked again, more serene and with more modesty, understanding that the enemy was hard.

This time the shock was unhappy for the herder.

Moreira gave him an chop to the head and wrapping in a fast and skillful movement the dagger of his adversary with the poncho, pulled it out of his hand with admirable facility.

The herdsman remained static and unarmed at the mercy of his adversary, but he was even more astonished to see that Moreira kept his dagger in his belt, and offering back him his own dagger, with a kind gesture he told him:

–There you have it, you were unrelenting, and it wasn't my fault, I only kill the police that come looking for me.

–And who are you, countryman? –asked the gaucho in astonishment.

–I am Juan Moreira –replied Moreira full of arrogance–, and you can trust me.

Immediately he approached his spotted horse, on which he rode quietly, and without turning his face or speaking to the as-

la cara ni dirigir la palabra a los asombrados paisanos se alejó al tranco de su caballo.

–¡Dios le ayude amigo! –le gritó entonces el resero–. Dios le ayude, porque es un hombre de corazón.

Y se perdió también en las vueltas del camino, arreando sus animalitos.

tonished countrymen he rode away at the stride of his horse.

–God help you, my friend! –the herder shouted at him. God help you, for you're a kind-hearted man.

And he also got lost in the turns of the road, herding his animals.

5

La pendiente del crimen
The slope of crime

Moreira cayó al partido de Navarro, donde debía encontrar algún refugio, por los antecedentes buenos que allí había dejado en otras épocas.

En Navarro, como en todo el resto de la Provincia, se discutían las candidaturas de Costa y Acosta, candidatos de dos partidos poderosos, para el gobierno de Buenos Aires.

Moreira había estado en aquel partido, siendo Juez de Paz de él el estimable joven José Correa Morales, quien solicitó a Moreira para sargento de la partida.

Juan Moreira aceptó el puesto que se le brindaba porque tenía gran estimación por la familia del señor Morales, que lo había protegido siempre.

Sus servicios fueron eficaces y dejaron de aquel hombre, en Navarro, un recuerdo gratísimo.

Moreira salía con la partida de plaza a recorrer el pueblo y sus alrededores, no habiendo criminal capaz de resistirse al hermoso sargento, ni dar motivo alguno para que la partida se le echase encima.

Cuando se tenía noticias de algún bandido de esos que suelen aparecer de cuando en cuando, Moreira iba sólo en su busca, y lo prendía, ya convenciéndolo que era

Moreira went to the district of Navarro's, where he had to find some refuge, because of the good reputation he had established there in other times.

In Navarro, as in the rest of the Province, the candidatures of Costa and Acosta, candidates of two powerful political parties, for the government of Buenos Aires, were discussed.

Moreira had been in that district, with the esteemed young José Correa Morales being his Justice of the Peace, who asked Moreira to be sergeant of the detachment.

Juan Moreira accepted the position because he had great esteem for the family of Mr. Morales, who had always protected him.

His services were effective and left in Navarro a fond memory of him.

Moreira went out with the detachment to tour the town and its surroundings, not having criminal capable of resisting the handsome sergeant, nor giving any reason for the detachment fall on him.

When there was news of one of those bandits that usually appear from time to time, Moreira went alone in search of him, and caught him, either convincing him that it

89

inútil resistírsele, ya luchando con él para reducirlo a prisión, lo que le dio un gran prestigio entre el paisanaje, y le captó por completo el aprecio de los habitantes del pueblo.

Cuando Moreira regresó a Navarro se conocían allí todas las desgracias que hemos venido narrando, y todas ellas no fueron capaces de borrar los buenos antecedentes que allí había dejado.

Moreira llegó a Navarro, cuando todos los ánimos estaban excitados con aquellas elecciones tan reñidas, que vinieron a producir tan honda división en los habitantes de la campaña.

Faltaban sólo dos meses para la elección, y los partidos trabajaban con incansable actividad, reclutando gente de todas partes y preparando los clubs electorales.

Moreira fue ardientemente solicitado por los dos partidos políticos, que conocían su inmenso prestigio pero el paisano resistió a todas las propuestas seductoras que se le hicieron, llegando hasta desechar con una soberbia imponderable la propuesta de hacer romper todas las causas que se le seguían en Matanzas, donde podía volver después del triunfo.

Conociendo el ascendiente que sobre aquel hombre extraordinario tenía el doctor Alsina a quien había acompañado como hombre de confianza en épocas de peligro, los caudillos electorales hicieron que aquel escribiera a Moreira pidiéndole pusiera su valioso prestigio a favor de la buena causa.

Moreira cuando recibió la carta del doctor Alsina no supo resistirse, y se afilió a uno de los bandos políticos, influyendo en su triunfo de una manera poderosa.

Los paisanos que estaban en el bando contrario se incorporaron a Moreira, al amigo Moreira que apreciaban unos y temían otros más que al mismo Juez de Paz, que lo era en esa época don Carlos Casanova, apreciadísimo caballero y persona conocida como recta y honorabilísima.

was useless to resist him, or fighting with him to capture him; this gave him a great prestige among the countrymen, and completely assured him the appreciation of the inhabitants of the town.

When Moreira returned to Navarro, all the misfortunes that we have been narrating were known there, and all of them were not able to erase the good antecedents that he had established there.

Moreira arrived in Navarro, when all the spirits were excited with those close elections that came to produce such a deep division in the inhabitants of the campaign.

The election was only two months away, and the parties worked tirelessly, recruiting people from all over and preparing the electoral clubs.

Moreira was ardently requested by the two political parties, which knew his immense prestige but the countryman resisted all the seductive proposals that were made, even discarding with an imponderable arrogance the proposal to break all the causes that followed him in Matanzas, where he could return after the triumph.

Knowing the ascendancy of Dr. Alsina, whom he had accompanied as a trustworthy man in times of danger, the electoral leaders made him write to Moreira asking him to put his valuable prestige in favor of the good cause.

When Moreira received Dr. Alsina's letter, he did not know how to resist, and he joined one of the political factions, influencing his triumph in a powerful way.

The countrymen who were on the opposite side joined Moreira, the friend Moreira who was appreciated by some and feared by others, more than the same Justice of the Peace, who was at that time Don Carlos Casanova, a very appreciated gentleman and person known as straight and honorable.

Tal vez el señor Casanova hubiese puesto coto más tarde a los desmanes de Moreira, pero era tal el dominio que sobre la <u>partida de plaza</u> ejercía el paisano desde que fue su sargento, que ésta temblaba ante la sola idea de tener que ir a prenderlo.

Las elecciones se aproximaban y los partidos armados hasta los dientes se preparaban a disputarse el triunfo de todas maneras por la razón o la fuerza, lema desgraciado que se ostenta aún en el escudo de una nación que se permite contarse entre las civilizadas.

Había en aquella época y afiliado al partido contrario de aquél en que militaba Moreira, un caudillo de prestigio y de grandes mentas por aquellos pagos.

Leguizamon, que así se llamaba el caudillo, era un gaucho de avería, valiente hasta la exageración y que arrastraba mucha paisanada.

Éste era el elemento que iban a colocar enfrente a Moreira para disputarle el triunfo, a cuyo efecto habían enconado al gaucho picándole el amor propio con comparaciones desfavorables.

Leguizamon, que era un paisano alto y delgado, muy nervioso y de una constitución poderosa, contraría entonces unos cuarenta y cinco años.

Era un hombre de larga foja de servicios en las <u>pulperías</u>, donde había conquistado la terrible reputación que tenía.

El choque de estos dos hombres debía ser fabuloso.

Leguizamon estaba reputado de más hábil peleador que Moreira, pero éste debía compensar aquella inferioridad con su sangre fría asombrosa de que diera tantas pruebas.

Moreira era ágil como un tigre, y brazo como un león, la pujanza de su brazo era proverbial y su empuje ineludible.

Pero Leguizamon tenía una vista de lince, su <u>facón</u> era un relámpago y su cuerpo una <u>vara</u> de mimbre, que quebraba a su antojo.

Perhaps Mr. Casanova would later have put a stop to Moreira's excesses, but it was such a dominion that the countryman had exercised over the military detachment since he was his sergeant, that he trembled at the mere idea of having to try to catch him.

The elections were approaching and the parties, armed to the teeth were preparing to dispute the victory either by reason or by force, an unfortunate motto that is still displayed on the shield of a nation that is allowed to be counted among the civilized ones.

At that time and affiliated to the opposite party of the one in which Moreira was a militant, there was a leader of prestige and great fame in those districts.

This political leader was called Leguizamon, and was a dangerous gaucho, brave to the point of exaggeration, who was followed by many countrymen.

This was the element that they were going to place in front of Moreira to dispute him the victory, to whose effect they had embittered the gaucho stimulating his self-esteem with unfavorable comparisons.

Leguizamon, who was a tall and thin countryman, very nervous and of a powerful constitution, was about forty-five years old.

From a long time ago he had conquered the terrible reputation he had in the <u>pulperías</u>.

The clash of these two men had to be fabulous.

Leguizamon was reputed to be more of a skillful fighter than Moreira, but Moreira compensated that inferiority with his astonishing cold-bloodedness that he proved so many times.

Moreira was as agile as a tiger, and his arm was like a lion's arm, the force of his arm was proverbial and his thrust unavoidable.

But Leguizamon had a lynx eye, his dagger was a flash of lightning and his body a wicker rod, which he shook at will.

A Moreira habían dicho todo esto, pero al escucharlo el paisano había sonreído con suprema altanería contestando resueltamente: allá veremos.

A Leguizamon habían relatado las hazañas de Moreira y el gaucho había fruncido el ceño diciendo:

–Esa maula no sirve ni para darme trabajo. En cuanto se ponga delante de mí lo voy a ensartar en el alfajor como quien ensarta en el asador un costillar de carnero flaco.

La perspectiva de una lucha entre aquellos dos hombres había preocupado de tal manera a los paisanos que se preparaban a ir a las elecciones, no por votar en ellas, sino por presenciar el combate entre ño Leguizamon y el amigo Moreira, asignando el triunfo cada uno, del lado de sus simpatías. El día de las elecciones llegó por fin, y la gente se presentó en el atrio, en un número inesperado.

La mayoría de aquella concurrencia iba atraída por aquella lucha que había sido anunciada y fabulosamente comentada en todas las pulperías por los amigos de ambos contendientes, comentarios que habían dado ya margen a algunas luchas de facón entre los que asignaban el triunfo a Moreira, que era la generalidad, y los que suponían triunfante a Leguizamon.

El comicio se instaló por fin con todas las formalidades del acto estando presentes el Juez de Paz, la partida de plaza y el Comandante militar.

Moreira se colocó con su gente del lado que ocupaba el bando político a que él se había afiliado.

El paisano estaba vestido con un lujo provocativo.

En épocas electorales abunda el dinero, y Moreira había empleado el que le dieron, en el adorno de su soberbio overo bayo.

Su tirador estaba cubierto de monedas de oro y plata, metales que se veían en todo el resto de sus lujosas prendas.

Moreira had been told all this, but upon hearing it the countryman had smiled with supreme arrogance, answering resolutely: we shall see then.

Leguizamon had been told about Moreira's exploits and the gaucho had frowned saying:

–That coward isn't even good enough to make me break a sweat.

As soon as he's in front of me, I'm going to string it on my knife like one sticks a skinny ram's rib on a barbecue spit.

The prospect of a struggle between those two men had so worried the countrymen who were preparing to go to the elections, not to vote in them, but to witness the battle between Leguizamon and the friend Moreira, awarding the victory to either of them, depending on their sympathies.

Election day finally arrived, and people showed up in the atrium, in an unexpected number.

The majority of that audience was attracted by that fight that had been announced and fabulously commented in all the pulperías by the friends of both contenders, comments that had already given margin to some knife fights between those who assigned the victory to Moreira, who was the generality, and those who expected Leguizamon to win.

The election was finally installed with all the formalities of the act with the presence of the Justice of the Peace, the military detachment and the military commander.

Moreira stood with his people on the side occupying the political side to which he had affiliated.

The countryman was dressed in provocative luxury.

In electoral times money abounds, and Moreira had used the one he was given, to ornament his superb spotted horse.

His belt was covered with gold and silver coins, metals that were seen in all the rest of his luxurious garments.

En la parte delantera, se veían sujetos por el tirador dos magníficos trabucos de bronce, regalo electoral y las dos pistolas de dos cañones que le regalara su compadre Giménez al salir de Matanza.

Atravesada a su espalda y sujeta al mismo tirador se veía su daga, su terrible daga bautizada ya de una manera tan sangrienta y que asomaba la lujosa engastadura, siempre al alcance de la fuerte diestra.

Llevaba su manta de vicuña arrollada al brazo izquierdo con cuya mano hacía pintar al pingo que se mostraba orgulloso del jinete que lo montaba.

Moreira estaba completamente sereno; sonreía a los amigos, chistaba al caballo como para calmar su inquietud, y daba vuelta de cuando en cuando para mirar al Cacique que a las ancas del overo meneaba la cola alegremente, como preguntando qué significaba todo aquel aparato.

Frente a Moreira, del otro lado de la mesa y un poco más a la izquierda, estaba Leguizamon, metido en las filas de los suyos. La actitud del paisano era sombría y amenazadora; miraba a Moreira como lanzándole un reto de muerte, y se acariciaba de cuando en cuando la barba, con la mano derecha, de cuya muñeca pendía un ancho rebenque de lonja de cabo de plata.

Moreira permanecía como ajeno a todas aquellas maniobras, evitando que su mirada se encontrase con la de Leguizamon, "que ya se salía de la vaina".

Los paisanos estaban conmovidos; en sus pálidos semblantes se podía ver la emoción que les dominaba, emoción que se extendía hasta los mismos escrutadores y suplentes que no atendían su cometido por observar las variantes de aquellas provocaciones mudas, que tendrían que terminar en un duelo a muerte fatal para uno u otro.

Por fin el acto electoral comenzó, y los paisanos fueron acercándose uno a uno a la mesa del comicio, depositando cada uno su voto maquinalmente, y montando de nue-

In the front part, the belt held two magnificent bronze blunderbusses, an electoral gift and the two pistols with two cannons that his buddy Giménez gave him when he left Matanza.

Her dagger, his terrible dagger already baptized in such a bloody way and which showed its handle, always within reach of the strong right hand, could be seen through his back, attached to the same belt.

He wore his vicuña blanket rolled up on his left arm, with whose hand he showed off his horse, who was proud of the rider who rode him.

Moreira was completely serene; he smiled at his friends, made soothing sounds at his horse as if to calm his restlessness, and turned from time to time to look at the Chieftain who wagged his tail cheerfully at the horse's rump, as if asking what all that apparatus meant.

In front of Moreira, on the other side of the table and a little further to the left, was Leguizamon, in the ranks of his own. The attitude of the countryman was somber and threatening; he looked at Moreira as if throwing him a death challenge, and from time to time he caressed his beard, with his right hand, from whose wrist hung a wide whip with silver handle.

Moreira remained oblivious to all those tricks, preventing his gaze from meeting that of Leguizamon, who was already looking for a fight.

The countrymen were moved; in their pale faces one could see the emotion that dominated them, emotion that extended to the same scrutineers and substitutes who did not attend to their tasks, observing instead the variants of those silent provocations, which would have to end in a duel to the fatal death of one or the other.

At last the electoral act began, and the countrymen were approaching one by one to the table of the election, depositing each one his vote mechanically, and riding again

vo a caballo para confundirse en las filas de donde habían salido.

Media hora hacía apenas que la elección había comenzado, cuando Leguizamon picando su caballo se acercó a la mesa y dando en ella un golpe con su <u>rebenque</u> dijo que se estaba haciendo una trampa contra su partido y que él no estaba dispuesto a tolerarla. Y al decir estas palabras Leguizamon no miraba a los escrutadores a quienes iban dirigidas, sino a Moreira para quien envolvían una provocación que éste no quiso entender, permaneciendo tranquilo.

Las palabras de Leguizamon conmovieron los ánimos tan poderosamente, que ninguna de aquellas personas mandó al gaucho guardar silencio.

–He dicho que se nos está haciendo trampa –añadió creciendo en insolencia–, y han traído aquel hombre para que les ayude –y señaló a Moreira con el cabo del <u>rebenque</u>.

Moreira siguió guardando su aparente tranquilidad, y con una infinita gracia replicó al gaucho:

–No es tiempo amigo de lucir la mona; los <u>peludos</u> no tienen cartas en las votaciones y no hay que faltar así al respeto de las gentes.

Tan conmovidos estaban los paisanos que ni siquiera sonrieron ante este epigrama que hizo poner lívido de furor a quien fue dirigido.

–Menos boca y al suelo –gritó Leguizamon desmontando.

–Usted es una <u>maula</u> que ha venido a asustar con la postura y que no ha de ser capaz de nada.

En la cintura de Leguizamon se veía un revólver de grueso calibre, y una daga de colosales dimensiones.

Fue ésta el arma que sacó el paisano.

Moreira se echó al suelo como quien hace una cosa a disgusto, y sacó también su larga daga, enrollando con presteza al brazo la manta de vicuña.

on horseback to be confused in the rows from where they had left.

Half an hour before the election had just begun, Leguizamon, pecking his horse approached the table and hitting it with his whip, he said that a trap was being set against his party and that he was not willing to tolerate it.

And in saying these words Leguizamon did not look at the tellers to whom they were addressed, but at Moreira for whom they involved a provocation he did not want to understand, remaining calm.

Leguizamon's words moved the spirits so powerfully that none of those people ordered the gaucho to remain silent.

–I have said that we are being cheated –he added, growing in insolence–, and they have brought that man to help them, and he pointed to Moreira with an end of his whip. Moreira continued to keep his apparent calm, and with infinite grace replied to the other gaucho:

–It's not the time, my friend, to show off your drunkenness; the drunkards don't have cards at the polls, and that's no way to disrespect people.

The countrymen were so moved that they didn't even smile at this epigram that made the one who was addressed to livid with rage.

–Less mouth and to the ground –shouted Leguizamon dismounting.

–You are a coward who has come to frighten with your posture and who must not be capable of anything.

At Leguizamon's waist a heavy caliber revolver and a dagger of colossal dimensions could be seen.

The last one was the weapon the countryman drew.

Moreira threw himself to the ground like someone who does something with disgust, and also drew out his long dagger, quickly rolling the vicuña blanket around his arm.

Apenas el paisano se había separado una vara del caballo, cuando Leguizamon estaba sobre él, enviándole una lluvia de puñaladas.

Era aquel un espectáculo magnífico e imponente; aquellos dos hombres se acometían de una manera frenética, enviándose la muerte en cada golpe de daga que era parado por ambos con una destreza asombrosa.

Los ponchos arrollados en el brazo izquierdo, estaban completamente hechos jirones por los golpes parados, pero los combatientes igualmente diestros, igualmente fuertes no habían logrado hacerse la menor herida.

La prolongación de la lucha empezaba a encolerizar a Leguizamon, que había cometido ya dos o tres chambonadas, y a medida que la cólera empezaba a enceguecerlo Moreira se mostraba más tranquilo y más previsor en sus acometidas.

Los asistentes habían hecho gran campo a los dos antagonistas, sin haber entre ellos uno solo que se atreviera a separarlos, pues con aquella acción sabían que se exponían a captarse la cólera y tal vez la agresión de ambos.

Leguizamon más viejo y menos tranquilo en el combate, empezó a fatigarse, mientras Moreira, más hábil, economizaba sus fuerzas, que no habían podido debilitar quince minutos de combate recio, que ya empezaba a ser pesado para Leguizamon.

Aquella lucha no podía durar un minuto más; era cuestión de una puñalada parada con descuido, de un traspiés, de una casualidad cualquiera.

Leguizamon empezó a retroceder, acometido de una manera ruda y decisiva.

De su poncho quedaban sólo dos pequeños jirones, y su chaqueta estaba cortada en dos partes.

Moreira, cuyo poncho estaba completamente despedazado, paraba las puñaladas con su enorme sombrero de anchas alas.

Barely had the countryman separated three feet from the horse, when Leguizamon was upon him, sending him a shower of stab wounds.

It was a magnificent and imposing spectacle; those two men rushed at each other in a frantic manner, sending each other dead in every dagger strike that was stopped by both of them with amazing dexterity.

The ponchos rolled on the left arms were completely torn to shreds by the standing blows, but the equally skillful, equally strong fighters had not managed to make the slightest wound in their adversary.

The prolongation of the fight began to anger Leguizamon, who had already committed two or three mistakes, and anger began to blind him, but Moreira was calmer and more forward-looking in his attacks.

The assistants had cleared a great space around the two antagonists, no one of them dare to separate them, because with that action they knew that they were exposed to capture the anger and perhaps the aggression of both them.

Leguizamon, older and less calm in combat, began to tire, while Moreira, more skillful, economized his forces, which still were not weakened after fifteen minutes of hard combat, which was already beginning to be heavy for Leguizamon.

That fight could not last another minute; it was a matter of a stabbing stopped with carelessness, of a setback, of any chance.

Leguizamon began to retreat, pressed by the tough and decisive attack from Moreira. Only two small fragments of his poncho remained, and his jacket was cut in two parts.

Moreira, whose poncho was completely torn to shreds, stopped the stabbing with his huge hat with wide wings.

Leguizamon fue retrocediendo hasta la mesa donde se hacía el escrutinio, que fue abandonada por los que la rodeaban para evitar un golpe casual.

Allí, contra la mesa y con acción debilitada por el mueble, el gaucho cometió una imprudencia que fue hábilmente aprovechada por su adversario.

Distrajo la mano izquierda pretendiendo sacar su revólver, descuidando toda defensa, y Moreira como un relámpago, marcó una puñalada al vientre.

Leguizamon quiso acudir a evitarla, pero Moreira dio vuelta la daga, y dio con el puño tan violento golpe sobre la frente del gaucho, que lo hizo rodar al suelo, completamente privado de sentido.

Después de este golpe maestro, era de suponerse que el vencido fuese degollado, pero Moreira, limpiando con la mano el copioso sudor que pegaba los cabellos sobre su frente hizo dos pasos atrás y con la voz aún jadeante por la fatiga, dijo a los paisanos del bando enemigo, que lo miraban asombrados:

–Pueden llevar a este hombre a que duerma la mona, y no venga aquí a hacer bochinche.

Un inmenso aplauso saludó la hermosa acción de Moreira, que envainando la daga y saltando a caballo dijo a los del comicio:

–Caballeros, que siga la elección.

Aquel bravo entusiasta en que había estallado la multitud era un bravo espontáneo arrancado por la hermosa acción de Moreira.

Provocado, se había batido con un hombre valiente, y hábil en el manejo de las armas, sin mostrar cólera contra su provocador, a quien no había querido matar, pues aquel golpe en la frente había sido calculado con toda sangre fría y preferido a la tremenda puñalada que marcó en el vientre.

Vencedor en el lance, no había hecho uso de la ventaja obtenida, pidiendo sacaran de allí

Leguizamon retreated back to the scrutiny table, which was abandoned by those around it to avoid a casual stabbing.

There, against the table and with his movement impeded by the furniture, the gaucho committed an imprudence that was skillfully exploited by his adversary.

He distracted his left hand trying to pull out his revolver, neglecting all defense, and Moreira, like lightning, marked him in the belly with his knife.

Leguizamon wanted to avoid it, but Moreira turned the dagger, and hit the gaucho's forehead with a violent fist, which made him roll to the ground, completely senseless.

After this masterstroke, it was supposed that the throat of vanquished was to be slit, but Moreira, wiping with his hand the copious sweat that moistened the hair on his forehead, took two steps back and with his voice still panting from the fatigue, told the countrymen of the enemy side, who looked at him in astonishment:

–You can take this man to sleep his drunkenness off, so he doesn't come back here to make more trouble.

An immense applause greeted the beautiful action of Moreira, who, sheathing the dagger and jumping on horseback, said to those in the race:

–Gentlemen, let the election continue.

Excited by his beautiful action, the crowd cheered Moreira spontaneously.

Provoked, he had beaten a brave man, and skillful in the handling of weapons, without showing anger against his provocateur, whom he had not wanted to kill, because that blow on the forehead had been calculated with all cold blood and preferred to the tremendous stab he marked in the belly. Winner in the fight, he had not made use of the advantage obtained, asking to take

a aquel hombre inerme para que "no hiciera bochinche".

Era indudablemente una acción hermosa que recogía su premio en el aplauso de los que habían presenciado aquel duelo a muerte que amenazara ser sangriento.

Moreira recuperó tranquilamente su puesto y la elección siguió en el mayor orden.

Su acción había pesado de tal modo en el espíritu de los gauchos del otro bando, que todos votaron con él, con esa inconciencia peculiar en los paisanos, que van a las elecciones y votan por tal o cual persona, porque el Juez de Paz lo ha mandado así.

La elección fue canónica; había faltado el caudillo enemigo y sus partidarios se habían plegado al bando que sostenía el amigo Moreira.

Leguizamon fue conducido, cuando cayó, a la pulpería y tienda de un tal Olazo, que existe aún, donde le prestaron algunos auxilios que le volvieron el conocimiento.

Cuando recuperó el completo dominio de sus facultades, cuando supo lo que había sucedido y que Moreira había tenido asco en matarlo, Leguizamon se puso furioso, quiso volver a la plaza para matar al paisano, pero no lo dejaron salir cuatro o cinco personas que habían quedado acompañándolo.

Como la pulpería de Olazo estaba sólo a una cuadra de la plaza, a cada momento caían allí paisanos dando noticias del partido que iba triunfando, y ponderando la bella acción de Moreira, que no había querido matar a Leguizamon a quien había golpeado con el cabo de la daga, tendiéndolo en el suelo.

Leguizamon oía todos estos relatos y su coraje iba creciendo hasta el extremo de llenar de improperios a los que iban a la pulpería.

—Yo he de matar a ese maula, gritaba en el colmo de la irritación, lo he de matar como a un cordero, para probar a ustedes que sólo por una casualidad me ha podido aventajar, pues él me ha pegado lo que me vio trope-

out of there that unarmed man so that he "would not make more trouble".

It was undoubtedly a beautiful action that received its prize in the applause of those who had witnessed that duel to death that threatened to be bloody.

Moreira returned calmly to his place and the election continued in perfect order.

His action had weighed so heavily on the spirit of the gauchos on the other side, that they all voted with him, with that peculiar unconsciousness in the countrymen, who go to the elections and vote for this or that person, because the Justice of the Peace has ordered it this way.

The election was canonical; the enemy warlord had been absent and his supporters had folded to the side held by the friend Moreira.

Leguizamon was taken, when he fell, to the pulpería and store of a certain Olazo, which still exists, where they gave him some help that made him conscious again.

When he regained full control of his faculties, and he learned what had happened and that Moreira had spared his life, Leguizamon became furious, wanted to return to the square to kill the countryman, but four or five people who had been accompanying him did not let him out.

As Olazo's pulpería was only one block from the plaza, at every moment countrymen dropped there giving news of the triumphant party, and pondering the beautiful action of Moreira, who had not wanted to kill Leguizamon, and had hit him with the dagger's end, holding him on the ground.

Leguizamon heard all these stories and his anger grew to the point of inflicting insults on those who went to the pulpería.

—I have to kill that coward, he shouted in the heat of anger, I have to kill him like a lamb, to prove to you that only by chance he has been able to overtake me, because he has hit me with what he saw me stumble

zar en la mesa y perder pie; de otro modo ¡cuándo sale de allí con vida!

Los paisanos temiendo un nuevo encuentro con Moreira, habían querido llevar al gaucho a su casa, pero toda tentativa fue inútil. Leguizamon pidió una ginebra, y declaró que iba a esperar allí a Moreira para matarlo y demostrar que era una maula que habían traído para asustar a la gente con la parada.

La elección terminada, los paisanos empezaron a desparramarse en todas direcciones cayendo la mayor parte a la pulpería de Olazo que era la más acreditada.

Todos suponían además que el lance de aquella mañana no podía quedar así, y que entre Leguizamon y Moreira iba a suceder algo terrible.

Moreira estuvo conversando un momento con las personas de la mesa quienes recomendaron evitase encontrarse con Leguizamon y que si lo hallaba a su paso no atendiera a sus provocaciones, porque siempre andaba ebrio y no sabía lo que hablaba.

El gaucho sagaz comprendió que Leguizamon conservaba aún a pesar de lo sucedido, su prestigio de hombre guapo y de avería, y que se dudaba del éxito de un nuevo encuentro, pero sonrió minuciosamente y se alejó al tranco de su overo bayo tomando la dirección de la casa de Olazo donde sabía estaba Leguizamon.

Serían sólo las cinco de la tarde cuando Moreira dio vuelta la esquina de la plaza, en dirección al almacén, lleno de gente en esos momentos.

Cuando Moreira apareció en la esquina, un movimiento de espanto pasó como un golpe eléctrico entre los gauchos.

En el cuchicheo y el asombro pintado en todos los rostros, Leguizamon comprendió que su enemigo venía, y apurando el contenido de la copa que tenía en la mano, saltó al medio de la calle empuñando en su dies-

on the table and lose my foot, otherwise he wouldn't leave there alive!

The countrymen, fearing a new encounter with Moreira, had wanted to take the gaucho home, but any attempt was useless. Leguizamon asked for a gin, and declared that he was going to wait there for Moreira to kill him and show that it was a coward they had brought to scare people with his presence.

After the election finished, the countrymen began to scatter in all directions going most of them to the pulpería of Olazo that was the most liked.

Everyone also assumed that the fight of that morning could not stay that way, and that something terrible was going to happen between Leguizamon and Moreira.

Moreira was chatting for a moment with the people at the table who recommended that he avoid meeting Leguizamon and that if he found him in his path he would not heed his provocations, because he was always drunk and did not know what he was talking about.

The sagacious gaucho understood that Leguizamon still retained, despite what had happened, his prestige as a brave and dangerous man, and that the success of a new encounter was doubtful, but he smiled meticulously and moved away from his spotted horse taking the direction of Olazo's place where he knew Leguizamon was.

It would only be five o'clock in the afternoon when Moreira turned the corner of the square, in the direction of the warehouse, full of people at the time.

When Moreira appeared in the corner, a movement of fright passed like an electric shock among the gauchos.

In the whisper and amazement painted on all faces, Leguizamon realized that his enemy was coming, and rushing the contents of the cup in his hand, he jumped into the middle of the street wielding in his right

tra la daga que brilló como un relámpago de muerte.

Moreira vio todo eso y adivinó lo que en la pulpería pasaba, pero no alteró la marcha de su caballo que avanzaba al tranquito, haciendo sonar las copas del freno.

Leguizamon parado en media calle, llenaba de injurias al paisano que parecía no escucharlas, dada la sonrisa de su boca y la tranquilidad del ademán.

Por fin Moreira estuvo a dos varas del enfurecido gaucho, y éste, que sólo esperaba aquel momento, lo acometió resuelto por el lado de montar, tomando la rienda del caballo.

Moreira se deslizó tranquilo siempre, pero rápido, por el lado del lazo, sacó de la cintura su terrible daga, y se preparó al combate.

Las acometidas de Leguizamon eran tan violentas, sus golpes eran tan recios que Moreira tenía que acudir a los recursos de la vista y a toda la elasticidad de sus músculos, para evitar que el paisano lo atravesara en una de tantas puñaladas o lo abriera con aquellos hachazos tirados con una fuerza de brazo imponderable.

Durante cuatro o cinco minutos Moreira estuvo concretado exclusivamente a la defensa, siéndole imposible llevar el ataque.

Con la pupila dilatada por el asombro, trémulos y silenciosos, los numerosos paisanos miraban las gradaciones de aquel combate sin atreverse a respirar siquiera.

La partida de plaza había sido avisada de lo que sucedía, pero no se había resuelto moverse de la puerta del juzgado; tenía decididamente miedo de provocar a Moreira.

Leguizamon entre tanto, cansado de tanto tirar, quiso reposar un momento y dio un salto hacia atrás.

Entonces Moreira tomó la ofensiva con tal brío, con tal pujanza, que eran pocos, entonces, los dos brazos de su adversario, para

hand the dagger that shone like a lightning bolt of death.

Moreira saw all that and guessed what was going on in the pulpería, but he did not alter the march of his horse advancing slowly, making the halter cups jingle.

Leguizamon, standing in the middle of the street, shouted insults to the countryman who seemed not to hear them, given the smile of his mouth and the tranquility of his movements.

At last Moreira was six feet away from the angry gaucho, and the gaucho, who was only waiting for that moment, attacked him resolutely on the riding side, taking the reins of the horse.

Moreira slid quietly, but quickly, on the side of the lasso, pulled out his terrible dagger from his waist, and prepared for combat.

Leguizamon's attacks were so violent, his blows were so strong that Moreira had to resort to all the resources of his sight and the elasticity of his muscles, to avoid the countryman piercing him in one of so many stab wounds or cutting him with those chops thrown with an imponderable arm strength.

For four or five minutes Moreira was exclusively focused on the defense, being impossible to carry any attack.

With the pupil dilated by astonishment, trembling and silent, the numerous countrymen looked at the gradations of that combat without even daring to breathe.

The police force had been warned of what was happening, but they had not been decided to move from the door of the court; it they were decidedly afraid to provoke Moreira.

Leguizamon, tired of so much pulling, wanted to rest for a moment and jumped backwards.

Then Moreira took the offensive with such vigor, with such force, that there the two arms of his adversary were unable to stop

parar aquella especie de huracán de puñaladas y hachazos.

Cuando Leguizamon tenía la ofensiva, Moreira no había hecho un solo paso atrás, no había perdido una línea del terreno que pisaba.

En cambio, cuando él atacó, Leguizamon empezó a retroceder, primero paso a paso, y después a saltos, único recurso para evitar ciertas puñaladas mortales.

Así combatieron la cuadra que mediaba entre el almacén de Olazo y la plaza principal, sin haberse inferido otra herida que un ligero rasguño recibido por Moreira en el brazo izquierdo al parar un hachazo.

Retrocediendo uno y avanzando el otro, los dos combatientes llegaron hasta la iglesia, seguidos de todos los paisanos que había en la pulpería al principio de la lucha, aumentados con los que fueron llegando a medida que iban sabiendo lo que sucedía.

La partida de plaza estaba en la puerta del juzgado, a dos pasos de la iglesia con el caballo de la rienda pero no se atrevía a intervenir.

Al llegar a la iglesia, Moreira acometió a Leguizamon por el costado izquierdo, obligándole así a hacer un cuarto de conversión y buscar la pared del templo para hacer en ella espalda, tirando un par de puñaladas al vientre de Moreira para detenerlo un poco y darse un alivio.

Pero Moreira comprendiendo que aquella posición era violenta para su adversario, que había quedado contra la pared lo mismo que por la mañana contra la mesa, cargó de firme, decidido a terminar la lucha, cuya duración había empezado a irritarlo y hacerle perder parte de aquel aplomo que nunca lo abandonaba.

Moreira, pues, cargó de firme, metió el brazo izquierdo contra la daga de Leguizamon para evitar un golpe probable, y se tendió a fondo en una larga puñalada.

Entonces se sintió un grito de muerte, vaciló Leguizamon sobre sus piernas y cayó

that kind of hurricane of stabbings and chops.

When Leguizamon had the offensive, Moreira had not taken a single step back, had not lost a line from the ground he was stepping on.

But instead, when he attacked, Leguizamon began to retreat, first step by step, and then by leaps, the only recourse to avoid certain deadly stab wounds.

So they fought along the block between Olazo's warehouse and the main square, without having inferred any wound other than a slight scratch received by Moreira in the left arm when he stopped a chop.

Retreating one and advancing the other, the two fighters reached the church, followed by all the countrymen in the pulpería at the beginning of the fight, augmented by those who arrived as they knew what was happening.

The police force was in the door of the court, to two steps of the church holding their horses' bridles, but did not dare to intervene.

Arriving at the church, Moreira attacked Leguizamon from the left side, forcing him to make a quarter turn and look for the wall of the temple to lean his back there, throwing a couple of stab wounds to Moreira's belly to stop him a little and get some relief.

But Moreira, understanding that this position was violent for his adversary, that he had been against the wall as well as in the morning against the table, charged him with firmness, determined to finish the fight, the duration of which had begun to irritate him and make him lose part of that poise that never abandoned him.

Moreira, then, charged firmly, tucked his left arm against Leguizamon's dagger to avoid a probable blow, and stretched himself out in a long stab wound.

pesadamente sobre el primer escalón del atrio, produciendo un golpe seco y lúgubre peculiar a la caída de un cuerpo humano.

Moreira abandonó la daga enterrada hasta la empuñadura, en la herida, se cruzó de brazos y miró pausadamente a todos los testigos de aquel drama.

–Caballeros –dijo soberbio y altivo–, el que crea que esta muerte es mal hecha, puede decirlo francamente, que aún me quedan alientos suficientes.

Ninguno se movió, ninguno turbó con una sola palabra aquel silencio imponente.

La actitud de los paisanos aprobaba el proceder del gaucho.

Moreira miró entonces el cuerpo caído de Leguizamon, que se estremecía débilmente en el último exterior de la agonía –se agachó y le arrancó la daga del estómago.

El cuerpo de Leguizamon se agitó entonces por un temblor poderoso, de su ancha herida salió una gran cantidad de sangre, y quedó completamente inmóvil.

Moreira lo contempló un segundo, como dominado por una especie de arrepentimiento, dejó la daga sobre el pecho del cadáver, y acercándose a su caballo que había sido llevado allí por uno de los paisanos, montó con un ademán sombrío, apartando suavemente al Cacique, que saltaba sobre el tirador, pretendiendo llegar a lamerle la cara, después de haberle lamido las manos, como felicitándolo del peligro que acababa de escapar.

El paisano no quiso alejarse de aquel sitio sin hacer antes alarde del miedo que sabía que se le tenía.

Revolvió su caballo hasta el juzgado de paz, y dirigiéndose al sargento de la partida que estaba dominado por el más franco espanto, le dijo lleno de altivez:

–Haga, el favor, amigo, alcánceme la daga que he dejado olvidada allí –y señaló el cadáver de Leguizamon, sobre cuyo pecho se veía el arma.

Then he felt a cry of death, Leguizamon hesitated on his legs and fell heavily on the first step of the atrium, with a dull thump, typical of the fall of a human body.

Moreira left his dagger buried up to the hilt, in the wound, folded his arms and looked slowly at all the witnesses of that drama.

–Gentlemen –he said, arrogant and proud–, whoever believes that this fight was unfairly done can say it frankly to my face, since I still have enough breath left.

No one moved, no one disturbed that imposing silence with a single word.

The attitude of the countrymen approved of the gaucho's actions.

Moreira then looked at the fallen body of Leguizamon, which shuddered weakly on his death-throes –he crouched down and ripped the dagger from his stomach.

Leguizamon's body was then shaken by a powerful tremor, a large amount of blood flowed from his wide wound, leaving him completely motionless.

Moreira contemplated him for a second, as if dominated by some sort of repentance, left the dagger on the chest of the corpse, and approaching his horse that had been taken there by one of the countrymen, he rode in a somber gesture, gently pushing aside the Chieftain, who jumped over the belt, pretending to lick his face, after having licked his hands, as if to congratulate him on the danger he had just escaped.

The countryman didn't want to leave that place without first showing off the fear everyone had of him.

He turned his horse over to the Justice of the Peace, and addressing the sergeant of police who was dominated by the most frank fright, told him full of haughtiness:

–Do me a favor, my friend, hand me the dagger that I left behind there –he pointed to the corpse of Leguizamon, on whose chest the weapon could be seen.

El sargento dio las riendas de su caballo a uno de los soldados, se dirigió al sitio indicado y recogió la daga que entregó a Moreira humildemente y sin permitirse la menor palabra.

Moreira tomó su daga, que guardó en la cintura después de limpiar en la crin del caballo la sangre de que estaba cubierta la hoja y picando con las espuelas los flancos del magnífico animal, se alejó al tranco, dejando absortos a los testigos de aquella sangrienta sátira.

No hacemos novela, narramos hechos que pueden atestiguar el señor Correa Morales, el señor Marañón, el señor Casanova, Juez de Paz entonces, y muchas otras personas que conocen todos estos hechos.

Y hacemos esta salvedad, porque hay tales sucesos en la vida de Juan Moreira, que dejan atrás a cualquier novela o narración fantástica, escritas con el solo objeto de entretener el espíritu del lector.

Ya hemos dicho que Moreira fue un tipo tan novelesco, que ciñéndose estrictamente a la verdad de los acontecimientos, dejan atrás a Luigi Vampa, a Gasparone y al mismo Diego Corrientes, tipos formidables, embellecidos por la novela, pero que se han echado de barriga ante la primer partida de policía que se les ha puesto delante de las numerosas partidas que capitaneaban.

Y Moreira era un hombre solo a quien la misma justicia había lanzado en la senda del crimen, y que tuvo a raya a las fuertes partidas que tantas veces enviaron las autoridades en su persecución, sosteniendo verdaderos combates con muchas partidas de plaza, diversos piquetes de policía de Buenos Aires, y algunos del batallón Guardia Provincial.

Pero volvamos a nuestro relato.

Después de la muerte de Leguizamon, Moreira estuvo tranquilo mucho tiempo.

Asistía a las reuniones en las pulperías, concurría a todos los bailes que daban los paisanos en Navarro, sin promover jamás

The sergeant gave the reins of his horse to one of the soldiers, went to the right place and picked up the dagger that he handed to Moreira humbly and without allowing himself to utter the slightest word.

Moreira took his dagger, which he kept in his waist after wiping the blood that covered the blade in his horse's mane and pricking the flanks of the magnificent animal with his spurs, he trotted away, leaving the witnesses of his bloody deed speechless.

We do not make a novel, we narrate facts that can be witnessed by Mr. Correa Morales, Mr. Marañón, Mr. Casanova, then Justice of the Peace, and many other people who know all these facts.

And we make this caveat, because there are such events in the life of Juan Moreira that go beyond any novel or fantastic narrative, written with the sole object of entertaining the reader's spirit.

We have already said that Moreira was such a romantic type, that sticking closely to the truth of events, they leave behind Luigi Vampa, Gasparone and Diego Corrientes himself, formidable types, embellished by the novel, but who have fallen on their bellies before the first police detachment that has been put before them in front of the numerous men that they captained.

And Moreira was a single man who had been thrown into the path of crime by the same justice, and who had at bay the strong parties sent to catch him so many times by the authorities, sustaining real combats with many military detachments and police pickets of Buenos Aires, and some from the Provincial Guard battalion.

But let's go back to our story.

After Leguizamon's death, Moreira lived quietly for a long time.

He went to the meetings in the pulperías, attended all the dances given by the countrymen in Navarro, without ever causing

la menor disputa o escena comunes en este género de reuniones.

En esta clase de diversiones, Moreira había aprendido a beber todo género de licores que solían írsele a la cabeza.

Pero cuando estaba dominado por el alcohol era cuando se mostraba más manso y más accesible a todo género de bromas, no habiendo ninguna de carácter pesado.

Generalmente cuando estaba en este estado le daba por <u>vistear</u>, invitando a alguno de los que estaban presentes a que le hicieran unos tiritos para ejercitarse.

Como era natural, ninguno de los paisanos aceptaba la proposición temiendo que la visteada se convirtiera en pelea.

Entonces Moreira buscaba dos palitos y se entretenía en hacerse hacer unos tiritos para ver cómo andaba la muñeca.

De esta manera se había hecho tan consumado tirador de <u>facón</u>, que los otros paisanos aseguraban que en sus manos el cuchillo era una luz.

Dominado por el alcohol, se despertaban también sus instintos de jinete, y si llegaba a ver un <u>redomón</u> o caballo nuevo lo pedía para jetearlo un poquito, y lo geteaba, tan famosamente, que lo volvía completamente dominado.

Por más ebrio que estuviese en estas situaciones, no hubo ejemplo de que caballo alguno, por bravo que fuese lograse basuriarlo.

Moreira se había hecho también un consumado tirador de pistola.

Manejando aquellas dos que le regalara su compadre Giménez y que cuidaba con gran esmero, él rompía cuanta botella le colocaran a cuarenta pasos de distancia.

Era un adversario terrible que tenía completamente dominados a todos los paisanos del pago que frecuentaba.

Moreira solía tener sus horas de melancolía profunda.

the least dispute or any scene, which were common in this type of meetings.

In this kind of entertainments, Moreira had acquired the habit of drinking all kinds of liquors, which used to go to his head.

But when he was dominated by alcohol, it was when he showed himself to be more meek and more accessible to all kinds of jokes, being none of them offensive or untasteful.

When he was in this state he liked to simulate, as a display of skill and dexterity, a knife fight, inviting some of those present to make a game with sticks instead knifes.

As was natural, none of the countrymen accepted the proposal fearing that the game would become a real fight.

Then Moreira was looking for two sticks and was entertained in making some moves with them to see how well his wrist was working.

In this way he had become such a consummate knife fighter that the other countrymen claimed that in his hands the knife was a light.

Dominated by alcohol, his rider instincts woke up as well, and if he saw a horse not yet broken he would ask for it to be try his bronco buster skills, and he did it so famously, that the horse became completely dominated.

No matter how drunk he was in these situations, there was no any horse, no matter how brave it was, who was able to resist him.

Moreira had also become a consummate gunman.

Handling the two guns that his buddy Giménez gave him and that he cared for with great care, he broke any bottle that was placed forty steps away.

He was a terrible adversary who had completely dominated all the countrymen of the district he frequented.

But stil, Moreira used to have his hours of deep melancholy.

Pensaba en su mujer y su hijo y solía pasarse encerrado varios días en una pieza donde se le sentía llorar.

En esta situación, nadie se hubiera atrevido a dirigirle la palabra temiendo su enojo.

Entregado a sus tristes meditaciones, Moreira no se mostraba hasta que su melancolía había pasado por completo.

Entonces salía y prodigaba con profusión sus caricias y cuidados al Cacique y a su magnífico caballo, que era toda su familia y su haber sobre la tierra, y que representaban sus más queridas afecciones, porque el Cacique fue el primer regalo que le hizo su novia y el caballo fue el único regalo del doctor Alsina, hecho en la siguiente situación.

Cuando aquellas épocas efervescentes, de crudos y cocidos, en que los partidos se disputaban el triunfo de todas maneras, sin evitar los crímenes como el vergonzoso día 22 de abril, la vida del doctor Alsina se creyó amenazada, como se creyó en peligro la de Mitre, la de Chassaing, y la de tantos hombres de mérito que tomó parte en aquella encarnizada lucha.

Los amigo del doctor Alsina le mandaron entonces un hombre de toda confianza y de reconocido valor para que le guardase la espalda y fuese capaz de defenderlo de cualquier asechanza traidora que se le tendiera.

Y aquel hombre elegido fue Juan Moreira que era un bellísimo joven.

Moreira cobró un gran cariño al doctor Alsina, de quien fue la sombra inseparable durante mucho tiempo, y este hombre que sabía valorar a los que le rodeaban, apreció el espíritu de aquel paisano, a quien trató no como a un bravo que arma su brazo según el salario que ha de recibir, sino como un compañero que había venido a partir con él la fatiga y el peligro.

El doctor Alsina solía penetrar hasta el corazón del paisano, haciéndole responder a ciertos toques, porque le hablaba en lenguaje sencillo y noble, en ese único lenguaje

He thought of his wife and son and used to spend several days locked up in a room where he could cry.

In this situation, no one would have dared to speak to him in fear of his anger.

Devoted to his sad meditations, Moreira did not show up until his melancholy had passed completely.

Then he would go out and lavish his caresses and care on the Chieftain and his magnificent horse, which was all his family and his credit on earth, and which represented his most beloved affections, because the Chieftain was the first gift that his girlfriend gave him and the horse was the only gift from Dr. Alsina, made in the following situation.

When those effervescent times, of nationalists and autonomists, in which the parties disputed the triumph anyway, without avoiding crimes such as the shameful 22 of April, when the life of the Dr. Alsina, Mitre, Chassaing, and many others men of merit who took part in that fierce struggle, was thought to be threatened.

Dr. Alsina's friends then sent him a man of confidence and recognized courage to guard his back and be able to defend him from any treacherous plot against him.

And the chosen man was Juan Moreira who was a handsome young man.

Moreira was very fond of Dr. Alsina, and he become his inseparable shadow for a long time. Alsina, who knew how to value those around him, appreciated the spirit of that countryman, whom he treated not as a brave man who will protect him according to the salary he received, but as a companion who had come to him to share fatigue and danger.

Doctor Alsina used to penetrate to the heart of the countryman, making him respond to certain touches, because he spoke to him in simple and noble language, in that unique

que hablando al corazón del gaucho, hace de este hombre un niño dócil a quien se puede manejar hasta con la expresión de la mirada.

Non hay nada más fácil que conquistar el cariño del gaucho, cariño que llega a convertirse en una especie de religión invencible.

Para esto basta sólo comprender su corazón, lleno de nobles prendas y hablarle el lenguaje del cariño, que sus oídos no están habituados a escuchar.

El paisano, lleno de inteligencia comprende que aquél es un hombre superior que desciende hasta él y se le nivela como un hombre igual y empieza por inclinarse a aquel hombre a quien llama un buen <u>criollo</u> y concluye por amarlo con toda la potencia de su espíritu tan accesible al cariño.

Moreira llegó a asimilarse de tal modo al doctor Alsina, que se había convertido en la sombra de su cuerpo y en el eco de su pisada.

De día, no lo abandonaba un momento de noche tendía su recado en el patio, a la puerta del aposento del niño y dormitaba allí velándole el sueño.

Cuando el peligro pasó, cuando la situación de Buenos Aires quedó en su estado normal, ya los servicios de Moreira fueron innecesarios y el paisano quiso volver a su pago a atender sus intereses abandonados tanto tiempo y juntar sus animalitos que andarían dispersos por los campos vecinos.

El doctor Alsina hizo todo género de ofertas a Moreira para que se quedara en el pueblo a trabajar y conservarlo así a su lado pero todo fue inútil.

El paisano se sofocaba en la ciudad y necesitaba volver a los trabajos de campo donde lo llamaban su inclinación y sus hábitos.

Viendo que todo esfuerzo sería inútil, el doctor Alsina le proporcionó un pasaje y lo dispidió, dándole una suma de dinero en agradecimiento de sus servicios.

language that, speaking to the heart of the gaucho, makes this man a docile child who can be handled even with a single expression of the face.

There is nothing easier than conquering the affection of the gaucho, affection that becomes a kind of invincible religion.

For this it is enough only to understand his heart, full of noble feelings and speak to him the language of affection, which his ears are not accustomed to hearing.

The countryman, full of intelligence understands that the one approaching him is a superior man, who accepts him as an equal and begins by bowing to that man whom he calls a good <u>criollo</u> and concludes by loving him with all the power of his spirit so accessible to affection.

Moreira came to assimilate to Dr. Alsina in such a way that he had become the shadow of his body and the echo of his footstep.

By day, he would not abandon him for a moment; at night, he would tend his saddle in the courtyard, at the door of the child's room and sleep there, watching over his sleep.

When the danger passed, when the situation in Buenos Aires went back to its normal state, Moreira's services were unnecessary and the countryman wanted to return to his district to attend to his long abandoned interests and gather his animals that would be scattered in the neighboring fields.

Dr. Alsina made all kinds of offers to Moreira to stay in the town and work and keep him by his side, but everything was useless.

The countryman was suffocating in the city and needed to return to the field work where he was called his inclination and his habits.

Seeing that all effort would be useless, Dr. Alsina gave him a ticket and dismissed him, giving him a sum of money in gratitude for his services.

A la vista del dinero Moreira palideció y una lágrima arrancada por el sentimiento, fue a perderse trémula y silenciosa entre la naciente barba.

El doctor Alsina, comprendiendo lo que pasaba por aquel espíritu noble, retiró con presteza el dinero, al mismo tiempo que el paisano decía con acento conmovido:

–No me ofenda, patrón, si yo lo he servido ha sido porque en ello he tenido gusto, y no merezco esa ofensa porque me hace doler el corazón.

El doctor Alsina profundamente impresionado por este rasgo de nobleza, tendió su mano al paisano primero, y lo estrechó después entre sus brazos.

El paisano se estremeció lleno de orgullo al sentir íntimamente la presión de aquel abrazo, levantó la cabeza hermosa iluminada por la emoción que saltaba a sus ojos magníficos y se separó del doctor Alsina diciéndole:

–Si alguna vez me cree útil, si mi cuerpo puede servirle alguna vez de defensa, mándeme avisar no más, patrón, que yo vendré aunque sea del fin del mundo; disponga de mi vida sin embozo, porque desde hoy soy cautivo de sus prendas.

El paisano se alejó rápidamente y el doctor Alsina quedó meditando en la nobleza de esta raza desheredada de todo derecho, cuyo único porvenir es el puñal en los atrios electorales o los cuerpos de línea al eterno servicio de las fronteras.

Fue entonces que el doctor Alsina compró el caballo más magnífico que halló en Buenos Aires, y lo envió a Moreira con una lujosa daga.

Era el famoso overo bayo que llegó a ser el crédito del orgullo del paisano, y la daga que tan terriblemente esgrimía.

Aquel caballo representaba para él su seguridad personal y el recuerdo de aquel hombre por quien se hubiera hecho matar cien veces, sin ningún escrúpulo ni pesar.

At the sight of the money Moreira paled and a tear plucked by the feeling, went to be lost trembling and silent between the nascent beard.

Doctor Alsina, understanding what was going through that noble spirit, quickly withdrew the money, at the same time that the countryman said with a moving accent:

–Don't offend me, boss, if I served you it was because I liked it, and I don't deserve that offense because it makes my heart hurt.

Dr. Alsina, deeply impressed by this trait of nobility, extended his hand first to the fellow countryman, and then embraced him in his arms.

The countryman shuddered with pride as he felt intimately the pressure of that embrace, lifted his beautiful head, illuminated by the emotion that jumped into his magnificent eyes, and separating himself from Dr. Alsina, told him:

–If you ever think me useful, if my body can ever serve as a defense, send me no more warning, master, that I will come even if it is from the end of the world; dispose of my life without embarrassment, because from today I am your man.

The countryman quickly moved away and Dr. Alsina was meditating on the nobility of this race disinherited from every right, whose only future is the dagger in the electoral halls or the army units, forever fighting in the frontiers.

It was then that Dr. Alsina bought the most magnificent horse he found in Buenos Aires, and sent it to Moreira with a luxurious dagger.

It was the famous spotted horse that became the pride of the countryman, and the dagger that he so terribly wielded.

That horse represented for him his personal security and the memory of that man for whom he would have been willing to die a hundred times, without any scruple or regret.

Así dividía su afecto entre el caballo y el perro, sus leales amigos, que eran el recuerdo de lo que más había amado en el mundo, exceptuando dos personas a quienes tal vez no vería más.

Por eso, cuando salía de sus tristes meditaciones, se le veía prodigar sus cariños a aquellos dos animales que lo conocían hasta en la pisada.

Durante un mes no se oyó hablar una palabra de Moreira, referente a desorden o pelea a mano armada.

Desde la muerte de Leguizamon su tremenda reputación de hombre guapo había crecido de una manera imponderable.

No había un solo paisano que se hubiera atrevido a faltarle el respeto.

Fue entonces que Moreira hizo la siguiente acción hermosa, que tal vez vino a ser su salvación cuando una partida del Guardia Provincial, mandada por el mismo coronel Garmendia, batía los campos para reducirlo a prisión vivo o muerto; interesante incidente que figurará en el curso de esta narración.

Las elecciones habían terminado en Navarro, pero los odios de partido que engendran esta clase de luchas, no se habían extinguido.

El rencor de los caudillos electorales no se acallaba y los trabajos de venganza habían suplantado a los trabajos electorales, dando margen a injustas persecuciones.

El señor Marañón, caballero de muchísima influencia, arrastraba con su prestigio a gran número de paisanos, contribuyendo eficazmente al triunfo electoral que acababa de obtener en Navarro el poderoso bando político a que se plegara Moreira.

Esto puso al señor Marañón en el duro trance de ser asesinado varias veces, debiendo su salvación a una serie de casualidades.

Según se dice, uno de los caudillos enemigos, que no nombramos por la posición que ocupa hoy, era el más empeñado en hacer

Thus he divided his affection between the horse and the dog, his loyal friends, who were the memory of what he had loved most in the world, except for two people whom he might never see again.

Therefore, when he came out of his sad meditations, he was seen to lavish his affection on those two animals that knew him even in his footstep.

For a month there was no word about Moreira, no disorder or any knife fight at all.

Since Leguizamon's death his tremendous reputation as a brave man had grown in an imponderable fashion.

There wasn't a single countryman who dared disrespect him.

It was then that Moreira made the following beautiful action, which perhaps became his salvation when a departure of the Provincial Guard, commanded by Colonel Garmendia himself, beat the camps to reduce him to prison alive or dead; interesting incident that will appear in the course of this narrative.

The elections had ended in Navarro, but the hatred of the different political parties which engenders this kind of struggles, had not been extinguished.

The resentment of the electoral leaders was not silenced and the works of vengeance had supplanted the electoral works, giving margin to unjust persecutions.

Mr. Marañón, a gentleman of great influence, dragged with his prestige a great number of countrymen, contributing effectively to the electoral triumph that had just obtained the powerful political side to which Moreira belonged, in Navarro.

This put Mr. Marañón in the danger of assassination several times, owing his salvation to a series of coincidences.

It is said that one of the enemy warlords, whom we do not name because of the position he occupies today, was the most determined to make Mr. Marañón disappear,

desaparecer al señor Marañón, y con él, su poderosa influencia electoral.

Para llevar a mejor resultado esta acción cobarde y mezquina, fueron reclutadas, por otra persona que no nombramos, cinco asesinos conocidos como hombres de agallas, a quienes se dio cuarenta mil pesos para que asesinaran a Marañón.

La noche que se había fijado para llevar a cabo este crimen odioso, era una noche de luna clara y hermosa.

El señor Marañón, aunque sabía que se trataba de asesinarlo, salía a la calle como su costumbre, y asistía al club de Navarro, acompañado solamente por un buen revólver de seis tiros y la confianza que los hombres de cierta talla tienen en su corazón.

Aquella noche Marañón había estado hasta las 11 en el club, jugando una tranquila partida de carambola con varias personas de su amistad.

A esa hora se alejó del club solo, y tomó a pie el camino de su casa, abreviándolo, para lo cual tenía que pasar un cicutal espeso, donde se habían emboscado los cinco asesinos cuyos puñales debían extinguir aquella noble existencia.

Marañón, completamente ajeno de lo que debía suceder, atravesó la ciudad con aquella despreocupación consiguiente al hombre que nada teme.

Apenas había caminado dos o tres pasos para cruzar la calle, cuando los cinco asesinos le salieron al paso daga en mano.

El joven sacó su revólver e interrogó con el ademán aquellos hombres que se le presentaban de una manera tan agresiva.

–Venimos a matarte –dijo uno de ellos avanzando un paso, y es en vano toda resistencia porque ya tu hora llegado.

Marañón armó su revólver y dio vuelta rápidamente para examinar el camino que tenía a la espalda y asegurar su retirada, pero su valor hubo de decaer por completo, al ver a su espalda un bulto que avanzaba con

and with him, his powerful electoral influence.

In order to bring this cowardly and petty action to a better result, five assassins known as men of guts were recruited, by another person we do not name, to whom forty thousand pesos were given to assassinate Marañón.

The night that had been set to carry out this odious crime, the beautiful Moon shone clearly.

Mr. Marañón, although he knew that there was a plot to murder him, went out to the street as it was his custom, and attended the club of Navarro, accompanied only by a good six-shot revolver and the confidence that men of a certain stature have in their hearts.

That night Marañón had been in the club until eleven o'clock, playing a calm game of billiards with several people of his friendship.

At that hour he left the club alone, and took on foot a shortcut to his house, passing along a thick hemlock grove, where the five assassins were ambushed, ready with his daggers to extinguish that noble existence.

Marañón, completely unaware of what was going to happen, crossed the city with that carefree attitude of the man who fears nothing.

He had barely walked two or three steps to cross the street, when the five assassins crossed his path, daggers in hand.

The young man took out his revolver and interrogated with the gesture those men who presented themselves to him in such an aggressive manner.

–We've come to kill you –said one of them advancing a step, and all resistance is in vain because your time has come.

Marañón armed his revolver and turned quickly to examine the path he had on his back and to ensure his retreat, but his courage had to decline completely, when he saw on his back a shape that was advanc-

suma precaución, y reconociendo en aquel bulto, gracias a la claridad de la luna al terrible Juan Moreira que trataba de ocultarse entre la sombra de las cicutas y en cuya diestra se veía brillar la daga.

Si Marañón había tenido confianza en la lucha con los cinco asesinos, esta confianza se disipó por completo a la vista del enemigo que le ganaba la espalda, enemigo que en verdad era irresistible.

Vacilaba aún el joven a cual de los dos puntos debía atender primero, cuando Moreira, saltó sobre él como una pantera, lo tomó por la cintura y lo derribó al suelo con una fuerza asombrosa.

Desde allí, y medio aturdido por el golpe, Marañón pudo ver cómo Moreira acometía a los asesinos con asombrosa rapidez, tendiendo a uno de ellos con el vientre completamente abierto por su daga poderosa.

–¡Ríndanse a Juan Moreira, maulas! –gritó aquel hombre extraordinario acometiendo a los cuatro que quedaban, pero estos, a conocer el nombre del enemigo que venían encima, echaron a disparar dominados por invencible espanto, en distintas direcciones.

Moreira al ver huir a aquellos hombres con tan extraordinaria ligereza, prorrumpió en una ruidosa y franca carcajada, acercándose a Marañón que se había levantado ya había quedado de pie embargado por el asombro.

–¿Cómo ha venido aquí a tan buen tiempo? –preguntó Marañón tendiendo la mano al noble gaucho.

–Supe que lo iban a asesinar esos maulas –respondió Moreira riendo siempre y estrechando con efusión la mano que se le tendía y yo también me escondí para darle una manita y para que la cosa no fuese tan despareja.

En seguida y con la mayor naturalidad se acercó al caído, se cercioró que estaba completamente muerto, y dirigiéndose a Marañón le dijo:

ing with great caution, and recognizing in that shape, thanks to the light of the moon, the terrible Juan Moreira who was trying to hide in the shadow of the hemlocks and on whose right hand a dagger could be seen shining.

If Marañón had any confidence to win the fight against the five assassins, his confidence dissipated completely in the sight of the enemy that won his back, an enemy that was truly irresistible.

The young man was still hesitating which of the two enemies he had to attend to first, when Moreira jumped on him like a panther, took him by the waist and knocked him to the ground with astonishing force.

From there, and half stunned by the blow, Marañón could see Moreira assaulting the assassins with amazing speed, leaving one of them on the ground, with his belly wide open by his powerful dagger.

–Surrender to Juan Moreira, cowards! –shouted that extraordinary man, attacking the remaining four, but they, knowing the name of the enemy coming over them, began to escape, dominated by invincible fright, in different directions.

Moreira, seeing those men flee with such extraordinary lightness, burst into a loud and frank laughter, approaching Marañon who had risen had already been left standing in awe.

–How did he come here in such good time? –Marañon asked, reaching out to the noble gaucho.

–I knew those cowards were going to kill you –Moreira replied, always laughing and effusively shaking the hand extended to him, and I also hid to give you a little hand so that the thing wouldn't be so uneven.

Immediately and as naturally as possible he approached the fallen one, made sure that he was completely dead, and going to Marañón he said to him:

-Ahora vamos, que lo voy a acompañar hasta su casa, aunque esos <u>maulas</u> no son hombres de volver y han de andar todavía disparando creyendo que yo los persigo.

Y se dirigió a su caballo que con el perro sobre el apero, había dejado emboscado a corta distancia.

Así caminaron tranquilos y sin cambiar una palabra hasta la casa de Marañón que quedaba a corta distancia. Marañón estaba conmovido por aquel acto de nobleza, llevado a cabo por un hombre que no le debía el menor servicio, y a quien sólo conocía por las referencias que le habían hecho. Y el gaucho es así, toma cariño a una persona siguiendo un impulso del corazón, porque le ha gustado la pinta, o porque lo ha cautivado alguna acción. Cuando entrega el cariño a una persona, lo hace con la misma vehemencia que ama, que odia, que juega o que bebe. Quiere porque sí, sin darse cuenta de su cariño y entregándose por completo a la persona que se lo ha inspirado llegando por ella hasta al sacrificio de la vida. Para Marañón esto era sumamente extraño, aunque conocía profundamente el modo de ser de nuestro gaucho. El cariño de Moreira fue para él fue una revelación, y quiso explotar en beneficio del paisano, aquel cariño que le daba sobre él cierto ascendiente.

-¿Qué móvil lo ha guiado, amigo –preguntó una vez que estuvieron sentados en la casa del joven–, qué idea ha tenido al proceder de esta manera noble?

El paisano miró largo tiempo el sombrero que tenía dando vuelta entre las manos, luego alzó la vista hasta encontrar la del joven y repuso:

-He ido allí para salvarlo de que lo asesinen, primero porque yo lo quiero a usted, después porque no puedo tolerar que se junten de a cinco par matar a uno.

-¿Y cómo ha sabido usted que a mí me iban a asesinar?

-Now let's go, I'm going to accompany you to your house, although these cowards are not men to return and they must still be fleeing, believing that I'm chasing them.

And he went to his horse which, with the dog on the saddle, had hidden a short distance away.

So they walked quietly and without changing a word to the house of Marañón which was a short distance away. Marañón was moved by that act of nobility, carried out by a man who did not owe him the least service, and whom he only knew from the references made about him. And the gaucho is like that, he takes affection to a person following an impulse from the heart, because he liked his appearance, or because some action has captivated him. When he gives his affection to a person, he does it with the same vehemence that he loves, hates, plays or drinks. He wants it because he does, without realizing his affection and giving himself completely to the person who inspired him, even reaching the sacrifice of life for him. For Marañón this was extremely strange, although he knew deeply the way of being of our gaucho. Moreira's affection was for him a revelation, and he wanted to exploit for the benefit of the countryman, that affection that gave him about him a certain ascendant.

-What motive has guided you, my friend – he asked once they were seated in the young man's house–, what idea has motivated you to act in this noble manner?

The countryman looked for a long time at the hat he had turned around in his hands, then he looked up until he found the young man's and replied:

-I went there to save you from being murdered, first because I like you, then because I can't tolerate five men killing a single one.

-And how did you know that I was going to be murdered?

–Porque me lo dijo una persona a quien propusieron cosa y que fue bastante hombre para echarlos al diablo por puercos y por cobardes.

–Yo agradezco lo que usted ha hecho, amigo Moreira; si alguna vez puedo serle útil en alguna cosa, acuda a mí, porque desde este momento soy su amigo.

–No me agradezca nada, señor, contestó Moreira, con una expresión de profunda amargura–; lo que yo he hecho lo hubiera hecho cualquiera. Yo lo quiero a usted, porque necesito querer a alguien y usted se me figura que es algo mío, que es mi hijo o que es mi hermano. Yo soy un hombre maldito que ha nacido para penar y para andar huyendo de los hombres que han sido mi perdición y he querido a usted, porque siento que al quererlo, puedo respirar con más franqueza, y esto es dulce para mí, que si usted me mandase entregar a la partida, ahora misino iba y me presentaba.

Y el paisano en su lenguaje sencillo explicaba así la sed de cariño que sentía en su corazón ardiente.

Todo lo había perdido en el mundo, menos su caballo, su perro, el fiel Cacique, en quienes partiera su afecto; aquel hombre necesitaba el afecto de un ser humano a quien confiar sus penas y contar sus desventuras.

–¿Y por qué anda usted así errante; retando a la justicia con sus actos que son malos? ¿Por qué no trabaja usted como antes y deja esa mala vida?

Moreira levantó sus ojos preñados de lágrimas, acarició al joven con una mirada tranquila y tristísima y con la voz entrecortada por la emoción le habló:

–Con las penas que tengo yo en el corazón habría para llorar un año. Yo era feliz al lado de mi mujer y de mi hijo y jamás hice a un hombre ninguna maldad.

Pero yo habré nacido con algún sino fatal porque la muerte se me dio vuelta y de re-

–Because I was told by a person whom they proposed something and who was man enough to throw them to the devil for pigs and cowards.

–I thank you for what you have done, my friend Moreira; if I can ever be useful to you in anything, come to me, for from this moment on I am your friend.

–Don't thank me at all, sir, replied Moreira, with an expression of deep bitterness–; what I have done, anyone would have done. I like you, because I need to love someone and you appear to me like you are something of mine, my son or my brother. I am a cursed man who was born to suffer and to flee from the men who have been my perdition and I have loved you, because I feel that by loving you, I can breathe more frankly, and this is sweet for me, that if you ordered me to surrender to the military detachment, now I would go and surrender to them.

And the countryman in his simple language thus explained the thirst for affection that he felt in his ardent heart.

He had lost everything in the world, except his horse and his dog, the faithful Chieftain, in whom he divided his affection; that man needed the affection of a human being to whom he could entrust his sorrows and tell his misfortunes.

–And why are you so wandering; challenging the justice with your evil deeds? Why don't you work as before and leave that bad life?

Moreira lifted her eyes filled with tears, caressed the young man with his calm and sad gaze and with his voice choked by emotion, spoke to him:

–With all the sorrows that I have in my heart I would have to cry for a year. I was happy next to my wife and my son and I never did any evil to a man.

But I will have been born with some fateful destiny because death turned me over and

pente vi perseguido al extremo de tener que pelear para defender mi cabeza.

Y Moreira narró a Marañón con sus más minuciosos detalles la historia que hemos diseñado a grandes rasgos.

Marañón escuchaba enternecido la historia de tanta desventura, estaba agradecido a aquel hombre que le salvara la vida y tentó salvarlo arrancandolo del precipicio a cuyo fondo rodaba sin remedio, por una sucesión de fatalidades inevitables para el que se coloca en esa pendiente.

El joven meditó un momento y queriendo aprovechar el enternecimiento de aquel hombre de tan hermosas prendas de corazón, le golpeó el hombro y le dijo cariñosamente:

–¿Por qué no sale usted de Buenos Aires? Yo le proporcionaré trabajo en Santa Fe o en Córdoba, donde usted puede vivir tranquilo y ser feliz todavía.

Allí tengo muchos amigos para quienes les daré cartas y al fin de los años ya podrá usted volver.

Se habrán olvidado de sus desgracias y podrá volver a ser lo que ha sido.

–Yo no puedo irme de estos pagos, replicó el paisano creciendo en amargura, porque no pienso separarme de mi mujer ni de mi hijo, porque faltando yo, la justicia se ha de alzar con ellos haciéndoles pagar mis yerros.

–Yo les proporcionaré los medios de irse con usted, y entonces usted puede quedarse allí para siempre, viendo crecer a su hijo a su lado y amado por su mujer.

–Conozco que usted me habla al alma y veo que he puesto bien mi cariño en usted, pero por más que me halaga la propuesta yo no la puedo aceptar sin saber antes qué ha sido de aquellas dos prendas mías y si tengo que vengarlas de alguien.

Los pobres tienen olor a difuntos, es preciso darles en el pie para que no apesten y sabe Dios lo que habrá sido de aquellos desgra-

ciados, cuyo único delito en la vida ha sido ser mi mujer y ser mi hijo.

Quiera Dios que no les haya sucedido nada –prosiguió, tomando un tono altivó y amenazador–, ¡quiera Dios que no les hayan hecho sufrir un minuto!

Yo no soy malo, pero conozco que si alguien les hubiera tocado el pelo de la ropa, sería yo capaz de hacer una herejía que ni los indios.

Y al decir esto, sus ojos brillaron en un relámpago de muerte, dando a su actitud una expresión que hacía ver todo lo irrevocable de aquella determinación adoptada y jurada en el fondo de su alma.

Marañón insistió en sus proposiciones, allanó al paisano todas las dificultades, pero todo fue inútil, su palabra se estrellaba contra aquel carácter inquebrantable.

–Bueno, patrón, dijo el gaucho levantándose, ya lo he molestado bastante, será hasta la vista o hasta que se presente la ocasión.

–Adiós Moreira, dijo el joven, piense en lo que le he dicho, y lo acepte o no lo acepte ya sabe que puede contar conmigo en cualquier aprieto que se vea.

Moreira sonrió agradecido y estrechó con cierto cariñoso respeto la mano que se le tendía; salió al patio de éste a la calle, y saltando sobre su bayo se alejó al tranquito.

Marañón se quedó meditando tristemente sobre el destino de los hombres, que nacidos para el bien y para llevar a cabo las más grandes acciones, son empujados por la fatalidad a una pendiente cuyo límite es la muerte trágica que puso fin a aquella existencia desventurada.

Entre tanto Moreira, abismado en el recuerdo del pasado, había doblado sobre el pecho la cabeza, postrada por la tempestad que la cruzaba.

Allí, mudo e inmóvil, marchaba a la voluntad del noble animal que no cambiaba la marcha para no turbar el reposo del jinete, acostumbrado a cuando en altas horas de la

those unfortunates, whose only crime in life has been to be my wife and my son.

God willing that nothing happened to them –he continued, taking an uplifting and threatening tone–, God willing that they were not made to suffer for a minute!

I am not bad, but I know that if someone had touched the hair on their clothes, I would be able to do a heresy that not even the Indians do.

And in saying this, his eyes shone in a flash of death, giving to his attitude an expression which made see the irrevocable determination, adopted and sworn in the bottom of his soul.

Marañón insisted on his propositions, he smoothed out all the difficulties for the countryman, but everything was useless, his word crashed against that unbreakable character.

–Well, boss, said the gaucho getting up, I've bothered you enough, I'll see you sometimes when the occasion arises.

–Farewell Moreira, said the young man, think about what I have said to you, and accept it or not accept it, but you know you can count on me in whatever trouble you have.

Moreira smiled gratefully and shook with a certain affectionate respect the hand that was stretched out to him; he went through the courtyard to the street, and jumping over his spotted horse he trotted away.

Marañón remained meditating sadly on the destiny of some men, who were born for good and to carry out the greatest actions, but are pushed by fatality to a slope whose limit is the tragic death which puts an end to that unfortunate existence.

In the meantime, Moreira, deeply focused in the memory of the past, had bent his head over his chest, prostrated by the emotional tempest that pierced it.

There, mute and motionless, he marched at the will of the noble animal that did not change gear so as not to disturb his rider's rest, accustomed to when in the late hours

noche, el jinete renunciaba al gobierno de la brida, o iba dormido, o iba a la ventura.

Moreira caminó así, entregado a sus tristes pensamientos, hasta que la luz del alba empezó a confundirse con la luz de la luna.

A la presencia del día, Moreira se descubrió como para que el aire de la mañana refrescara su cabeza, aspiró con fuerza esa brisa fresquísima que viene perfumada con las aromáticas exhalaciones de las flores silvestres, que parece dar nuevas fuerzas al espíritu, y revolvió su caballo en dirección al pueblo, tomando el camino de la pulpería y posada, donde sólo paraba para dar de comer a sus dos amigos, el Cacique y el caballo. Moreira entró a la pulpería, que era la de López, en un momento fatal; parecía que el destino lo empujaba allí donde iba a suceder una desgracia.

Cuando Moreira entraba y pedía un poco de maíz para el caballo, notó que entre los paisanos que hacían la mañana se había promovido una discusión:

Un tal Gondra, gaucho quiebra y de malas entrañas, había dirigido palabras chocantes a un paisano forastero bastante mal entrazado, que había entrado a la pulpería a comprar una botella de caña para el camino. El forastero no había respondido una sola palabra a las chocantes indirectas de Gondra, esperando le entregaran su caña para retirarse, lo que envalentonó a Gondra, que lo siguió chocando con indirectas primero y con injurias después, cuando vio que el paisano aflojaba.

Moreira quitó el freno al overo poniéndole un morral con maíz para que almorzara, y mientras le traían un pedazo de carne para el Cacique, entró a la trastienda con intención de calmar a Gondra en las chocarrerías que le oyó cuando llegó a la pulpería.

En este hecho sangriento podrán apreciar nuestros lectores el gran dominio que tenía Moreira sobre los que lo rodeaban.

of the night, the rider relinquished the bridle control, or went to sleep, or went wherever luck took him.

Moreira rode like this, given to his sad thoughts, until the light of dawn began to be confused with the light of the moon.

In the presence of the day, Moreira uncovered his head so that the morning air would refresh his head, he inhaled with force that very fresh breeze that comes perfumed with the aromatic exhalations of the wild flowers, which seems to give new strength to the spirit, and he turned his horse in the direction of the town, taking the path of the pulpería and inn, where he only stopped to feed his two friends, the Chieftain and the horse. Moreira entered the pulpería, which was Lopez's, at a fatal moment; it seemed that destiny was pushing him wherever a misfortune was going to happen.

When Moreira came in and asked for some corn for the horse, he noticed that among the countrymen who spent the morning there had been a discussion:

A certain Gondra, a morally bankrupt gaucho with evil feelings, had addressed shocking words to an ill-disposed stranger, who had entered the pulpería to buy a bottle of rum for the road.

The stranger had not answered a single word to Gondra's indirect insults, waiting to be given his rum to retire, which emboldened Gondra, who continued harassing him, first indirectly and later with insults, when he saw that the countryman didn't answer him.

Moreira removed the bit on his horse, putting a nose-bag with corn for his lunch, and while they were bringing him a piece of meat for the Chieftain, he entered the back room with the intention of calming Gondra aggressions, that he heard when he arrived at the grocery store.

In this bloody event our readers will be able to appreciate the great dominion Moreira had over those around him.

6

Un gaucho flojo
A weak gaucho

Cuando entró Moreira, Gondra creyendo encontrar en el paisano un buen apoyo, creció en insolencias y no escuchó las juiciosas observaciones que le hizo aquél.

El forastero se iba poniendo cada vez más pálido del coraje que contenía a duras penas, pues suponía en Moreira un aliado de aquel baratero que lo provocaba.

Recibió sin embargo la botella de caña que le alcanzaba el <u>pulpero</u>, sin desplegar los labios, pagó y se alejó repesadamente midiendo a Gondra de arriba abajo con una mirada donde estaba pintada toda la ira que sentía rebosar en su corazón.

Gondra soltó una gran carcajada al ver la actitud del forastero, y dirigiéndose a Moreira que seguía tranquilamente el aspecto feo que iba tomando la escena, le dijo:

–Hágase a un lado aparcero, no sea que el de la caña lo trague.

–Si sos hombre <u>maula</u>, salí afuera para tener el gusto de rajarte el alma de una puñalada. Todos ustedes –añadió encarándose con Moreira–, han de ser una punta de <u>maulas</u> peleadores en pandilla.

Puede salir el que guste o todos de uno a uno.

Moreira palideció a su vez pero no se movió.

When Moreira came in, Gondra, believing he found good support in his fellow countryman, grew insolent and did not listen to the judicious remarks he made.

The stranger was getting paler and paler of the anger that he contained with difficulty, because he guessed Moreira was an ally of that crook who provoked him.

However, he received the bottle of rum from the <u>pulpero</u> and, without saying anything, he paid and went away suddenly measuring Gondra from top to bottom with a look where all the anger that he felt overflowing in his heart was depicted.

Gondra laughed out loud at the outsider's attitude, and turned to Moreira, who quietly watched the ugly appearance of the scene, he said:

–Move aside, friend, lest the rum man swallow you.

–If you're a man, coward, come outside to have the pleasure of cutting your soul with a knife. All of you –he added, facing Moreira–, must be a bunch of coward gang fighters.

You can go out as you like, all together or one by one.

Moreira paled in turn but did not move.

Se había recostado de espaldas contra el mostrador y miraba sombrío a los actores de aquella escena.

Los paisanos no replicaron una palabra; estaba allí Juan Moreira y todos esperaban que él coparía la parada propuesta por el forastero.

–Salí <u>maula</u> –volvió a gritar el paisano dominado por la ira–, salí y yo te voy a enseñar a reírte de la gente.

Gondra salió al encuentro del paisano, pero era un gaucho flojo, de los que llaman pura boca y se acobardó ante la actitud del adversario.

–¡Oíganlo a la <u>maula</u>! Ya sabía que habían de ser pura boca.

Que salga ese tu padrino que ha venido como a ayudarte –añadió el paisano encarándose con Moreira.

Salga uno siquiera porque si no entro y agarro a rebencazos a todo el mundo.

Moreira entonces, sin mirar al provocador del duelo, tomó a Gondra por un brazo, y le dijo gravemente:

–Yo no soy saca clavos de nadie ni he nombrado a nadie para que ande copando por mí las bancas. Yo no puedo pelear con ese hombre porque no es enemigo para mí. Ya que lo has provocado es preciso pelear, para que no se diga que te han corrido con la vaina.

Gondra miró a Moreira creyendo que se chanceaba, pero al ver el severo ademán del gaucho, no supo qué contestar.

Tenía miedo a aquel hombre que lo esperaba cuchillo en mano, pero más miedo tenía a Moreira.

Éste comprendió toda la cobardía de Gondra que había provocado aquel conflicto porque contaba con su ayuda, y desnudando su daga dijo a Gondra de una manera sombría que no admitía réplica.

–No hay más remedio que hacer la pata ancha; ya que "has comprado sin que nadie te venda", o peleas con ese hombre a quien has

He had leaned back against the counter and looked grimly at the actors in that scene.

The countrymen did not reply a word; Juan Moreira was there and everyone hoped that he would take the challenge proposed by the stranger.

–Come out coward –shouted the countryman dominated by anger again–, get out and I'm going to teach you how to laugh at people.

Gondra went out to meet the countryman, but he was a weak gaucho, of those they call pure mouth and he chickened when facing the strong attitude of the adversary.

–I already knew that you had to be pure mouth.

Let your godfather, who has come as if to help you, come out –added the countryman, facing Moreira.

Come out, at least one of you, otherwise I'll come in and whip everyone.

Moreira then, without looking at the provocateur of the duel, took Gondra by the arm, and said gravely:

–I'm not at anyone's service and I have not asked anybody to do anything for me. I can't fight that man because he's not my enemy. Since you have provoked him, you have to fight, so that nobody can said that you are a coward.

Gondra looked at Moreira believing he had a chance, but when he saw the gaucho's severe gesture, he didn't know what to say.

He was afraid of the man who was waiting for him with a knife in his hand, but he was more afraid of Moreira.

Moreira understood Gondra's cowardice that had provoked that conflict because he believed he had his help, and drawing his knife he said to Gondra in a somber way that did not admit reply.

–There is no other option but to face that man; for you have brought this over yourself; or you fight with that man whom you

provocado o yo te saco las tripas de una puñalada. Pronto y basta de bromas.

El forastero miraba asombrado la actitud de aquel hombre a quien tanto miedo tenían los paisanos.

Gondra se había colocado entre la espada y la pared.

Tenía miedo al forastero, pero más miedo tenía a Moreira que lo amenazaba de muerte.

Forzado pues a optar entre un enemigo y otro, prefirió la partida con el forastero a quien acometió flojamente.

–¡Duro y parejo!, ¡duro y parejo! –gritaba a sus espaldas Moreira–, o te clavo como a un peludo.

La lucha era encarnizada.

Los paisanos se soltaban viajes formidables y ya Gondra había recibido un hachazo en el brazo izquierdo y una puñalada de poca consecuencia bajo la tetilla derecha.

Ya iba a separarse, completamente acobardado cuando sintió la punta de la daga de Moreira que le pinchaba la espalda, mientras el gaucho le decía:

–Coraje maula, coraje y no le haga asco a la muerte.

Gondra que sintió penetrar la daga de Moreira en su espalda, acometió al forastero de una manera desesperada, en momentos que éste volvía la vista hacia Moreira descuidando la defensa.

La daga de Gondra penetró entre la cuarta y quinta costilla, del lado izquierdo del desgraciado gaucho, produciéndole una muerte instantánea.

Gondra se volvió gozoso como para recoger de Moreira una felicitación, pero éste guardó fríamente la daga y dando a Gondra un puntapié que lo hizo ir a azotarse contra el mostrador, se dirigió a su caballo diciendo:

–Me voy porque no quiero vomitar de puro asco.

Y quitando al overo el morral que ató a los tientos, le puso el freno, montó y se alejó al galope largo.

Unas veinte cuadras andaría a este paso cuando puso su caballo al tranquito tomando la dirección de Cañuelas, donde tenía que ir a ver a un amigo para obtener por su medio noticias de Vicenta y el pequeño Juan.

Pero en Cañuelas, como en todas partes, la fatalidad esperaba a Moreira, que ya no iba encontrando sitio tranquilo donde reposar la planta.

Moreira caminó todo ese día, usando todas aquellas precauciones de hombre que sabe que detrás de cada mata de pasto puede salirle una partida de plaza a disputarle la vida. Había marchado a pequeñas jornadas de veinte o treinta cuadras, dando continuo descanso al overo bayo, de cuya ligereza podía necesitar de un momento a otro.

Cada dos horas el paisano echaba pie a tierra y sacaba el freno al caballo para que pudiese comer, mientras él tendía su manta y se recostaba al lado del Cacique a reflexionar sobre su situación desesperante.

De pronto se le ocurría ir a buscar abrigo y tranquilidad entre los indios, pero entonces tendría que abandonar a su mujer y su hijo que quedarían desamparados y que eran los únicos lazos que lo ataban a su existencia desventurada haciendo que con tanto encarnizamiento disputara su cabeza a la Justicia de Paz.

–Yo peleo con las partidas –pensaba Moreira, porque necesito vivir para mi hijo y para que no le digan mañana que me mataron porque fui cobarde.

El hombre que me matara me haría un verdadero servicio porque yo no vivo sino sufriendo; pero ¿qué sería de mi hijo si yo muriera? Por ahora tengo que vivir, después veremos. Y Moreira tenía razón, ¿qué halago podía tener para él la miserable existencia que llevaba? Expuesto a ser preso a cada minuto, tenía que andar vagando sin descanso, siempre dispuesto al combate, que cada día sería más duro, porque las partidas de plaza le acometerían cada vez con más saña y cada

He rode about twenty blocks at a walk when he put his horse at a trot taking the direction of Cañuelas, where he had to go to see a friend to get news from Vicenta and little Juan.

But in Cañuelas, as everywhere else, fate awaited Moreira, who no longer could find a quiet place to rest his feet.

Moreira rode all day, using all the precautions of a man who knows that behind every bush of grass can come a detachment of soldiers to dispute his life.

He rode short distances, of twenty or thirty blocks, giving continuous rest to his spotted horse, whose speed he could need from one moment to another.

Every two hours the countryman set foot on the ground and took the bit off the horse so that he could eat, while he stretched out his blanket and leaned beside the Chieftain to reflect on his desperate situation.

Suddenly it occurred to him to look for shelter and tranquillity among the Indians, but then he would have to abandon his wife and son who would be left helpless and who were the only ties that tied him to his unfortunate existence, making him fight so fiercely with the Justice of Peace.

–I fight with the police force –thought Moreira–, because I need to live for my son, so they don't tell him tomorrow that they killed me because I was a coward.

The man who killed me would do me a true service because I don't live but suffer; but what would become of my son if I died? For now I have to live, then we'll see. And Moreira was right, what joy could his miserable existence have for him? Exposed to being imprisoned at every minute, he had to wander without rest, always ready for combat, which would be harder every day, because the police forces would attack him more and more fiercely and each

vez mejor reforzadas y armadas, para asegurar su deseado triunfo.

Si alguna vez podía entregarse al sueño, sueño agitado, que no bastaba a descansar su cuerpo rendido, lo hacía gracias a la vigilancia de su leal Cacique, y así mismo tenía que dormir como una fiera, lejos de poblado en medio del campo y a la siesta, hora en que no se ve un solo jinete, un solo animal que no esté entregado al reposo.

La noche la pasaba viajando o tendido sobre su manta, esperando que su caballo comiese con toda comodidad y descansara las fatigas de la jornada.

Era, pues, una existencia miserable que el paisano llevaba con conformidad, por aquellos dos seres queridos que no se borraban jamás de su pensamiento, siempre vuelto a ellos.

Moreira solía pensar en el doctor Alsina que era el único hombre que podía arrancarlo de aquella situación tirante ¿pero cómo escribirle? ¿cómo hacerle conocer su historia? El paisano había llegado a desconfiar de los hombres, sospechando que pudieran venderlo a la justicia, y sabía que una carta suya en el correo, sería abierta por la primer autoridad, que la rompería para privarlo de todo amparo, y desechaba su idea reservándola para ocasión más favorable.

A la caída de la tarde, Moreira llegó a una pulpería muy concurrida, pues era domingo y los paisanos habían estado de carreras y de jugada de taba.

Cuando Moreira llegó, reinaba en la pulpería la alegría más franca y cordial.

Las copas de caña con limonada, bebida clásica del paisano, eran vaciadas y vueltas a llenar con una rapidez que había entusiasmado al pulpero, volviéndolo más amable que un peluquero francés.

La guitarra sonaba de cuando en cuando, acompañando una voz vinosa y nasal, que dejaba oír algún travieso pie de gato o alguna huella safada.

time better reinforced and armed, to ensure his desired triumph.

If he could ever give himself to sleep, a restless sleep, which was not enough to rest his tired body, he did so thanks to the vigilance of his loyal Chieftain, and likewise he had to sleep like a beast, far from a village in the middle of the countryside and at the middle of the day, an hour in which not a single rider is seen, there is not a single animal that is not given to rest.

He spent the night travelling or lying on his blanket, waiting for his horse to eat comfortably and recover from the fatigue of the day.

It was, then, a miserable existence that the countryman accepted, because of those two loved ones who never disappeared from his thoughts, he was always thinking about them.

Moreira also used to think of Dr. Alsina who was the only man who could pull him out of that strained situation, but how to write to him? How to make him know his story? The countryman had become suspicious of men, suspecting that they might sell him to justice, and he knew that a letter of his in the post would be opened by the first authority, which would break it in order to deprive him of all protection, and he discarded his idea reserving it for a more favorable occasion. At the end of the afternoon, Moreira arrived at a very crowded pulpería, because it was Sunday and the countrymen had been racing and playing taba.

When Moreira arrived, the most frank and cordial joy reigned in the pulpería.

The glasses of rum with lemonade, the classic drink of the countryman, were emptied and refilled with a speed that had enthused the pulpero, making him kinder than a French hairdresser.

The guitar sounded from time to time, accompanied by a vinous and nasal voice, singing some gatos or some naughty songs.

Sabido es que cuando el gaucho está en este género de diversiones no se aleja de la pulpería hasta que en los bolsillos de su tirador no queda nada que se parezca a dinero, y muchas veces habiendo hecho desaparecer de él hasta las monedas de plata que lo adornan constituyendo su lujo, y que deja empeñadas por una bicoca.

Moreira ató al palenque su overo bayo, con ese nudo especial que desata rápidamente el paisano, y entró a la pulpería seducido por aquel bullicio.

–Dios guarde a la buena gente –dijo el paisano saludando a la alegre concurrencia, y colgando su rebenque en la empuñadura de su daga, se dirigió al pulpero pidiéndole un poco de pasto seco para el caballo y un buen churrasco para el Cacique que no había probado bocado en todo aquel día.

Un viva descomunal y prolongado saludó la presencia del paisano, manifestación clara de la profunda simpatía que inspiraba en aquella gente, y diez o doce paisanos se levantaron estirándole la mano unos y brindándole los otros con una copa de bebida, llegando algunos de ellos, algo divertidos, a demostrarle su alegría con sendos puñetazos en los hombros y ademanes de canchada.

Moreira agradeció íntimamente aquellas manifestaciones de cariño y simpatía, estrechó la mano a todos, pero rechazó las copas diciendo alegremente, mientras recibía de manos del pulpero el pedido que hizo a la entrada.

–Voy primero a dar de comer a mi gente y en seguida vuelvo.

Fue hasta el palenque, aflojó la cincha al overo y le puso en el suelo una brazada de pasto seco, mientras el Cacique, desde el recado reclamaba su parte con sendas meneadas de cola y cariñosos ladridos.

7

Un encuentro fatal
A fatal encounter

Moreira se acercó a su fiel amigo, lo bajó del caballo y lo acarició amorosamente sobre sus brazos; le dio en seguida un beso en el hocico y lo puso en el suelo al lado del caballo, donde le cortó el churrasco en pequeños bocados.

En seguida se aseguró con inteligente mirada si los animales quedaban cómodos y regresó a la pulpería.

Estaba en la reunión un paisano que había permanecido sombrío en un rincón de la pulpería, sin tomar parte en el alborozo que causara la llegada de Moreira.

Éste no había visto el descontento del paisano, o había aparentado no verlo; los demás paisanos habían procedido como si aquel no existiera, o fuera simplemente un forastero. El paisano estaba sentado sobre una pipa con los brazos cruzados y como absorbido completamente por un pensamiento fijo y profundo.

Era un tal Juan Córdoba, gaucho de algunas mentas, muy buscador de camorras, y que esa mañana, hablando de Moreira, decía que si éste hacía todos aquellos hechos y tenía asustadas las partidas, era porque todavía no había estrellado con un hombre de coraje, y que el día que esto sucediera, sería el último día de la vida de aquel hombre.

Moreira approached his faithful friend, got him off the horse and caressed him lovingly on his arms; he immediately kissed him on the muzzle and put him on the ground next to the horse, where he cut the steak into small bites.

Immediately he made sure with an intelligent look whether the animals were comfortable and returned to the pulpería.

A fellow countryman, who was in the meeting, had remained somber in a corner of the pulpería, without taking part in the joy caused by Moreira's arrival.

Moreira had not seen the discontent of the countryman, or had appeared not to see him; the other countrymen had proceeded as if he did not exist, or was simply a stranger. The countryman was sitting, with his arms crossed and as if absorbed completely by a fixed and deep thought.

He was a certain Juan Córdoba, a gaucho of some fame, a very fierce fighter, and that morning, speaking of Moreira, he said that if he did all those facts and had frightened the police forces, it was because he had not yet fought with a man of courage, and that the day this happened, would be the last day of that man's life.

-Es que no hay quien tenga más coraje y más vista que Moreira, habían replicado a Córdoba los otros paisanos; con ese hombre pelea el diablo, y no hay que hacerle, amigo.

-Es que sobre el mismo diablo estoy yo -había respondido el gaucho-, celoso por la reputación que superior a la suya acompañaba a Moreira, y el día que se cruce en mi camino, no le ha de valer la ayuda del diablo y lo he de poner panza arriba. Ustedes hablan porque tienen lengua y miedo y ahí está todo.

Sea que los paisanos no tuviesen deseos de pelear, sea que Córdoba fuese bueno realmente, su balandronada pasó y siguieron los juegos en la mayor tranquilidad y armonía.

Por eso cuando entró Moreira, Córdoba había quedado retobao y al parecer con el ánimo dispuesto a pelear al recién venido, lo que ya era una prueba de valor.

Moreira entró a la <u>pulpería</u>, como hemos dicho, sin notar, o haciéndose el que no veía el continente del paisano, que parecía un Baco, sentado sobre la pipa de vino.

Tomó una de las copas que le ofrecían y la apuró de un trago, respondiendo como podía al mundo de preguntas con que era agobiado.

Me parece, dijo un paisano al oído de otro, que si Córdoba se mete a guapo, se va a sacar la grande, porque a este hombre no hay quien le gane a pelear.

-¿Quién lo mete a vivo -contestó el otro-, el hombre no se mete con nadie, y para qué buscarle la boca? Si algo le sucede, él lo habrá querido, porque con callarse está del otro lado.

Córdoba tenía la pretensión de ser el mejor cuchillo del pago, y la creciente reputación de Moreira y sus últimas luchas, mortificaban su vanidad hondamente, haciéndole nacer el deseo de vengarse de aquel hombre, que no le hacía más mal que ser el due-

-There is no one who has more courage and more discernment than Moreira, the other countrymen had replied to Cordoba; the devil fights at his side, and you can' t do anything to him, my friend.

-The devil doesn't scare me -answered the gaucho-, jealous of the reputation of Moreira, which was superior to his own, and the day he crosses my path, he won't be worth the devil's help and I'll put him on his belly. You speak because you have a tongue and are afraid, and that explains everything.

Whether the countrymen had no desire to fight, whether Córdoba was really good, his boasting was ignored and the games continued with the greatest tranquility and harmony.

That's why when Moreira came in, Cordoba was surly and apparently in the mood to fight the newcomer, which was already a test of courage.

Moreira entered the <u>pulpería</u>, as we have said, without noticing, or pretending not to see the disgruntled countryman, who looked like a Bacchus, sitting on a wine barrel. He took one of the glasses offered to him and poured it down his throat, responding as best he could to the world of questions with which he was overwhelmed.

It seems to me, said one countryman to the ear of another, that if Córdoba causes trouble, he's going to get big trouble, because this man cannot be beaten in a fight.

-Who asks him to butt in -replied the other-, the man doesn't mess with anyone, and why provoking him? If something happens to him, he must have wanted it, because if he keeps quiet, he's safe and sound.

Córdoba had the pretense of being the best knife in the district, and Moreira's growing reputation and his last fights mortified deeply his vanity, giving him the desire to take revenge on that man, who did him no more harm than being the owner of a

ño de un corazón de bronce y poseer un valor inagotable.

Y esta es una clase de celos que no tolera un paisano, porque cree que la reputación ajena viene a menguar la propia, quebrándola como una tabla.

El bullicio interrumpido con la salida de Moreira volvió a renacer más sonoro, las copas se vaciaron y se volvieron a llenar a pedido del recién venido.

–¿Y usted no bebe, paisano? –preguntó Moreira a Córdoba, señalando una copa sin dueño que estaba sobre el mostrador a medio vaciar.

–Yo no bebo sino lo que yo me pago –replicó sombríamente Córdoba, y gracias a Dios aún tengo con qué pagarme la mía y el gasto que se haga.

–Está de Dios o del diablo –dijo Moreira, frunciendo el entrecejo– que la maldición me ha de seguir a todas partes –y levantó al techo sus magníficos ojos, desesperadamente.

Córdoba no se movió de la pipa, esperando que fuese recogida su provocación, pero Moreira prescindió de ella y se puso a responder a las preguntas que le dirigían los paisanos.

La algazara ligeramente interrumpida por aquel cambio de palabras, volvió a reanudarse, y el sonido de la guitarra hizo olvidar por completo aquel incidente desagradable.

Moreira se había sentado en un banquito y escuchaba atentamente la relación que le hacían de los caballos que habían corrido en ese día y habían ganado.

Las copas se repetían y la alegría había llegado al último grado.

Sólo Córdoba no tomaba parte en ella, permaneciendo taciturno sobre la pipa.

Uno de los paisanos tomó la guitarra adornada por gran cantidad de cintas de diversos colores y la brindó a Moreira pidiéndole cantara unas <u>décimas</u>.

–No canto, amigos –respondió Moreira–, para cantar es preciso estar libre de desgra-

bronze heart and possessing inexhaustible courage.

And this is a kind of jealousy that a countryman does not tolerate, because he believes that the reputation of others diminishes his own, breaking it like a broken plank.

The hustle and bustle interrupted by Moreira's departure was reborn more loudly, the glasses were emptied and refilled at the request of the newcomer.

–Don't you drink, countryman? –Moreira asked Córdoba, pointing to an unowned glass that was half empty on the counter.

–I don't drink but what I pay myself –replied Córdoba grimly, and thank God I still have something with which to pay for mine and any expenses that may be incurred.

–Either from God or the devil –said Moreira, frowning– this curse must follow me everywhere, and he lifted his magnificent eyes desperately to the ceiling.

Córdoba did not move from the barrel, waiting for his provocation to be picked up, but Moreira dispensed with it and began to answer the questions posed by the countrymen.

The hustle and bustle, slightly interrupted by that exchange of words, resumed, and the sound of the guitar made people completely forget that unpleasant incident.

Moreira had sat on a small bench and listened attentively to the account of the horses that had run that day and had won.

The drinking continued on and the joy had reached the last degree.

Only Córdoba did not take part in it, remaining taciturn over the barrel.

One of the countrymen took the guitar adorned with a large number of ribbons of different colors and gave it to Moreira asking him to sing a few <u>décimas</u>.

–I don't sing, my friends –replied Moreira–, to sing you have to be free of misfortunes

cias y no tener cosas tristes en qué pensar, yo no canto porque mi destino es llorar.

–No se amilane amigo –respondió uno de los paisanos–, es bueno que de cuando en cuando el hombre deseche penas y no se deje ganar por el dolor.

Y tanto rogaron al gaucho, y tanto le instaron, que Moreira tomó la guitarra haciendo oír un preludio donde rebosaba toda la melancolía de su espíritu.

Un gran aplauso saludó la decisión de Moreira y los paisanos se prepararon a escuchar con un recogimiento profundo, haciendo llenar de nuevo las copas.

Moreira estuvo por espacio de diez minutos recorriendo el diapasón de la guitarra en vagos preludios y acordes inconscientes.

Por fin aquellos preludios se fueron fundiendo, aquellos acordes se fueron armonizando y la guitarra rompió en uno de esos estilos tristes y profundamente melancólicos que el gaucho toca con una extrema ternura. Moreira tocaba el estilo conmovido, había agobiado la cabeza a impulsos de la pena que le roía el alma, y meditaba profundamente.

Por fin levantó la cabeza soberbia, mostrando el rostro magnífico al que salían todas sus penas, entornó los ojos como reconcentrándolos en un punto de su pensamiento y lanzó al aire su voz patente y melodiosa, con las siguientes décimas que nos ha recitado un compañero que se las aprendió, con quien hablamos en Navarro.

Era una glosa aquella magnífica cuarteta del Quijote "ven muerte tan escondida", que el paisano improvisaba o que habiéndola aprendido en sus buenos tiempos aplicaba a su situación, dándole un relieve artístico con el sentimiento que rebozaba en su voz.

He aquí las décimas en que ese sentimiento se derramó suavemente:

Presa el alma del dolor
con el corazón marchito

and not have sad things to think about, I don't sing because my destiny is to grieve.

–Don't be discouraged, my friend –replied one of the countrymen–, it's a good thing that from time to time a man discards sorrows and doesn't let himself be won over by pain.

And they begged and urged the gaucho so much, that Moreira took the guitar making them hear a prelude where all the melancholy of his spirit overflowed.

A great applause greeted Moreira's decision and the countrymen prepared to listen with a deep recollection, filling the glasses again.

Moreira spent ten minutes playing vague preludes and random chords in the guitar.

Finally, those preludes melted, those chords harmonized and the guitar broke into one of those sad and deeply melancholic styles that the gaucho plays with extreme tenderness.

Moreira played the style with emotion, he had overwhelmed his head with the impulses of sorrow that gnawed at his soul, and he meditated deeply.

At last he lifted his superb head, showing the magnificent face to which all his sorrows were coming out, surrounded his eyes as if concentrating them in a point of his thought and threw to the air his clear and melodious voice, with the following décimas recited to us by a companion with whom we spoke in Navarro and who had learned them.

That magnificent quartet of Don Quixote "come death so hidden" was a gloss, which the countryman improvised or, having learned it in his good times, applied to his situation, giving it an artistic relief with the feeling that rebounded in his voice.

Here are the décimas in which this feeling spilled softly:

Prey the soul of pain
with a withered heart

soy como el árbol maldito
que no da fruta ni flor.
Muerte, ven a mi clamor
que en ti mi esperanza anida
ven, acaba con mi vida
ven en silencio profundo,
como mi dolor al mundo
ven muerte tan escondida.

I'm like the cursed tree
that gives neither fruit nor flower.
Death, come to my cry
that in you my hope nests
Come on, take my life.
come in deep silence,
like my pain to the world
come, death so hidden.

Esta décima arrancó del auditorio las muestras del más patético entusiasmo; Moreira siguió preludiando el estilo largo tiempo y cantó la segunda décima.

This décima tore the most pathetic enthusiasm out of the auditorium; Moreira continued to prelude the style for a long time and sang the second décima.

Quizá el mundo en su embriaguez
sin conocer mi martirio
tenga mi afán por delirio
hijo de la insensatez.
Y al ver mi ardiente avidez
por acabar de existir,
los que estiman el vivir
como suprema ventura
dirán que es en mi locura
¿Por qué el placer del morir?

Perhaps the world in its drunkenness
without knowing my martyrdom
have my zeal for delirium
son of folly.
And seeing my ardent desire
for the end of existence,
those who esteem living
as supreme adventure
they'll say it's in my madness
Why the pleasure of dying?

Los paisanos estaban dominados por el canto de Moreira hasta el enternecimiento, algunos de ellos habían vuelto el rostro para secar a escondidas con el revés de la mano el llanto que no podían contener, y el mismo Córdoba, arrastrado por un poder extraño, había bajado de la pipa y se había acercado al grupo.

The countrymen were dominated by Moreira's song to the point of tenderness, some of them had turned their faces to secretly dry them with the back of their hands, and Cordoba himself, dragged by a strange power, had come down from the barrel and approached the group.

Moreira, completamente ajeno a la impresión que producía su canto, dejó oír esta tercer décima, creciendo su sentimiento:

Moreira, completely oblivious to the impression produced by his song, let this third décima be heard, his feeling growing:

¡Ah! si vieran la inclemencia
con que en mí el dolor se goza
que hoja por hoja destroza
las flores de mi existencia,
comprendieran la vehemencia
con que anhelo tu venida.
Ven muerte, tan escondida,
que no te sienta venir
y el gusto de verte herir
no me vuelva a dar la vida.

Ah! If they saw the harshness of it.
with which in me the pain is enjoyed
that leaf by leaf shatters
the flowers of my existence,
understood the vehemence
with which I long for your coming.
Come death, so hidden,
that you don't feel like coming
and the pleasure of seeing you hurt
don't ever give me life again.

La guitarra calló, dejando oír un quejido lánguido en las cuerdas, que vibraban aún, bajo la presión de la mano artística del paisano, que permaneció agobiado a impulsos de su propio canto.

Todos los paisanos guardaron un profundo silencio, reteniendo en el oído la imagen de aquella triste caricia con que Moreira remató sus décimas.

El mismo Córdoba parecía haber olvidado su encono, y estaba allí, trémulo como idiotizado, sin atinar siquiera a llevar a los labios la copa de caña que veía en su mano.

El gaucho que lo invitara a cantar, se acercó entonces a Moreira y ofreciéndole una copa con bebida, le dijo sencillamente.

–Asiente el pesar, paisano.

Moreira levantó entonces la cabeza y pudo verse su negra barba sembrada de lágrimas cristalinas que parecían las gotas de rocío que se ven sobre las matitas de pasto al venir la madrugada y su frente plegada por ese dolor agudo que si se apura se traduce en inevitable y amargo llanto.

Recibió la copa que le alargaba el paisano y la apuró de un solo trago, ahogando con el líquido un sollozo que temblaba en su garganta, y volvió la guitarra a su dueño.

Córdoba vació su copa también y la impresión melancólica que había dejado el cantor, fue borrándose nuevamente como esas espesas nubes que nos roban la luz de la luna, en aquellas voluptuosas y tibias noches de verano y los paisanos empezaron a recobrar su habitual alegría dando un nuevo giro a la conversación.

Moreira, a instancias de los paisanos, se vio obligado a relatar su duelo con Leguizamon, con todas las peripecias que le procedieron, lo que hizo con la mayor sencillez y humildad.

–Dios sabe –concluyó Moreira–, que nunca he peleado sino cuando a ello me han

The guitar fell silent, allowing a languid groan to be heard on the strings, which were still vibrating, under the pressure of the artistic hand of the countryman, who remained overwhelmed by the impulses of his own song.

All the countrymen kept a deep silence, retaining in their ears the image of that sad caress with which Moreira finished off his tenths.

Córdoba himself seemed to have forgotten his bitterness, and he was there, trembling as if dumbstruck, without even knowing how to carry to his lips the glass of rum that he had in his hand.

The gaucho who invited him to sing, then approached Moreira and offered him a glass with a drink, he said simply.

–Let the sorrow rest, countryman.

Moreira then raised his head and his black beard could be seen strewn with crystalline tears that looked like the dew drops that are seen on the grass when the dawn came and his forehead folded by that sharp pain that if it is rushed translates into inevitable and bitter crying.

He received the cup that offered him his fellow countryman and gulped it in a single sip, drowning with the liquid a sob that shook his throat, and then returned the guitar to its owner.

Córdoba also emptied his glass and the melancholic impression left by the singer was erased again like those thick clouds that rob us of the moonlight, in those voluptuous and warm summer nights and the countrymen began to recover their usual joy giving a new turn to the conversation.

Moreira, at the request of the countrymen, was forced to relate his duel with Leguizamon, with all the vicissitudes that proceeded, which he did with the greatest simplicity and humility.

–God knows –Moreira concluded–, that I have never fought except when I have been

forzado a no dejarme salida y aseguro que aquella muerte me pesa porque dicen que el finado era una persona de prendas y con familia, y que si peleó conmigo fue porque lo mandaron y no porque conmigo hubiese tenido jamás ningún resentimiento, puesto que no me conocía.

–Así es el mundo –retrucó Córdoba desde la pipa donde había vuelto a sentarse–, el hombre es como la mariposa que da vuelta alrededor del candil, tanto hace y tanto porfía que al fin viene a caer entre el sebo y queda frita.

Y así sucede que un hombre que se tenga por más guapo, viene a veces a morir a manos de un mulita.

Moreira comprendió que aquel hombre volvía a provocarlo, pero se hizo el desentendido y siguió hablando con los paisanos de esta manera.

–Si yo no me he quitado la vida muchas veces no ha sido de asco a la muerte, sino porque me necesitan mi mujer y mi hijo, que no sé la suerte que han corrido y lo que les espera.

–Dejemos los casos tristes para mañana – gritó uno de los paisanos, cuyos ojos empezaban a entornarse por la gran cantidad de licor que se había echado al coleto.

Ahora vamos a cepillar un malambo que va a rasquear el maestro, y mañana hablaremos de dijuntos.

¡Otra vuelta pulpero! –gritó dirigiéndose a este y sacando del tirador un rollo de dinero. Otra vuelta compadre que yo pago y que ha de ser de caña con limonada, para beberla a la salud de este mozo que es más criollo que el mismo diablo.

El pulpero obedeció la orden, y llenó todas las copas del brebaje pedido, incluyendo la de Córdoba que estaba vacía sobre el mostrador.

Cuando Córdoba vio que llenaban su copa, descendió de su pipa y acercándose al mos-

trador dijo enfurecido al que había pedido la vuelta:

—Ya he dicho que yo no bebo sino lo que pago, ¡canejo!; y en cuanto a beber a la salud de nadie no hay que contarlo, porque sólo bebo a la salud de quien se me antoja.

Moreira miró severamente, a aquel hombre que estaba empeñado en buscarle camorra, pero no dijo una sola palabra.

Se había propuesto no hacerle el gusto a la suerte, como él decía, y salir de aquella casa sin haber desnudado su facón y sin haber hecho caso a las groseras insolencias de Córdoba que parecía querer pelear a todo trance.

Tomó la copa que bebió tranquilamente y sacando su rebenque del cabo de la daga adonde lo había enganchado, dijo que ya se retiraba, porque quería amanecer en Cañuelas.

—El miedo es prudente —murmuró Córdoba guiñando el ojo al pulpero—, por eso es que los más malos suelen a veces parecer mansos como corderos.

Moreira palideció intensamente y se volvió a la pulpería que ya abandonaba, midió a Córdoba con su mirada intensa y le dijo con ademán reconcentrado.

—Si me he propuesto salir de aquí sin derramar sangre, no he jurado dejarme hacer banco por ningún roñoso. No hay, pues, por qué tantear a la suerte.

Córdoba sonrió socarronamente, y levantando del mostrador la copa que llevó a la altura de los labios con ademán despreciativo, replicó acentuando las palabras que pronunciaba.

—Yo no soy Leguizamon, compadre, ni hombre a quien han de correr con la vaina o asustar con la parada, y ya sabe quién es Juan Córdoba.

—Vaya a la maula, su zonzo de porra —dijo Moreira, prorrumpiendo en una estruen-

proached the counter and said infuriated to the one who had asked for the new round of drinks:

—I have already said that I do not drink but what I pay, what the fuck! And as for drinking to the health of somebody, there is no need to do it, because I only drink to the health of whomever I please.

Moreira looked sharply at the man who was determined to seek him out, but he didn't say a word.

He had decided not to be dragged by chance, as he said, and to leave that house without having undressed his knife and without having taken any notice of the rude insolence of Córdoba, which seemed to want to fight at all costs.

He took the glass that he drank calmly and, taking his whip from the end of the dagger where he had hooked it, he said that he was already withdrawing, because he wanted be in Cañuelas at dawn.

—Fear is prudent —winked Cordoba to the pulper—, that's why the bad guys sometimes look as tame as lambs.

Moreira paled intensely and returned to the pulpería he had already abandoned, measured Córdoba with his intense gaze and said to him with a concentrated gesture.

—If I have decided to get out of here without spilling blood, I have not sworn to let myself be humbled by any rogue. So there's no reason to try your luck.

Córdoba smiled mockingly, and lifting from the counter the cup that he carried to the height of his lips with a scornful gesture, replied accentuating the words that she pronounced.

—I am not Leguizamon, buddy, nor a man who has to run with the scabbard or scare with your stand, and you know who Juan Córdoba is.

—You are a fool, go to hell —Moreira said, bursting into a thunderous laughter—, that

dosa carcajada–, que usted no vale la pena ni de que le dé un talegazo.

Córdoba no se inmutó; o no conocía a Moreira o tenía demasiada fe en su coraje y su vista, que así provocaba al terrible gaucho.

Al oír sus palabras soberbias, echó atrás el pie derecho, se separó del mostrador y arrojó el contenido de la copa que fue a bañar por completo la cara de Moreira, desnudando en seguida su facón.

Al sentir sobre su cara el contenido de la copa, Moreira tembló poderosamente, como si lo hubieran puesto al contacto de una pila eléctrica.

De sus ojos brotaron rayos, sus labios se movieron lívidos, y todas aquellas expresiones de la ira más expresiva, se tradujeron en un rugido poderoso que se asemejaba a todo sonido, menos al de la voz humana; desnudó su daga, aquella terrible daga, y se precipitó sobre Córdoba, tremendo, con una violencia indescriptible.

Al llegar a su adversario, bajó un poco la cabeza, llevó el antebrazo izquierdo a la altura de la boca, y se tendió en una larga puñalada.

Córdoba acudió a pararla con increíble presteza, pero el brazo de Moreira era tan fuerte, la puñalada llevaba tal violencia, que Córdoba no pudo volear aquel brazo de acero y la daga penetró en su vientre, deteniéndose en la columna vertebral, donde se incrustó.

Era tal la violencia de aquel golpe, era tal la fuerza del brazo que lo había dado, que al querer Moreira retirar la daga de la herida atrajo sobre sí el muribundo cuerpo de Córdoba, teniendo que detenerlo con el brazo izquierdo, para que no le cayera encima, y dar más facilidad a la salida de la daga.

No se sabía cuál era más admirable, si la fuerza muscular de Moreira o el temple de aquella arma soberana.

you are not worth the trouble of hitting you with a sack.

Córdoba didn't flinch; either he didn't know Moreira or he had too much faith in his courage and his eyesight, to provoke the terrible gaucho that way.

When he heard his arrogant words, he put his right foot back, separated himself from the counter and threw away the contents of his drink that went to bathe Moreira's face completely, drawing his knife immediately.

As Moreira felt the contents of the glass his his face, he trembled powerfully, as if he had been put in contact with an electric battery.

His eyes shone, his lips moved lividly, and all those expressions of the most clear anger were translated into a powerful roar that resembled any sound, except that of the human voice; he drawed his dagger, that terrible dagger, and rushed over Córdoba, with tremendous, indescribable violence.

When he reached his adversary, he lowered his head a little, moved his left forearm to the height of his mouth, and stretched himself in a long stab.

Córdoba stopped the blow with incredible haste, but Moreira's arm was so strong, the stab was so violent, that Córdoba could not stop that steel arm and the dagger penetrated his belly, stopping at the spinal column, where it embedded itself.

Such was the violence of that blow, such was the strength of the arm that had given it, that when Moreira wanted to remove the dagger from the wound, he attracted on himself the dying body of Cordoba, having to stop it with his left arm, so that it did not fall on him, and to make it easier for the dagger to leave.

It was not known which was more admirable, whether Moreira's muscular strength or the mettle of that sovereign weapon.

Tan rápida fue la escena, tan violenta la acometida de Moreira, que cuando los paisanos pudieron darse cuenta de lo que pasaba, el cuerpo de Córdoba había sido rechazado por Moreira al desclavar la daga, yendo a caer contra la pipa donde había estado sentado y desde donde había provocado el lance.

Al caer Córdoba, Moreira se le fue encima con la daga levantada y en actitud de volver a herir, pero al llegar a su adversario caído, sus instintos caballerescos tuvieron más poder que la ira que lo dominaba, pero tarde ya, porque aquel desgraciado había dejado de existir, sin poder pronunciar una sola palabra.

Moreira contempló aquel cadáver; se golpeó la cabeza en ademán desesperado y blandiendo su daga empapada de sangre, prorrumpió en una terrible maldición.

–¡Maldita sea mi suerte –continuó dirigiéndose a la puerta y llevando aún la daga en la mano–, que no puedo pisar un sitio sin tener que matar a un hombre!

–No se aflija paisano –dijo el que había pagado aquella fatal última vuelta–. Usted ha sido provocado y si no lo mata, lo mata él. ¿Para qué se metió?

–Yo estoy maldito por Dios y por los hombres –continuó Moreira–, y donde quiera que voy llevo la muerte conmigo.

Se dirigió a su caballo que enfrenó y saltó sobre él, alejándose al galope largo, sin que los paisanos, mudos de asombro aún, se hubieran dicho una palabra.

Sólo a las dos cuadras, y cuando su agitación se calmó a impulsos de fresca brisa, Moreira echó de ver que aún llevaba la daga en la mano, y que el Cacique galopaba al lado de su caballo, reclamando su puesto sobre la montura.

El paisano se detuvo, guardó la daga en la cintura, subió al Cacique a las ancas, y si-

So fast was the scene, so violent was Moreira's attack, that when the countrymen could see what was happening, Cordoba's body had been pushed away by Moreira when he removed the dagger, going to fall against the barrel where he had been sitting and from where he had provoked the fight.

When Cordoba fell, Moreira went over him with the dagger raised and in an attitude of hurting again, but when he reached his fallen adversary, his chivalrous instincts had more power than the anger that dominated him, but it was too late, because that unfortunate had ceased to exist, without being able to pronounce a single word.

Moreira contemplated that corpse; he hit his head in a desperate gesture and wielding his blood-soaked dagger, he broke into a terrible curse.

–Damn my luck –he continued saying, going to the door and still carrying the dagger in his hand–, that I can't set foot in a place without having to kill a man!

–Don't worry, countryman –said the one who had paid for that fatal last round. You have been provoked, and if you don't kill him, he kills you. Why did you come in here?

–I am cursed by God and by men –Moreira continued–, and wherever I go I carry death with me.

He went to his horse, adjusted his halter, and jumped on him, galloping away at a long gallop, without the mute countrymen still in astonishment having said a word to each other.

Only two blocks away, and when his agitation calmed with the impulse of a cool breeze, Moreira saw that he still had the dagger in his hand, and that the Chieftain run beside his horse, claiming his place on the saddle.

The countryman stopped, kept the dagger in his waist, put the Chieftain on the horse's

guió marchando al tranco en dirección de a Las Heras.

Tan desesperado iba Moreira, que olvidado de todo y para acabar de una vez con su penosa existencia, se hubiera entregado a la primera partida de plaza que le hubiera salido.

La muerte de Córdoba le había causado una impresión profunda, porque la había hecho en un acto primo, obedeciendo a un movimiento instantáneo.

Lo más ajeno que tenía era matar a aquel hombre, a quien había pensado aplicar solamente unos golpes de rebenque.

Pero la acción de Córdoba, la clase de la injuria, le había trastornado la razón momentáneamente y había dado aquel golpe mortal casualmente, sin calcularlo, sin quererlo.

Así caminó toda la noche y toda la mañana siguiente, sin sacar a su caballo del tranco y sin levantar la cabeza para mirar siquiera el camino.

A la siesta se acercó a una pulpería del camino donde pidió pasto para el caballo y carne para el Cacique, alejándose a media legua de distancia donde hizo alto para dar de comer a los dos animales, y reposar un par de horas, tendido entre ellos, sobre su manta.

Allí permaneció hasta eso de las tres de la tarde, hora en que se levantó, acomodó el freno al cuero, subió al Cacique en anca y siguió la marcha.

Serían como las once de la noche cuando Moreira llegó a Las Heras, paró donde tenía algunas relaciones y donde vivía un hermano del amigo Julián, de quien iba en busca.

Anduvo algunas cuadras por el pueblo, cuyos habitantes estaban entregados al reposo y volviendo el caballo a la derecha, fue a golpear la frágil puerta de un rancho humilde, que era donde habitaba Santiago, hermano de Julián, con su mujer y su cuñado, paisano de unos diez y ocho años a quien Moreira había visto criar.

rump, and continued marching at a walk in the direction of Las Heras.

Moreira was so desperate that he had forgotten everything and, in order to end his painful existence once and for all, he would have given himself to the first police force that would have come out for him.

Cordoba's death had made a profound impression on him, because he had done it in a instinctive act, following a suddenly impulse.

The strangest thing he did was to kill that man, to whom he only intended to strike with his whip.

But Cordoba's action, his kind of insult, had momentarily upset his reason and he had given that fatal blow by chance, without calculating it, without wanting it.

So he rode all night and all the following morning, keeping his horse at a walk and without raising his head to even look at the road.

At the time of the midday nap he approached a pulpería on the road where he asked for grass for the horse and meat for the Chieftain, going two miles away where he stopped to feed the two animals, and rest a couple of hours, lying between them, on his blanket.

There he remained until about three o'clock in the afternoon, when he got up, put the halter on the horse, and the Chieftain on the horse's rump and went on with his march.

It would be like eleven o'clock, at night, when Moreira arrived at Las Heras, stopped where he had some relationships and where a brother of his friend Julián lived, whom he was looking for.

He rode a few blocks through the town, whose inhabitants were resting and turning the horse to the right, he went to knock on the fragile door of a humble ranch, which was where Santiago, Julián's brother, lived, with his wife and brother-in-law, a countryman of about eighteen years old whom Moreira had seen being raised.

A los golpes de Moreira, sonó una voz so-
ñolienta y áspera en el interior del rancho,
que preguntaba el clásico e inolvidable:
"¿quién es?".

En aquellos tiempos y aquellas horas, no
era cosa fácil hacer abrir una puerta sin
hacerse conocer inmediatamente, pues no
era extraño que al abrir la puerta, el dueño
de la casa se encontrara con una daga o un
trabuco puesto al pecho.

–Abra amigo don Santiago que soy yo el
que llega –dijo Moreira echando pie a tierra
y bajando la rienda del caballo.

El paisano a quien éste se dirigía conoció su
voz en el acto, pues se le sintió gritar con el
tono de la mayor alegría y alborozo.

–¡El amigo Juan Moreira! Dichosos los
vientos que lo traen por aquí aparcero,
aguarde un momento que le voy a abrir.

Y Moreira sintió el ruido de los talones del
buen gaucho que se había tirado de la cama
y corría hacia la puerta que abrió inmediatamente.

Aquellos dos hombres se lanzaron uno en
brazos de otro, con una efusión de herma-
nos que no se han visto en mucho tiempo.

–Bien haiga el motivo que lo trae, amigazo
que aquí han llegado sus mentas y ya decían
que lo habían dijunteau.

Y el paisano miraba a Moreira, a la escasa
claridad de la noche, prodigándole todas
clases de cariños y dando voces a su mujer
para que se levantase y viera quién estaba.

–He venido corrido por la suerte –respondió melancólicamente Moreira–, y para pedirle un servicio que sólo usted me puede
hacer.

–Conozco sus desventuras, por Julián que
ha estado aquí –respondió Santiago, cam-
biando su actitud alegre por una tristeza
verdadera–. Julián me ha contado todas sus

At Moreira's knocks, a drowsy and rough
voice sounded inside the ranch, asking the
classic and unforgettable: "who is it?".

In those times and those hours, it was not
easy to enter a place without identifying
clearly who was knocking at the door, because it was not strange that when opening
the door, the owner of the house would find
himself with a dagger or a blunderbuss on
his chest.

–Open, my friend Don Santiago, for it is I
who is coming –Moreira said, setting foot
on the ground and lowering the reins of the
horse.

The fellow countryman to whom he was
addressing identified his voice immediately, because he shouted with the tone of the
greatest joy and excitement.

–The friend Juan Moreira! Blessed are the
winds that bring you here, sharecropper,
wait a moment, I'll open it for you.

And Moreira felt the noise of the heels of
the good gaucho who had thrown himself
out of bed and ran towards the door that he
opened immediately.

Those two men threw themselves into each
other's arms, with an outpouring of broth-
ers who haven't seen each other in a long
time.

–I'm glad, whatever the reason you are here,
my friend, because some people are saying
that you had been killed.

And the countryman looked at Moreira, in
the scant clarity of the night, lavishing all
sorts of affection and giving voices to his
wife to get up and see who was there.

–I have come here moved by chance
–Moreira replied melancholically–, and to
ask you for a service that only you can do
for me.

–I know your misfortunes, because Julián
has been here –replied Santiago, changing
his cheerful attitude for a true sadness. Julián has told me all your sorrows, and we

penas, y le hemos compadecido con el cariño que le profesamos todos.

Pero entre amigazo, entre y así hablaremos con más comodidad.

Moreira ató su caballo al tronco de un paraíso que era el palenque de Santiago, y entró al rancho donde encontró a Marta, la mujer de éste, que lo recibió con la misma alegría que le demostró a la entrada el buen paisano.

Allí se sentaron los dos amigos, y mientras Marta preparaba el mate tradicional, Moreira reveló a Santiago el objeto que lo traía a su rancho.

–Es necesario que mande a buscar a Julián, le había dicho, para que vaya a tomar lenguas de mi mujer y de mi hijo.

Yo me voy a perder por algún tiempo, y no quiero ausentarme sin tener noticias de ellos. Yo mismo iría en su busca –continuó–, pero si me siento la partida va a ver guerra, y tal vez me quede sin saber lo que quiero.

–En cuanto se aclare –respondió Santiago–, me pondré en marcha con caballo de tiro, y volvemos con Julián con tropilla, para andar más ligeros.

–Gracias y Dios se lo pague –concluyó Moreira golpeando el hombro de su amigo, –puede que algún día pueda yo prestarle algún servicio.

–No voy ahora mismo –dijo Santiago–, porque espero el hermano de Marta, que fue esta tarde a entregar unos animales y no ha de volver hasta mañana, sol alto.

Marta vino con el mate y los paisanos entraron en agradable plática, conversando alegremente del tiempo pasado, en que ambos eran tan soberbias piernas en los velorios.

Moreira, al recordar sus tiempos felices volvió a caer en su eterna melancolía, pues se había vuelto a recordar de su mujer y su hijo que según decía pintorescamente, el candil donde al fin y al postre había de venir a quemar sus alas.

Vencido por estos pensamientos y por las fatigas de las últimas marchas, Moreira dijo al paisano que quería reposar un momento, pues sabía Dios cuando podría hacerlo con tanta seguridad.

Entre Marta y Santiago, hicieron al amigo viejo una cama blanda con bastantes cueros de carneros que pudiera dormir con buen provecho.

Moreira medio desensilló el overo bayo, cuyo maneador ató al cuello del Cacique, dio de comer a los dos animales y se tendió sobre la mullida cama, dando el cortés "buenas noches".

Pocos minutos después, se entregaba al sueño tan profundamente, que parecía imposible que aquel hombre anduviese huyendo de todas las justicias de paz.

–Parece increíble –dijo Santiago a su mujer después de contemplar un momento a Moreira–. Parece increíble que este hombre pueda dormir con tanta tranquilidad, cuando de un momento a otro pueden dar con su guarida y hacerlo dormir para toda la vida.

Y el hábito de aquella vida errante había hecho en Moreira una segunda naturaleza.

La costumbre de matar por no ser muerto lo había connaturalizado de tal modo con aquellas situaciones dramáticas, que él antes se hubiera muerto de inquietud por la desgracia de un amigo, se entregaba ahora al sueño más tranquilo y profundo después de haber dado muerte a dos hombres y sabiendo que aquellas escenas de sangre debían irse repitiendo hasta que en vez del enemigo fuera él el que quedase en el sitio.

Moreira durmió de un solo tirón hasta muy entrada ya la mañana.

Cuando despertó, Marta le previno que Santiago había salido a la madrugada en busca de Julián pero que allí estaba su hermano que había vuelto ya por si se le ofrecía alguna cosa, pues Santiago le había dejado prevenido que no era conveniente mostrarse porque algún soplón podía verlo y po-

Defeated by these thoughts and by the fatigue of the last marches, Moreira told the countryman that he wanted to rest for a while, because God knew when he could do so safely.

Between Marta and Santiago, they made the old friend a soft bed with enough ramskins to sleep well.

Moreira half disassembled his spotted horse, whose leather strap he tied to the Chieftain's neck, fed the two animals and lay down on the soft bed, giving a polite "good night".

A few minutes later, he surrendered to sleep so deeply that it seemed impossible to think that him was fleeing from all the justices of the peace.

–It seems incredible –said Santiago to his wife after contemplating Moreira for a moment. It seems incredible that this man can sleep so peacefully, when all of a sudden they can find his lair and make him sleep for life.

And the habit of that wandering life had become Moreira second nature.

The habit of killing in order not to be killed had become habitual in him, caused by the dramatic situations he confronted, that before, he who would have died of restlessness due to the misfortune of a friend, now gave himself to the quietest and deepest sleep after having killed two men and knowing that those bloody scenes should be repeated until instead of the enemy he was the one who would remain on the ground.

Moreira slept without stirring until late in the morning.

When he woke up, Marta warned him that Santiago had gone out at dawn in search of Julián but that there was his brother who had already returned in case he needed anything, because Santiago had let him know that it was not convenient for him to show up because some snitch could see

nerlo en pico al Juez de Paz que lo era en aquella época don Nicolás González, persona recta y severa en el cumplimiento de su deber.

Moreira estuvo más alegre aquel día; pensaba que pronto tendría noticias de su mujer y su hijo, y esta idea disipaba de su espíritu toda nube de melancolía.

Salió afuera jovialmente, dio de beber al caballo y le acomodó la montura de manera de estar prevenido de cualquier sorpresa y regresó en seguida al rancho acompañado del Cacique.

Aquel día lo pasó casi alegremente.

Churrasqueó con buen apetito, tocó la guitarra y hasta se permitió entonar un marote, con gran sorpresa de Marta que juraba que aquel hombre era el paisano más alegre y entretenido que había conocido en toda su vida.

Llegó la noche y siguió la alegría.

Moreira dio de comer a los animales. Marta sacó la limeta de reserva, y se mató el rato jugando al punto de la vasca.

A eso de las diez de la noche, Marta, que estaba mal dormida empezó a cabecear, y Moreira prudentemente declaró que también tenía sueño y quería dormir hasta la vuelta de Santiago.

En vano Marta preparó la cama de la noche anterior, en vano rogaron a Moreira se acostara adentro, el paisano agradeció las finezas, salió afuera, enfrenó el pingo, tendió a su lado la manta de vicuña y se echó en ella como de costumbre, de barriga y con los brazos que lo servían de almohada sobre las armas.

Hacía ya veinticuatro horas que estaba en Las Heras y el gaucho sagaz no se fiaba de la justicia que tal vez a esas horas supiera donde se hallaba e intentase una campaña.

El Cacique vino a tomar su colocación al lado de la cabeza de Moreira y diez minutos después dormía con la misma tranquilidad que si estuviese en una fortaleza.

Serían las cuatro de la mañana cuando Moreira saltó como movido por un resorte y apareció en una actitud amenazadora teniendo en sus manos amartillados los trabucos. El Cacique había ladrado de una manera especial que para el gaucho significaba la presencia del enemigo.

Moreira recogió la manta, se acercó al overo y tendió por el horizonte su vista de lince mientras el cuzquito seguía toreando cada vez más hostilmente.

Allá en el horizonte confundiéndose con las últimas sombras de la noche se veía un polvo solo perceptible para la vista del gaucho, polvo que significaba para él la presencia de varios jinetes.

El cuzquito había cumplido su misión policial dando aviso del peligro, y se había sentado frente al amo, a quien miraba en la cara con esa expresión inteligente y picaresca del perro que pretende interrogar lo que pasa y lo que se pretende de él.

Moreira estaba siempre atento, con la mirada fija en el polvo y el entrecejo fruncido por la incertidumbre.

Quería saber el significado de aquella nubecita de tierra.

El polvo se fue aproximando, los bultos que lo levantaban se fueron definiendo cada vez más, el paisano pudo contar once caballos de los cuales sólo dos traían jinetes.

La frente sombría de Moreira se despejó entonces, una suprema alegría se pintó en la sonrisa de su boca y volvió a arrojar la manta sentándose sobre ella y poniendo en la cintura los dos brillantes trabucos de bronce de que se había armado al pararse.

Aquella tranquilidad súbita y aquella íntima alegría, nacían de que el paisano había adivinado en aquellos dos jinetes a Julián y Santiago que estaban ya a una legua del rancho.

Unos diez minutos después se apeaban al lado de Moreira riendo de alegría, Santiago y el amigo Julián que habían venido de un solo galope.

It would be four o'clock in the morning when Moreira jumped as if moved by a spring and stood up in a threatening attitude holding the cocked blunderbusses in his hands. The Chieftain had barked in a special way that for the gaucho meant the presence of the enemy.

Moreira picked up the blanket, approached his spotted horse and stretched his keen view over the horizon as the dog continued to bark more and more enraged.

There on the horizon, confused with the last shadows of the night, one could see a dust only perceptible to the gaucho's sight, a dust that meant for him the presence of several riders.

The small dog had completed his guard-dog mission warning of the danger, and he sat in front of his master, looking at his face with that intelligent and picaresque expression of the dog that seeks to interrogate what happens and what is intended of him.

Moreira was always attentive, with his gaze fixed on the dust and his middlebrow frowned by uncertainty.

He wanted to know the meaning of that little cloud of dust.

As the cloud approached, the shapes that raised the dust were defined more and more, the countryman was able to count eleven horses of which only two brought riders. Moreira's dark forehead cleared, a supreme joy was painted in the smile of his mouth and he threw the blanket back, sitting on it and putting on his waist the two shining bronze blunderbusses which he had cocked when he stood up.

That sudden tranquility and that intimate joy were born from the fact that the countryman had guessed in those two riders Julián and Santiago, which already were two miles away from the ranch.

Ten minutes later, Santiago and his friend Julián, who had come galloping, got off at Moreira's side laughing with joy.

Es imposible pintar con palabras la emoción de Julián y Moreira al hallarse frente a frente.

Aquellos dos hombres valientes, con un corazón endurecido al azote de la suerte se abrazaron estrechamente; una lágrima se vio titilar en sus entornados párpados, y se besaron en la boca como dos amantes, sellando con aquel beso apasionado la amistad leal y sin cera que se habían profesado desde pequeños.

Así permanecieron largo rato, mirándose al rostro y trasmitiéndose con la mirada todo el mundo de cariño que la palabra no había podido expresar, mientras Santiago enternecido con aquella escena, se ocupaba en desensillar y arreglar los caballos para disimular su conmoción.

Los paisanos se separaron por fin, se estrecharon la mano con la efusión del primer momento y se sentaron sobre la manta sin apartar la mirada el uno del otro.

Santiago entre tanto hacía levantar a su gente mientras preparaban unas leñitas para que se fuese calentando el agua y echar un centenar de <u>mates</u>.

Moreira y Julián hablaban íntimamente: para Julián no había secretos y Moreira volcaba en aquel espíritu inocente el mar de penas en que se ahogaba.

Julián oía tristemente la relación de todas aquellas patéticas desventuras y podía leerse en su rostro el efecto tristísimo que hacía en él la relación.

Moreira relató por fin la muerte de Córdoba y dijo a Julián el objeto que lo había traído a Las Heras.

Necesito saber de ellos, amigo Julián, concluyó amargamente, quiero saber que suerte han corrido y he contado con usted porque es el hombre más gaucho que he conocido en mi vida.

–Iré, amigo Moreira, iré y le traeré noticias fieles, aunque las tenga que ir a buscar al fin del mundo.

Voy a descansar un poquito porque el galope va a ser largo, y así que caiga la tarde apretaré la cincha al ruano sin darlo alce hasta Matanzas, donde están las prendas de usted.

Los paisanos se fueron en seguida al rededor del fogón, donde los esperaba el mate, y la conversación se hizo general, pasándose la mañana entretenidísimos con los cuentos y chistes del amigo Julián, que era un paisano graciosísimo y muy amigo de emplear en la conversación refranes y compadradas.

Por fin llegó la hora de la siesta, que tomó a los paisanos churrasqueando y festejando los interminables cuentos del amigo Julián, que se seguían con profusión.

El sueño fue apoderándose poco a poco de ellos, que se fueron quedando dormidos como los gatos, enrollados al suave calorcito del fogón a medio prender.

A eso de las tres de la tarde todo el mundo estuvo de pie y empezó de nuevo el mate aumentándose la reunión con algunos amigos que cayeron a la novedad, entré los que había algunos que conocían a Moreira, a quien saludaron con un afecto mezclado al invencible respeto que hacía nacer en ellos las mentas de Moreira.

A la caída de la tarde, como había prometido el amigo Julián ensilló, puso el maneador al fiador del caballo que debía llevar de tiro y despidió de sus amigos tomando el camino al gran galope.

Parecía un chasque de importancia, tal era la presteza con que marchaba.

Moreira se propuso pasar allí tres o cuatro días felices, pero el destino, con quien no contaba, lo había dispuesto de otro modo.

Esa misma noche vino al rancho un paisano amigo de Santiago, con una novedad bastante grave para otro que no hubiera sido Juan Moreira, y que vino a sentar su reputación de valiente en Las Heras, con un hecho que no nos atreveríamos a narrar, si el señor don Nicolás González, Juez de Paz en aque-

I am going to rest a little because the gallop is going to be long, and so when evening falls I will tighten the girth of my horse without stopping until I reach Matanzas, where your family is.

The countrymen immediately went around the campfire, where the mate was waiting for them, and the conversation became general, spending the morning entertained with the stories and jokes of the friend Julián, who was a hilarious countryman and very good, mixing in the conversation proverbs and stories of brave deeds.

Finally came the hour of the nap of midday, which found the countrymen barbecuing and celebrating the endless tales of the friend Julián, which were without ending.

Little by little the sleep took hold of them, who fell asleep like cats, rolled up enjoying the soft heat of the half lit stove.

At about three o'clock in the afternoon everybody was standing and the mate started again increasing the meeting with some friends who came to see Moreira, among those who knew Moreira, whom they greeted with affection mixed with the invincible respect that Moreira's deeds awoke in them.

At the end of the afternoon, as promised, Julián saddled his horse, he strapped his second horse, to lead him, and bid farewell to his friends, taking the road at a full gallop.

It seemed to be an important errand, such was the speed with which he was marching.

Moreira intended to spend three or four happy days there, but fate, on whom he did not count, had arranged it differently.

That same night a friend of Santiago's came to the ranch, with a rather serious new to any another man who had not been Juan Moreira, which helped to establish his reputation as a brave man in Las Heras with a fact that we would not dare to narrate, if Mr. Nicolás González, Justice of the Peace

lla época, no pudiera atestiguar este hecho novelesco, digno de los espíritus fuertes que figuraron en la Edad Media.

Es un rasgo que viene a acentuar de una manera poderosa el carácter de aquel gaucho tristemente legendario.

Don Nicolás González, ya lo hemos dicho, era un hombre severo y de una rectitud ejemplar en el cumplimiento de sus delicados deberes.

Según el paisano que llegó al rancho, el señor González había sabido que Moreira se hallaba en el pueblo y había resuelto alistar la partida de plaza para salir a prenderlo.

–Algunas personas –continuó el mensajero de este contratiempo para los planes de Moreira–, se han acercado al Juez de Paz diciéndole que su empresa es temeraria y que no se meta con el bandido para evitar alguna desgracia personal.

Pero el juez ha respondido que por lo mismo que la cosa es difícil la ha de tentar y ha de prender a usted, a pesar de su astucia y su valor, y para asegurar el golpe ha mandado a ño Rosendo a Navarro, según dijo el capitán, a pedir cuatro soldados más para reforzar la partida de plaza que estaba muy dispuesta a la campaña.

Tanto Santiago como Marta, quedaron anonadados ante esta noticia.

Moreira, entre tanto, sonreía lleno de orgullo y soberbia al ver todas las precauciones que tomaba la justicia para salirle al encuentro.

–Habrá titeo –dijo el paisano alegremente, como si no se tratara de él–, pero me parece que este Juez de Paz, como los otros, no va a reír muy largo.

–Váyase amigo Moreira, dijo Santiago lleno de zozobra, todavía tiene tiempo de ponerse en salvo y esto lo puede hacer sin mengua ni agravio de usted.

-He jurado no huir nunca ante nadie –repuso soberbiamente el paisano y mucho menos ante una _partida_ de plaza que asegura me va a prender.

-No sea imprudente amigazo –insistió Santiago–, que no por eso ha de ser usted menos hombre.

Piense en las noticias que le va a traer Julián y huya ahora que tiene tiempo, escondiéndose en otro pago.

Una suprema alegría pasó por el hermoso rostro del paisano al oír aquellas cariñosas razones, pero dominó por completo la ansiedad que podía hacer flaquear su valor, y volviéndose hacia el paisano, le dijo con una altivez imponderable.

-Si usted es amigo del capitán, dígale de mi parte, que todas las partidas juntas son pocas para prenderme; y si duda usted de lo que digo, véngame a avisar cuando está reunida la gente para que vea que con toda ella no alcanzo a limpiarme el sudor.

-Yo no soy soplón –replicó algo resentido el paisano–; si he venido a dar aviso es porque soy amigo de ño Santiago y porque lo aprecio a usted por lo que ha hecho.

-Perdone amigo que no le dije por ofenderlo –concluyó Moreira–, y muchas gracias; pero le pido como un favor que me avise cuando llegue el refuerzo.

Esa noche los paisanos se recogieron más temprano, y a pesar de los prudentes consejos que dio Santiago a Moreira, éste tendió su manta al lado del overo bayo, se echó a descansar como la noche anterior, ni más ni menos que si tuviera la certeza de que nadie había de venir en su busca para prenderlo.

En cambio Santiago y Marta no pudieron dormir en toda la noche, figurándose a cada momento que venían a aprehender a Moreira pero la noche pasó sin que el menor ruido viniese a turbar el sueño de Moreira ni a poner en alarma al Cacique.

-I have sworn never to flee before anyone –replied the countryman superbly, much less before a police force that is to convinced they will catch me.

-Don't be a foolish, friend –insisted James–, for that doesn't make you any less of a man.

Think of the news Julián will bring you, and flee now that you have time, hiding in another district.

A supreme joy passed through the beautiful face of the countryman when he heard those affectionate reasons, but he completely dominated the anxiety that could make his courage waver, and turning towards the countryman, he said to him with an imponderable haughtiness.

-If you are a friend of the captain, tell him on my behalf that all the police forces together are too few to catch me; and if you doubt what I am saying, come and warn me when the people are gathered so that you can see that with all of them I cannot wipe away my sweat.

-I'm not a snitch –replied the countryman, a little resentful–, if I've come to give notice it's because I'm a friend of Santiago and because I appreciate you for what you've done.

-I'm sorry, friend, I didn't spoke to offend you –Moreira concluded–, and I thank you very much, but as a favor I ask you to let me know when the reinforcements arrive.

That night the countrymen gathered earlier, and in spite of the prudent advice Santiago gave Moreira, he spread his blanket next to his spotted horse, and rested like the night before, no more and no less than if he were certain that no one would come looking for him to catch him.

Santiago and Marta, on the other hand, could not sleep all night, figuring at every moment that they were coming to apprehend Moreira, but the night passed without the slightest noise coming to disturb Moreira's sleep or to alarm the Chieftain.

Muy de mañanita se levantó todo el mundo diciendo a Moreira que debía ser prudente y retirarse del partido, pues cuando el señor González decía una cosa la hacía.

–Es que no siempre ha de tener palabra de rey –había respondido Moreira–, y alguna vez ha de ser la primera en que no pueda hacer lo que diga.

Santiago, muy agitado, salió a tomar lenguas de lo que se decía en el pueblo y volvió al poco rato atestiguando todo lo que había dicho la noche interior el paisano, añadiendo que en el centro había gran agitación y que don Nicolás González no esperaba más que la incorporación de la gente de Navarro, para mandar la partida en busca de Moreira, con orden de prenderlo vivo o muerto, en cualquier paraje donde se le hallase.

–Pues mientras más gente haya, mejor –replicó tercamente el gaucho–, ya verán como pruebo a esas maulas que yo no soy pasto de la justicia.

Y se dirigió al overo bayo echándole una doble ración de pasto seco, como para conservarlo en buen estado para el momento de la pelea inevitable.

Cuando Moreira entró al rancho, vio llegar a un jinete a media rienda, con el caballo cansado, que echó pie a tierra precipitadamente y dijo dirigiéndose a Moreira:

–Ya ha llegado ño Rosendo con los cuatro soldados de Navarro, y la partida está en la puerta del juzgado, preparándose para salir; sólo espera que venga el capitán que ha ido a casa del Juez de Paz a recibir órdenes para marchar con la gente.

–Pues, a ahorrarles el camino –dijo Moreira, recogiendo de sobre el catre de Santiago algunas prendas de su vestuario que había dejado allí.

–¿Qué va a hacer amigo, por Dios? –preguntó el paisano con la voz alterada por el asombro y la emoción.

Very early in the morning everyone got up telling Moreira that he should be prudent and withdraw from the district, because when Mr. González said something he kept his word.

–He must not always have the word of a king –Moreira replied–, he will find, for the first time that he is unable to kept his word.

Santiago, very agitated, went out to learn what was said in the village and returned shortly afterwards, testifying to everything the countryman had said the night inside, adding that in the center there was great agitation and that Don Nicolás González was only waiting for the incorporation of the Navarrese people, to send the party in search of Moreira, with the order to arrest him alive or dead, in any place where he was found.

–Well, the more people are, the merrier will be –replied the gaucho stubbornly–, you'll see how I prove to those cowards that I'm not the victim of justice.

And he went to the spotted horse, giving him a double ration of dry grass, so as to keep him in good condition for the moment of the inevitable fight.

When Moreira entered the ranch, he saw rider with slacks reins arrive, with the horse tired, who hurriedly set foot on the ground and said to Moreira:

–Rosendo has already arrived with Navarro's four soldiers, and the detachment is at the door of the courthouse, preparing to leave; he only waits for the captain who has gone to the Justice of the Peace's house to come and receive orders to march with the people.

–Well, I will spare them the journey –Moreira said, picking up some of the clothes he had left over Santiago's cot.

–What are you going to do, my friend, for God's sake? –The countryman asked, his voice altered by astonishment and emotion.

–Voy a buscar a esas <u>maulas</u> –dijo Moreira–, porque si han venido soldados de Navarro han de volverse diciendo que no han dado conmigo.

No quiero además comprometer esta casa que puede servirme de guarida alguna vez que ande mal y tenga que estar oculto.

¿Y cómo dicen que al que me reciba en su casa lo mandan a la frontera, para qué he de hacer mal?

Moreira se dirigió a su caballo y revisó todas las prendas del apero con esa inteligente atención del que conoce que en un lance apurado, no hay otra salvación que la que puede proporcionarle el caballo, y cargó examinó sus armas con extrema prolijidad haciendo jugar los muelles de los trabucos y blandiendo la daga para asegurarse que estaba firme en el puño.

Enseguida saltó sobre su caballo, subió el Cacique a las ancas y se alejó al trotecito, tomando la dirección de la plaza a donde estaba la gente.

¡Y era en verdad magnífico el continente de aquel hombre!

Su rostro estaba iluminado por una suprema expresión de bravura.

Clavado sobre el apero, con las alas del sombrero levantadas sobre la frente y caído hacia la espalda con un verdadero parque en el tirador, aquel hombre tomaba proporciones gigantescas.

Todo en él inspiraba un fuertísimo interés.

Cuando Moreira llegaba a la plaza, el capitán estaba haciendo montar la gente para salir en su demanda sin sospecharse que el hombre que iban a buscar estaba tan cerca de él.

Muchos paisanos miraban este aparato admirados.

No parecía que tanta gente fuera a salir en persecución de un solo hombre, sino que se alistase para combatir a un enemigo pode-

–I'm going to look for these cowards –said Moreira–, because if Navarro's soldiers have come, they would go back and say that they haven't found me.

Furthermore, I do not want to compromise this house, which may serve as a lair for me at any time when I'm in bad shape and have to be hidden.

And since they say that whoever receives me in their house will be sent to the frontier, there's no reason for me to harm you.

Moreira went to his horse and checked all the implements with the intelligent attention of the one who knows that when the odds are tough, there is no other salvation than that which the horse can provide him, and he loaded his weapons with extreme tidiness, making the springs of the blunderbusses play and wielding the dagger to make sure that it was firm in its hilt.

Immediately he jumped on his horse, put the Chieftain on the horse's rump and moved away at the trot, taking the direction of the town square where the people were.

And that man's appearance was truly magnificent!

His face was illuminated by a supreme expression of bravery.

Nailed to the saddle, with the wings of his hat raised over his forehead and fallen backwards with guns in his belt, the man took on gigantic proportions.

Everything in him inspired a very strong interest.

When Moreira arrived at the town square, the captain was making people mount to go out in his persecution, without suspecting that the man they were going to look for was so close to him.

Many countrymen looked at these preparations in amazement.

It did not seem that so many people were going to go out in pursuit of a single man, but that they were enlisting to fight a pow-

roso dado los preparativos que hacía y las precauciones que tomaba.

Moreira se acercó a la esquina de la plaza como uno de tantos curiosos, y se puso a contemplar aquel aparato y a mirar uno por uno los soldados de la partida.

Ésta era compuesta del oficial y catorce soldados de policía de campaña, de los cuales cuatro pertenecían a la partida de plaza de Navarro, tan dominada por él.

El capitán no conocía a Moreira ni podía figurarse que aquel hombre que tenía el insolente valor de salirle al camino, fuera el mismo en cuya busca iba.

−No se moleste capitán en hacer incomodar a la gente, Juan Moreira no está en donde usted sabe, porque hace ya diez minutos que se ha ido −dijo al capitán el paisano.

Los soldados de la partida de Navarro habían conocido a Moreira, se habían colocado a retaguardia para evitar el primer ataque del gaucho, que era siempre violentísimo.

−Si sabes que Moreira se ha ido −replicó el capitán−, tú debes saber qué dirección lleva, y es preciso que vengas conmigo para que me lo indique, vamos.

−Es inútil −dijo riendo el paisano−, la distancia que lleva Moreira es mucha, va bien montado y usted no lo va a poder alcanzar por más que galope.

Algunos de los que estaban en la plaza habían conocido también a Moreira en el interlocutor del capitán y estaban trémulos y azorados del valor y la audacia de aquel hombre que, sin más armas que una daga y sus trabucos de bronce, provocaba al combate a una partida de plaza, reforzada, bien mandada y que tenía la orden de prenderlo o matarlo donde lo hallara.

−Tú sabes donde está Moreira −replicó el capitán−, que iba perdiendo la paciencia, pues creía que aquel gaucho había venido allí con el solo objeto de hacerle perder un

erful enemy given the preparations they made and the precautions they took.

Moreira approached the corner of the square like one of so many curious people, and began to contemplate the preparations and to look one by one at the soldiers of the party.

This one was composed of an officer and fourteen soldiers of the police of the countryside, of which four belonged to the detachment of Navarro, so dominated by him. The captain did not know Moreira, nor could he have imagined that the man who had the insolent courage to go out on the road was the same man he was looking for.

−Do not trouble more your people captain, Juan Moreira is not where you think, because he has been gone for ten minutes now −said the countryman to the captain.

The soldiers of Navarro's detachment had known Moreira, and they had placed themselves at the rear to avoid the gaucho's first attack, which was always very violent.

−If you know that Moreira is gone −replied the captain−, you must know what direction he has taken, and you must come with me to tell me, let's go.

−It's useless −laughed the countryman−, Moreira is very far, he's riding well, and you're not going to be able to catch him no matter how hard you gallop.

Some of those who were in the square had also realized that Moreira was the one speaking with the captain and were trembling and amazed at the courage and audacity of that man who, with no weapons other than a dagger and his bronze blunderbusses, provoked the combat to a reinforced, well commanded police force, who had the order to arrest him or kill him wherever they found him.

−You know where Moreira is −replied the captain−, which was losing his patience, for he believed that the gaucho had come there with the sole purpose of wasting precious

tiempo precioso que el otro aprovecharía poniéndose en salvo.

Tú sabes donde está –repitió–, y vas a decírmelo en el acto, porque sino te prendo a ti y te dejo de cabeza en el cepo por tapadera.

–Está bueno –repuso Moreira–, para que usted no me tome por tapadera de nadie, le diré que Juan Moreira soy yo, y que he venido para pelearlos y para probarles que son unos maulas.

El capitán quedó helado de asombro ante tan brusca declaración; le parecía imposible que aquel hombre tuviera la audacia de ir a provocar la partida en la misma puerta del juzgado.

Antes que pudiera rehacerse; antes que atinara a desenvainar el sable, Moreira aprovechando su estupor, incitó con las espuelas su brioso corcel y se fue sobre el capitán con tal violenta pechada que lo hizo caer del caballo, que salió allí a escape, dejando a su jinete enredado en el sable pugnando por levantarse.

Moreira revolvió su caballo y dio frente a la partida, que ya estaba completamente dominada.

Los cuatro soldados de Navarro habían salvado el bulto poniéndose a larga distancia.

–¡Fuego, fuego sobre el bandido! –gritó el capitán, que había logrado levantarse algo dolorido–, mátenlo, mátenlo –y cayó sobre él con increíble denuedo, sable en mano.

Algunos de los soldados, más animosos y retemplados por la voz de su capitán, tendieron la carabina e hicieron fuego, pero con esa torpeza del paisano que apoya la culata en la paleta del caballo y hace fuego al acaso, creyendo que para hacer efecto basta sólo la detonación, defecto, que tienen muchos soldados de nuestra caballería de línea.

Moreira soltó una poderosa carcajada, se puso la rienda entre los dientes y apareció armado de sus dos trabucos de bronce que

time that the other would take advantage of by getting to a safe location.

You know where he is –he repeated–, and you're going to tell me immediately, because if you don't, I'll grab you and put you head first in the stocks.

–It's good –said Moreira–, so that you don't take me for nobody's cover, I'll tell you that Juan Moreira is me, and that I've come to fight you and to prove to you that you are bunch of cowards.

It seemed impossible to him that the man would have the audacity to go and provoke the police at the very door of the courthouse.

Before he could recover; before he could draw his saber, Moreira, taking advantage of his stupor, spurred his spirited steed and went over the captain with such a violent blow that threw him from his horse, which run away, leaving his rider entangled in the saber, struggling to get up.

Moreira turned his horse and faced the soldiers, which were already completely overwhelmed.

Navarro's four soldiers had saved their skins by moving away a long distance from Moreira.

–Fire, fire on the bandit! –shouted the captain, who had managed to get up, a little sore–, kill him, kill him –and charged on him with incredible boldness, saber in hand.

Some of the soldiers, more courageous, animated by the order of their captain, stretched their carbines and made fire, but with the clumsiness of the countryman who puts the stock of the gun on the palette of the horse and makes fire without aiming properly, believing that detonation, will be sufficient to be effective, a defect that many soldiers of our cavalry of line have.

Moreira laughed out loud, put his reins between his teeth and draw his two bronze

había sacado de la cintura con increíble rapidez.

–¡A él, cobardes! –gritó desesperadamente el capitán, sin poder encontrar con su sable a Moreira por la inquietud que éste con las espuelas imponía al overo bayo.

Los soldados cayeron sable en mano, teniendo que distraer mucho su atención en los caballos clásicos calificados de patrias que no caminaban sino cediendo al rebenque. Entonces se sintió un estampido poderoso el doble estampido de los terribles trabucos que Moreira había disparado a un tiempo, al verse cargar por los soldados.

Cuando se hubo disipado la espesa nube de humo producido por aquellos dos disparos se pudo ver el espantoso estrago que estos habían causado.

Dos soldados se revolcaban en el suelo, presa de horribles convulsiones, tres disparaban completamente acobardados, mientras los restantes pugnaban por contener los asustados caballos.

El capitán estaba consternado; aquello era vergonzoso e increíble; a otro ataque de Moreira se iba a quedar completamente solo y era preciso ganarle el tiempo.

Moreira entre tanto volvía a cargar sus trabucos, operación que hacía con gran rapidez, pues llevaba los cartuchos hechos y no tenía más que colocarlos en la boca de los trabucos, donde los hacía calzar dando un golpe con las culatas en las encabezadas de plata del lomillo, de modo que cuando el capitán animó con la palabra a los cinco hombres que le quedaban y los hizo cargar sobre Moreira, éste estaba con sus dos trabucos armados, espiando la oportunidad del disparo.

Cuatro de los soldados cargaron al frente, mientras el quinto remoloneaba, haciéndose el que no podía hacer avanzar el caballo, y el terrible estampido de los trabucos de Moreira se dejó sentir por segunda vez, sembrando la muerte y el espanto entre los enemigos que esta vez abandonaron por

blunderbusses that he had pulled out of his waist with incredible speed.

–To him, cowards –shouted the captain desperately, unable to find Moreira with his saber because of the restlessness he imposed on his spotted horse with his spurs.

The soldiers charged, saber in hand, having to distract their attention a lot on his horses, named homelands, which did not walk unless they were whipped. Then a powerful boom was felt, the double boom of the terrible blunderbusses that Moreira had fired at the same time, when he saw himself being charged by the soldiers. When the thick cloud of smoke produced by those two shots had dissipated, one could see the terrible havoc they had caused.

Two soldiers rolled on the ground, prey to horrible convulsions, three others were crying, completely intimidated, while the others were fighting to contain their frightened horses.

The captain was dismayed; it was shameful and unbelievable; another attack of Moreira and he was going to be completely alone, so he needed to gain some time.

In the meantime Moreira was reloading his blunderbusses, an operation he did very quickly, because he carried the cartridges already made and he only had to place them in the mouth of the blunderbusses, where he made them fit by pounding the butts of them on the silver head of his saddle, so that when the captain encouraged the remaining five soldiers to charge Moreira, he was ready with his two armed blunderbusses, waiting for the best chance to shot them.

Four of the soldiers charged to the front, while the fifth swirled, pretending that his horse could not advance, and the terrible boom of Moreira's blunderbusses was felt for the second time, sowing death and terror among the enemies who this time left

completo el campo, heridos unos y en dispersión los otros.

El capitán no se pudo conformar con aquel resultado: trémulo de vergüenza, cargó sobre el gaucho que reía estruendosamente de la partida dispersa.

Ya había Moreira vuelto a colocar en su cintura los dos trabucos, y miraba a aquel joven con una mezcla de compasión y de burla.

Cuando el joven lo cargó, dispuesto a morir, pues no tenía otra esperanza, Moreira hizo dar al caballo un alto, para ponerse fuera de alcance y dijo al joven:

–Puede retirarse capitán sin partida, con usted no tengo resentimiento porque lo han mandado y no tiene la culpa de nada. Váyase y lleve el parte.

Avergonzado el joven con esta nueva sátira cargó de nuevo al gaucho, dispuesto a morir o a concluir con aquel hombre formidable, cosa imposible por cierto.

El paisano se desmontó entonces, enrolló la manta de vicuña en el poderoso brazo y sacó aquella terrible daga que tanto estrago había hecho ya.

Los espectadores temblaron, vieron que aquel duelo iba a ser mortal para el joven, pero ninguno de ellos se atrevió a ayudarlo con un ademán o con una palabra.

Moreira estaba sereno y sonriente; abría los brazos mostrando al joven su hercúleo pecho, como incitándolo a herir.

Cuando aquel se tendía en una estocada, Moreira la evitaba con el brazo de la manta, con una limpieza maestra, y se contentaba con marcar sobre la cabeza del joven, un golpe con el cabo de la daga, que podía ser una puñalada mortal, demostrando con esto al joven que no quería herirlo y que entonces como él decía estaba peleando de puro vicio.

–Mátame, mátame de una vez –gritaba el joven dominado por la ira–, mátame por-

the field completely, some wounded and others escaping.

The captain could not be satisfied with that result: trembling with shame, he charged on the gaucho who laughed thunderously at the soldiers hasty departure.

Moreira had already put the two blunderbusses back on his waist, and looked at the young man with a mixture of compassion and mockery.

When the young man attacked him, ready to die, because he had no other hope, Moreira stopped his horse, out of reach of the captain, and said to the young man:

–You can leave captain, without your soldiers, I have no resentment with you because you have been sent and you are not to blame for anything. Go and inform your superiors.

The young man was embarrassed by the mocking words of Moreira, he attacked the gaucho again, ready to die or to finish that formidable man, something impossible by the way.

The countryman then dismounted, rolled up the vicuña blanket on his powerful arm and pulled out that terrible dagger that had already done so much damage.

The spectators trembled, they saw that the duel was going to be deadly for the young man, but none of them dared to help him with a gesture or a word.

Moreira was serene and smiling; he opened his arms showing the young man his Herculean chest, as if inciting him to hurt.

When the young man lunged with his saber, Moreira avoided it with the arm covered by the blanket, with a master sweep, and was content to mark on the young man's head a blow with the end of his dagger, which could be a deadly stab, demonstrating with this to the young man that he did not want to hurt him and that then, as he said, he was fighting out of pure fun.

–Kill me, kill me at once –shouted the young man dominated by anger–, kill

que si yo puedo, te voy a atravesar el corazón.

–No quiero, mocito –replicaba el gaucho–, usted le hace falta a la familia y no hay necesidad de que yo lo carnee por un disgusto tan al ñudo.

Aquella escena no podía prolongarse más, Moreira estaba ya fatigado y podía venir algún refuerzo inesperado que pudiera hacerle perder todas las ventajas que había obtenido.

Así lo comprendió el gaucho y determinó concluir aquel combate desigual, sin hacer daño alguno a aquel joven que había cumplido su deber tan lindamente.

Ofreció de nuevo como cebo, su pecho descubierto, y el joven se precipitó a él, con increíble brío, tirándole una estocada de muerte.

El gaucho que había adelantado intencionalmente el pie izquierdo, paró el golpe hábilmente, y con una precisión matemática echó al joven una zancadilla que lo hizo caer al suelo de espaldas, quedando completamente a merced de su adversario.

Moreira se precipitó sobre él, rápidamente y le arrebató el sable.

Los paisanos que habían presenciado la lucha volvieron el rostro pálidos y conmovidos pensando que el gaucho iba a hacer lo que se estila en estos casos, degollar a su adversario, pues estaban muy lejos de apreciar aquel espíritu caballeresco hasta la exageración.

El gaucho arrancó el sable de manos del capitán, diciéndole un único "dispense amigo" y arrojándolo lo más lejos que le fue posible, le pegó un ponchazo en la cabeza, como quien hace un cariño y se dirigió al caballo que, montado por el perro, se había detenido al otro extremo de la plaza, habituado a aquellas situaciones.

No faltó comedido que quiso tomarlo de la rienda para que no fuese a disparar, pero la

me because if I can, I'm going to stab you through your heart.

–I don't want to, young man –replied the gaucho–, you're needed by your family, and there's no need for me to kill you for nothing.

That scene couldn't go on any longer, Moreira was already fatigued and some unexpected reinforcement could come at any moment, making him lose all the advantages he had obtained.

This is how the gaucho understood it and determined to conclude that unequal combat, without doing any harm to the young man who had done his duty so beautifully.

He offered his bare chest as bait again, and the young man rushed at him with incredible vigor, thrusting him to death.

The gaucho, who had intentionally advanced his left foot, stopped the blow skillfully, and with mathematical precision tripped the young man to the ground on his back, leaving him completely at the mercy of his adversary.

Moreira rushed over him, quickly and snatched his sword from him.

The countrymen who had witnessed the struggle turned their faces pale and moved, thinking that the gaucho was going to do what is stipulated in these cases, to slit the throat of his adversary, because they were very far from appreciating his chivalrous spirit, to the point of exaggeration.

The gaucho ripped the sword from the hands of the captain, telling him a single "excuse me friend" and throwing it as far as possible, hit him in the head with his poncho, as someone who makes a friendly caress and went to his horse that, still carrying his dog, had stopped at the other end of the square, accustomed to such situations.

Some obliging soul wanted to grab his reins to prevent the horse from running away, but the reins had remained on the horse

rienda había quedado sobre el caballo y el Cacique no la permitió tocar.

El paisano montó sobre el overo con verdadera majestad y revolviendo el <u>poncho</u> que conservaba en el brazo izquierdo, dijo a los azorados paisanos:

–Caballeros, pueden llamar al médico y al cura que creo que hacen falta, porque yo no me puedo quedar para el auxilio, tengo mucho que hacer.

Y revolviendo el caballo se alejó con toda tranquilidad, después de soltar una última carcajada, dejando a aquella gente dominada por completo.

Todos aquellos hombres, valientes y capaz cada uno de pelear con cualquier clase de enemigo, no se hubieran atrevido a detener la tranquila marcha del gaucho.

La acción de Moreira, la serenidad que había demostrado durante la lucha y su acto generoso al darle fin, habían dominado, cautivado a los paisanos cuya influencia cede a la influencia del valor y mucho más si aquél valor va aparejado a sentimientos nobles y humanitarios.

Muchos de aquellos paisanos se hubieran sentido capaces de pelear como Moreira, pues aquel hombre no era una excepción de su hermosa raza.

Pero tal vez ninguno de ellos hubiera encontrado en su corazón tanta grandeza para no matar al mozo, y tanto dominio para despedirse de él con un ponchazo.

Moreira se alejó de allí al tranquito, encontrando suficiente recompensa a su acción en las caricias que le prodigaba el Cacique, y llegó al rancho de Santiago, donde desmontó como si solo viniera a dar un ligero paseo e ignorara por completo lo que había pasado tal era la calma de su continente.

Marta y Santiago habían sentido los disparos, y sabían que Moreira se había batido con la partida, pues aquellas noticias corren con increíble presteza, así es que les parecía

and the Chieftain did not allow nobody to touch them.

The countryman mounted on his spotted horse with true majesty and stirring the <u>poncho</u> that he kept in his left arm, he said to the giddy countrymen:

–Gentlemen, you can call the doctor and the priest, who I think is necessary, because I can't stay to help them, I have a lot to do.

And stirring his horse he moved away with complete serenity, after one last laugh, leaving those people completely awestruck.

All those men, brave, each one capable of fighting any kind of enemy, would not have dared to stop the gaucho's quiet march.

Moreira's action, the serenity he had shown during the fight and his generous act in bringing it to an end, had dominated, captivated the countrymen whose influence yields to the influence of the courage and much more if that courage is coupled with noble and humanitarian feelings.

Many of those countrymen would have felt capable of fighting like Moreira, because that man was simply a noble exponent of that beautiful race.

But perhaps none of them would have found in his heart so much greatness to stop from killing the boy, and so much dominion to say goodbye to him with a blow of his <u>poncho</u>.

Moreira rode away from there at a walk, finding sufficient reward for his action in the caresses that the Chieftain lavished on him, and arrived at the ranch of Santiago, where he dismounted as if he only came from a light walk and completely ignored what had happened, such was the calm of his continent.

Marta and Santiago had heard the shots, and they knew that Moreira had beaten the police force, because those news run with incredible speed, so it seemed like a dream

un sueño ver llegar ileso al paisano, que tomaba para ellos proporciones fantásticas y gigantescas.

–Váyase amigo, por Dios –dijo Santiago a Moreira, viéndolo que se disponía a atar el maneador en el palenque–, por los pagos andan partidas del Guardia Provincial, que dicen han venido a buscar a los que no se hayan enrolado y esa es tropa de línea, con la que es inútil pelear.

–Pues yo los pelearé –repuso Moreira con creciente soberbia–, los pelearé como pelearé al mismo diablo que me salga al camino aunque traiga vistuario de fierro y pelee con diez dagas.

Y ató su caballo al palenque bajando al Cacique que ladraba alegremente sobre el apero.

–Venga pues un mate, comadre, para asentar la campaña –dijo Moreira a Marta–, y tendió su manta donde se echó de barriga.

En seguida se puso a relatar minuciosamente las peripecias del combate con sus mayores detalles, relación que escuchaba Santiago con los ojos dilatados en prueba del asombro descomunal que experimentaba a medida que Moreira llegaba al fin de la contienda; asombro que remató con los gritos de ¡ah criollo!, ¡ah hijo del país!, ¡con razón le protege mi Dios!, ¡para qué matar al botón a ese mocito que nada hacía de su dictamen, y que sólo obedecía a las órdenes que a la fija le habían dado!, ¡lindo mozo canejo!, y con razón no lo he querido dijuntear, amigo.

–Ahora váyase, amigo –continuó–, que la monta no está sólo en ser guapo, sino también en ser prudente, pues la suerte se cansa porque ella no es tan constante como el dolor; váyase, que yo le enseñaré a Julián cuando vuelva dónde lo tiene que encontrar.

–No gaste en vano saliva, amigo –dijo Moreira recibiendo el mate de mano de Marta–. Yo espero aquí al amigo Julián, aunque

to see the countryman arrive unscathed, which took for them fantastic and gigantic proportions.

–Go away, my friend, for God's sake –said Santiago to Moreira, seeing that he was about to tie his horse to the tethering post–, some detachments of the Provincial Guard are in this district, some say they have come to look for those who have not enlisted and that is a troop of line, with which it is useless to fight.

–Well, I'll fight them –Moreira replied with growing arrogance–, I'll fight them as I'll fight the same devil who comes out on the road even though he wears an iron robe and fights with ten daggers.

And he tied his horse to the tethering post, bringing down the Chieftain who barked happily over the saddle.

–Please give me a mate, friend, to settle the campaign –said Moreira to Marta–, and he spread his blanket where he threw himself belly down as usual.

Then he began to give a detailed account of the vicissitudes of the combat with its greatest details, a story that Santiago listened to with dilated eyes in proof of the enormous astonishment he experienced as Moreira reached the end of the conflict; astonishment that he finished off with the cries of Ah criollo! Ah son of the country! With good reason my God protects you, why kill for nothing that young man who did nothing by his own will, but only obeyed the orders he had been given, cute young man hell!, and with good reason you did not want to kill him, my friend.

–Now go away, my friend –he continued–, you not only should be brave, but also prudent, for luck tires because she is not as constant as pain; go away, for I will let Julián know, when he returns where you can be found.

–Don't waste your spittle in vain, my friend –Moreira said, receiving the mate from Marta's hand–. I'll wait here for my friend

venga una tormenta con truenos y refusilos y tras de ella todos los diablos vestidos de milicos; esto, se entiende, si no lo comprometo.

Y albergado en aquel rancho amigo, tomó sus disposiciones para esperar la vuelta del amigo Julián, preparándose de manera que no pudieran sorprenderlo, si es que acaso intentaban venirse por el vuelto.

Entre tanto en el pueblo no se hablaba de otra cosa que de aquel combate asombroso, en que Moreira había vencido a una partida reforzada, perdonando la vida al capitán.

Julián, even if a storm comes with thunder and gossip, and behind it all the devils dressed as soldiers; this, it is understood, if I don't compromise you.

And sheltered in that friendly ranch, he got ready to wait for the return of his friend Julián, preparing himself so that they could not surprise him, if they tried to come to get revenge.

Meanwhile in the village there was nothing but talk of that astonishing combat, in which Moreira had defeated a reinforced police force, sparing the life of the captain.

8

El nido de desventuras
The nest of misfortunes

Moreira, siempre negándose a huir como se lo aconsejaban Marta y Santiago, permaneció en el rancho esperando la vuelta del amigo Julián, que ya tardaba mucho.

Los días pesaron así, siempre esperando, sin que el amigo Julián diera señales de vida, lo que hacía agolpar al espíritu del paisano mil dudas agitadas.

¿Habría muerto Vicenta? ¿Habría sucedido una desgracia al pequeño Juan? ¿Habrían mandado a ambos a la cárcel de Buenos Aires a pagar sus culpas y delitos?

Estas dudas tenían sumido al paisano en una amarga ansiedad; hubiera sacrificado su libertad misma, a trueque de tener noticias tranquilizadoras de aquellos desgraciados.

Moreira pasaba el día entregado a estas cavilaciones, no comía, tomando por único alimento el eterno <u>mate</u>, sin cuyo desayuno un paisano es completamente hombre al agua.

A la noche daba de comer al caballo, que estaba siempre ensillado, aunque con la cincha floja; daba de comer al inseparable Cacique y extendía su manta al lado del overo bayo, donde se echaba a reposar, en su actitud favorita, con las manos sobre las armas y la cabeza sobre la almohada que le venían a formar los brazos así doblados.

Moreira, always refusing to flee as Marta and Santiago advised, remained at the ranch waiting for the return of his friend Julián, who was already very late.

The days dragged on like this, always waiting, without the friend Julián giving any signs of life, which made a thousand doubts arise in the spirit of the countryman.

Would Vicenta have died? Would a misfortune have happened to little Juan? Would they have sent both of them to the Buenos Aires prison to pay for his faults and crimes?

These doubts had plunged the countryman into a bitter anxiety; he would have sacrificed his freedom itself, in exchange for reassuring news of those unfortunates.

Moreira spent the days devoted to these cavilations, did not eat, taking for only food the eternal <u>mate</u>, which is indispensable in the breakfast; without it a countryman is like a man overboard.

At night he fed his horse, which was always saddled, although with a loose girth; he fed the inseparable Chieftain and extended his blanket next to the spotted horse, where he lay down to rest, in his favorite attitude, with his hands on the weapons and his head on the pillow that came to form his arms thus bent.

Así dormitaba ligeramente, viéndosele incorporar inquieto al menor gruñido del Cacique, que de cuando en cuando salía a dar su vuelta como un rondín militar.

Y aquel hombre dormía ya ligero ya profundamente fiado solamente en aquel vigilante animal, cuyo finísimo olfato delataba al enemigo antes que éste estuviese a la vista.

A eso de la madrugada del tercer día, el cuzquito se levantó de la manta, dejó oír un gruñido leve, y al poco rato se puso a ladrar arañando la cabeza de Moreira como para despertarlo.

El paisano estuvo de pie como un rayo, se acercó al overo, a quien apretó la cincha con suprema rapidez, viéndose brillar en seguida en sus manos a la escasa claridad de las estrellas que se mezclaba a esa vaga luz del crepúsculo, sus dos magníficos trabucos de bronce que eran el arma de que se servía primero cuando el enemigo era numeroso.

Moreira permaneció largo rato en actitud de montar a caballo; se sentía, en lontananza el galope de varios animales pero la vista todavía no podía apreciar los lejanos bultos. Marta y Santiago habían salido afuera al sentir los ladridos del Cacique, pues aquella gente no dormía, temiendo que de un momento a otro llegara una partida numerosa en busca de Moreira, a quien decía Santiago podía la suerte cansarse de ayudar y suceder una desgracia inevitable, porque pensar que aquel hombre se entregara era pensar locuras.

El galope de los caballos se fue haciendo cada vez más claro, los bultos se fueron destacando en el horizonte y el Cacique dejó su actitud hostil y se puso a ladrar alegremente.

–Un amigo –dijo Moreira sonriendo, al interpretar la alegría del Cacique y mirando a Santiago a quien había sentido salir–, son amigos, y el corazón me dice que es Julián.

Thus he slept lightly, standing up restlessly at the minor grunt of the Chieftain, that from time to time went out to look around like a military patrol.

And that man was already sleeping lightly, trusting deeply that animal watchman, whose very fine sense of smell would betray the enemy even before he was in sight.

At about dawn on the third day, the little dog rose from the blanket, let out a slight grunt, and soon started to bark, scratching Moreira's head as if to wake him up.

The countryman was standing like lightning, he approached the spotted horse, which girth he tightened with supreme speed; immediately he handled, shinning in his hands, under the scarce clarity of the stars that was mixed to that vague light of the twilight, his two magnificent bronze blunderbusses that were the weapon that he used first when the enemy was numerous.

Moreira remained for a long time ready to mount his horse; in the distance he felt the gallop of several animals, but the sight could not yet appreciate the distant shapes. Martha and Santiago had gone outside when they heard the barking of the Chieftain, because those people did not sleep, fearing that from one moment to the next a large party would arrive in search of Moreira, to whom Santiago said that luck might get tired of helping him and an unavoidable misfortune might happen, because to think that man would gave himself up was to think madness.

The gallop of the horses became clearer and clearer, some shapes could be seen on the horizon and the Chieftain stopped his hostile attitude and started to bark cheerfully.

–It is a friend –said Moreira smiling, interpreting the Chieftain's joy and looking at Santiago whom he had heard coming out of the house–, they are friends, and my heart tells me it is Julián.

Y el leal corazón del paisano no se engañaba; era realmente Julián que regresaba arriando su tropilla favorita que le servía para hacer las grandes patriadas.

Julián llegó, echó pie a tierra al lado del overo y los tres paisanos se abrazaron estrechamente, formando un cuadro tocante, alumbrado por la luz de la mañana, que empezaba a despertar las aves.

Dos minutos permanecieron así aquellos tres hombres a quienes unía un cariño franco y sincero, nacido en las primeras horas de la vida, y que sólo la muerte podría cortar.

Los paisanos se separaron, y Julián y Moreira se miraron a la cara.

En los párpados de Julián se vio temblar una lágrima.

Los labios de Moreira tomaron esa expresión del gemido.

Moreira, bajó la vista y dejó desplomar la cabeza sobre el pecho.

En la cara de Julián había visto una expresión lúgubre que lo había desalentado por completo.

Julián estrechó la mano al gaucho como queriendo infundirle ánimo con su presión cariñosa, mientras le decía: ¡qué canejo! Todo tiene remedio menos la muerte.

Moreira se dejó caer sobre la manta completamente desalentado y se abismó en el infierno de su pensamiento que abultaba fantásticamente la desgracia que suponía haber sucedido.

Julián se sentó a su lado, mudo y sombrío, esperando que Moreira saliera de aquel letargo en que había caído su espíritu, postrando aquel corazón de bronce.

Por fin aquel hombre alzó el semblante, descubrió la varonil cabeza, como si buscara calmar su ardor con el fresco de la brisa, y dijo al amigo Julián que lo miraba silencioso:

–Puede contar amigo, sin economizar trago amargo, porque estoy dispuesto a todo, y aquí hay entrañas para sufrir todas las penas del mundo.

And the loyal heart of the countryman was not deceived; it was really Julián who was coming back, driving his favorite string of horses that helped him to travel fast and swiftly.

Julián arrived, set foot on the ground next to the spotted horse and the three countrymen hugged each other closely, forming a touching picture, illuminated by the morning light, which began to awaken the birds.

For two minutes these three men remained like this, joined by a frank and sincere affection, born in the first hours of life, and which only death could cut off.

The countrymen separated, and Julián and Moreira looked each other in the face.

On Julián's eyelids, a tear could be seen trembling.

Moreira's lips looked like they were ready to groan.

Moreira lowered his eyes and let his head collapse on his chest.

On Julián's face he had seen a gloomy expression that had completely discouraged him.

Julián shook the gaucho's hand as if trying to encourage him with his affectionate pressure, while saying to him: what the hell! Everything has a remedy except death.

Moreira let himself fall on the blanket completely discouraged and fell into the hell of his imagination that fantastically magnified the misfortune that was supposed to have happened.

Julián sat beside him, dumb and gloomy, waiting for Moreira to come out of that lethargy into which his spirit had fallen, prostrating that bronze heart.

At last the man raised his countenance, discovered the manly head, as if seeking to soothe his ardor with the cool breeze, and told his friend Julián that he looked at him silently:

–You can tell my friend, without sparing any bitterness, because I am willing to do anything, and here there are guts enough to suffer all the sorrows of the world.

–No se aflija amigo –repuso el paisano–, ya sé que usted no le hace asco al dolor y por eso le voy a contar sin rebozo lo que ha sucedido en sus pagos; y con una sencillez inocente narró lo que en Matanza había sucedido, sin apercibirse que aquel relato entraba en el corazón de Moreira como una puñalada lenta y desgarrante.

Julián habló así:

–Dos noches después de la salida de Moreira, Vicenta, a quien más conocían por Andrea, su segundo nombre, fue puesta, en libertad con su hijo, después de hacerle creer que Moreira había muerto a manos de la primer partida que salió a prenderlo, enseguida que éste mató a don Francisco.

La prisión sufrida, la muerte de su padre, y las penas que había pasado, la habían enflaquecido rápidamente, haciendo grandes estragos en su simpática fisonomía.

Fue a su rancho y encontró las paredes peladas.

Las haciendas habían sido embargadas por la justicia para venderlas y costear los gastos del juicio, y lo que no había hecho la justicia, se habían encargado de hacerlo los cuatreros que habían pasado como aves de rapiña por la abandonada casa, llevándose hasta los poyos de sentarse.

Andrea se encontró, pues, sola en el mundo, abandonada de todos y sin tener un mal mendrugo que llevar a los labios de su hijo, que había enfermado.

En esta situación desesperante, golpeó a los ranchos amigos, que se le cerraron, porque según la orden del juez, "era reo de complicidad en los crímenes de Moreira, el que tendiese la mano a la mujer del bandido".

Y Andrea moría de hambre, de desesperación y de dolor al ver a su hijo consumido por la necesidad.

Moreira escuchaba el relato de Julián y las lágrimas corrían silenciosas por su rostro, yendo a perderse entre la seda de su barba.

–Don't worry, friend –replied the countryman–, I know that you aren't afraid of pain and that's why I'm going to tell you without any dressings what has happened in your district; and with innocent simplicity he narrated what had happened in Matanza, without realizing that the story entered Moreira's heart like a slow and heartbreaking stab wound.

Julián spoke thus:

–Two nights after Moreira's departure, Vicenta, whom was better know as Andrea, her middle name, was released with her son, after making her believe that Moreira had died at the hands of the first police force that went out to take him, immediately after he killed Don Francisco.

The prison she had suffered, the death of her father, and the sorrows she had gone through, had quickly weakened her, wreaking havoc on her sympathetic face.

She went to her ranch and found the walls bare.

The cattle had been seized by the justice system in order to sell them and pay the expenses of the trial, and what the justice had not done, the rustlers who had passed like birds of prey through the abandoned house had taken care of it, taking even the benches.

Andrea found herself alone in the world, abandoned by everyone and without a bad crumb to carry to the lips of her son, who had fallen ill.

In this desperate situation, she asked for help in the ranches, of friends which were closed to her, because according to the judge's order, "anyone helping the bandit's wife would be guilty of complicity in Moreira's crimes".

And Andrea was dying of hunger, desperation and pain at seeing her son consumed by need.

Moreira listened to Julián's story and tears ran silently down his face, going to get lost in the silk of his beard.

-La justicia -continuó Julián con sarcasmo-, empezó entonces a dar su última mano a la obra de destrucción que había empezado con la desgracia de Moreira.

Andrea, aunque flaca y macilenta, era todavía hermosa y los empleados del juzgado, empezaron a girar a su alrededor, como caranchos sobre la osamenta, tratando de explotar su miseria y los sentimientos de madre, en beneficio de pretensiones inicuas.

Pero Andrea a quien la presencia de un justicia causaba más pavor que todas las muertes juntas, despidió acremente al nuevo teniente alcalde que fue a ofrecerle su protección y su cariño.

Andrea iba a visitar la tumba de su padre donde pasaba largas horas llorando, y preguntaba en vano por la de su Juan, a quien por las voces del Juzgado todos creían muerto, pero le respondían complaciéndose en su dolor, que su tumba había sido el estómago de los zorros y de las <u>vizcachas</u>.

Así la pobre Andrea moría, viviendo en este horrible martirio, mendigando de la caridad pública un mendrugo de pan y un trapo negro con que honrar la doble muerte de su buen padre y del altivo Moreira.

Al escuchar esta parte del relato, Moreira lanzó un quejido y blandiendo la daga dejó oír una maldición espantosa:

-Para cumplir mi venganza -dijo-, no basta a mi daga toda la carne que cubre la osamenta de esos puercos a quienes he de matar uno a uno.

Julián dejó pasar aquel justo estallido de la ira, y prosiguió la narración después de una breve pausa.

-Así, aquella infeliz vagaba por los campos con aquellas dos horrorosas cargas, su miseria y su hijo, pidiendo trabajo.

¿Pero quién era el gaucho que desafiaba la cólera de la justicia dando trabajo a la viuda y al hijo del que la ley había declarado bandido?

-Justice -continued Julián sarcastically-, then began to give its last hand to the work of destruction that had begun with Moreira's misfortune.

Andrea, although skinny and gaunt, was still beautiful and the court employees began to rotate around her, like predatory birds on a carcass, trying to exploit her misery and her mother's feelings for the benefit of wicked claims.

But Andrea, whom the presence of a court of law employee caused more fear than all the deaths put together, dismissed the new deputy mayor who came to offer her protection and affection.

Andrea was going to visit her father's grave where she spent long hours crying, and asked in vain for her Juan's grave, whom, according to the Court was dead, but they told her, enjoying in her pain, that his mortal remains had been consumed by foxes and rodents.

So the poor Andrea was dying, living in this horrible martyrdom, begging from public charity a loaf of bread and a black rag to honor the double death of her good father and the proud Moreira.

When Moreira heard this part of the story, he uttered a groan and wielding the dagger, he let a frightful curse be heard:

-To fulfill my vengeance -he said-, all the flesh that covers the bones of those pigs, whom I must kill one by one, is not enough for my dagger.

Julián let pass that just outburst of anger, and continued the narration after a brief pause.

-Thus, that unhappy woman wandered through the fields with those two horrible burdens, her misery and her son, asking for work.

But who was the gaucho who would risk to defy the wrath of justice by giving work to the widow and son of whom the law had declared a bandit?

Sólo Dios podía liberarla del abismo a que la precipitaban los hombres.

El teniente alcalde volvió a la carga arrastrándole de nuevo el ala notificándole que la justicia iba a vender el rancho, siempre por cuenta del proceso.

Vicenta Andrea tenía dos muertes para elegir, o de hambre o endurecida por la helada, pues ya no tendría techo que la cobijara.

La mujer desventurada miró a su hijo, pensó en el destino que le estaba reservado y una inmensa agonía pasó por sus ojos pardos expresivos y lánguidos.

Había un medio de salvar a su hijo y salvarse ella; pero este medio era aceptar la ignominia más afrentosa que la muerte.

Vicenta gimió, miró a su hijo flaco y macilente, transparente por el hambre y la miseria, y vaciló sintiéndose desmayar.

La idea de que aquella criatura pudiese morir de hambre la desesperaba de una manera dolorosa, pues comprendía que era preciso salvar a aquel inocente aun a costa de su cuerpo enflaquecido de una manera horrible.

Sin embargo volvió a rechazar a aquel hombre con el ademán altivo y el rostro enrojecido por la vergüenza.

Aquel día vagó los campos y las cercanas casas pidiendo una limosna, regresando a su rancho con la muerte en el corazón.

Un relámpago vino esa tarde a iluminar con sus pálidos destellos la negra noche de su alma, abriéndole un nuevo horizonte de risueñas esperanzas.

El compadre Giménez, que había tenido que salir del partido para hacer unas tropas, regresó esa noche y vino a casa de Vicenta como un ángel de la salvación.

Pero aquel hombre fue aún más miserable que el teniente alcalde, pues aprovechó el poco camino que éste había andado en el corazón de aquella desventurada.

Giménez dijo que aquel hombre había tenido razón, que era necesario salvar a su

Only God could free her from the abyss into which men precipitated her.

The lieutenant mayor returned to the charge, courting her again, notifying her that justice was going to sell the ranch, always on account of the process.

Vicenta Andrea had two deaths to choose from, either of hunger or hardened by frost, because she would no longer have a roof over her head.

The unfortunate woman looked at her son, thought of the destiny reserved for her, and an immense agony passed through her expressive and languid brown eyes.

There was a way to save her son and herself; but this way was to accept ignominy more disgraceful than death.

Vicenta groaned, looked at her thin and gaunt son, transparent with hunger and misery, and hesitated, feeling faint.

The idea that her child might starve to death despaired her in a painful way, because she understood that the innocent must be saved even at the cost of her body, thinned in a horrible way.

Yet again she rejected again that man with a haughty gesture and her face reddened with shame.

That day she wandered the fields and the nearby houses begging for alms, returning to her ranch with death in her heart.

A flash of lightning came that afternoon to illuminate with its pale sparkles the black night of her soul, opening a new horizon of smiling hopes.

The friend Giménez, who had to leave the district to bring a herd of cattle to the market, returned that night and came to Vicenta's house as an angel of salvation.

But that man was even more miserable than the deputy mayor, because he took advantage of the trust that the unfortunate one has in him.

Giménez said that the man had been right, that it was necessary to save her son and

hijo y que para esto no tenía otro recurso que aceptar las proposiciones de un hombre bueno, que trabajase para darles de comer y vestirlos.

–De todos modos Moreira ha muerto –concluyó aquel hombre y a nadie puedes ofender con tu proceder.

Vicenta oía todo aquello como una máquina; estaba bajo la horrible presión del delirio del hambre, y en su cabeza débil había empezado a vacilar, perdiendo terreno en ella la razón.

Oía a Giménez y sus palabras eran para ella una especie de ruido, porque aunque comprendía su significado, no podía valorar los hechos que ellas establecían.

Giménez insistió, la pintó a ella muerta de desesperación y de dolor, después de haber visto morir en sus brazos a su hijito hambriento, y aquella infeliz no pudo resistir más y cayó sin saber lo que hacía, cayó como una máquina de carne, pues aquel hecho para ella sólo importaba la salvación de su hijito.

Giménez se instaló allí como en su casa y Andrea y Juancito tuvieron esa noche que comer, comida que devoraron en un segundo, casi sin mascar.

Vicenta llenó esta imperiosa necesidad de la vida, la alimentación, cuya falta llega a igualar los seres humanos con las bestias, y cayó en un profundo letargo.

Era la primera vez que aquella desventurada se entregaba al descanso sin la idea de que al despertar hallase a su hijo muerto.

Al llegar a esta parte del relato, Moreira ofrecía un aspecto espantoso.

Su mirada dilatada, brillaba de una manera pálida con destellos que hacían daño, parecía un puñal que se desnuda bajo la luz de la luna, de su boca entreabierta salía un ruido que parecía el estertor de un toro y sus manos temblorosas oprimían la magnífica cabeza, como para contener el estallido de la masa cerebral que parecía arder adentro.

–Anyway, Moreira is dead –concluded the man, and no one can be offended by your actions.

Vicenta heard everything like a machine; she was under the horrible pressure of the delirium of hunger, and in her weak head she had begun to waver, losing ground and losing her reason.

She heard Giménez and his words were for her a kind of noise, because although she understood its meaning, she could not value the facts that they established.

Giménez insisted, painted her dead of despair and pain, after having seen her hungry son die in her arms, and that unhappy one could not resist any more and fell without knowing what she was doing, she fell like a machine of flesh, because that only fact that mattered to her was the salvation of her little son.

Giménez settled there as if it was his own home and Andrea and Juancito had something to eat that night, food that they devoured in a second, almost without chewing.

Vicenta filled this imperious need of life, food, whose lack equals human beings with beasts, and fell into a deep lethargy.

It was the first time that unfortunate woman gave herself to rest without the idea that when she woke up she would find her son dead. At this point in the story, Moreira looked dreadful.

His dilated gaze, shone pale with hurting flashes, it looked like a dagger getting naked in the moonlight, from his half-open mouth came a sound that resembled the stertor of a bull, and his trembling hands oppressed his magnificent head, as if to contain the bursting of the cerebral mass that seemed to burn inside.

–Agua –dijo–, tráigame agua porque me siento chamuscar los sesos, y metió la cabeza en un balde de agua que le trajo Santiago. Moreira estuvo con la cabeza en el agua por espacio de tres minutos, la sacó en seguida y después de enjugar el agua que caía de sus largos rizos, se ató un pañuelo alrededor de la frente y volvió a quedar sumido en una meditación extraña, hundido en el abismo de sus penas.

Por fin se arrancó a aquella meditación que lo postraba sin fuerzas morales y miró a Julián de una manera triste y sombría, diciéndole:

–Hasta el fin, amigo Julián, hasta el fin, y tire al alma.

No le haga asco al menor tajito, que la desgracia ha de entonarme, en vez de hacerme mal. Yo veo que tengo madre para la desgracia, pues apenas muevo el pie, ya voy pisando en mis propias entrañas.

Julián se recogió un momento como para coordinar sus ideas y prosiguió de esta manera, secando una lágrima que el dolor del amigo hacía somar a sus ojos.

–Desde aquella noche nada faltó en casa de la Andrea; Juancito empezó a reponerse y la mujer se fue poco a poco habituando a aquella situación desesperante.

De cuando en cuando preguntaba al compadre Giménez por la tumba de su Moreira para ir a rezar sobre su borde y Giménez le prometía siempre averiguarla.

Aquel hombre no dejaba carecer de nada a Vicenta que iba acostumbrándose poco a poco a aquel ser a quien apreciaba, por el cariño especial que aparentaba tener por su hijo. Un día tuvo Giménez que bajar a Buenos Aires para hacer entrega de una tropa de hacienda que había vendido, y dejó a Andrea el dinero necesario para que no le faltara nada durante su ausencia.

Hacían una vida tranquila con gran asombro del vecindario, que veía en la acción de Giménez un reto a la justicia, que había prohibido bajo la pena de caer en desgracia,

que se tendiese la mano a la mujer del bandido Moreira, asesino aleve.

–No lo he sido pero lo seré –dijo Moreira sentenciosamente. A esa gente la he de matar por la espalda y si puedo he de tratar de agarrarla durmiendo.

Julián calló un momento y a indicación del paisano siguió así:

–Giménez salió de madrugada con su tropa de novillos y Vicenta quedó sola en aquel rancho, donde se habían deslizado las horas más felices de la vida, en compañía de su padre, de su hermoso y amante Juan, muerto de una manera tan trágica según se lo corroboró el compadre Giménez.

El teniente alcalde que esperaba esta ocasión para vengarse de los desdenes de Andrea, se presentó esa noche en el rancho, en momentos que aquellos desventurados estaban cenando.

Aquel hombre volvió a la carga con sus impertinentes pretensiones y como siempre, fue rechazado esta vez, más enérgicamente que las anteriores.

–Si quiere venir a mi casa –le dijo Andrea– olvídese de esas cosas; ya tiene pan mi hijo y no tengo porqué sufrir nuevas humillaciones de nadie.

–¿Qué, crees que porque te protege Giménez estás fuera de la acción de la justicia? –replicó el teniente alcalde. No seas tonta que te conviene estar bien conmigo.

–Dejemos esa cuestión, amigo –concluyó Vicenta–, lo que usted pretende no puede ser y yo nada tengo que ver con la justicia, porque no he faltado a nadie, gracias a Dios.

Aquel hombre se irritó de una manera brutal, amenazando a Vicenta quitarle su hijo porque andaba en la mala vida, y prenderla a ella misma.

Este hombre se había empeñado por la paisanita que con la buena vida, había empezado a recuperar su antigua hermosura.

A un justicia, según la teoría y la práctica, no se le debía resistir nada, y la resistencia de

disgrace, to reach out to the wife of the bandit Moreira, a treacherous murderer.

–I haven't been, but I will be –Moreira sententiously said. I have to kill these people from behind, and if I can, I must try to catch them in their sleep.

Julián was silent for a moment, and when the countryman told him to continue, he went on like this:

–Giménez left early in the morning with his herd of bullocks and Vicenta was left alone in that ranch, where the happiest hours of her life had slipped away, in the company of her father and her beautiful and loving Juan, who died in such a tragic manner, as was corroborated by Giménez.

The deputy mayor who was waiting for this occasion to avenge Andrea's disdain, showed up that night at the ranch, at a time when the unfortunate ones were having dinner.

That man returned to the charge with his impertinent pretensions but was rejected, as always, only this time more forcefully than the previous ones.

–If you want to come to my house –Andrea said–, forget those things; my son already has bread and I don't have to suffer new humiliations from anyone.

–What, do you think that because Giménez protects you, you are out of the reach of the justice? –replied the deputy mayor. Don't be silly, it's good for you to be well with me.

–Let's leave that question, my friend –concluded Vicenta–, what you claim cannot be and I have nothing to do with justice, because I have not failed anyone, thank God.

That man was brutally irritated, threatening Vicenta to take away her son because he was in the bad life, and to take her herself.

This man had worked hard for the countrywoman who, with the good life, had begun to recover her old beauty.

A justice, according to theory and practice, should not be resisted at all, and Vicenta's

Vicenta lo había empeñado más, interesando su amor propio de hombre, y de justicia.

Insistió, quiso vencer la resistencia que se le opuso, y aquel hombre fue cobarde hasta el extremo de golpear a aquella mujer desvalida amenazando golpear a su hijo.

Moreira escuchaba a Julián sin hacer el menor movimiento ni pronunciar una palabra; parecía estar bajo la presión de una melancolía profunda.

Cuando Julián llegó a esta parte de su relato sus labios se agitaron con un movimiento convulso, pero no se le oyó la menor palabra, la menor sílaba.

–El hombre –prosiguió Julián–, después de golpear a Vicenta, se retiró diciendo que volvería a la noche siguiente, y que había de lograr su empeño o le había de llevar el diablo.

Vicenta pasó una noche desesperante; estaba sola en el mando, ya no existía Moreira para defenderla y sabe Dios cuándo volvería Giménez.

Si se dormía despertaba al momento sacudida por los sueños que el espanto engendraba en su espíritu; a cada momento creía que le arrebatan su hijo y se abrazaba a él protegiéndolo de aquella agresión imaginaria.

Estaba dominada por el terror de la amenaza que se le había hecho.

Por fin llegó el nuevo día, y Vicenta se durmió profundamente.

Cuando el espíritu pasa por ciertas situaciones, la luz del día viene a ser una especie de compañera que aleja de él toda sombra fantástica, haciendo renacer en el corazón el valor moral que han avasallado los sueños delirantes.

–Cuando Vicenta despertó, eran ya las once de la mañana: se vistió y acompañada de su hijo salió a la calle, temiendo viniese el teniente alcalde.

resistance had engaged him more, drawing his self-esteem of man, and of justice.

He insisted, he wanted to overcome the resistance that was opposed to him, and that man was cowardly to the point of menacing that helpless woman by threatening to beat his son.

Moreira listened to Julián without making the slightest movement or saying a word; he seemed to be under the pressure of a deep melancholy.

When Julián arrived at this part of his story his lips were agitated with a convulsive movement, but he didn't utter a word, nor the shortest syllable.

–The man –continued Julián–, after beating Vicenta, withdrew, saying that he would come back the next night, and that he had to achieve his goal or the devil would take him.

Vicenta spent a desperate night; she was alone in command, Moreira no longer existed to defend her and only God knew when Giménez would return.

As soon she fell asleep she woke up, shaken by the dreams that fear engendered in her spirit; at every moment she believed that her son was taken away from her and she embraced him, protecting him from that imaginary aggression.

She was dominated by the terror of the threat that afflicted her.

At last the new day came, and Vicenta fell deeply asleep.

When the spirit goes through certain situations, the light of the day becomes a kind of companion that takes away from it all fantastic shadows, giving rebirth in the heart to the moral courage that has overwhelmed delirious dreams.

–When Vicenta woke up, it was already eleven o'clock in the morning: she got dressed and accompanied by her son went out into the street, fearing that the deputy mayor would come.

Y vagó sin rumbo y sin objeto que alejarse de su casa donde la amenazaba el mayor peligro, el peligro de caer en manos de la justicia.

A la caída de la tarde, Andrea vino a su rancho para llevar una manta, pues aquella noche pensaba pasarla a campo, pero al aproximarse a la casita su corazón latió fuertemente y una suprema alegría asomó a su pálido semblante: había visto los caballos de Giménez que regresara un momento antes.

Andrea se precipitó en sus brazos y le contó lo que le había sucedido la noche antes y la amenaza que le había hecho al salir el teniente alcalde.

Giménez más cobarde aún que aquel hombre dijo a Andrea que era preciso huir de allí antes que volviera, y uniendo el ademán a la palabra ensilló dos caballos y esa misma noche, se fue a su casa con Vicenta y el pequeño Juan, a donde pudieron estar con mayor seguridad.

Si Giménez tenía miedo al teniente alcalde porque no le gustaba andar mal con la justicia, éste tuvo miedo a Giménez, porque era esencialmente cobarde y abandonó su empresa, esperando que algún nuevo viaje alejase de allí el paisano, y quedase Vicenta nuevamente abandonada, a su entera merced.

–Cuando supe todo esto –prosiguió Julián–, me fui a lo del compadre Giménez, donde me apié, haciéndome el ignorante de todas aquellas desgracias.

Vicenta apenas me vio, salió a recibirme llena de alegría enseñándome a Juancito que está hecho ya un hombre.

Me abrazó la pobre y lloró amargamente recordando a su Juan y los tiempos felices en que el carancho de la desgracia no había venido a hacer en ellos su presa.

El compadre Giménez se puso más pálido que un difunto, no sabía qué viento me llevaba allí, y se sospechaba que yo pudiera ir por encargo suyo.

Andrea se fue a cebar un <u>mate</u>, y el hombre muerto de miedo, me preguntó por usted, me contó la cosa a su manera, y me pidió no dijese a la Vicenta que usted vivía, porque podía morir de susto; creyendo que usted la fuese a matar por lo que había hecho engañada con su muerte.

Yo me iba calentando poco a poco, y mi mano se iba recostando a la cintura, sin quererlo pero pensé que yo no podía matar a aquel hombre, porque eso le correspondía a usted, y no quería además quitar ese apoyo a la Andrea, a quien no podía traer conmigo sin que usted lo dispusiese.

–Usted es un puerco –dije al compadre Giménez–, y si yo no lo mato ahora, es porque Juan no se enoje, porque esto le corresponde a él, pero algo tengo yo que hacer para probarle que usted es un chancho, y que lo que ha hecho no tiene perdón, y me le fui al humo con el <u>rebenque</u>.

El hombre relampagueó los ojos y quiso madrugarme sacando el cuchillo, pero yo me la dormí en la cabeza y lo azoncé a la fija de un talerazo: en seguida me le dormí con la lonja como quien castiga a un <u>redomón</u> chúcaro.

El hombre había sido muy <u>maula</u> y empezó a gritar como un cochino; yo me calenté sin querer también saqué el cuchillo para degollarlo, pero a los gritos apareció la Andrea, y me pegó el grito cruzándoseme por delante.

–¿Usted también Julián viene como enemigo a aumentar mi desgracia? ¡Ah! ¡Desde que murió mi Juan todos se han vuelto en mi contra!, y rompió a llorar.

–Dispense niña –le dije guardando el cuchillo–, si yo quise matar este <u>maula</u> fue porque se acordó mal del amigo Juan y yo no lo puedo permitir, porque nadie se ha de limpiar la boca con su nombre mientras yo viva en la tierra y él esté lejos.

Sin duda la Vicenta pensó que yo aludía a su muerte y se puso a llorar a "media rienda" olvidándose en su dolor del compadre

Andrea went to brew a <u>mate</u>, and the man, dead of fear, asked me for you, told me the things in his own way, and asked me not to tell Vicenta that you were alive, because she could die of fright; believing that you were going to kill her for what she had done, deceived with your death.

I was warming myself little by little, and my hand was leaning against my waist, without wanting to, but I thought that I could not kill that man, because that was up to you, and I did not want to take that support away from Andrea, whom I could not bring with me without your consent.

–You are a pig –I said to Giménez–, and if I don't kill you now, it's because its is up to Juan to kill you and he may get angry if I kill you, but I have to do something to prove you that you're a pig, and that what you've done is unforgivable, and I went into him swiftly with my whip.

The man flashed his eyes and wanted to stab me with his knife, but I stunned him with a blow to his head: immediately I whipped him hard like if I were punishing an wild horse.

The man had been very cowardly and began to scream like a pig; I warmed up and without thinking I took out my knife to cut his neck, but Andrea came, responding to his cries, and she shouted at me, standing between me and Giménez.

–You, too, Julián come as an enemy to increase my misfortune? Ah! Since my Juan died, everyone has turned against me, and she began to weep...!

–If I wanted to kill this coward, it was because he spoke of my friend Juan badly, and I can't allow it, because no one has to wipe his mouth with his name as long as I live on earth and he is far away.

Without a doubt the Vicenta thought that I was alluding to his death and began to weep, forgetting Giménez in her pain, who

Giménez que se había levantado del suelo y porfiaba, con pasos de <u>peludo</u>, gritándome cuando se vio fuera de tiro.

–¡Ya nos veremos las caras, so madruga!

–Andá no más –pensé yo–, que ya te toparás con él, –y me puse a consolar a la Vicenta, que lloraba de una manera que daba pena escucharla.

–No se desespere, niña –le dije–, yo me voy de aquí para no volver más a incomodarla, sólo vine a ver qué había sido de ustedes y nada más.

–Yo no quiero que se vaya para no volver más –me dijo Andrea secando las lágrimas–, mi casa es suya y puedo venir cuando guste.

En seguida nos pusimos a tomar <u>mate</u> y la pobre me contó por completo la narración que le he hecho.

Ya la tarde empezaba a caer y traté de ponerme en camino, porque había cumplido lo que usted me encargó y quería pegar la vuelta pronto, pues usted aquí no había quedado muy seguro.

Cuando Julián terminó la narración, Moreira se incorporó, tomó la mano de aquel leal amigo, y la estrechó con una profunda emoción.

–Gracias amigo –le dijo–, muchas gracias: nunca olvidaré lo que usted ha hecho por mí, no le digo que puede contar conmigo, porque ya usted me conoce.

–No tiene nada que agradecer compañero –replicó Juan sonriente–, he hecho lo que he podido en su servicio y estoy dispuesto a hacer más todavía.

En seguida todos cuatro empezaron a filosofar amargamente sobre la vida, entre trago y trago del <u>mate</u> que le servía la buena Marta.

Entonces Julián se impuso de la última hazaña que había llevado a cabo Moreira, reprobándola agriamente, porque aquello era tentar la suerte proporcionando a las policías la ocasión de malherirlo o darle un tiro traidor que le quitara la vida sin saber quién se la dio.

had risen from the ground and was yelling to me, feeling safe, some distance away from me.

–We'll see each other's faces!

–Wait and see –I thought–, you'll run into him, –and I consoled Vicenta, who was crying in a way that made it painful to hear her.

–Don't despair, child –I said to her–, I'm leaving here so as not to bother you again, I only came to see what had become of you and nothing else.

–I don't want you to go away so you won't come back again –Andrea said wiping her tears–, my house is yours and you can come here whenever you like.

Immediately we began to drink <u>mate</u>, and the poor woman told me the whole story I had told you.

The afternoon was beginning to fall and I tried to get on my way, because I had done what you asked me to do and I wanted to turn around soon, because you were not very sure remaining here.

When Julián finished the narration, Moreira joined in, took the hand of that loyal friend, and shook it with deep emotion.

–Thank you, my friend –he said–, thank you very much: I will never forget what you have done for me, I won't tell you that you can count on me, because you already know me.

–You have nothing to be thankful for –replied a smiling Juan–, I have done what I could in your service, and I am willing to do even more.

Soon all four of them began to philosophize bitterly about life, between sips of the <u>mate</u> that the good Martha served them.

Then Julián got informed about the last feat Moreira had accomplished, reproving it bitterly, because that was to tempt fate, by giving the police the chance to hurt him badly or to give him a traitorous shot that would take his life without knowing who shot him.

-No lo haré más -dijo pensativo el paisano-, hasta ahora sólo he peleado con la justicia, de puro lujo, deseando que me mataran para concluir de penar una vez; he peleado fuerte para mostrarles que no soy candil que se apaga de un soplito, pero las circunstancias han cambiado.

Ahora he de pelear para defender mi vida, porque quiero vivir para vengarme de los que me han insultado en mi desgracia, aprovechándose de una mujer desvalida; a esos -prosiguió creciendo en ira-, los he de coser a puñaladas, poco a poco, gozándome en sus boqueadas.

Yo les mostraré que aún vive Juan Moreira, y que su daga es más segura que la justicia y más firme que la amistad de los hombres. Y al decir esto acariciaba el pomo de su terrible arma, y miraba con una vaguedad aterradora, como si su razón estuviera a punto de estallar.

Los paisanos callaban dejando que Moreira se desahogase por completo, temiendo que tanta desgracia fuera a trastornarle la razón, haciéndole cometer un disparate.

Moreira soltó una maldición que sonó como un trueno y quedó mudo e inmóvil, tan inmóvil que parecía haber caído con esa locura espantosa y desgarrante que la ciencia ha clasificado de melancolía profunda, estado de vida muy semejante a la muerte.

Nadie turbó con la mejor palabra aquel estado conmovedor, que había llegado hasta arrancar lágrimas de aquellos ojos, reflejo de un espíritu noble, que se había respondido siempre a las acciones generosas y humanitarias, hasta que el sable de la ley, en manos de un teniente alcalde, se levantó sobre su cabeza.

La noche venía tendiendo su negro manto y los alrededor de aquel rancho empezaban a aquietarse, sin que se sintiera el más leve ruido.

Julián, fatigado y rendido por el largo viaje empezó a inclinar la cabeza, al calor del

-I will not do it any more -said the countryman thoughtfully-, until now I have only fought with justice, of pure luxury, wishing that they killed me to stop suffering; I have fought hard to show them that I am not a candle that goes out with a blow, but the circumstances have changed.

Now I must fight to defend my life, because I want to live to avenge those who have insulted me in my misfortune, taking advantage of a helpless woman; those -he continued, growing in anger-, I must stab them, little by little, rejoicing in their gasps.

I will show them that Juan Moreira is still alive, and that his dagger is more certain than justice and firmer than the friendship of men. And when he said this, he caressed the hilt of his terrible weapon, and looked with a terrifying vagueness, as if his reason were about to explode.

The countrymen kept silent, letting Moreira let off steam completely, fearing that so much misfortune would upset his reason, making him commit a nonsense.

Moreira released a curse that sounded like thunder and remained silent and motionless, so motionless that he seemed to have fallen into that frightful and heartbreaking madness that science has classified as deep melancholy, a state of life very similar to death.

No one disturbed with the best word that touching state, which had brought tears to those eyes, a reflection of a noble spirit, which had always responded to generous and humanitarian actions, until the saber of the law, in the hands of a deputy mayor, rose above his head.

The night came stretching out its black mantle and the people around that ranch began to calm down, without the slightest noise being felt.

Julián, fatigued and weary from the long journey, began to bow his head, to the heat

fuego, y a dormitar con esa pereza que llamaremos del país.

Probablemente se hubiera quedado dormido, con el cansancio de la fatiga, si Moreira no se parara de pronto, hablando en alta voz.

–Me voy, amigo –dijo de una manera resuelta–, me voy y no me despido de firme, porque el corazón me dice que nos hemos de volver a ver.

–Cuidado amigo Juan –dijo Julián cariñosamente–, me han dicho que por los pagos andan fuerzas del Provincial y no será extraño que el juez don Nicolás González, que es hombre duro, haya mandado algún aviso para que le vengan a ayudar a prenderlo.

–¡Ahora ni que me copen la banca! –dijo Moreira–, me voy lejos, muy lejos amigo Julián, para que se olviden de mí y pegar la vuelta cuando menos lo piensen, para asegurar mi venganza.

Si me salen al camino disparo, y buenas piernas ha de tener el galgo que me alcance.

Yo no sé lo que es miedo –amigo Julián–, pero siento que el corazón me tiembla, al pensar que una partida puede salirme al camino y obligarme a pelear.

Yo no quiero pelear, le repito, porque puedo morir, y morir en este caso es para mí la pérdida de mi venganza.

Recogió su manta, se cercioró de que todas las armas iban en la cintura, y se acercó al overo bayo, pidiendo para él un poco de alfalfa que le trajo Santiago y que Moreira echó a su caballo con el mismo cariñoso cuidado con que hubiera dado de comer a un amigo querido.

Moreira estuvo de pie hasta que el caballo concluyó con la última varita de alfalfa; le oprimió cuidadosamente la cincha, revisó con suma prolijidad las prendas del apero, le puso el freno y montó con todo reposo y tranquilidad, después de subir al Cacique a las ancas.

of the fire, and to sleep with that laziness that we will call of the country.

He probably would have fallen asleep, tired from fatigue, if Moreira hadn't stopped suddenly, speaking aloud.

–I'm leaving, my friend –he said resolutely–, I'm leaving and I don't say a firm farewell, because my heart tells me that we have to see each other again.

–Beware, my friend Juan –said Julián affectionately–, they have told me that the Provincial forces are roaming in the districts, and it will not be strange that Judge Nicolás González, who is a hard man, has sent some warning, go get help to arrest you.

–Now, don't even let them surround me! –Moreira said–, I'm going far, far away, my friend Julián, so that they'll forget about me, but I will come back when they least think about it, to ensure my revenge.

If they go out to me to the road I will rode hard, and good legs must have the greyhound that catches me.

I don't know what fear is –friend Julián–, but I feel that my heart trembles, thinking that a police force can attack me on the road and force me to fight.

I don't want to fight, I repeat, because I can die, and to die now would mean the loss of my revenge.

He picked up his blanket, made sure that all the weapons were at his waist, and approached his stripped horse, asking for some alfalfa for him that Santiago brought him and that Moreira threw out before his horse with the same loving care with which he would have fed a dear friend.

Moreira stood until the horse finished with the last bit of alfalfa; he carefully pressed the girth of the horse, checked the saddle, put the bridle on him and rode with peaceful and with tranquility, after putting the Chieftain on the horse's rump.

–Compañeros, hasta la vista –dijo, y tendió una mano hacia el amigo Julián, que lo miraba sin hacer un movimiento.

Aquellas dos manos nerviosas y fuertes se chocaron al estrecharse, produciendo un ruido, y en aquel apretón de manos pasó un destello de espíritu de aquellos dos hombres que estaban unidos por los vínculos de la amistad más abnegada.

Moreira, para ocultar su emoción, revolvió su poderoso corcel, y cerrándole las espuelas se perdió como un relámpago entre las sombras de la noche.

Julián quedó inmóvil al lado del palenque mirando el punto por donde había desaparecido Moreira.

Cuando el rumor del galope se hubo confundido entre los ruidos de la naturaleza, el paisano dio vuelta en la dirección al rancho, y llevó la mano a la cara.

Enjugaba silencioso un par de lágrimas, que surcaban sus pómulos agudos.

–Que mi Dios no lo abandone –murmuró y se tendió bajo el alero del rancho.

Pocos momentos después estaba entregado al sueño más profundo.

–Goodbye comrades –he said, and extended a hand to his friend Julián, who looked at him without making a move.

Those two nervous, strong hands clasped as they shook, making a noise, and in that handshake passed a flash of spirit from those two men who were united by the bonds of the most selfless friendship.

To hide his emotion, Moreira stirred his mighty steed, and closing his spurs, he lost himself like lightning in the shadows of the night.

Julián stood motionless beside the tethering post, looking at the point where Moreira had disappeared.

When the rumor of the gallop had been confused among the noises of nature, the countryman turned in the direction of the ranch, and put his hand to his face.

He silently wiped away a couple of tears, which furrowed his sharp cheekbones.

–May my God not abandon him –he murmured and lay down under the eaves of the ranch.

A few moments later he was in the deepest sleep.

9

El último asilo
The last haven

Moreira tomó rumbo al oeste, y empezó a galopar de una manera vertiginosa.

Había descubierto su cabeza, que azotaba el viento, haciendo ondular su negra cabellera que parecía el estandarte de la muerte.

Y vagaba, y corría a impulsos de su valiente caballo, como si quisiera llegar pronto al punto que había fijado en su ardiente imaginación.

Cuando el alba empezaba a iluminar pálidamente el horizonte, Moreira detuvo su caballo como para orientarse del camino recorrido y del que debía seguir.

Se hallaba en los alrededores del 25 de Mayo, pueblo fronterizo donde iban a comerciar los indios amigos y donde no conocían a Moreira, tal vez ni de nombre.

El paisano dejó el camino a la izquierda y galopó aún unas dos leguas en dirección a San Carlos, fortín que pertenecía a la frontera oeste y donde había estado años atrás tomando parte en aquel sangriento combate que dio Calfucurá al frente de cinco mil lanzas y en el que tanto se distinguió el valiente coronel Borges.

Teniendo a la vista aquel fortín glorioso Moreira echó pie a tierra; sacó el freno al overo y se sentó sobre su manta, poniendo al Cacique a su lado.

Moreira headed west, and started galloping in a breathtaking way.

He had uncovered his head, which was whipped by the wind, waving his black hair that looked like the banner of death.

And he wandered, and ran on the impulses of his brave horse, as if he wanted to reach soon the point he had fixed in his fiery imagination.

As dawn began to light up faintly the horizon, Moreira stopped his horse as if to orient himself on the path he had traveled and the one he had to follow.

He was in the vicinity of 25 de Mayo, a border town where friendly Indians were going to trade and where they did not know Moreira, perhaps not even by name.

The countryman took the road to the left and galloped two leagues in the direction of San Carlos, a fort that belonged to the western border and where he had been years before taking part in that bloody combat that Calfucurá gave in front of five thousand lances and in which the brave colonel Borges distinguished himself so much.

With that glorious fort in sight, Moreira set foot on the ground; he removed the halter on the spotted horse and sat down on his blanket, putting the Chieftain at his side.

¡Cuánta diferencia había de su situación presente, al porvenir feliz que lo sonreía cuando cruzó por primera vez aquellos parajes solitarios!

Entonces era un hombre honrado y un soldado valiente.

Hoy se veía declarado bandido y el porvenir que se le ofrecía era una muerte horrorosa o un regimiento de línea.

Entregado a estos tristes pensamientos, Moreira pasó toda la mañana, mientras su overo se reponía del fuerte galope de la noche anterior.

A la siesta, la fatiga del cuerpo empezó a entrecerrar sus ojos, reclamando también un reposo harto necesario después de las emociones sufridas y la marcha rápida.

Moreira sacó del tirador sus armas: se colocó en la posición que conocen nuestros lectores, y poco después dormía profundamente, confiado en la vigilancia del Cacique.

Cuando Moreira despertó empezaba a caer la tarde, y uno que otro jinete se veía a lo lejos cruzar para el fortín.

Sin duda alguna, eran soldados que volvían de la descubierta.

El gaucho recogió sus armas, cinchó de nuevo y enfrenó al overo, subió al Cacique a las cabezadas y montó ágil y nervioso.

Esta vez puso su caballo al trotecito y tomó rumbo al Nueve de Julio, recostándose al lado de la Tapera de Díaz, donde estaba campado el cacique amigo Simón Coliqueo, con su tribu compuesta de unos cuatrocientos individuos, entre chusma, lanzas y medias lanzas, que son los indios de quince a viente años.

Los toldos de Simón Coliqueo, en la Tapera de Díaz, estaban completamente militarizados, y dependían directamente del jefe de la frontera oeste.

Como aquellos indios recibían ración y sueldos del gobierno, se habían ido a establecer allí algunos pulperos desalmados,

What a difference there was between his present situation and the happy future that smiled on him when he first crossed those lonely places!

Then he was an honest man and a brave soldier.

Today he was declared a bandit and the future only offered to him a horrific death or a regiment of line.

Committed to these sad thoughts, Moreira spent the whole morning there, while his spotted horse was recovering from the strong gallop of the previous night.

At nap time, the fatigue of the body began to squint his eyes, demanding also a necessary rest after the emotions suffered and the fast march.

Moreira took his weapons from his belt: he placed himself in the position known to our readers, and shortly afterwards he slept soundly, confident in the vigilance of the Chieftain.

When Moreira woke up, the afternoon began to fall, and one or two riders could be seen in the distance crossing for the fort.

Without a doubt, they were soldiers returning from a patrol.

The gaucho picked up his weapons, cinched the girth of his horse again and put the bit on, Chieftain was put up on the front and Moreira mounted agile and nervous.

This time he put his horse at a trot and headed for Nueve de Julio, leaning next to the Tapera of Diaz, where was camped the friendly Indian chieftain Simón Coliqueo, with his tribe composed of about four hundred individuals, among non fighting Indians, spears and half spears, which are the Indians of fifteen to twenty years.

The tents of Simón Coliqueo, in Tapera of Díaz, were completely militarized, and depended directly on the head of the western frontier.

As those Indians received rations and salaries from the government, some soulless pulperos had gone to establish there, who,

que por ganar algunos pesos, viven, como suele decirse, con la vida en un hilo, pulperías que bajo el pomposo título de casas de negocio, eran las posadas donde el escaso viajero podía echar un trago y descansar una noche.

Los indios solían salir a las boleadas, con permiso del jefe de la frontera, de cuyas boleadas volvían cargados de diversos cueros y pluma de avestruz, que cambiaban en las pulperías por un frasco de ginebra o un poco de yerba y azúcar, fabuloso negocio que retenía allí a los pulperos, a quienes los soldados de caballería de guarnición en las fronteras han calificado graciosamente de chupa sangre.

El frecuente trato con los oficiales del ejército que pasaban por allí para dirigirse a Junin, al Fuerte General Paz, o a la Blanca Grande, y con los vivanderos que iban a comprarles por una bicoca los cueros y la pluma de avestruz, había civilizado mucho a aquellos indios que miraban ya como la cosa más natural del mundo el que gente cristiana estuviese y aún meses alojada en los toldos y haciendo con ellos vida completamente común.

Los indios solían embriagarse, principalmente a la venida de las boleadas, en que abunda la ginebra y aguardiente, y es entonces cuando, a la inversa de nuestras ciudades, los toldos están en la mayor tranquilidad, y esto consiste en que el indio bebe hasta caer, y caído se le ve acercar el medio frasco de ginebra a los labios, hasta que el brazo cae como cuerpo postrado o inutilizado por el alcohol; el indio es entonces un cadáver en toda la acepción de la palabra.

¡Cuántos hermosos casos de alcoholismo podría observar allí el espíritu estudioso del doctor Meléndez!

El indio bebe, y como decimos, bebe hasta caer; cuando despierta de la acción alcohólica, es para beber de nuevo, mientras quede en la botella un átomo de ginebra.

in order to earn some pesos, live, as it is said, with their lives hanging from a thread. Those pulperías, under the pompous title of business houses, were the inns where the scarce traveler could have a drink and rest one night.

The Indians used to go out to the boleadas, with the permission of the frontier chief, and they returned from those boleadas loaded with different hides and ostrich feathers, which they exchanged in the pulperías for a bottle of gin or a little yerba and sugar, a fabulous business that kept the pulperos there, whom the soldiers of the garrison cavalry at the borders have gracefully described as bloodsucking.

The frequent dealings with the army officers who passed by to go to Junin, to Fort General Paz, or to Blanca Grande, and with the sutlers, who went to buy their hides and ostrich feathers for a peanuts, had greatly civilized those Indians who looked upon it as the most natural thing in the world for Christian people to be housed, even for months in the tents and making with them a completely common life.

The Indians used to get drunk, mainly at the time of the boleadas, when there is plenty of gin and rum, and it is then when, contrary to the use in our cities, the tents are in the greatest peace, and this is when the Indian drinks until dropping on the ground, and still laying there, they can be seen bringing the half jar of gin close to their lips, until their arm fall prostrated, his whole bodies rendered useless by alcohol; the Indian is then a corpse in the full meaning of the word.

How many beautiful cases of alcoholism could the studious spirit of Dr. Meléndez observe there!

The Indian drinks, and as we say, drinks until he falls; and when he awakens from the alcoholic action, it is to drink again, while an atom of gin remains in the bottle.

Y así pasaba su vida aquella buena gente, bajo el gobierno de Simón Coliqueo, que era el más borrachón de todos ellos, pues era el que podía comprar más bebida.

Allí llegó Juan Moreira, para hacerse olvidar de la justicia compartiendo con los indios esa vida nauseabunda del ocio y la borrachera.

Él salía a las boleadas con los indios, donde se hacía admirar por la destreza y seguridad de sus tiros de bola, y de regreso se embriagaba con ellos de aquella manera brutal que, mientras les dura la bebida, están completamente convertidos en autómatas o máquinas de beber.

Moreira había cautivado a los indios por la belleza de sus prendas y la salvaje magnificencia de su apero, cubierto de chapas de plata, sueño dorado de los indios.

A Coliqueo le había ganado el lado flaco con la guitarra y sus cantos, llegando a ser el niño mimado de aquella gente bravía y poco amiga del cristiano.

Cuentan que las indias solían hacerle ojo tierno, pero el corazón del gaucho estaba lleno por otros sentimientos, y si tuvo allí alguna aventura amorosa, no ha llegado a nuestro conocimiento ni hemos tratado de averiguarla.

Moreira se hizo en los toldos un gran bebedor y un jugador malicioso, desplegando un talento especial para hacer trampas con baraja.

El indio es jugador, por el mismo género de vida ociosa que lleva, y es en el juego tan vehemente como en la bebida: juega mientras tiene que jugar.

Cuando cae el comisario pagador con los pequeños sueldos, que se convierten en fuertes sumas por la cantidad de meses que se les adeuda, en cada toldo se arma una jugada donde el indio que pierde, juega buscando el desquite, hasta el kepí con galones que es la prenda que más estima.

And so those good people spent their lives that way, under the government of Simon Coliqueo, who was the drunkest of them all, for he was the one who could buy the most drink.

Juan Moreira arrived there, to make himself forget about justice, sharing with the Indians that nauseating life of leisure and drunkenness.

He went out to the boleadas with the Indians, where he was admired for the dexterity and safety of their ball shots, and on his way back he got drunk with them in that brutal way that, while they are drinking, they are completely converted into automatons or drinking machines.

Moreira had captivated the Indians by the beauty of his garments and the wild magnificence of his implement, covered with silver plates, the golden dream of the Indians. He had found the weak spot of Coliqueo with his guitar playing and his songs, becoming the spoiled child of those brave people, who are little friends of the Christians. It is said that the female Indians used to give him a tender eye, but the heart of the gaucho was filled with other feelings, and if he had a love affair there, he has not come to our knowledge nor have we tried to find it out.

Moreira became a great drinker and a malicious player on the tents, displaying a special talent for cheating with a deck of cards.

The Indian is a gambler, for the same idle lifestyle he leads, and he is as passionate about the game as he is about drinking: he plays while he has something to bet.

When the paying commissioner comes down with the small salaries, which become large sums for the amount of months they are owed, in each tent a card game is made where the Indian who loses, plays looking for revenge, until losing the kepí with stripes which is the garment that he most esteems.

Y un indio que llega a perder hasta el kepi es una fiera a quien sólo puede sujetar el profundo respeto que tiene por el cacique y el capitanejo que como autoridad suprema preside la jugada.

En estas jugadas Moreira siempre salía vencedor de buena o mala manera, lo que había dado lugar a lances muy desagradables que habían terminado en una lucha a mano armada, en que el indio sacaba siempre la peor parte, pues Moreira no se hacía mucho de rogar para sacar su daga y hacer un desparramo.

Este género de camorras y pequeñas victorias habían dado al gaucho un gran ascendiente sobre los indios, habiendo llegado Simón hasta ofrecerle que si se quedaba allí lo haría capitanejo y lo casaría en la tribu, oferta que el gaucho vivo no desdeñó, para no perder el cariño que le tenía el cacique, cariño de que pensaba sacar un partido más provechoso.

Hacía ya tres meses que Moreira estaba en los toldos, tiempo que juzgó suficiente para que se hubiesen olvidado de él en sus pagos y poder llevar a cabo de una manera segura y ejemplar la venganza terrible que había jurado en el fondo de su alma a su compadre Giménez y al sucesor del amigo Francisco.

Moreira espió el momento de hacerse perdiz de los toldos, pero de una manera provechosa y digna al mismo tiempo de sus famosos antecedentes.

Veamos de qué manera curiosa este hombre extraordinario salió de los toldos, dejando en ellos un recuerdo sangriento e inolvidable.

Cuando el paisano supo que estaba por llegar a los toldos el comisario pagador, empezó a hacer correr la voz de que se hallaba muy pobre y que pensaba vender o jugar su apero y caballo, posesión que soñaba Coliqueo como quien sueña en un reino o en una fortuna fabulosa.

And an Indian who loses even his kepí is a wounded beast whom only can be restrained by the deep respect he has for the chief and the sub-chief who as supreme authority presides over the play.

In these games Moreira always came out victor in a good or bad way, which had led to very unpleasant conflicts that always ended in an armed fight, in which the Indian always got the worst part, because Moreira didn't need to be asked twice to unsheathe his dagger and wreak havoc.

This genre of fights and small victories had given the gaucho a great ascendancy over the Indians. Simón went gone so far as to offer him that if he stayed there he would make him a sub-chief and marry him in the tribe, an offer that the smart gaucho did not disdain, so as not to lose the affection that the chieftain had for him, affection that he thought he would make the most of it.

Moreira had been in the tents for three months now, a time he judged sufficient to have been forgotten in his district and to be able to carry out in a safe and exemplary manner the terrible revenge he had sworn in the depths of his soul to apply to his buddy Giménez and to the successor of his friend Francisco.

Moreira waited for the best moment to leave the tents, but in a profitable way and worthy at the same time of his famous antecedents.

Let's see in which curious way this extraordinary man came out of the tents, leaving in them a bloody and unforgettable memory.

When the countryman knew that the paying commissioner was about to arrive at the tents, he began to spread the word that he was very poor and that he was thinking of selling or playing his saddle and horse, a possession that Coliqueo dreamed of as someone dreaming of a kingdom or a fabulous fortune.

Simón lo mandó llamar y le propuso darle por el caballo aperado, todos los sueldos que le trajera el Comisario y sus raciones en pie (7 yeguas) que le correspondían por aquel trimestre, pero Moreira haciéndose el infeliz, dijo que prefería jugarlos, para hacerle una tanteada a la suerte.

¡Con qué ansiedad era esperado entonces el Comisario pagador, que era el Mesías de nuestras fronteras! ¡Cuántos bomberos no salieron al camino!
Coliqueo miraba ya el caballo y el apero como cosas suyas, pidiéndolo prestado para darles unas rienditas, pero Moreira no quiso consentir en ello.
Por fin llegó el tan deseado Comisario entregando a los indios el dinero que para ellos traía, dinero que era contado y recontado unas cien veces por lo menos.
Esa misma noche se armó la jugada, en todos los toldos, concurriendo más gente al de Coliqueo, atraída por la curiosidad de ver si el cacique ganaba al gaucho.
Coliqueo quiso sobre tablas hacer la gran jugada, pero el paisano le puso sus peros, alegando que primero quería jugar chico para hacer la mano.
Como Moreira tenía la baraja, juego en que había adquirido gran práctica, los indios no podían apercibirse de las innumerables trampas que les hacía el paisano, con una limpieza digna del más hábil prestidigitador, merced a las que iba haciendo pasar a su poder todo el dinero de los indios.
Coliqueo dejaba jugar a los capitanejos que estaban en el toldo pues él se reservaba para la gran jugada del caballo, que tanto le preocupaba.
Hay que advertir que Moreira había ido a caballo, en su overo, al toldo del cacique, a cuya puerta, estaban los caballos de los demás jugadores, pues en los toldos no se anda a pie, aunque sólo se trate de una distancia de diez o quince varas.

Simon summoned him and proposed to give him all the salaries that the Commissioner brought him and his rations on foot (7 mares, which he had been saving for meat) that corresponded to him for that quarter, but Moreira pretending to be a poor wretch said that he preferred to play them, in order to try his luck.
How eagerly the paying Commissioner, who was the Messiah of our frontiers, was expected! How many went out on the road looking for him!
Coliqueo was already looking at the horse and his saddle as his own, asking Moreira to lend it to him to give them a try, but Moreira did not want to consent to it.
At last the long-awaited Commissioner arrived, handing over to the Indians the money he had brought for them, money that was counted and counted at least a hundred times.
That same night games or cards were played, in all the tents, more people attending the Coliqueo game, attracted by the curiosity of seeing if the chieftain beat the gaucho.
Coliqueo wanted to make a great game on boards, but the countryman didn't agree, alleging that first he wanted to play small amounts.
As Moreira had the deck, a game in which he had acquired great practice, the Indians could not notice the innumerable times the countryman cheated them, with a deftness worthy of the most skillful conjurer, thanks to which he was winning all the money of the Indians.
Coliqueo let the sub-chiefs who were in the awning play because he reserved himself for the great bet on the horse, which worried him so much.
It is necessary to point out that Moreira had gone on horseback, in his spotted horse, to the tent of the chieftain, at whose door the horses of the other players also were tethered, because in the tents one does not walk, even if it is only a distance of ten or fifteen yards.

Los jugadores estaban en la mala: habían perdido entre todos unos diez mil pesos, que pasaron a poder del gaucho afortunado que los guardó en el tirador.

Pasó toda aquella noche y todo el día siguiente habiéndose interrumpido el juego para que Moreira diera de comer a su caballo y su perro.

La suerte seguía protegiendo a Moreira de una manera tan decidida, que los jugadores habían empezado a jugar sus prendas a falta de dinero.

Había llegado la noche y aun los jugadores que habían perdido hasta el último centavo no se movían del toldo, irritados con aquella adversidad de la suerte y ansiosos de presenciar la partida entre Moreira y Coliqueo, para tener siquiera el placer de ver a aquel hombre perder su famoso caballo y su apero.

Era ya muy entrada la noche cuando el último jugador se declaró vencido y abandonó la carona que les servía de tapete de juego.

El momento crítico había llegado.

Simón Coliqueo ocupó un sitio frente a Moreira y pidió le echara cartas, poniendo la plata sobre las caronas.

Moreira dijo que primero iba a dar de comer a su caballo y a su perro, pero su salida tenía otro objeto muy diverso, que escapó a la sagacidad de los indios.

Salió afuera, donde estaban los caballos, pero en vez de dar de comer al overo le apretó la cincha y le acomodó el freno, dejándolo listo para un apuro.

El paisano comprendió que aquella jugada no podía terminar sin una borrasca estruendosa y se preparaba hábilmente la retirada, porque de todos modos su posición era peligrosa, por no estar dispuesto a entregar el caballo si perdía, y porque si ganaba, tal vez entonces los indios quisieran por medio de un audaz golpe de mano, recuperar todo lo que les había ganado.

Moreira volvió a entrar al toldo, no sin asegurarse antes de que sus armas estaban en su sitio, al inmediato alcance de su mano.

The players were unlucky: they had lost about ten thousand pesos, which passed to the fortunate gaucho who kept them in his belt.

All that night and all the following day the game only was interrupted by Moreira to feed his horse and his dog.

Luck continued to protect Moreira in such a determined way that the players had begun to bet their clothes for lack of money.

The night had come and even the players who had lost every penny did not move from the tent, irritated by that adversity of luck and eager to watch the game between Moreira and Coliqueo, to even have the pleasure of seeing the man lose his famous horse and his saddle.

It was late at night when the last player declared himself defeated and left the padding that served as a play mat.

The critical moment had arrived.

Simón Coliqueo occupied a place in front of Moreira and asked him to throw cards, putting the silver on the padding.

Moreira said that first he was going to feed his horse and his dog, but his exit had another very diverse object, which escaped the sagacity of the Indians.

He went outside, where the horses were, but instead of feeding his spotted horse he tightened his girth and adjusted the bit, leaving him ready for a hasty departure.

The countryman understood that the game could not end without a thunderous squall and his retreat was skillfully prepared, because his position was dangerous anyway, because he was not willing to surrender the horse if he lost, and because if he won, perhaps then the Indians would want, by a sudden attack, recover all that he had won.

Moreira reentered the tent, not without first making sure that his weapons were in place, within immediate reach of his hands.

El paisano peinó la grasienta baraja y echó cartas, que fueron una sota y un caballo donde se clavaron ávidos los ojos de Coliqueo.

Los indios rodearon por completo a Moreira, abarcando cartas, carona y jugadores en una mirada de suprema avaricia.

Parece que en la jugada fuese el alma de cada uno de aquellos jugadores, muchos de los cuales habían perdido sus miserables prendas.

Moreira miró la puerta del toldo, que tenía detrás, y como viera que entre ésta y su espalda había algunos indios que podían dificultarle la huida, les rogó cortésmente entraran adelante, pues le impedían poder tallar con comodidad.

Coliqueo estuvo largo rato mirando aquellas dos cartas, sin decidirse por alguna de ellas. Por fin su fisonomía tomó su expresión característica del avaro que mira una mina de oro susceptible de pasar a su poder, y golpeando sobre la carona dijo:

–A esta carta jugando, hermano; con caballo ganando caballo.

Moreira dio vuelta el naipe tranquilamente mostrando la boca, en la que aparecía, un rey, a cuya vista los indios se estremecieron como al contacto de una pila eléctrica.

El paisano empezó a correr las cartas con esa indolencia del gaucho que orejea la baraja, para que sea más saboreada la emoción de la jugada.

De cuando en cuando volvía la baraja haciéndose el que reposaba, o armando un cigarillo que ponía indolente entre sus labios.

Al ver la serenidad con que manejaba los naipes y la fruición con que apuraba la paciencia del adversario, nadie hubiera sospechado de que aquel hombre jugaba una partida que debía serle fatal, ganase o perdiese, y a cuyas consecuencias se había preparado con toda astucia, calculando precisamente la manera con que había de salir felizmente del apuro.

The countryman combed the greasy cards deck and dealt two cards down, which were a jack and a horse which Coliqueo' eyes looked avidly.

The Indians surrounded Moreira completely, encompassing cards, the padding mat and the players in a look of supreme greed.

It seems as if in the play was the soul of each of those players, many of whom had lost their miserable garments.

Moreira looked at the door of the tent behind him, and as he saw that between it and his back there were some Indians who might make it difficult for him to escape, he politely begged them to come forward, as they prevented him from shuffling the cards comfortably.

Coliqueo spent a long time looking at those two cards, without deciding on one of them. At last his face took on the characteristic expression of the miser who looks at a mine of gold susceptible to become his own, and knocking on the padding said:

–I choose this card, brother; with horse winning horse.

Moreira turned the card over quietly, showing his front, in which appeared a king, at whose sight the Indians shuddered like at the contact of an electric battery.

The countryman began to shuffle the cards with the indolence of the gaucho who shuffles the deck, so that the emotion of the game is tasted more.

From time to time, he would put the deck of cards back on the padding, as if he was resting, or making a cigarette that he would put indolently between his lips.

Seeing the serenity with which he handled the cards and the fruition with which he hurried his adversary's patience, nobody would have suspected that the man was playing a game that should be fatal to him, whether he won or lost, and to whose consequences he had prepared himself with all cleverness, calculating precisely the way in which he would happily get out of that predicament.

Coliqueo miraba los naipes con la pupila dilatada por la ansiedad, parecía que quería atraer con la mirada el caballo que iba a decidir la jugada en su favor.

A pesar de haber en aquella pieza más de quince hombres, era tal el silencio que estos guardaban que se podía apercibir claramente el ruido que producía la carta al ser corrida sobre el resto del naipe, mezclado al precipitado latido del corazón del indio, que estaba resuelto a ganar el caballo a toda costa.

Por fin Moreira tiró una carta y apareció debajo la ganadora, arrancando un grito que era una mezcla de ira y de amenaza.

La carta que había aparecido decidiendo la jugada era una sota, que venía a quitar a Coliqueo toda esperanza, pues con ella perdía el rollo de dinero que jugó contra el caballo.

–Vos haciendo trampa –dijo el indio enfurecido–, entregando caballo porque yo ganando.

Y el coro de indios repitió de una manera amenazadora:

–Haciendo trampa cristiano.

–Yo no he hecho trampa –replicó Moreira; retrocediendo un paso hacia la puerta para estar más próximo a su caballo y prevenido contra el ataque que le traerían los indios, fuera de toda duda–, yo no he hecho trampa –repitió–, y si he ganado es porque tengo suerte y porque sé jugar mejor que ustedes.

–Vos haciendo trampa, cristiano ladrón – aulló el indio creciendo en ira–, y yo, ganando caballo con prendas de plata, concluyó levantándose de sobre la <u>carona</u> y avanzando seguido de sus indios, amenazador y colérico hacia Moreira, que dio dos pasos en dirección a la puerta envolviendo la manta en su brazo izquierdo.

–Vamos por partes –replicó alegremente el gaucho, a quien la vista del peligro real devolvía su aplomo y buen humor–, el caballo es mío porque no lo he perdido, y si lo hu-

Coliqueo looked at the cards with his pupil dilated by the anxiety, it seemed that he wanted to attract with his look the horse that was going to decide the game in his favor. Despite the fact that there were more than fifteen men in that piece, there was such a silence that the noise produced by the cards could be clearly perceived, when one of them was slipped over the deck, mixed with the sound of the precipitated heartbeat of the Indian, who was determined to win the horse at all costs.

Moreira finally dealt a card to himself and it was the winner card, tearing out a scream from Coliqueo, which was a mixture of anger and threat.

The card that had appeared deciding the game was a jack, which came to take away all hope from Coliqueo, because with it he lost the roll of money that he played against the horse.

–You are cheating –said the enraged Indian–, handing over the horse because I am winning.

And the choir of Indians repeated in a threatening manner:

–Christian cheating.

–I didn't cheat –Moreira replied, going back one step to the door to be more close to his horse and prepared against the attack that the Indians would carry, without any doubt–, I didn't cheat –he repeated–, and if I won it's because I'm lucky and because I know how to play better than you.

–You cheat, Christian thief –howled the Indian growing in anger–, and I, winning horse with silver garments, he concluded, getting up above the padding mat and advancing followed by his Indians, menacing and angry towards Moreira, who took two steps in the direction of the door wrapping the blanket around his left arm.

–Let's us see this by parts –replied the gaucho cheerfully, since the sight of real danger returned his poise and good humor–, the horse is mine because I have not lost it, and

biera perdido sería también mío, porque mi overo no ha nacido para la silla de ningún indio ladrón.

–¡Muera cristiano falso! –gritó el indio y se precipitó sobre Moreira, desatando las bolas que llevaba en la cintura, formidable arma en manos de un indio.

Antes que el indio pudiese hacer uso de aquella arma terrible, cuyo golpe a la cabeza es siempre mortal, el gaucho había sacado su daga haciéndole su tiro favorito, que era un hachazo en el entrecejo, que Moreira llamaba pintorescamente un hachazo entre las aspas.

Y rápido como el rayo, el paisano salió al patio, subió sobre su caballo que al sentir sus flancos oprimidos por la rodaja de la espuela dio un salto poderoso.

Los indios cayeron a una sobre Moreira, pero sólo hallaron el vacío, sintiendo sólo la prolongada risa con que el audaz gaucho se despedía de los toldos.

Todos saltaron a caballo; todos quisieron seguir el gaucho que les había sacado ya una enorme distancia, pero quedaron allí como atontados, sin saber qué hacer.

Coliqueo enjugaba la sangre que salía abundante de su herida prorrumpiendo en un sinnúmero de maldiciones a cual más enérgica y terrible.

Los indios habían vuelto a rodearlo y no se atrevían a pronunciar una palabra que pudiera aumentar la ira del feroz cacique que se retorcía desesperadamente.

Por fin uno de los capitanejos de aspecto más varonil, se acercó al cacique herido y le dijo:

–Yo persiguiendo con tres lanzas y caballo de tiro.

–Persiguiendo y matarlo y degollando –repuso Coliqueo, y trayendo caballo aperado, pues no se conformaba con la pérdida del overo, cuya hermosura y calidades le habían hecho nacer desde el primer momento

if I had lost it, still it would also be mine, because my spotted horse was not born to become the seat of any thieving Indian.

–Death to the false Christian! –shouted the Indian and rushed to Moreira, unleashing the balls at his waist, a formidable weapon in the hands of an Indian.

Before the Indian could make use of that terrible weapon, whose blow to the head is always fatal, the gaucho had taken out his dagger, throwing his favorite stroke, which was a chop between the eyebrows, which Moreira picturesquely called an chop between the horns.

And fast as lightning, the countryman went out into the courtyard, climbed on his horse that, feeling its flanks oppressed by the slice of the spur, took a powerful leap.

The Indians fell as one on Moreira, but only found the void, hearing only the prolonged laughter with which the audacious gaucho said goodbye to the tents.

They all jumped on horseback; they all wanted to follow the gaucho who had already taken an enormous distance from them, but they were stunned there, not knowing what to do.

Coliqueo wiped the blood that flowed abundantly from his wound, bursting into countless curses, each more energetic and terrible.

The Indians had encircled him again and dared not utter a word that would increase the wrath of the ferocious, desperately writhing chieftain.

At last one of the most manly looking captains approached the wounded chieftain and said:

–I pursuing with three spears and leading a horse.

–Chasing and killing him and slitting his throat, –Coliqueo replied, and bringing his horse and saddle, as he was not satisfied with the loss of the horse, whose beauty and qualities had given rise from the first moment to an irresistible desire to possess

el deseo irresistibles de poseerlo, aunque lo hubiera cambiado por todos sus animales.

El <u>capitanejo</u> hizo montar a cuatro indios, con caballos de tiro y se puso detrás de la pista de Moreira, cuya rastrillada descubrió inmediatamente.

Moreira había andado ya más de dos <u>leguas</u>, arreando una tropilla del mismo Coliqueo, que halló al salir de los toldos y que se apropió alegremente.

Calculando que aquella distancia recorrida era suficiente para ponerlo al abrigo de cualquier intentona por parte de los indios, siguió marchando al trote en dirección al 25 de Mayo, donde vendería la tropilla antes de seguir para Matanza, que era el rumbo que pensaba llevar.

Cuando empezó a amanecer, Moreira hizo alto, rodeó la tropilla y se echó indolentemente sobre su manta para dar un resuello al overo que acababa de tragarse tres <u>leguas</u> en cuarenta minutos.

Al acabo de media hora de descanso, el paisano volvió a montar y siguió su camino al tranquito arreando siempre la tropilla, pero apenas andaría unas dos cuadras cuando un gruñido amenazador del cuzco le avisó la proximidad de gente enemiga que no podía ser otra que indios de los toldos que había abandonado.

Moreira se empinó sobre los estribos para divisar el campo y vio efectivamente que por su retaguardia venían a media rienda cinco indios, que conoció en las largas lanzas que traían a la rastra, enganchadas en una correa en la mano del <u>rebenque</u>.

Moreira echó pie a tierra tranquilamente, rodeó de nuevo la tropilla y se alejó para que esta se asustara lo menos posible, dejando llegar a los indios, quienes al ver que el gaucho les esperaba, pararon las lanzas en señal de guerra y apuraron la marcha de los caballos en dirección al tranquilo paisano.

it, even though he had to barter it for all his animals.

The sub-chief had four Indians mounted, with leading horses, and went behind Moreira's track, whose trail he immediately discovered.

Moreira had already rode more than eight miles, herding a string of horses from Coliqueo himself, which he found when he came out of the tents and which he happily took over.

Calculating that the distance covered was enough to shelter him from any attempt by the Indians, he continued marching at a trot in the direction of 25 de Mayo, where he would sell the troop before going on to Matanza, which was the course he intended to take.

When dawn came, Moreira made a stop, circled the string of horses and threw himself indolently on his blanket to give a breath to the spotted horse that had just swallowed eleven miles in forty minutes.

After half an hour of rest, the countryman got back on his feet and continued his way at a trot, always herding the horses, but he only advanced about two blocks when a threatening grunt from his dog warned him of the proximity of enemy people who could not be other than Indians from the tents he had abandoned.

Moreira steeped himself on the stirrups to make out the field and effectively saw that from the rear five Indians came at half gallop, which he recognized by the long lances that they brought to the trail, hooked in a strap in the hand of the whip.

Moreira calmly set foot on the ground, circled the horses again and moved away so that the flock would be frightened as little as possible, letting the Indians arrive. When they saw that the gaucho was waiting for them, they raised the spears as a sign of war and rushed the horses in the direction of the calm countryman.

Los indios cuando estaban en superioridad numérica son muy audaces y pelean duramente, y aquella partida se le presentaba con gran facilidad; uno contra cinco.

Moreira había sacado sus dos trabucos que amartilló bajo el poncho y esperó la llegada de los indios que venían ya con la lanza en ristre.

Cuando calculó que el golpe era seguro, pues sólo lo separaban unos cinco pasos de los indios, sacó la mano de bajo del poncho y disparó sus trabucos.

Los indios lanzaron un alarido de espanto, y dos de ellos cayeron del caballo, mortalmente heridos por el disparo de aquella especie de ametralladoras.

Los otros tres dieron vuelta bridas precipitadamente, completamente acobardados por aquella recepción inesperada, sujetando la carrera de los caballos como a las treinta cuadras desde donde dieron vuelta a ver qué hacía el paisano, si les perseguía o seguía su camino.

Moreira se acercó a los indios caídos y los examinó con una prolijidad especial.

Uno de ellos estaba muerto, la carga íntegra de uno de los trabucos la había recibido en pleno pecho.

El otro había recibido un recortado en la parte alta de la cabeza y dos en el brazo derecho cerca del hombro.

Los caballos de los caídos, con esa mansedumbre especial del caballo pampa, habían quedado parados a corta distancia sintiéndose libres del peso del jinete.

Moreira se acercó a ellos y considerándolos buenos, los incorporó a la tropilla y montó sobre el overo bayo que no se había movido, habituado al estampido de los trabucos.

Y siguió la marcha arreando su tropilla recientemente aumentada, sin hacer caso del enemigo que dejaba a la espalda en la seguridad especial que no lo había de seguir.

When they were in numerical superiority, the Indians are very audacious and fight hard, and that game looked to them very easy; one against five.

Moreira had taken out his two blunderbusses which he hammered under the poncho and waited for the arrival of the Indians who were already coming with the spears in hand.

When he calculated that the shot was safe, since only five steps separated him from the Indians, he took his hand from under the poncho and fired his blunderbusses.

The Indians shrieked in terror, and two of them fell from his horses, mortally wounded by the firing of that kind of machine gun.

The other three hurriedly turned his course, completely cowed by that unexpected reception, racing about thirty blocks away, where they stopped and turned again to see what the countryman was doing, whether he was chasing them or following their path.

Moreira approached the fallen Indians and examined them with special prolixity.

One of them was dead, the whole charge of one of the blunderbusses had been received in his chest.

The other had received a cut at the top of the head and two at the right arm near the shoulder.

The horses of the fallen ones, with the special gentleness of the pampa horse, had been left standing a short distance, feeling free from the rider's weight.

Moreira approached them and considered them good, incorporated them into the string of horses and rode on the spotted horse that had not moved, accustomed to the boom of the blunderbusses.

And he continued the march herding his recently increased string of horses, ignoring the enemy who was leaving behind with the complete security that they were not to follow him.

Efectivamente, sólo cuando Moreira se alejó como una <u>legua</u> de aquel sitio, los indios se aproximaron lentamente a sus compañeros caídos a quienes colocaron sobre los caballos de tiro y tomaron el camino de la Tapera de Díaz, no sin volver la cara de cuando en cuando hacia el camino que había seguido Moreira.

A la caída de la tarde, el paisano llegó al partido del 25 de Mayo, donde vendió la tropilla con suma facilidad, pues la mayor parte eran caballos orejanos de marca y no había necesidad de exhibir el boleto de propiedad, ni todas aquellas formalidades enojosas que preceden a la venta de un caballo. Moreira hizo noche en una <u>pulpería</u> donde había un buen número de bebedores, teniendo la precaución de cubrir parte de su cara con un pañuelo, puesto en la cabeza a manera de mujer, por si acaso había en la reunión alguna persona que pudiera conocerlo y delatarlo a la <u>partida de plaza</u>.

Estaba esa noche en la población, por desgracia, el paisano muy borrachón y cuchillero, que tenía mentas de guapo, y a quien conocían con el apodo de Pato picaso, a consecuencia de su nariz muy semejante al pico de aquella ave y de sus botas de potro que eran siempre de una blancura especial. Cuando Moreira entró a la <u>pulpería</u> el Pato picaso estaba contando proezas de valor que hacían abrir la boca a los que las escuchaban porque el Pato picaso tenía fama bien adquirida de hombre de entrañas, y era mozo que en una ocasión había peleado a media <u>partida</u> de plaza, haciéndose perdiz en seguida.

Moreira tomó mal olor a la cosa y resolvió tender afuera, alrededor de su overo, por lo que pudiera tronar.

Así es que pidió una ración para el caballo, un pedazo de carne para el Cacique y salió al patio para repartírsela y quedarse entre ellos a dormir.

–¿Por qué no se sirve de algo paisano? –le dijo el Pato picaso al ver que se alejaba dan-

Indeed, it was only when Moreira moved away like four miles from that place, that the Indians slowly approached their fallen companions whom they placed on the spare horses they had and took back the path to Tapera of Díaz, not without turning their faces from time to time towards the path Moreira had followed.

At the end of the afternoon, the countryman arrived at the party of 25 de Mayo, where he sold the horses with great ease, since most of them were unbranded horses and there was no need to exhibit the property ticket, nor all those annoying formalities that precede the sale of a horse.

Moreira made night in a <u>pulpería</u> where there were a good number of drinkers, taking the precaution to cover part of his face with a handkerchief, put in the head like a woman, in case there was in the meeting some person who could know him and give him away to the police force.

Unfortunately that night, also was there a very drunk countryman and knife fighter, who had a reputation of brave, and whom they knew by the nickname of Duck Picaso, as a consequence of his nose very similar to the beak of that bird and his colt boots that were always of a special whiteness.

When Moreira entered the <u>pulpería</u>, Duck Picaso was telling about his brave deeds that opened the mouth of those who listened to them because Duck Picaso had a well-acquired reputation as a man of guts, and he was a young man who had once fought against half a police force, escaping at once.

Moreira didn't like the scene and decided to lie outside, around his spotted horse, ready for any trouble.

So he asked for a ration for the horse, a piece of meat for the Chieftain, and went out to the patio to share it and stay among them to sleep.

–Why don't you drink something buddy?
–The Duck Picaso said to him when he saw

do las buenas noches en señal de que no iba a volver a entrar.

–Gracias, amigo –había respondido Moreira–, estoy muy cansado y voy a hacer noche porque mañana temprano sigo viaje.

El Pato picaso concluyó la narración de la aventura que contaba, y la conversación recayó sobre el recién venido, comentando sus modos y lujosas prendas.

–Ése es un mozo que debe venir de tierra adentro –dijo uno de los paisanos, porque esta tarde ha vendido a don Cirilo una tropilla de caballos orejanos.

–Habrá dado golpe a algunos pobretes –replicó el Pato picaso que había bebido mucho esa noche–, y ha venido a engordar su tirador con su producto.

–Cállese por Dios, amigo –dijo el paisano que hablaba antes–, mire que ese es un hombre de mucha historia; según dijeron en la <u>pulpería</u> de don Cruz, que ha tenido a mal traer a todas las partidas de estos pagos, y que de puro desesperado ganó tierra adentro.

–¿Y por qué me he de callar? –dijo el Pato picaso, sintiendo herido su amor propio–. Yo no le tengo miedo a nadie, a Dios gracias y no tengo porque callarme.

–Es que dicen que es hombre muy soberbio y de una vista que da calor, y yo le he dicho que se calle para no provocar un conflicto <u>al ñudo</u>.

–Pues si hay conflicto –replicó el tenaz gaucho–, con rezarle al difunto ya estamos del otro lado y basta de ponderar a nadie.

Moreira había escuchado desde el patio este diálogo, pero no se había inmutado, seguía tendido sobre su manta con la mayor tranquilidad.

El Pato picaso estaba mortificado con lo que se había dicho del desconocido y seguía bebiendo copa tras copa, dando soltura a la lengua.

that he was going away saying good night as a sign that he was not going to enter again.

–Thank you, friend –Moreira replied–, I'm very tired and I'm going to make night because tomorrow morning I'm still travelling.

The Duck Picaso concluded the narration of the adventure he was telling, and then the conversation fell on the newcomer, commenting on his manners and luxurious clothes.

–That's a man who must come from inland –said one of the countrymen, because this afternoon he sold Don Cirilo a herd of unbranded horses.

–He must have hit some poor people –replied Duck Picaso, who had drunk a lot that night–, and he has come to fatten up his belt with his product.

–Shut up for God's sake, my friend –said the countryman who spoke before–, look, that man is a man of much history; according to what they said in Don Cruz's grocery store, who has had a hard time being chased for all police forces of the district, and who, out of pure despair, went with the Indians.

–And why should I keep silent? –said Duck Picaso, feeling his self-love wounded. I'm not afraid of anyone, thank God, and I don't have to be silent.

–It is said that he is a very arrogant man with a very hot sight, and I have told him to be quiet so as not to provoke a conflict for nothing.

–Well, if there is conflict –replied the tenacious gaucho–, by praying for the deceased we are already on the other side and you have spoken enough praising that man.

Moreira had listened to this dialogue from the courtyard, but he was still peaceful, lying on his blanket with the greatest tranquillity.

The Duck Picaso was mortified by what had been said about the stranger and continued to drink glass after glass, loosening his tongue.

-Se me hace -dijo-, que el forastero ha de ser una maula que se ha de achicar en cuanto sienta el resuello de un hombre.

-Cállese amigo, y no sea impertinente -recomendó el primer paisano-, ese hombre no se mete con nadie y no hay por qué buscarle camorra.

-Cuando yo busco camorra -dijo el Pato, a quien la mona le había dado por conservar su reputación del más valiente-, es porque la puedo sustentar, como a mí me basta ver la parada de un hombre para saber lo que le da el cuerpo, digo que ese mozo ha de ser una maula incapaz de toparse conmigo.

Se había herido sin querer el amor propio de aquel hombre, y sabido es que un gaucho de mentas cuando se topa con otro que las tiene, no está satisfecho hasta que no ha peleado con él, cosa que sucede inevitablemente cuando uno de los dos mentados está como el Pato picaso, dominado por el alcohol. Los paisanos dejaron hablar el Pato sin contradecirlo, creyendo que pasaría la cosa, pero el gaucho siguió hablando solo y alterándose solo, hasta que declaró levantándose que iba a buscar al forastero y a probarles que no era capaz de parársele.

El Pato picaso salió afuera, y detrás de él algunos paisanos tratando de contenerlo, pero toda tentativa fue inútil, aquel hombre se acercó hasta la manta donde estaba Moreira, y tocándolo en el hombro le habló así:

-Me han dicho don, que usted es bueno, y como yo soy el Pato picaso, quiero probar si las mentas que trae son legítimas o si son puros cuentos.

Moreira que estaba despierto y había escuchado cuanto se habló en la pulpería, se había enrollado en la mano la lonja del rebenque, dispuesto a usar sólo esa arma.

Miró, pues, al gaucho que así se atrevía a turbar su reposo, y bostezó perezosamente como si no hubiera escuchado lo que le había dicho.

-It looks to me -he said-, that the stranger has to be a coward that has to shrink as soon as he feels a man's breath.

-Shut up, my friend, and don't be impertinent -said the first countryman-, this man doesn't mess with anyone, and there's no need to look for him.

-When I look for a fight -said the Duck, to whom the drunkenness had stimulated to preserve his reputation as the bravest one-, it's because I can sustain it, since it's enough for me to see how a man's stands to know what his body is able to, I say that this man must be a coward incapable of bumping into me. The man's self-respect had been unintentionally wounded, and it is well known that a famous gaucho, when he encounters another who also has fame, is not satisfied until he has fought with him, which inevitably happens when one of the two of them is like the Duck Picaso, dominated by alcohol. The countrymen let the Duck speak without contradicting him, believing that the thing would happen, but the gaucho continued speaking alone and upsetting himself more and more, until he declared that he was going to look for the stranger and prove to them that he was not capable of standing up to him.

The Duck Picaso went outside, and behind him some countrymen trying to contain him, but all attempt was useless. That man approached the blanket where Moreira was, and touching him on the shoulder spoke thus:

-I have been told that you are good, and since I am the Duck Picaso, I want to prove if the fame you bring is legitimate or if they are pure tales.

Moreira, who was awake and had listened to what was being said in the pulpería, had rolled up in his hand the slice of the whip, willing to use only that weapon.

He looked at the gaucho, who dared to disturb his rest, and yawned lazily as if he had not listened to what he had said.

–Que se pare, don –repitió el Pato, sacando la daga y rayando la punta sobre la espalda de Moreira que continuaba echado de barriga.

Le he dicho que se pare para hacerle pagar el piso, porque el hombre que la echa de guapo, ha de ser para pararse donde quiera y con quien lo invite.

–Perdone don –respondió Moreira sacarronamente–, usted está con don pepe y no sabe lo que dice; cuando se le pase hablaremos.

–El que está con Pepe y en pepe es usted, su maula, y ahora mismo le voy a abrir un ojal en la jeta para que aprenda a ser mejor hablado –dijo el famoso Pato picaso atropellando a Moreira con la daga baja y en actitud de herir.

Moreira estuvo de pie con increíble velocidad, paró la puñalada que lo tiró el Pato y lo sentó en el suelo de un golpe con el rebenque.

–Esto es para enseñarle a no meterse con quien no conoce –le dijo dándole con el pie–, y ustedes –agregó, dirigiéndose a los paisanos–, pueden llevar a ese guapo.

Los paisanos levantaron al Pato y lo entraron a la pulpería donde empezaron a curarle como Dios les ayudó, la larga herida que tenía sobre la frente.

El golpe dado por Moreira, con el pesado cabo de plata del rebenque, había sido un golpe terrible, que acusaba la poderosa fuerza muscular del paisano.

El hueso frontal estaba roto en una extensión de ocho centímetros y el cuero que lo cubría completamente deshecho y hundido, mezclándose al cabello y las partículas de hueso.

Para salvar al Pato picaso hubiera sido necesario que un cirujano le hubiera extraído aquellos huesos para impedir cayeran en la masa cerebral produciéndole la muerte.

–Stand up, Don –repeated the Duck, taking out the dagger and scratching the tip on Moreira's back, who was still lying on his belly.

I told you to stand up and pay your dues, because the man who has fame of brave must be able to stand wherever he wants and with whomever invites him.

–Excuse me, Don –Moreira replied mockingly–, you're drunk and you don't know what you're saying; when you are sober we'll talk.

–The drunken one is you, coward, and right now I'm going to open an eyelet in your mug so that you can learn to be better spoken –said the famous Duck Picaso, running over Moreira with a low dagger and in an attitude of hurting.

Moreira stood with incredible speed, stopped the stab that the Duck threw at him and sat him on the ground with a blow with the whip.

–This is to teach him not to mess with someone he doesn't know –he said, striking him with his foot–, and you –he added, addressing the countrymen–, can take out that brave man.

The countrymen lifted the Duck and entered the grocery store where they began to heal as they knew best, the long wound he had on his forehead.

The blow given by Moreira, with the heavy silver hilt of the whip, had been a terrible stroke, that accused the powerful muscular force of the countryman.

The frontal bone was broken in an extension of eight centimeters and the skin that covered it completely undone and sunk, becoming mixed the hair and the particles of bone.

In order to save the Duck Picaso, it would have been necessary for a surgeon to have removed those bones in order to prevent them from falling into the brain mass and causing his death.

Los paisanos le mojaron la herida con caña y le ataron la cabeza, poniéndole un pañuelo empapado en aquella bebida pero todo fue inútil.

Aquel hombre no volvió del desmayo ocasionado por el golpe, desmayo eterno, pues su cuerpo se fue enfriando poco a poco, hasta que a la madrugada era cadáver.

Moreira se había vuelto a echar sobre la manta indolentemente, y allí pasó la noche dormitando algunos minutos, y durmiendo profundamente otros.

Cuando se levantó, al venir el día y entró a la pulpería, supo recién que el Pato picaso había dejado de existir.

Ninguno de los paisanos se atrevió a hacerle el menor reproche.

Se acercó al cadáver que examinó con una mirada inteligente, y salió de la pulpería tristemente diciendo:

–¡Está de Dios que no puedo luchar con mi sino!

Fue hasta su caballo cuya montura compuso con suma prolijidad y montó, alejándose al trotecito, tomando rumbo para el partido de Matanzas.

The countrymen wet his wound with rum and tied his head, putting a handkerchief soaked in that drink but everything was useless.

That man did not return from the fainting caused by the blow, eternal fainting, because his body cooled little by little, until at dawn he was a corpse.

Moreira had thrown herself on the blanket again indolently, and there she spent the night sleeping lightly for a few minutes, and sleeping deeply other time.

When he got up, when the day came and he entered the pulpería, he only knew that Duck Picaso had ceased to exist.

None of the countrymen dared to reproach him.

He approached the corpse, which he examined with an intelligent look, and left the pulpería saying sadly

–It is the will of God that I cannot fight with my fate!

He went up to his horse, whose saddle he composed with great tidiness, and rode away at a little trot, heading for the district of Matanzas.

10

La vuelta al hogar
The return home

¡Qué conmoción poderosa agitó el corazón de aquel hombre cuando vio las primeras casas de su pueblo! Cómo aspiraron sus pulmones aquel aire con que se había nutrido.

Allí estaba su rancho y sus campos abandonados, sin notarse una señal de vida, un solo pastito que acusara la presencia de un ser humano.

Allí estaba también la casita de Vicenta Andrea; donde la había conocido, donde la había amado y donde había ligado a ella su existencia por una eternidad.

A su vista se agolpó todo su pasado feliz, sus días venturosos, su hijo, su mujer, la consideración general de que era objeto y cayó en una profunda meditación.

De pronto alzó la fisonomía y miró en dirección al pueblo con una terrible expresión de exterminio que asomaba como un relámpago al terciopelo de sus ojos.

El presente, el fatal presente con su nube de sangre y de muerte, se ofreció entonces a su espíritu, haciéndole apreciar lo terrible de su posición.

En el rancho que había abandonado siendo feliz aún, lo esperaban la soledad y la vergüenza, el dolor y la humillación.

Su mujer, su Vicenta era de otro hombre y su hijo llamaría tal vez padre al miserable a

What a powerful commotion stirred that man's heart when he saw the first houses of his town! How his lungs sucked in the air with which he had been nourished.

There was his ranch and his abandoned fields, without showing a sign of life, a single pasture that would accuse the presence of a human being.

There was also Vicenta Andrea's little house; where he had met her, where he had loved her and where he had linked her existence to her for eternity.

At his sight all his happy past, his fortunate days, his son, his wife, the general esteem of which he was object and fell into a deep meditation.

Suddenly he raised his face and looked in the direction of the town with a terrible expression of extermination that appeared like lightning in the velvet of his eyes.

The present, the fatal present with its cloud of blood and death, then offered itself to his spirit, making him appreciate the awfulness of his position.

In the ranch which he had abandoned while still happy, loneliness and shame, pain and humiliation awaited him.

His wife, his Vicenta, belonged to another man, and his son would perhaps called that

quien debía la afrenta cuyo recuerdo le hacía enrojecer de vergüenza.

Hay situaciones en la vida que no puede apreciar el que no pasa por ellas, porque para poder apreciar la tormenta que ruge en el espíritu, sería necesario sentir escapar la razón de la cabeza y desgarrarse el corazón a impulsos del dolor más profundo, que no alcanza a disipar el tiempo, que es el olvido de todo.

Esos dolores, esas heridas sólo las borra la muerte, única verdad de la vida.

La afrenta suprema, el olvido de la mujer querida en que se ha cifrado todo el porvenir, el hijo propio llamando padre el autor de la afrenta, que cae sobre su cabeza avasallándolo todo, postrando la frente sobre el pecho a impulsos del rubor; todo esto no lo puede valorar el que no haya pasado por ello.

Y Moreira estaba allí, mudo y sombrío eligiendo mentalmente el sitio donde había de clavar su puñal, y balanceando la afrenta con el número de puñaladas que iba a dar.

La noche venía tendiendo su negro manto y el paisano no había cambiado su actitud a dos leguas de su rancho y emboscado en el camino; parecía una fiera acechando su presa, un asesino eligiendo el paraje de la espalda ajena donde debe dirigirse la punta de su puñal.

Y allí estuvo sin hacer un movimiento, sin cambiar la expresión de su mirada, hasta que el silencio imponente del campo le indicó que era la hora fijada por él.

Moreira tomó la dirección de la casa de su compadre, al tranco de su caballo, teniendo siempre la precaución de ocultarse entre las sombras al menor ruido que oía.

Así llegó al rancho donde lo guiaba la más ardiente sed de venganza, sin haber sido visto de persona alguna.

wretched man his father, the same to whom he owed the affront, the memory of which made him blush with shame.

There are situations in life that cannot be appreciated by those who do not pass through them, because in order to appreciate the storm that roars in the spirit, it would be necessary to feel the reason escaping from the head and tearing the heart at the impulses of the deepest pain, which time is not enough to dissipate, although it is the oblivion of everything.

These pains, these wounds are only erased by death, the only truth of life.

The supreme affront, the oblivion of the beloved woman in whom his whole future has been founded, his own son calling father the author of the affront, who falls on his head, overwhelming everything, prostrating his forehead on his chest with the impulse of blushing; all this cannot be valued by those who have not gone through it.

And Moreira was there, dumb and gloomy, choosing in his mind the place where he was going to stab his dagger, and balancing the affront with the number of stab wounds he was going to give.

The night came stretching out his black cloak and the countryman had not changed his attitude when he was eight miles away from his ranch, ambushed on the road; he looked like a beast stalking his prey, a murderer choosing the spot on another's back where the tip of his dagger must go.

And there he was without making a movement, without changing the expression of his gaze, until the imposing silence of the field indicated to him that it was the time set by him.

Moreira took the direction of his buddy's house, at the walk of his horse, always taking the precaution of hiding in the shadows at the slightest noise he heard.

Thus he arrived at the ranch where he was guided by the most ardent thirst for revenge, without having been seen by any person.

¡Cuán ajenos estarían sus habitantes de pensar que allí, a dos pasos del sitio donde dormían, estaba acechándolos la muerte inevitable si Moreira llegaba a penetrar sin ser sentido!

El compadre no estaba desprevenido.

Alarmado con la visita del amigo Julián, temía que Moreira se le apareciese la noche menos pensada, y desde entonces dormía acompañado de dos mastines y con su mejor caballo atado a una ventana, que distaría apenas dos varas de su cama.

Los mastines eran con el objeto de entretener a Moreira si llegaba a venir, mientras él montaba a caballo y se ponía en salvo antes que el paisano pudiera acometerlo.

Moreira, preocupado, dominado por completo con el pensamiento de su venganza, no rodeó el rancho antes de acercarse a la puerta.

Creía además que caía en un momento en que no se le esperaba, y no podía suponer las medidas sagaces que había adoptado su desconfiado compadre.

Llegó al rancho y echó pie a tierra al lado del palenque, tratando de hacer el menor ruido que le fuese posible, secó con la manta de vicuña el sudor que corría abundantemente por su frente y se acercó a la puerta del rancho, donde puso el oído tratando de escuchar lo que adentro pasaba.

Por leves que fueran los movimientos que hizo Moreira, los mastines los sintieron y dejaron oír un gruñido amenazador, que despertó al compadre.

Aquel hombre saltó prontamente de la cama y se puso a vestirse a gran prisa, adivinando en el miedo invencible que le dominaba, la causa que había motivado el gruñido de los perros, que dormían del lado de adentro del aposento, y que se habían puesto de pie abalanzándose a la puerta.

Andrea despertó también sobresaltada al gruñido de los perros, pero su amante le puso suavemente la mano sobre la boca,

How far would its inhabitants be to think that there, two steps away from the place where they slept, the inevitable death was lurking, if Moreira managed to penetrate without being felt!

The old buddy was not unprepared.

Alarmed by the visit of his friend Julián, he feared that Moreira would appear any night when he least expected him, and since then he had slept accompanied by two mastiffs and with his best horse tied to a window, barely six feet away from his bed.

The mastiffs were intended to entertain Moreira if he came, while he rode the horse and was safe before the countryman could tackle him.

Moreira was worried, completely dominated by the thought of his revenge, and did not circle the ranch before approaching its door.

He also believed that he was coming at a time when he was not expected, and could not have guessed the shrewd measures that his distrustful buddy had taken.

He arrived at the ranch and set foot on the ground beside the tethering post, trying to make as little noise as possible, he wiped with the vicuña blanket the sweat that ran abundantly across his forehead and approached the door of the ranch, against which he pressed his ear trying to hear what was going on inside.

No matter how slight the movements of Moreira were, the mastiffs felt them and let out a threatening grunt, which woke his buddy.

The man quickly jumped out of bed and got dressed in great haste, guessing, in the invincible fear that dominated him, the cause that had motivated the grunt of the dogs, who slept on the inside of the room, and who had stood rushing to the door.

Andrea also awoke to the dogs' growling, but her lover gently put her hand over her mouth, recommending silence, and went to

recomendándole silencio, y se dirigió a la ventana en actitud de saltar al otro lado, en cuanto, como lo temía, se abriese la puerta deshecha de un puntapié o trabucazo.

Moreira se había detenido colérico al sentir el primer gruñido de los perros, había sacado su trabuco con ánimo de hacer volar la puerta y los perros, pero dos consideraciones le habían detenido.

El temor de que el estampido del arma fuese a atraer gente desbaratando su venganza y el miedo de que algunos de los proyectiles fuese a herir a su hijo que sin duda dormía en aquel cuarto que su venganza iba a convertir en un teatro de sangre.

Y al guardar su trabuco en la cintura, se pudo ver temblar la mano de aquel hombre imponderable, cuyo valor sereno le hacía afrontar sin la menor muestra de vacilación los peligros más inminentes, donde tenía una probabilidad de salir ileso contra quince o veinte de quedar en el sitio.

Moreira guardó así su trabuco en la cincha y vaciló turbado sobre la resolución que debía ser rápida, pues los perros habían dado la voz de alarma.

Aquellos animales, olfateando las rendijas de la puerta, se habían puesto a ladrar de una manera desesperada y Moreira se decidió por fin a dar el golpe.

Enrolló la manta al brazo izquierdo, sacó la daga que blandió con un ademán feroz y se echó un poco hacia atrás, tomando distancia.

Un segundo después la puerta saltaba de su encaje débil a impulsos de un vigoroso puntapié, aplicado con una fuerza verdaderamente hercúlea.

Moreira quiso saltar dentro de la pieza, pero los dos mastines se le fueron encima, obligándole a defenderse inmediatamente; entonces el compadre pasó al otro lado de la ventana y desató su caballo sobre el que

the window, making himself ready to jump to the other side, as soon as, confirming his fears, the door was opened with a kick or a blunderbuss shot.

Moreira had stopped choleric when he felt the first grunt of the dogs, he had taken out his blunderbuss with the intention to make fly the door and the dogs, but two considerations had stopped him.

The fear that the sound of the weapon would attract people by disrupting his revenge and the fear that some of the projectiles would hurt his son who was undoubtedly sleeping in that room that his revenge was going to turn into a blood theater.

And when he put his blunderbuss back in his waist, the hand of this imponderable man –whose serene courage made him face without the slightest hesitation the most imminent dangers, where he had a probability of coming out unscathed against fifteen or twenty of remaining dead in the ground–, could be seen trembling.

Moreira kept his blunderbuss on the girth and hesitated in confusion about which resolution to take, which should be quick, since the dogs had already sounded the alarm.

Those animals, sniffing at the cracks in the door, had started to bark in a desperate way and Moreira finally decided to strike.

He rolled the blanket around his left arm, took out the dagger which he wielded with a fierce gesture, and threw himself back a little, gaining distance.

A second later the door jumped from its weak frame to the impulses of a vigorous kick, applied with a truly Herculean force.

Moreira wanted to jump into the room, but the two mastiffs went over him, forcing him to defend himself immediately; then his buddy went to the other side of the window and untied his horse on which he jumped

saltó prontamente, lanzándolo a una carrera vertiginosa.

Moreira oyó la carrera del caballo y recién entonces sospechó el plan de su compadre; quiso disparar hacia su overo, seguro de darlo alcance, pero aquellos mastines lo atacaron de tal manera, que si dejaba de defenderse un minuto, un segundo, iba a ser despedazado por aquellas fieras.

Moreira tiró una puñalada tremenda y dio con el pecho de los perros, prorrumpiendo en seguida en una maldición rugiente.

–¡Se me va, se me va mi venganza! –gritó de una manera desesperante, y hundió con el taco de la bota el cráneo del perro herido que había quedado exánime.

A la voz de Moreira, respondió en el rancho un alarido desgarrador, semejante al que dejan escapar los labios cuando el cráneo estalla a impulsos de la razón que huye, alarido que heló la sangre en las venas de Moreira, proporcionando al mastín la ocasión de dar un mordisco.

La voz de Moreira había sido reconocida por Vicenta que, sabiendo que su marido había muerto, creía que aquella era su ánima que andaba penando, según aquella gente humilde e ignorante esclava de mil preocupaciones y agüerías que creen a puño cerrado.

–Ánimas benditas –exclamó aquella infeliz, dominada por el más profundo terror–, es el ánima de mi Juan que anda penando y se estrechó contra su hijo como para protegerlo de aquella visión aterrante que había aparecido en su cuarto, poniéndose a rezar precipitadamente.

Moreira se conmovió profundamente al ruido de aquella voz querida, que hacía tanto tiempo no cariciaba su oído, presentó al perro que lo acometía su brazo protegido por el poncho, y cuando éste mordió el paisano, le sepultó la daga al lado de la paleta, dejándole muerto instantáneamente.

En seguida soltó la daga, oprimió entre las manos la varonil cabeza y se puso a llorar

quickly, throwing him into a vertiginous race.

Moreira heard the horse race and only then suspected the plan of his buddy. He wanted to jump on his spotted horse, sure to give it reach, but the mastiffs attacked him in such a way that if he stopped defending a minute, a second, he would be torn apart by those wild beasts.

Moreira threw a tremendous stab and hit the dogs' breasts, bursting immediately into a roaring curse.

–I's escaping, my revenge's escaping! –he shouted desperately, and with the heel of his boot he sank the skull of one of the wounded dogs, which was on the ground, fainted.

A heart-wrenching scream answered Moreira's voice from the ranch, similar to the one that the lips let escape when the skull explodes at the impulse of the fleeing reason, a scream that froze the blood in Moreira's veins, giving the remaining mastiff the chance to take a bite.

Moreira's voice had been recognized by Vicenta who, knowing that her husband had died, believed that this was his suffering soul, according to those humble and ignorant people, slave of a thousand worries and omens that they believe with a clenched fist.

–Blessed souls –exclaimed the unhappy one, dominated by the deepest terror–, it is the soul of my Juan, who is suffering and stretched out against his son as if to protect him from that terrifying vision that had appeared in his room, beginning to pray hastily.

Moreira was deeply moved by the sound of that beloved voice, which had not caressed his ear for so long, he presented the dog that was attacking him his arm protected by the poncho, and when the dog bit the poncho, the countryman, buried his dagger next to the palette, leaving him instantly dead.

Immediately he released the dagger, pressed his manly head between his hands and be-

amargamente con esa desesperación del hombre de temple de acero que se encuentra avasallado y se entrega por completo a la desesperación del dolor más íntimo.

Al sentir aquel llanto amargo y profundo, Vicenta, se tiró de la cama al suelo, sacó una caja de fósforos de abajo de la almohada y encendió uno.

Cuando vio que lo que ella había creído una ánima en pena, era el mismo Moreira, su mismo Juan a quien tanto había llorado preguntando por su tumba.

Cuando vio a su Juan llorar de aquella manera y comprendió todo el infierno que debía arder en aquel espíritu que sin querer había ofendido de una manera tan cruel, una inmensa agonía pasó por su semblante juvenil, sus pupilas se dilataron enormemente y la palabra se heló en sus labios que temblaban y se movían como si tuvieran una conversación agitadísima.

Era tal el estado de aquella infeliz, que el fósforo que había encendido se apagó entre sus dedos sin que la quemadura fuera bastante para hacerla volver de su asombro, sus labios habían cesado de moverse y estaba allí estática con la vista clavada en Moreira con la expresión del idiotismo que caracteriza el semblante de un microcéfalo.

Cuando Moreira descubrió el rostro y levantó la cabeza, la habitación estaba sumida en la más densa oscuridad.

Fue él entonces, quien sacó a su turno un fósforo, y encendió un cabo de vela que metida en una botella se veía sobre la mesa.

Andrea no había vuelto de su atonismo y miraba a Moreira sin darse cuenta de lo que éste hacía; parecía estar bajo un ataque de demencia.

Moreira la contempló un segundo y volvió sus ojos enroquecidos por el llanto hacia la cama donde el pequeño Juancito lloraba silenciosamente, dominado por el terror que le causaron los gritos de los perros, la

maldición de Moreira y el alarido que lanzó Vicenta al reconocer la voz de su marido.

Aquel hombre se lanzó a la cama, tomó al hijo en sus brazos y aplicó a su pequeña boca sus labios abrasadores, como si quisiera absorberle toda la sangre.

En seguida se lo arrancó de los labios, lo contempló a la pálida luz de la vela con una ternura casi <u>maternal</u> y volvió a cubrirlo de besos como si quisiera pagarse con aquel placer supremo, todas las desventuras de que había sido víctima mientras vagaba en los campos ocultándose a las miradas de los demás.

El pequeño Juancito había reconocido a su padre, le había tomado las manos con las suyas y devolvía una por una cada caricia, cada beso, preguntándole en su media lengua encantadora por qué no había venido en tanto tiempo para hacerlo pasear en su peticito.

Vicenta contemplaba aquella escena sin darse cuenta de ella; allí seguía muda con la pupila dilatada y la boca entreabierta, por donde partía la respiración fatigosa.

Cuando el primer instante de arrobamiento hubo pasado, Moreira colocó al pequeño Juan sobre la cama, y fijó la intensa mirada en Vicenta, sin un átomo de rencor, sin que la idea de herir cruzara su mente.

Sentía lástima, verdadera conmiseración por aquel ser desventurado que no tenía la menor culpa de todo el drama que pasara por su espíritu ni en todo el mal que le habían hecho los hombres, recibiendo los peores golpes de sus mejores amigos.

–Vicenta –dijo solemnemente el gaucho–, ven acércate, que yo no he venido a hacerte mal, porque yo te perdono todo el que me has hecho a mí.

Al oír aquella voz, la fisonomía de Vicenta, fue tomando expresión, sus ojos brillaron de un modo particular, fijándose en Moreira primero y en su hijo después.

Su corazón empezó a regularizar sus latidos, sus ojos se humedecieron, y todo aquel

curse and the scream of Vicenta when she recognized her husband's voice.

That man threw himself on the bed, took his son in his arms and applied to his small mouth his burning lips, as if he wanted to absorb all the blood.

He immediately ripped it from his lips, looked at it in the pale light of the candle with an almost maternal tenderness and again covered him with kisses as if he wanted to repay herself with that supreme pleasure, all the misfortunes of which he had been a victim while he wandered in the fields hiding from the gaze of others.

Little Juancito had recognized his father, had taken his hands with his and returned one by one each caress, each kiss, asking him in his charming half language why he had not come in such a long time to make him walk in his little horse.

Vicenta contemplated that scene without realizing it; there she remained mute with her pupil dilated and her mouth half-opened, from where the exhausting breath departed.

When the first moment of rapture had passed, Moreira placed little Juan on the bed, and fixed his intense gaze on Vicenta, without an atom of resentment, without the idea of hurting her crossing his mind.

He felt pity, true commiseration for that unfortunate being who was not to blame for all the drama that went through his spirit nor for all the evil that men had done to him, receiving the worst blows from his best friends.

–Vicenta –said the gaucho solemnly–, come closer, for I have not come to harm you, for I forgive all that you have done to me.

When she heard that voice, Vicenta's returned to a normal state, her eyes shone in a particular way, focusing first on Moreira and then on her son.

Her heart began to regularize its beats, her eyes got wet, and all that pain that had de-

mundo de dolor que lo había privado de sentido durante diez minutos, se tradujo en un llanto copioso, como la válvula de escape a su tremenda desesperación.

–¿Cómo, sos vos? ¿Conque no has muerto? ¿Conque me han engañado? –dijo y se cubrió la cara con las manos, para ocultar su rubor.

Moreira sintió que la vergüenza quemaba sus mejillas, su situación desesperante volvió a ocupar su pensamiento y se lanzó al perro de cuyo costado arrancó la daga que había dejado allí para contemplar a su mujer cuando le habló por vez primera.

–Mátame ligero, mátame mi Juan –dijo creyendo que Moreira, al armar su brazo lo hacía para quitarle la vida en desquite de su acción.

–No lo permita mi Dios –repuso al paisano guardando el arma en su cintura–, vos no tenés la culpa y nuestro hijo te necesita porque yo no lo puedo llevar conmigo; ¿quién cuidaría de él si yo manchase mi mano matándote? Adiós –concluyó–, ya no nos volveremos a ver más porque ahora sí voy a hacerme matar de veras, puesto que la tierra no guarda para mí más que amargas penas. Adiós y cuida de Juancito.

Moreira se acercó nuevamente a la cama, selló la frente de su hijo con un beso sonoro y prolongado, y llevando la mano a la cara trató de alejarse.

–No te vayas, mátame antes –dijo Vicenta prendiéndose a su chiripá–, mátame como a un perro porque yo te he ofendido en tu honra.

–Jamás –dijo el paisano–. ¿Quién cuidaría a ese? –añadió, señalando al chiquilín que tendía los brazos. Basta, que me voy, adiós.

–No quiero –contestó Vicenta–, prendiéndose más fuerte del chiripá del paisano–, llámalo Juancito, no lo dejes ir.

Moreira comprendió que si aquella escena se prolongaba iba a ser vencido y con un es-

prived her of sense for ten minutes, translated into a copious cry, like the escape valve to his tremendous despair.

-So you are my Juan? You are not dead? So I have been deceived? –she said and covered her face with his hands to hide her blush.

Moreira felt the shame burning his cheeks, his desperate situation reoccupied his thoughts and threw himself over the dog from whose side he tore off the dagger he had left there to contemplate his wife when he spoke to her for the first time.

-Kill me fast, kill me my Juan –she said, believing that Moreira, by arming his arm, was doing so to take his life in return for his action.

-Don't let it my God –replied the countryman, putting the weapon at his waist–, you are not to blame and our son needs you because I cannot take him with me; who would take care of him if I stained my hand by killing you? Good-bye –he concluded–, we shall never see each other again, for now I will be truly killed, for the earth has nothing but bitter sorrows for me. Farewell and take care of Juancito.

Moreira approached the bed again, sealed his son's forehead with a prolonged, sonorous kiss, and putting his hand against his face he tried to get away.

-Don't go, kill me before –said Vicenta, catching her breeches–, kill me like a dog because I have offended you in your honor.

-Never –said the countryman. Who would take care of him? –He added, pointing to the little boy with the arms outstretched. Enough, I'm going, goodbye.

-I don't want you to go –replied Vicenta–, clinging more strongly to the breeches of the countryman, call him Juancito, don't let him go.

Moreira understood that if that scene was prolonged he would be defeated and with a

fuerzo poderoso se deshizo de Vicenta, tiró a su hijo un beso en la punta de los dedos y salió del rancho con increíble rapidez.

Un instante después montaba sobre su infatigable caballo y se perdía de vista a todo galope no siendo bastantes a detenerlo los lamentos de su mujer y el llanto de su hijo que llevaba a su oído el fresco viento de la noche. Moreira corría como un loco, llevando en su corazón un infierno y un volcán en su cabeza, y apuraba la marcha de su caballo que corría en dirección al juzgado de paz. Allí detuvo el vértigo de su carrera, subió con el corcel a la vereda y llamó frenético a la puerta que golpeó enfurecido, con el cabo de su rebenque.

—¿Quién canejo golpea como si fuera fonda de vascos? —preguntó de adentro el soldado de guardia, a quien los golpes habían sacado del más delicioso sueño.

—Juan Moreira, que quiere morir en buena ley —respondió el paisano—, que salga la partida de una vez y aproveche la bolada.

—Más Juan Moreira es el peludo que tenés —replicó el soldado, que creía hacérselas con un borracho—, lárguese de aquí so sonso, antes que le rompa el alma.

—Que salga la partida —gritó de nuevo Moreira, golpeando fuertemente la puerta con el rebenque—, que salga de una vez o le prendo fuego al juzgado.

El sargento y dos soldados más que dormían en el interior, habían acudido a los golpes y consultaban entre sí el partido que debían tomar, porque indudablemente, el que golpeaba así la puerta, no podía ser otro que Moreira, único capaz de semejante rasgo de audacia.

Los soldados resolvieron no abrir la puerta, visto el enemigo que estaba del otro lado, siendo el sargento el que tomó la palabra para decir a Moreira:

—Amigo, vuelva mañana porque el juez está en su casa y nos ha dejado orden de no abrir la puerta a nadie.

powerful effort he got rid of Vicenta, threw his son a kiss on his fingertips and left the ranch incredibly fast.

A moment later he was riding his indefatigable horse and lost sight of himself at full gallop, not enough to stop him from his wife's wails and the cry of his son who was carrying the cool wind of the night in his ear. Moreira rode like a madman, carrying in his heart a hell, and a volcano on his head, and rushed the march of his horse that ran in the direction of the Justice of the Peace. When he stopped his dizzying race, climbed with the steed to the sidewalk and called frantically to the door on which he knocked furiously, with the end of his whip.

—Who knocks the door this way? —asked the guard soldier from inside, whom the blows had taken from the most delightful dream.

—Juan Moreira, who wants to die in good faith —replied the countryman—, let the police come at once and take advantage of the situation.

—Juan Moreira is the drunkard you are —replied the soldier, who thought he was speaking with a drunkard—. Get the hell out of here before I beat the hell out of you.

—Let the police come out —Moreira shouted again, knocking hard on the door with the whip—, let it come out at once or I set the court on fire.

The sergeant and two other soldiers who slept inside, had come to the door, hearing the blows and consulted each other about what they should do, because undoubtedly, the one who knocked on the door in this way could not be other than Moreira, the only one capable of such an audacious deed. The soldiers decided not to open the door, given the enemy on the other side, with the sergeant taking the floor to tell Moreira:

—Friend, come back tomorrow because the judge is at home and has left us with an order not to open the door to anyone.

–Vaya a la <u>maula</u>, su flojo de porra –grito Moreira, dominado por la ira–, en la primera ocasión les he de sacar los ojos a azotes.

Y volviendo el caballo salió al galopito corto, llenando de injurias e insolencias a las personas que asustadas, se asomaban a las ventanas atraídas por el ruido descomunal.

Ansioso de buscar camorra para engañar o concluir con la desesperación que lo dominaba, Moreira golpeó todas las <u>pulperías</u> que halló al paso nombrándose para hacerse abrir, pero todas las puertas permanecieron cerradas sin que siquiera una voz se atreviera a responder a su llamado.

Moreira, desesperado y maldiciendo de su vida, tomó al galope largo el mismo camino que había traído, en dirección al 25 de Mayo donde era menos conocido.

A la irritación había sucedido una calma completa, y el paisano se puso a reflexionar mientras marchaba, que no debía hacerse matar antes de haberse vengado.

Al amanecer se detuvo en una <u>pulpería</u> del camino, donde dio de comer a su gente y tres horas de descanso a su caballo, al cabo de las cuales se puso de nuevo en camino, a pesar de las invitaciones del <u>pulpero</u> que, habiéndolo conocido, quería obsequiarlo a todo trance.

Moreira marchó todo aquel día en pequeñas jornadas, al fin de las que hacía descansar su caballo para que se repusiese del último galope que había sido serio.

A la caida de la tarde se volvió a bajar en otra <u>pulpería</u> donde dio de cenar al caballo y al Cacique, cenando él mismo y asentando cada bocado con un trago descomunal de ese beveraje espantoso que en las <u>pulperías</u> de campaña se permiten llamar pomposamente vino carlón.

En la <u>pulpería</u> encontró muchos paisanos que lo conocían, con quienes entabló alegre plática, concluyendo por mamarse.

Ya hemos dicho que bajo la presión del vino Moreira era más alegre y más accesible a

–Go to hell, your lazy slacker –shouted Moreira, dominated by anger–, on the first occasion I must whip your eyes out.

And returning to his horse, he went out at a short gallop, filling with insults and insolence the people who were frightened, leaning out of the windows attracted by the huge noise.

Anxious to look for a brawl to deceive or conclude with the desperation that dominated him, Moreira knocked on all the <u>pulperías</u> that he found in his way, naming himself to be opened, but all the doors remained closed without even a voice daring to answer his call.

Moreira, desperate and cursing his life, galloped along the same road he had brought, in the direction of 25 de Mayo where he was less known.

The irritation had been followed by a complete calm, and the countryman thought while he was leaving, that he should not be killed before he had avenged himself.

At dawn he stopped at a <u>pulpería</u> on the road, where he fed his people and rested his horse for three hours, after which he set off again, in spite of the invitations of the <u>pulpero</u> who, having known him, wanted to treat him as well as possible.

Moreira marched all that day in short rides, at the end of the day he rested his horse to recover from the last gallop that had been serious.

At the end of the afternoon he went down again to another <u>pulpería</u> where he gave dinner to the horse and to the Chieftain, dining himself and settling each bite with a huge drink of that frightful beverage that the <u>pulperías</u> of campaign are allowed to call pompously carlón wine.

In the <u>pulpería</u> he met many countrymen who knew him, with whom he engaged in a joyful conversation, ending drunk.

We have already said that under the influence of the wine Moreira was more cheer-

todo género de bromas, que devolvía con suma vivacidad.

Allí contó su vida y milagros en los toldos y aseguró que no pensaba llamarse a silencio, hasta pelear una partida de vigilantes de la misma policía de Buenos Aires, porque ya los policianos de campaña le daban asco y no servían siquiera para hacerle dar rabia.

Serían poco más o menos las dos de la madrugada, cuando Moreira pagó el gasto de todos según dijo, con plata de los indios, y se alejó perezosamente hacia el 25 de Mayo, de cuyo pueblo estaría apenas a unas cuatro leguas de distancia.

Hacía una hora que había amanecido, cuando el paisano, después de una jornada de dos leguas se detuvo en la última pulpería, a dar de comer bien al caballo y al perro, proporcionándoles un buen descanso, porque la partida de aquel pueblo estaba con la sangre en el ojo y tal vez quisiera prenderlo. Es sabido que el gaucho errante tiene un amor en cada pago, y cien amigos en cada palmo de tierra, que le avisan los movimientos de las que andan en su persecución y le indican los sitios donde puede ocultarse con menos probabilidades de ser hallado.

Y Moreira cuyas desgracias eran simpáticas a todos los paisanos, recibía en cada pulpería una crónica detallada de lo que había dicho el Juez de Paz y de lo que pensaba hacer la partida, según lo que en la trastienda había hablado el sargento Fulano o el soldado Mengano.

En aquella pulpería supo Moreira que la muerte del Pato picaso había puesto en movimiento a los policianos de la partida porque se sabía por la declaración de los compañeros, que el que había hecho aquella hazaña era Moreira, que había regresado de los toldos.

Moreira no hizo caso de las advertencias que le hacían para que se alejara de aquellos pagos; se puso a tocar la guitarra mandando echar una vuelta general de lo que gustasen,

ful and more accessible to all kinds of jokes, which he returned with great vivacity.

There he recounted his life and miracles on the Indian tents and assured that he did not intend to call himself to silence, until he fought a party of vigilantes of the same police of Buenos Aires, because the campaign policemen already disgusted him and did not even serve to make him angry.

It would be about two o'clock in the morning, when Moreira paid everyone's expenses, as he said, with money from the Indians, and moved lazily away, towards 25 de Mayo, whose town would be just fifteen miles away.

It had been an hour since dawn, when the countryman, after a journey of eight miles, stopped in the last pulpería, to feed the horse and the dog well, giving them a good rest, because the police force of that town was resentful and wanted to catch him.

It is known that the wandering gaucho has a love in each town, and a hundred friends in each patch of earth, who warn him of the movements of those who walk in pursuit and tell him the places where he can hide with less likelihood of being found.

And Moreira, whose misfortunes were sympathetic to all the countrymen, received in each pulpería a detailed chronicle of what the Justice of the Peace had said and of what the police intended to do, according to what in the back room the sergeant or the soldier so-and-so had said.

In that pulpería Moreira knew that the death of Duck Picaso had set in motion the policemen of the district because it was known by the declaration of the companions, that the one who had done that feat was Moreira, who had returned from the tents.

Moreira disregarded the warnings he received to keep away from those places; he began to play the guitar and ordered a gen-

que él pagaba por todos todo lo que se bebiera aquel día.

La jarana se armó de lo fino.

Moreira se había apoderado de la guitarra y había empezado por echar unas hueyas, concluyendo por rasguear el malambo más quiebra, que cepillaron la mayor parte de los concurrentes que estaban garuados los menos y completamente divertidos los más. Durante el día iban cayendo a la pulpería infinidad de paisanos, que tomaban parte en la jarana y se iban quedando donde encontraban los dos grandes elementos de una verdadera fiesta: guitarra y coperío a discreción.

Llegó la siesta tumbando a la mayor parte de los concurrentes que se pusieron a dormir a pierna suelta, pero Moreira que no había querido beber con exceso, seguía con la guitarra y aquello amenazaba no concluir en tres días, pues ya se habían organizado carreras y juegos de taba para el día siguiente. Moreira tenía dinero en abundancia y pagaba religiosamente al fin de cada vuelta, lo que tenía el pulpero completamente dominado y fuera de sí.

En vista de la buena paga había pelado una cañita de durazno que los paisanos saboreaban con descomunales chasquidos de lengua, prodigando mil elogios al pulpero por cuya salud brindaban de cuando en cuando, dedicándole algunas payadas y relaciones que se echaban.

Por fin unos de los últimos paisanos que habían caído a eso de las tres de la tarde, trajo una novedad que descompuso por completo el baile.

La partida de plaza había salido aquella mañana en busca de Moreira, con orden de recorrer todo el partido y matarlo donde quiera que lo hallaran, pudiendo alegar después que se había resistido a la autoridad, como siempre, a mano armada.

eral tour of what they liked, that he paid for everything that was drunk that day.

The binge was very fine.

Moreira had taken possession of the guitar and had begun by playing some hueyas, concluding by strumming a malambo, which tapped most of the competitors who were either partly or, by the most part, completely drunk.

During the day many countrymenwere dropped by the pulpería, taking part in the party and they were staying where they found the two great elements of a true party: guitar and free drinks.

It was nap time, when most of the attendees fell to sleep soundly, but Moreira, who had not wanted to drink excessively, continued with the guitar and that threatened not to end in three days, since races and games of taba had already been organized for the following day.

Moreira had money in abundance and paid religiously at the end of each round, which had the pulpero completely under his control and out of himself.

In view of the good pay, the pulpero had opened a peach rum that the countrymen tasted with huge appreciative tongue clicks, lavishing a thousand praises to the pulpero for whose health they toasted from time to time, dedicating some payadas and humorous couplets.

At last, some of the last countrymen who had fallen around three o'clock in the afternoon, brought a novelty that completely disrupted the dance.

The police force had left that morning in search of Moreira, with the order to go through the whole district and kill him wherever he was found, being able to claim later that he had resisted authority, as always, with an armed hand.

–Pues, se irán como han venido –dijo Moreira–, preludiando un <u>gato</u>, y soy capaz de pelearlos a zurdazos y con el <u>rebenque</u>.

La única lucha en que podría esmerarme es con vigilantes del pueblo, y estos, que yo sepa todavía no han salido a buscarme.

–Mire amigo que la partida viene esta vez mandada según me dicen, por don Goyo, un sargento de línea muy veterano, que dicen que es un mozo malo, capaz de traerlo a usted atado de pies y manos para que la autoridad lo fusile.

–No le haga caso amigo –volvió a decir indolentemente Moreira–. No hay partida capaz de atarme, porque la suerte pelea conmigo; eche una copa que yo pago, y si quiere vaya dígale que aquí los espero, y verá lo que hago yo con todas esas <u>maula</u>s.

¡No sirve ni para la cachetada!

Un fuerte palmoteo acogió la determinación de Moreira y la algazara siguió en un crescendo infernal.

No estaba sin embargo lejos el momento en que aquella chacota se convirtiera en una tragedia, siendo Moreira actor principal en un nuevo combate.

–Well, they will go as they came –said Moreira–, preluding a <u>gato</u>, and I am capable of fighting them with my left hand and only my whip.

The only fight that could be more demanding is with village watchmen, but these, as far as I know, have not yet come out to look for me.

–Look, my friend, the police force this time is under the command of Don Goyo, a veteran sergeant of line, who is said to be a bad boy, capable of bringing you, hand and foot bound to, the authority, so they can execute you by firing squad.

–Don't listen to them, my friend –Moreira said indolently. There is no police force capable of tying me up, because luck fights with me; have a drink that I pay for, and if you want to go tell them that I'm waiting for them here, and you'll see what I'm going to do with all those cowards.

They are not even good for a slap in the face!

A strong clap welcomed Moreira's determination and the hullabaloo continued in an infernal crescendo.

However, the moment was not far away when that scandal would became a tragedy, with Moreira being the main actor in a new combat.

11

La fuerza del destino
The power of destiny

En aquellos días había llegado de tránsito al 25 de Mayo el sargento de línea Santiago Navarro, hombre duro en la pelea y en cuyo pecho se veían dos cintas correspondientes a dos condecoraciones ganadas en la heroica campaña del Paraguay, donde cada soldado fue un héroe.

El sargento Navarro era un hombre flaco de pelo lacio y bigotes cerdudos, pero dotado de una fuerza muscular poderosísima. Navarro había llegado al 25 de Mayo donde había oído todas las mentas que se contaban de Moreira, escandalizándose cristianamente de los triunfos que se le atribuían sobre las numerosas partidas con que había peleado. Sabiendo Navarro que el Juez de Paz había dispuesto saliese la <u>partida de plaza</u> en persecución de Moreira, y oyendo decir que ésta se haría la que no lo había encontrado porque le tenía miedo, se presentó al Juez de Paz pidiendo el mando de la partida y prometiendo que si el gaucho se hallaba en el partido lo traería vivo o muerto.

La proposición de Navarro fue aceptada con verdadero júbilo y en el acto se dispuso todo para salir en busca del terrible gaucho. Navarro había averiguado qué clase de hombre era Moreira y con qué estrategia se

In those days, line sergeant Santiago Navarro had arrived to 25 de Mayo. He was a man hard in the fight and on his chest there were two ribbons corresponding to two decorations won in Paraguay's heroic campaign, where each soldier was a hero.

Sergeant Navarro was a skinny man with straight hair and bushy whiskers, but endowed with powerful muscular strength. Navarro had arrived at 25 de Mayo where he had heard all the Moreira's deeds, being scandalized christianly by the triumphs attributed to him over the numerous police forces he had fought.

Knowing Navarro that the Justice of the Peace had ordered the police force to leave the square in pursuit of Moreira, and hearing that the police would pretend that they had not found him because they were afraid of him, he went to the Justice of the Peace asking for the command of the party and promising that if the gaucho was in the district he would bring him alive or dead.

Navarro's proposal was accepted with true joy and in the act everything was arranged to go out in search of the terrible gaucho. Navarro had found out what kind of man Moreira was and what strategy he used to

batía, para poder luchar contra diez o doce hombres ventajosamente, pues suponía que se parapetaría detrás de alguna cosa; o usaría de alguna táctica maliciosa que le proporcionara serias ventajas sobre sus enemigos. Pero cuando supo que el gaucho peleaba lealmente, cuerpo a cuerpo y sin hacer uso de tretas, Navarro se rió alegremente y dijo que había de traer preso a Moreira, y que lo había de traer vivo.

Si Navarro hubiese conocido la clase de enemigo con quien iba a estrellarse, tal vez no hubiera prometido tanto, más soldado viejo y habituado a luchas rudas y laboriosas, no podía suponer que un hombre solo pudiese resistir a doce bien armados y sobre todo cuando estos hombres iban a ser guiados por él, que se tenía por bravo y bueno.

Navarro proclamó a su gente, diciéndoles que era una vergüenza que fueran el juguete de un hombre solo y que él les iba a mostrar cómo se prende un bandido.

Tanto habló el sargento y tanta patraña contó, que los policianos se templaron y se dispusieron a seguirlo llenos de confianza.

El Juez de Paz del 25 de Mayo ofreció a Navarro una buena recompensa si le traía a Moreira, y el buen sargento se puso en campaña con diez de los soldados, rogando a Dios que le hiciera dar con la guarida del gaucho, pues ardía en deseos de toparse con él porque había comprometido su amor propio de veterano y había charlado en toda regla.

Navarro recorrió medio partido por los lados que le indicaban podría estar Moreira pero por más que registró las pulperías no lo pudo encontrar.

–Esta gente es muy ladina decía Navarro a sus soldados, y son capaces de esconderlo sabiendo que soy yo el que anda en su busca, pero como llegue a saber que me juegan sucio, prendo a todos los pulperos y con una cepiada, jefe me hago decir dónde está

fight ten or twelve men advantageously, because he supposed that he would hide behind something; or he would use some malicious tactic that would give him serious advantages over his enemies.

But when he learned that the gaucho was fighting loyally, hand to hand and without the use of tricks, Navarro laughed cheerfully and said that he had to bring Moreira to prison, and that he had to bring him alive.

If Navarro had known the kind of enemy with whom he was going to collide, perhaps he would not have promised so much, but he was an old soldier, used to rough and laborious fights, and he could not suppose that one man could resist twelve well-armed men, particularly when these men were going to be led by him, who was regarded as brave and good.

Navarro spoke to his people, telling them that it was a shame that they were a toy of a single man's and that he was going to show them how to catch a bandit.

The sergeant spoke so much and told so much rubbish, that the policemen were tempered and willing to follow him full of confidence.

The Justice of the Peace of 25 de Mayo offered Navarro a good reward if he brought Moreira, and the good sergeant began a campaign with ten of the soldiers, begging God to make him find the gaucho's lair, because he burned with the desire to meet him because he had compromised his self-esteem as a veteran and had publicly compromised himself.

Navarro toured half of the district on the places where he was told Moreira might be found, but no matter how much he registered the pulperías, he could not find him.

–These people are very clever said Navarro to his soldiers, and they are capable of hiding him knowing that I am the one that is searching him, but as I get to know that they play dirty to me, I will catch and put on the stocks all the pulperos, and I'll force

ese espantajo que tan sin razón asusta toda la gente.

Los soldados estaban llenos de bríos y confianza, al ver el deseo que demostraba Navarro en hallar a Moreira, y pensaban que aquel hombre había de ser muy guapo cuando tan ganoso se mostraba, a pesar de conocer que Moreira peleaba con el diablo y de saber lo que sucediera a Leguizamon por haberse metido a buscarle camorra.

Ya Navarro empezaba a desesperar del éxito de su empresa por no dar con el hombre, cuando supo que en una pulpería como a dos leguas de distancia, estaba un forastero que había llegado esa mañana y había armado un baile con coperío, en el que ya había unos cuantos mozos divertidos.

–Puede ser que ese sea –dijo Navarro y tomó el camino de la pulpería indicada, seguido de los diez soldados que creyendo que pudieran hallar allí a Moreira, habían perdido la mitad de los bríos y empezaban a no creer que aquel hombre tan flaco y tan charlatán, pudiera con Juan Moreira y llegara hasta prenderlo.

Animado y alegre, Navarro seguía andando hacia la pulpería, sin notar el desaliento que empezaba a dominar a su tropel y manteniendo a los caballos viejos patrios, en un trote sostenido, porque quería conservarlos frescos para el caso previsto por él, de tener que perseguir a Moreira que ya le habían dicho que andaba muy bien montado.

Cuando avistó la pulpería hizo hacer un altito a la gente para cinchar y tomar esas pequeñas precauciones a que el soldado está habituado antes del combate.

Fue entonces que el paisano que había traído la noticia a Moreira de que lo andaban buscando y quien de cuando en cuando salía afuera a divisar el campo, vio la partida, y entrando a la pulpería todo espantado dijo a Moreira que huyera, porque hacia la pulpería venía una partida, como de doscientos por lo menos.

them to say me where is that scarecrow that so without reason frightens all the people.

The soldiers were full of energy and confidence, when they saw Navarro's desire to find Moreira, and they thought that this man had to be very brave when he was so decided, despite knowing that Moreira was fighting with the devil at his side, and knowing what happened to Leguizamon for having gone in search of him.

Navarro was already beginning to despair and loose faith on the success of his quest to find Moreira, when he found out that in a pulpería about eight miles away, there was a stranger who had arrived that morning and had set up a dance with a free drinks, in which there were already a few drunken countrymen.

–Maybe that's the place –said Navarro and took the road to the indicated pulpería, followed by the ten soldiers who, believing they could find Moreira there, had lost half their energy and were beginning not to believe that such a skinny and boastful man could win over Juan Moreira and even take him prisoner.

Animated and cheerful, Navarro continued riding towards the pulpería, not noticing the discouragement that began to dominate his flock and kept the old horses in a sustained trot, because he wanted to keep them fresh for the case foreseen by him, of having to chase Moreira, since he had already been told that he was well ridden.

When he saw the pulpería he made a little stop to let his people prepare his horses and to take those small precautions to which the soldier is accustomed before the combat.

It was then that the countryman who had brought the news to Moreira that they were looking for him and who from time to time went outside to see the field, saw the police, and entering the pulpería, all frightened told Moreira to flee, because the police were coming towards the pulpería, and they were about two hundred at least.

–No me hago a un lado de la huella, ni aunque vengan degollando –dijo alegremente el paisano, suspendiendo la relación de un gato que echaba en ese momento.

Este día –agregó–, tengo ganas de pelear para que no se vaya sin verme ese veterano que las viene echando de bueno, porque a la fija no me conoce –y salió a ver la gente que venía.

El sargento y los soldados se habían puesto en marcha de nuevo, muy desalentado el primero por la presencia de aquella gente, pues a estar allí Moreira, huiría precipitosamente.

–Aquel caballo overo bayo que está en el palenque con un perrito arriba –dijo a Navarro uno de los soldados–, es el caballo de ño Juan Moreira.

–Prenda será mía desde hoy –respondió Navarro porque su dueño no la va a necesitar más y aunque la necesitase sería lo mismo, porque se la voy a quitar.

Los milicos se miraban asombrados al ver la serenidad de aquel hombre, a quien empezaban a tener lástima porque presentían un triste fin.

La vista sólo del caballo de Moreira, descompaginó por completo a la partida, viendo que el trance duro se acercaba y que había que hacer de tripas corazón.

Cuando la partida llegó a la pulpería, Moreira había ya montado sobre su overo, después de revisar con suma ligereza los gatillos de sus enormes trabucos.

Con la rienda recogida y el poncho enrollado al brazo izquierdo, esperó tranquilo que le dirigieran la palabra, como si no fuera él a quien buscaban.

El sargento Navarro se dirigió resueltamente a Moreira.

No tenía más arma que un sable de caballería que pendía de su cintura, arma que consideraba más que suficiente para pren-

der al gaucho, por estar hecho a ella hacía muchos años.

Los soldados se habían detenido un poco atrás, dominados por la situación, y esperaban que Navarro les indicase lo que habían de hacer aunque ellos hubieran preferido disparar.

–¿Es usted Juan Moreira? –preguntó el sargento al paisano, examinando a Moreira con una mirada rápida y sumamente penetrante:

–¿Qué dice, don? –contestó éste, clavando sus negros ojos en los del sargento y revolviendo el caballo de manera a no presentar ninguno de los flancos.

Ese tal soy yo para lo que guste mandar.

–Pues, amigo dispense –agregó Navarro–, pero traigo orden del Juez de Paz de prenderlo y con su permiso –concluyó queriendo echar mano a la rienda del overo–, sígame.

Un relámpago de soberbia brilló en la pupila del gaucho que recogió la rienda del overo haciéndolo retroceder con altanería suprema, dijo:

–Vamos por partes, amigo, yo no soy mancarrón para que me hagan parar a mano, ni soy candil para que así no más me prendan.

–Es inútil hacer resistencia –dijo Navarro con gran calma–, me han mandado que lo prenda, y tengo que cumplir la orden sin remedio con que dese preso.

–¡Y que facilidad canejo! –respondió Moreira sonriendo–, ni mi tata que fuera para hablar así –y con gran arrogancia sacó uno de los trabucos.

–A él –gritó Navarro sacando el sable–, cuidado de no matarlo, que he de llevar vivo a este maula, y todos cargaron a una.

Moreira tendió el brazo al montón de los milicos y disparó su arma terrible partiendo en seguida a toda la carrera del overo.

the gaucho, because he was used to it since many years ago.

The soldiers had stopped a little behind, dominated by the situation, and they hoped that Navarro would tell them what to do even if they had preferred to escape.

–Are you Juan Moreira? –asked the sergeant, looking at Moreira with a quick and extremely penetrating eye:

–What do you say, Don? –he answered, nailing his black eyes to the sergeant's and stirring the horse so as not to present any of his flanks.

That's me for what you like to command.

–Well, my friend, excuse me –added Navarro–, but I have an order from the Justice of the Peace to seize you, and with your permission –he concluded, wanting to take the reins of the spotted horse–, follow me.

A flash of arrogance shone in the pupil of the gaucho who picked up the reins of his horse and made him retreat. Then he said, with supreme arrogance:

–Let's go by parts, my friend, I'm not an old weak horse to be stopped by your hand, and I'm not a candle so they can just light me up.[1]

–It's useless to resist –said Navarro calmly–, I've been ordered to take you, and I have to comply with the order without fault, so you are coming with me as my prisoner.

–And how easy is it, hell! –Moreira replied with a smile–, not even my father spoke like that –and with great arrogance he pulled out one of his blunderbusses.

–To him –Navarro shouted as he pulled out his saber–, be careful not to kill him, for I must bring this coward alive, and they all charged at one.

Moreira stretched out his arm pointing to the group of soldiers and fired his terrible weapon, immediately escaping swiftly in his spotted horse.

---

1 This phrase is a pun. In Spanish the same word "prender", means to light a fire and to take somebody as a prisoner.

–Que no se vaya –gritó de nuevo Navarro, lanzándose sobre Moreira al débil galope del patrio, sin fijarse que el disparo del trabuco le había volteado un hombre.

La huida de Moreira, era con el objeto de guardar el arma, descargar y sacar el otro trabuco sin dar lugar a que lo hirieran.

Así es que unos segundos después se le vio dar vueltas bridas, y dirigirse de nuevo al grupo de soldados que habían quedado atónitos sobre quienes disparó el otro trabuco, postrando en tierra otro de los soldados, mortalmente herido.

El resto de la partida, comprendiendo que iba a suceder lo de siempre y que era inútil luchar contra aquel hombre, se puso en precipitosa fuga, abandonando a Navarro que galopaba enfurecido hacia el encuentro del gaucho, luchando con la impotencia del patrio y con la indignación que le causara la fuga de los soldados.

Moreira esperaba tranquilo la acometida, con la daga en la mano, pues la partida era ya igual y tenía ciega fe en el desenlace de la lucha.

Navarro además venía pésimamente montado y ésta era una ventaja enorme que el paisano apreciaba en su importante valor.

Los paisanos que se habían metido en la pulpería, temiendo ser víctima de algún tiro mal dirigido, empezaron a salir a ver la lucha de arma blanca.

Navarro llegó a donde estaba Moreira amenazando un terrible corte a la cabeza, pero éste encabritó su caballo que era una seda en la boca y evitó el golpe ganando al sargento el lado izquierdo, por donde le acometió recio hiriéndole el caballo bajo de la paleta para entorpecer sus movimientos.

Cuentan que aquella era la lucha en que más astucia desplegó Moreira; no quería matar al sargento, pero sí hacerle ver su inmensa superioridad.

–Don't let him go –shouted Navarro again, throwing himself at Moreira at the weak gallop of his horse, without noticing that the blunderbuss shot had knocked down one of his men.

Moreira's escape was in order to put away his discharged gun, unload and take out the other blunderbuss without taking a chance of being hurt.

So a few seconds later he was seen turning, and going back towards to the group of soldiers who were stunned, an on whom he fired the other blunderbuss, prostrating another of the soldiers on the ground, mortally wounded.

The rest of the police, understanding that the usual thing was going to happen and that it was useless to fight against that man, went into a precipitous escape, abandoning Navarro who was galloping enraged to reach the gaucho, fighting with the impotence of his horse and with the indignation caused by the escape of his soldiers.

Moreira waited calmly for the attack, with the dagger in his hand, because the game was already the same than before and he had blind faith in the outcome of the fight.

Navarro also came badly mounted and this was an enormous advantage that the countryman appreciated in its important value.

The countrymen who had gotten into the pulpería, fearing to be a victim of some misdirected shot, began to come out to see the knife fight.

Navarro arrived at Moreira's place threatening a terrible cut to his head, but he reared up his horse which had a mouth of silk and avoided the blow by winning the sergeant's left side, where he attacked him hard wounding the horse under the paddle to hinder his movements.

They say that this was the fight in which Moreira was most astute; he did not want to kill the sergeant, but he did want to make him see his immense superiority.

Navarro era un hombre bravo hasta la exageración, había comprometido su amor propio, y estaba decidido a prender Moreira o morir a sus manos.

Se cubría en el ataque admirablemente bien, atendiendo a la defensa con gran tino, pero luchaba con un enemigo ágil y bien montado a quien no podía encontrar con los golpes de su sable, teniendo que distraer la mitad de su atención en su caballo flaco y despaletado.

Moreira reía ruidosamente a cada golpe que evitaba, ya con el poncho, ya levantando en la rienda a su overo que giraba en las patas como un trompo.

Sobre la cabeza de su apero se veía al Cacique enfurecido, que tomaba parte en la lucha con sus ladridos desesperados y su ademán hostil.

Moreira, atendiendo más que a la propia la fatiga del caballo, preparó su golpe favorito, y cuando menos lo esperaba Navarro, hundió sobre su frente la terrible daga que penetró hasta el hueso, produciéndole una herida de más de tres centímetros, por la que empezó a salir abundante sangre, que enceguecía al sargento al caer sobre los párpados.

Navarro soltó una enérgica maldición y cayó de nuevo sobre Moreira desesperadamente, con un golpe supremo, pero Moreira evitó el hachazo, bandeando a su vez el brazo derecho de su adversario, con una puñalada hasta la S.

Al sentirse herido Navarro de una manera que le inutilizaba el brazo, abandonó la rienda del caballo y tomó el sable con la mano izquierda.

–¡Ah!, ¡hijo del país! –exclamó Moreira entusiasmado con aquel rasgo de valor.

¡Así me gusta un tirano! y sin dar tiempo a Navarro a hacer uso de su sable, se lo arrancó de la mano con un movimiento vigoroso, diciéndole al mismo tiempo:

–Con Dios, mozo lindo, yo no sé matar hombres guapos –y volvió su caballo al lado derecho, en momentos que el patrio venía al suelo arrastrando en su caída al desventurado sargento.

Moreira se retiró algunos pasos, echó pie a tierra y después de arrojar el sable y guardar su daga, se acercó a Navarro que había quedado exánime.

Levantó al herido y haciéndose ayudar por los asombrados testigos de aquella lucha, le condujo al interior de la pulpería donde lo reconoció con prolijidad.

Navarro estaba desvanecido por la pérdida de sangre, pero sus heridas no eran mortales.

Moreira las lavó con caña, perfectamente, hizo un prolijo vendaje en la frente con el pañuelo que llevaba al cuello y metió en la herida del brazo el terrible tarrugo de trapo quemado que usan los paisanos para estancar la sangre en las heridas calificadas de puñaladas.

Concluida esta operación, Moreira abrió la boca de Navarro y con la suya propia, le echó adentro un trago de caña para entonarlo.

En seguida se sentó al lado del catre y se puso a mirar al sargento con una verdadera expresión de cariño.

Era el valor subyugado por el valor: si Navarro, después de sus promesas, se hubiera batido flojamente, Moreira lo hubiera muerto o se hubiera burlado de una manera sangrienta; pero Navarro se había batido como un valiente, había sido vencido con bravura, y Moreira se había sentido cautivado.

Ya hemos dicho que el valor es la prenda que más se estima entre los paisanos.

Moreira permaneció todo el resto de la tarde y de la noche, atendiendo a Navarro con una solicitud verdaderamente paternal.

Navarro había despertado después de media noche y contemplaba silencioso y agradecido los cuidados que le prodigaba aquel hombre tachado de bandido a quien él viniera a prender.

–Godspeed, brave man, I don't know how to kill brave men –and he returned his horse to the right side, at a the same time when the other horse was coming to the ground, dragging the unfortunate sergeant in his fall. Moreira withdrew a few steps, set foot on the ground, and after throwing the sword and keeping his dagger, he approached Navarro, who had been rendered helpless.

He picked up the wounded man and, being helped by the astonished witnesses of that fight, took him inside the pulpería where he checked him neatly.

Navarro had vanished from the loss of blood, but his wounds were not mortal.

Moreira washed them perfectly with rum, he made a neat bandage on his forehead with the handkerchief he wore to his neck, and he put the terrible burnt rag tong that countrymen use to stop the stab wounds bleeding, into the wound in his arm.

Once this operation was over, Moreira opened Navarro's mouth and, with his own, poured a sip of rum into it to intone it.

Then he sat down next to the cot and looked at the sergeant with a real expression of affection.

It was courage subjugated by courage: if Navarro, after his promises, had fought weakly, Moreira would have killed him or mocked him in a bloody manner; but Navarro had fought like a brave man, he had been defeated with bravery, and Moreira had felt captivated.

We have already said that courage is the most esteemed asset among countrymen.

Moreira remained for the rest of the afternoon and evening, attending to Navarro with a truly paternal concern.

Navarro had woken up after midnight and contemplated silently and gratefully the care lavished on him by that man branded as a bandit whom he came to take.

–Gracias paisano –le había dicho varias veces–. Usted es un hombre a carta cabal y ya no extraño todas las proezas que de usted me habían contado.

Moreira había sonreído tristemente ante aquel cumplimiento diciendo que con aquello no hacía más que cumplir con su deber, pues un valiente todo lo merece.

Y así pasó toda la noche sin separarse del catre, donde yacía Navarro, sino el tiempo necesario para dar de comer a su caballo y a su perro.

Cuando empezó a clarear y el <u>poncho</u> de los pobres asomó en el cielo hermosísimo, Moreira cinchó su caballo y se puso a hacer los preparativos de marcha.

–Yo me voy compañero –dijo–, pero antes es preciso que hagamos la mañana, pues tal vez no volvamos a vernos. Yo no tengo el cuero para negocio y alguna vez ha de ser la buena.

–No habiéndolo prendido yo –dijo débilmente– lo que es a usted no lo prende nadie, a no ser que lo agarren dormido o a traición.

–Dios le oiga amigo –dijo Moreira, despidiéndose de todos y pagando todo el gasto que había hecho, salió afuera, montó en su caballo y tomó al trotecito el camino de Navarro.

Para él ya todos los rumbos eran lo mismo; en todas partes había partidas y su destino era pelear con ellas hasta que lo mataran.

Cuando Moreira se hubo perdido de vista, el <u>pulpero</u> queriendo quedar bien con la justicia, se acercó a Navarro y le dijo demostrando el mayor interés:

–Puede darse por bien servido amigo, que este bandido no le haya degollado, pues tiene más entrañas que un dorado y no se para en una puñalada más o menos.

–El que diga que ese hombre es bandido –repuso Navarro incorporándose con firmeza en el catre–, es un puerco a quien le he de sacar los ojos a azotes, y volvió a caer postrado por la debilidad que le ocasionara la pérdida de sangre.

–Thank you, countryman –he had told him several times. You are a true man and I no longer doubt all the exploits of you I've been told about.

Moreira smiled sadly at that compliment, saying that with that he was only doing his duty, for a brave man deserves everything.

And so he spent the whole night without leaving the cot, where Navarro lay, but only the time he needed to feed his horse and his dog.

When the day began to clarify and the <u>poncho</u> of the poor (the Sun) appeared in the most beautiful sky, Moreira girthed his horse and began to make preparations for the march.

–I'm going, comrade –he said–, but first we must make the morning, for we may never see each other again. I don't have the endurance to keep this business for long, and sometimes they will catch me.

–Not having caught you myself –he said weakly–, no one will be able to take you, unless they catch you asleep or betray you.

–May God hear you my friend –said Moreira, saying goodbye to everyone and paying all his expenses, he went outside, got on his horse and trotted down along the path to Navarro.

For him all roads were the same; everywhere there were police forces and his destiny was to fight with them until they killed him.

When Moreira had lost sight of him, the <u>pulpero</u>, wanting to look good with justice, approached Navarro and told him showing the greatest interest:

–You are lucky, friend, that this bandit have not have slit your throat, for he has more guts than a dorado and does not stop at a stab more or less.

–Whoever says that this man is a bandit –said Navarro, standing firmly on the cot–, is a pig whose eyes I have to whip out, and he fell down again, prostrated by the weakness caused by the loss of blood.

12

La soberbia del valor
The arrogance of courage

Moreira regresó a Navarro y empezó a recorrer todos los partidos vecinos, Cañuelas, Saladillo, Lobos, Salto y las Heras, siendo el terror de sus habitantes y de las partidas de plaza.

Dormía de día en medio del campo, fiado en la vigilancia de su perro y se acercaba de noche a las poblaciones a buscar sus víveres y vicios.

Peleaba con los gauchos que tenían hechos y reputación, contentándose con vencerlos y no matándolos sino en el caso que esto fuera muy necesario a su defensa.

Las partidas de plaza estaban completamente dominadas, y si acaso le presentaban combate era para huir inmediatamente que el gaucho las acometía.

Solía venir al partido de Lobos, donde se alojaba en una casa llamada "La estrella" y allí pasaba dos o tres días entregado al juego, al beberaje y a las mujeres.

Mientras Moreira estaba allí no sucedía ningún escándalo porque él no lo permitía, ¿y quién contrarrestaba aquella voluntad de acero?

Moreira salía al camino y detenía las galeras que venían a Lobos de los partidos vecinos a tomar el tren, pues sospechaba que en al-

Moreira returned to Navarro and began to tour all the neighboring districts, Cañuelas, Saladillo, Lobos, Salto and Las Heras, being the terror of its inhabitants and the police forces.

He slept during the day, in the middle of the countryside, trusting in the vigilance of his dog and approached the towns at night to look for his provisions and vices.

He fought with the gauchos who had a reputation of brave deeds, contenting himself with defeating them and not killing them, unless in the case that this was very necessary for his own defense.

The police forces were completely overwhelmed, and if they attacked him it was to flee immediately, after the gaucho counterattacked them.

He used to come to the Lobos district, where he stayed in a bawdy house called "The Star" and there he spent two or three days devoted to game, drinking and women.

While Moreira was there no scandal happened because he did not allow it, and who countered that steel will?

Moreira went out on the road and stopped the stagecoach that came to Lobos from the neighboring district to take the train,

guna de ellas podía ir su odiado compadre, a quien había jurado matar, y hacía un general registro entre los pasajeros a quienes obligaba a descender para registrar el interior del vehículo.

En las diligencias venían generalmente pasajeros armados hasta los dientes, con la decisión de matar a Moreira si les salía al camino, pero al encontrarse con el gaucho olvidaban por completo su propósito y las armas permanecían inofensivas en sus manos heladas por el espanto.

Moreira hacía un prolijo registro y convencido de que no iba allí su compadre, las dejaba seguir viaje sin hacer a los pasajeros el menor daño.

Un día Moreira tuvo noticia de que en una galera que debía pasar por el Durazno, para tomar el tren en Lobos, venían su mujer y su compadre que se dirigían a Buenos Aires.

Moreira se fue al Durazno y se emboscó en la pulpería por donde tenía que pasar la galera, decidido a degollar irremediablemente a aquel hombre que tanto odiaba.

Una partida de plaza fuerte y bien preparada recorría también los campos ese mismo día, en demanda del terrible gaucho, no ya para prenderlo sino para matarlo.

Moreira sabía que lo buscaban, pero ni siquiera había pensado en ocultarse y sacar el cuerpo a aquella partida, pues tenía por todas ellas el mayor desprecio.

El gaucho se había emboscado ocultando también su caballo para que la gente de la galera no tuviese desconfianza alguna y esperaba con la paciencia de un zorro.

Serían como las doce del día, cuando en las revueltas del camino, apareció la galera, arrancando a Moreira un grito de júbilo.

Tanto el pulpero como algunos paisanos que estaban allí refrescando, temblaban de espanto al pensar lo que iba a suceder, no atreviéndose ninguno de ellos a disuadirlo.

because he suspected that in some of them could go his hated buddy, whom he had sworn to kill, and he made a general search among the passengers whom he forced to descend to search the interior of the vehicle. The passengers of the stagecoaches generally were armed to the teeth, with the decision to kill Moreira if he went crossed them on the road, but when they met the gaucho they completely forgot his purpose and the weapons remained inoffensive in their hands frozen with fright.

Moreira made a neat search and convinced that his buddy did not go there, he let them continue their journey without doing the least harm to the passengers.

One day Moreira learned that in a stagecoach that had to pass through Durazno, to take the train in Lobos, his wife and his buddy were going to Buenos Aires.

Moreira went to Durazno and hid in the pulpería where the stagecoach had to pass, determined to irremediably slit the throat of that man he hated so much.

A well-prepared police force also covered the fields that same day, searching for the terrible gaucho, not to catch but to kill him.

Moreira knew that they were looking for him, but he had not even thought of hiding and escaping from them, because he had the greatest contempt for all of them.

The gaucho had hid, not only himself but also his horse so that the people of the stagecoach would not have any distrust, and he waited with the patience of a fox.

It would be like twelve o'clock in the day, when the stagecoach appeared in the turns of the road, tearing away from Moreira a shout of joy.

Both the pulpero and some of the countrymen who were refreshing there were trembling with fright at the thought of what was going to happen, none of them daring to dissuade him.

En la galera venían el mayoral y seis peones, trayendo ocho pasajeros perfectamente armados, entre los que se contaba el referido compadre que traía un remington.

Cuando la galera iba a pasar por la <u>pulpería</u>, sin detenerse, temiendo que a ella pudiese llegar Moreira, éste saltó al camino y dio la voz de alto y a tierra.

–Pero amigo Moreira –dijo el mayoral endulzando la voz todo lo que fue posible–, déjenos seguir viaje que llevamos el tiempo contado para alcanzar el tren.

–Alto, he dicho –replicó el soberbio gaucho cruzándose de brazos delante de la galera, yo tengo que revisar ese coche antes que siga el viaje.

–Esto es de vicio, amigo –añadió humildemente el mayoral, adentro no viene ningún enemigo suyo y usted nos va a hacer perder el tren, que no sabe dar espera.

Moreira no contestó una sola palabra, pero sacó de su cintura uno de sus enormes trabucos y apuntó al mayoral: la galera se detuvo como por un resorte.

Los pasajeros, armados como estaban podían haberse defendido por las ventanillas, tal vez matando al paisano, pero la proximidad de Moreira les había aterrorizado, pasando en el interior de aquel vehículo una escena tocante, y conmovedora.

La voz de Moreira había sido reconocida por tres de los pasajeros, produciendo en cada uno de ellos una impresión diversa pero igualmente profunda.

El compadre abandonó su remington y se echó de barriga en el fondo de la galera, diciendo a los compañeros de viaje:

–Por Dios, amigos, ese hombre me busca y si me ve me va a degollar, échenme encima los <u>ponchos</u> y tengan piedad de mí; traten que ese hombre no me vea porque a la fija me mata.

Vicenta reconoció también la voz del gaucho y se echó a llorar desesperadamente.

In the stagecoach came the foreman and six laborers, carrying eight perfectly armed passengers, including the aforementioned fellow with a remington.

When the stagecoach was about to pass through the <u>pulpería</u>, without stopping, fearing that Moreira might reach it, Moreira jumped into the road and ordered them stop and come down.

–But my friend Moreira –said the foreman, sweetening his voice as much as possible–, let us continue our journey, for we have been counting the time to reach the train.

–Stop, I said –replied the superb gaucho folding his arms in front of the stagecoach–, I have to check that carriage before the journey continues.

–This is vice, my friend –added the foreman humbly–, no enemy of yours is coming in, and you're going to make us miss the train, which you will not wait for us.

Moreira didn't answer a single word, but he pulled out one of his enormous blunderbusses from his waist and pointed at the foreman: the stagecoach stopped as if arrested by a spring.

The passengers, armed as they were, could have defended themselves through the windows, perhaps killing the countryman, but Moreira's proximity had terrified them, and a touching and moving scene happened inside that carriage.

Moreira's voice had been recognized by three of the passengers, producing in each of them a diverse but equally profound impression.

The old Moreira's buddy left his remington and fell on his belly at the bottom of the galley, telling his fellow travellers:

–For God's sake, my friends, this man is looking for me, and if he sees me, he's going to slit my throat, throw the <u>ponchos</u> over me, and have mercy on me.

Vicenta also recognized the voice of the gaucho and began to cry desperately. She

No temía al paisano, sabía que éste no la había de matar, puesto que no la mató la noche aquella que apareció en su rancho, pero al timbre de aquella voz se había agolpado a su espíritu todo el inmenso amor que le inspiraba su marido, y el recuerdo de todo su pasado acudía a su memoria haciéndole caer en aquella amarga y honda desesperación.

Y lloraba desconsoladamente ocultando el semblante como para huir a la mirada de Moreira, que sentía gravitar sobre su corazón, cuyos movimientos rápidos y agitados se apercibían sobre la ropa.

La tercer persona que había reconocido aquella voz enérgica, era Juancito, el pequeño Juancito que iba en brazos de la desventurada Vicenta.

Juancito gritaba alegremente y extendía sus bracitos hacia las ventanillas de la galera llamando a su tata y prodigándole mil cariños en su encantadora media lengua.

Cuando Moreira asomó la cabeza al interior de la galera, se estremeció poderosamente y quedó inmóvil fijando en su hijo su mirada entornada por una impresión íntima. Olvidó por completo el propósito que allí lo llevaba, olvidó a su compadre pegado al fondo de la galera y no tuvo ojos más que para mirar a Juancito. Sin retirar el trabuco que brillaba en su diestra, metió las manos por la ventanilla de la galera y empezó a acariciar a su hijo de todos modos. Al espanto entre los pasajeros, había sucedido un asombro mezclado a una especie de respeto engendrado por la actitud de profundo cariño asumida por el gaucho, cariño que asomaba dulcísimo a su pupila, dando a aquella fisonomía varonil y hermosa una expresión de dulzura arrobadora. Era aquel un cuadro magnífico, de aquellos que no se pueden trasladar al lienzo, porque no está al alcance del hombre el poder imitar aquella chispa divina que asoma a la mirada en ciertas situaciones del espíritu, chispa ini-

did not fear the fellow countryman, she knew that he was not going to kill her, since the night he appeared on the ranch he didn't kill her, but at the sound of that voice all the immense love that her husband inspired her had overwhelmed her spirit, and the memory of all her past came to her memory, making her fall into a bitter and deep despair.

And she wept disconsolately, hiding her countenance as if to flee from Moreira's gaze, which she felt gravitating over her heart, whose rapid and agitated beating was noticed on her clothes.

The third person who had recognized that energetic voice was Juancito, the little Juancito who was in the arms of the unfortunate Vicenta.

Juancito shouted joyfully and extended his arms towards the windows of the galley calling his father and lavishing a thousand affection on him in his charming half tongue.

When Moreira looked into the galley, he shuddered powerfully and stood still, fixing his gaze on his son, surrounded by an intimate impression. He completely forgot his purpose there, he forgot his buddy, glued to the bottom of the stagecoach, and had no eyes but to look at Juancito. Without removing the blunderbuss, that shone in his right hand, he put his hands through the window of the galley and began to caress his son anyway. The fright among the passengers, was replaced by an astonishment mixed with a kind of respect engendered by the attitude of deep affection assumed by the gaucho, affection that appeared very sweet to his eyes, giving that manly and beautiful physiognomy an expression of rapturous sweetness. It was that magnificent picture, one of those who cannot be transferred to the canvas, because it is not within man's reach to imitate that divine spark that appears to the eye, in certain moments of the spirit, an inimitable spark that can be called

mitable que se puede llamar belleza de la expresión. Y allí estaba Moreira absorto en la contemplación de su hijo, que devolvía una a una sus caricias, rogándole lo llevara consigo en ancas de su caballo.

De pronto soltó a su hijo al lado de Vicenta, buscó en su cintura el otro trabuco y se volvió amenazador hacia el camino. De sus ojos había desaparecido aquella tierna expresión de cariño apareciendo en ellos aquel fulgor siniestro que los iluminaba en lo más recio del combate, cuando éste era duro y apurado. ¿Quién había sacado a Moreira de su éxtasis paternal haciéndole volverse amenazador hacia el camino sacando un trabuco que amartilló rápidamente? Eran los ladridos desesperados que lanzaba el Cacique, previniendo un nuevo peligro, y que se sentían allí donde el gaucho dejara emboscado su caballo.

Moreira llegó en dos saltos a donde estaba su caballo y vio a dos cuadras de distancia una partida de plaza que venía al gran galope, sin duda para apresar al overo bayo, que importaba cortar al paisano la retirada y quitarle aquel poderoso elemento que lo hacía tan temible.

Sin duda el Cacique había dado mucho antes la voz de alarma, alarma que no había sentido Moreira extasiado en la contemplación de su hijito.

Al ver aparecer a Moreira en aquella actitud amenazadora, la partida se contuvo y avanzó al tranco, tomando mil precauciones, pues entonces ya no se trataba de prender a Moreira, sino de matarlo de la mejor manera que se pudiera.

El mayoral de la galera aprovechó entonces aquella protección inesperada, y se alejó de allí con toda la velocidad que le permitían sus flaquísimos mancarrones.

Moreira quedó completamente desesperado. Quería seguir la galera, donde indudablemente se salvaba el objeto de su venganza, pero tenía también que atender la partida que se le venía encima, preparando

beauty of expression. And there Moreira was absorbed in the contemplation of his son, who returned one by one his caresses, begging him to take him with him on the rump of his horse.

Suddenly he released his son next to Vicenta, looked at his waist for the other blunderbuss and turned in a threatening way towards the road. From his eyes had disappeared that tender expression of affection appearing in them that sinister glow that illuminated them in the hardest part of the combat, when it was hard and hurried. What had taken Moreira out of his paternal ecstasy making him become threatening towards the road by pulling out a blunderbuss that he hammered quickly? They was the desperate barking of Chieftain, warning of a new danger, hear from where the gaucho ambushed his horse.

Moreira came to his horse in two jumps and saw, two blocks away, a police force approaching at him at full gallop, no doubt to catch his spotted horse, which was important to cut the countryman's retreat and remove that powerful element that made him so fearsome.

No doubt the Chieftain had given the alarm long before, an alarm that Moreira had not heard ecstatic in the contemplation of his little son.

When Moreira appeared in that threatening attitude, the police force was contained and moved forward at a walk, taking a thousand precautions, because then it was no longer a matter of arresting Moreira, but to kill him in the best way possible.

The foreman of the stagecoach then took advantage of that unexpected protection, and moved away from there with all the speed his skinny old horses allowed him.

Moreira was utterly desperate. He wanted to follow the stagecoach, where the object of his revenge was undoubtedly escaping, but he also had to attend the police that was

sus carabinas de fulminante con que se les había armado.

El paisano renunció con una maldición a la persecución de la galera y atendió a su defensa echando rápidamente la rienda al cuello del overo.

En ese momento los soldados hicieron tres o cuatro disparos de carabina, pero tan inseguros, que el mejor tiro pasó a diez <u>varas</u> de distancia.

Ya hemos hecho presente que nuestra caballería de Guardia Nacional no sabe tirar hasta el punto de disparar las carabinas al acaso, apoyándolas en la paleta del caballo.

Moreira tendió los brazos y el doble disparo de sus trabucos sonó poderoso, llevando el espanto y la muerte a las filas de sus adversarios.

Los caballos se asustaron y corrieron en varias direcciones, teniendo los soldados que hacer serios esfuerzos para contenerlos y volver al ataque.

Moreira, entre tanto, con la rapidez que le era característica, había vuelto a cargar los trabucos y esperaba tranquilo y sonriente la nueva acometida.

Los soldados rehechos volvieron al ataque y dispararon de nuevo al acaso sus carabinas, sin otro resultado que provocar la risa del gaucho que ni siquiera se cubría tras del corral donde estaba atado el caballo pues la práctica le había enseñado que las carabinas en manos de aquella gentes eran armas inútiles.

Dejó, pues, que se aproximaran todo lo posible, y cuando los tuvo a tiro seguro, tendió de nuevo los brazos y el trueno de sus trabucos volvió a sonar poderoso, yendo a morir, repetido por el eco, allá, con el último monte, y saltó sobre el caballo.

El espanto se apoderó por completo de aquellos soldados que echaron a disparar completamente desmoralizados, dejando en el campo tres muertos.

coming over him, preparing his carbines with which they were armed.

The countryman renounced with a curse to the chase of the stagecoach and attended to its defense quickly throwing the rein over the neck of his horse.

At that moment the soldiers fired three or four carbine shots, but they were so badly aimed that the best shot passed thirty feet away.

We have already pointed out that our cavalry of National Guard does not know how to shoot, to the point of firing the carbines at chance, leaning them on the shoulder of the horse.

Moreira outstretched his arms and the double shot of his blunderbusses sounded powerful, bringing terror and death to the ranks of his adversaries.

The horses were frightened and ran in various directions, the soldiers had to make serious efforts to contain them and return to the attack.

Moreira, meanwhile, with his characteristic speed, had reloaded the blunderbusses and waited calmly and smiling for the new attack.

The soldiers returned to the attack and shot their carbines again, with no other result than to provoke the laughter of the gaucho who did not even cover himself behind the corral where the horse was tied because the practice had taught him that the carbines in the hands of those people were useless weapons.

He let them get as close as possible, and when he had them enough near to shot effectively, he stretched out his arms again and the thunder of his blunderbusses sounded powerfully again, until it was extinguished, repeated by the echo, there, at the last hillside, and then he jumped on his horse. The terror completely took hold of those soldiers who started to escape completely demoralized, leaving three dead in the field.

Moreira cerró las espuelas sobre los flancos del overo y se lanzó ávido en persecución de los que habían turbado su venganza, haciéndole escapar la presa.

Era la primera vez que después de vencer a una partida, perseguía sus restos, enconado y deseoso de destruirla soldado por soldado. Es que el gaucho estaba furioso: la aparición de aquella partida cuando menos la esperaba, le había encolerizado y quería desahogar sus iras, matando, exterminando todo aquello que se pusiera por delante y tuviese olor a Justicia de Paz o partida de plaza, que eran sus enemigos a muerte.

Moreira había guardado sus trabucos, sacando una de las pistolas que lo regalara su compadre Giménez y la llevaba en la diestra.

Y así disparaba con la vertiginosa rapidez de su overo bayo, no sabiendo a cual de sus enemigos elegir, pues todos huían en completo desparramo.

Por fin el gaucho se fijó en uno de los jinetes que más apuraba la marcha para salvar el bulto, cerró las espuelas al overo y partió en su dirección.

Tres o cuatro minutos después el paisano estaba sólo a dos cuerpos de caballo del soldado que volvió la cara e hizo fuego con la carabina.

El tiro no dio en el blanco, y en aquel movimiento el soldado perdió la mitad de la distancia ya no debía volver a recobrar.

Sacó el sable con ademán desesperado y se dispuso a vender cara la vida, pero tarde, ¡demasiado tarde!

Moreira se le había puesto a la par por el lado de montar, echando sobre el pobre mancarrón patrio, todo el peso irresistible del overo que lo cubrió de espuma.

El soldado dio vuelta y miró a Moreira, lívido por el terror, pues adivinaba la intención de aquel hombre; enarboló el sable y amagó un hachazo que el gaucho esquivó echando el cuerpo hasta las ancas del overo,

Moreira closed the spurs on the flanks of his spotted horse and threw himself avidly in pursuit of those who had disturbed his vengeance, making his prey escape him.

It was the first time after defeating a party, he chased their remains, fierce and eager to destroy it soldier by soldier.

The gaucho was furious: the appearance of that police force when he least expected it, had angered him and he wanted to vent his anger, killing, exterminating everything that was in front and had the smell of Justice of Peace or departure from the square, which were his enemies to death.

Moreira had kept his blunderbusses, taking out one of the pistols that his buddy Giménez gave him and carried it in his right hand.

And so he raced with the dizzying speed of his spotted horse, not knowing which of his enemies to choose, as they all fled in complete dispersion.

At last the gaucho noticed one of the riders who rushed the most to escape, closed the spurs to his horse and went following him.

Three or four minutes later the countryman was only two horse bodies away from the soldier who turned his face and shot his carbine.

The shot did not hit the target, and in that movement the soldier lost half of the distance, which he could no longer recover.

He took out the saber with a desperate gesture and prepared to sell his life dearly, but it was late, too late!

Moreira had caught up with him, on the side of riding the horse, throwing on the poor soldier's old horse, all the irresistible weight of his spotted horse which covered him with foam.

The soldier turned and looked at Moreira, livid with terror, because he guessed the man's intention; he hoisted the sword and feigned a chop that the gaucho dodged by throwing his body back over the rump of

y fue aquel el primero y último hachazo que tiró aquel infeliz, que tuvo la desgracia de ser alcanzado.

Moreira se enderezó de nuevo, buscó con su pistola la sien izquierda del jinete adversario y el tiro salió destrozándole completamente la cabeza.

Era el cuarto cadáver de la acción.

El soldado cayó del caballo como una masa.

Había muerto instantáneamente.

Moreira miró el camino por donde se veían como puntos negros los soldados que huían.

Blandió su arma amenazante en esta dirección y volvió riendas a la pulpería, diciendo:

–¡Ya nos volveremos a ver los bigotes pedazos de maulas!

Moreira corría con el vértigo de la carrera, el overo saltaba los pozos del camino, salvando los escollos, y semejante al jinete, el Cacique iba como adherido a las ancas.

Así pasó como una tempestad por delante de la pulpería y siguió su desesperada carrera por espacio de dos leguas interrogando el horizonte con la inteligente mirada.

¿Qué buscaba Moreira en el espacio que así hundía en él su mirada?

¿Cuál era el fin de aquella carrera que iba postrando tal fuerzas del overo?

El paisano buscaba un punto que le revelase la posibilidad de alcanzar la galera, pero la lucha había sido larga y aquella había tenido tiempo de hacer una larga marcha.

Convencido ya de que toda persecución sería inútil, Moreira detuvo su caballo y volvió riendas hacia la pulpería del Durazno, al trotecito del fatigado overo.

Moreira, llegó a la pulpería, desensilló su caballo y lo echó sobre el lomo un balde de agua fresca, en seguida compró una buena brazada de pasto y le dio de comer.

his horse, and that was the first and last chop thrown by that unhappy man, who had the misfortune of being caught.

Moreira straightened up again, pointed his pistol to the left temple of the enemy rider and the shot came out completely destroying his head.

It was the fourth corpse of the action.

The soldier fell from the horse like a mass.

He had died instantly.

Moreira looked down the road where the fleeing soldiers looked like black dots.

He brandished his menacing weapon in this direction and returned reins to the pulpería, saying:

–We'll see our whiskers again, bunch of cowards!

Moreira ran with the vertigo of the race, the spotted horse jumped the holes of the road, overcoming the obstacles, and like his rider, the Chieftain was as if it were attached to rump of the horse.

Thus he passed like a storm in front of the pulpería and continued his desperate race for eight miles looking at the horizon with an intelligent look.

What was Moreira looking for in the space that made him plunge his gaze into it?

What was the end of that race that was wearing down the forces of his spotted horse?

The countryman was looking for a point in the horizon that would reveal the position of the stagecoach, but the struggle had been long and the stagecoach had enough time to go away a long distance.

Moreira, convinced that all persecution would be useless, stopped his horse and returned his reins towards the pulpería del Durazno, putting his tired horse into a trot.

Moreira arrived at the pulpería unsaddled his horse and threw a bucket of fresh water on his back, then bought a good bunch of grass and fed him.

Concluida esta operación, entró en la pulpería sombrío y amenazador pidiendo una sangría, que se puso a beber con una ansiedad verdadera.

La fatiga de la lucha y el ardor de la carrera, habían secado por completo su boca que daba paso a la respiración poderosa, pero jadeante y entrecortada.

Cuando terminó la sangría, Moreira salió afuera, ensilló su caballo sin apretarle la cincha, y tendió a su lado la manta, de vicuña, donde se echó a reposar.

El gaucho pensaba que tendría que renunciar a su venganza, pues aquella gente no volvería más por aquellos mundos mientra él estuviera vivo y pudiese aún manejar su terrible daga que tantas vidas había postrado a sus pies, en lucha leal siempre.

Ya al pensar de esa manera, Moreira tomaba su cabeza, con ambas manos y enredaba sus dedos nerviosos en los sedosos cabellos que mecía sin piedad.

–Ya no lo veré más –decía llorando amargamente–, ya no lo veré más, pero he de vengarme a lo indio, sin perdonar a uno solo de los que me han hecho mal.

Así llorando unas veces, maldiciendo otras dormitando a intervalos y prevenido siempre a cualquier evento, estuvo echado en la manta hasta la caída, de la tarde.

A aquella hora llegó a la pulpería otra galera, que iba de paso para Lobos a tomar el tren del día siguiente.

En esta galera venían también varios pasajeros armados hasta los dientes en previsión de que Moreira, les fuese a salir al camino, pues ya se decía, con esa exageración de los pequeños pueblos, que el paisano detenía las galeras y saqueaba a los pasajeros, pudiéndose contar por feliz el que escapaba con vida.

Cuando Moreira divisó la diligencia, cinchó tranquilamente su caballo y revisó las armas preparándose por completo a hacer frente a toda situación.

At the end of this task he entered the gloomy and menacing pulpería asking for a sangría, which he began to drink with real anxiety.

The fatigue of the struggle and the ardor of the race had completely dried up his mouth, making his powerful breath gasping, and choppy.

After drinking the sangría, Moreira went outside, saddled his horse without tightening his girth, and stretched out the vicuña blanket beside him, where he lay down to rest. The gaucho thought that he would have to give up his revenge, for those people would no longer return for those places while he was alive and could still handle his terrible dagger that had prostrated so many lives at his feet, always in loyal struggle.

Already thinking like that, Moreira took his head with both hands and entangled his nervous fingers in the silky hair he rocked mercilessly.

–I shall see him no more –he said, crying bitterly–, I shall see him no more, but I must avenge myself in the Indian way, without forgiving a single one of those who have done me wrong.

So crying at times, cursing at other times, dozing at intervals, and always anticipating any event, he was lying in the blanket until afternoon came.

At that time another stagecoach arrived at the pulpería, going on its way to Lobos to take the train the next day.

In this stagecoach also came several passengers armed to the teeth, in case that Moreira, was going to stop them on the road, because already it was said, with the usual exaggeration of the small towns, that the countryman stopped the stagecoaches and plundered the passengers, being able to count as happy the one that escaped with life. When Moreira spotted the stagecoach, he calmly cinched his horse and checked his weapons, preparing himself completely to face any situation.

En esta actitud poco tranquilizadora esperó que se acercara la galera, y cuando ésta
estuvo a pocas <u>varas</u>, se puso en medio del
camino diciéndole al mayoral:
–Amigo media vuelta y, vuélvase, porque
hoy no pasa nadie para Lobos; ya han pasado por desgracia más de los que debían, y
por hoy se acabó.
–Pero amigo Moreira –repuso el mayoral–,
aquí va gente buena que quiere tomar el
tren de mañana porque tiene que hacer en
Buenos Aires.
–Alto y vuélvase amigo mayoral –insistió
Moreira–. Ya le he dicho una vez por aquí
no se pasa hoy, porque así se me ha dado la
gana este día.
Pronto y con buen modo.
Uno de los pasajeros que conocía al gaucho
y sabía que era accesible a la palabra bonda-
dosa, asomó la cabeza por una de las ventanillas de la galera y dijo:
–Deje pasar, amigo Moreira, tenemos mucho que hacer en el pueblo y la demora de
este viaje podría traernos serios perjuicios
en nuestros negocios.
Moreira endulzó su ademán al oír aquella
palabra suave, se hizo a un lado del camino
y sin quitar la vista de sobre aquel hombre,
dijo:
–Está bien patrón, yo no soy justicia para
tener palabra de rey, y aunque había jurado
que no pasaría nadie, fue porque no conté
que hay palabras que llegan al corazón.

Y la galera siguió viaje y el paisano quedó
allí cruzado de brazos hasta que el vehículo
se alejó por completo.
Los pasajeros habían visto los tres cadáveres
sobre el camino y al apercibir a Moreira, y
sentir su palabra altanera se habían creído
muertos; de modo que cuando estuvieron
a cierta distancia, recién respiraron con entera libertad, apreciando aquella aventura
como la salvación de un peligro de muerte
inevitable, gracias a aquel joven pasajero
que conocía a Moreira.

He waited for the stagecoach to approach
in this unreassuring attitude, and when it
was only a few yards away, he stood in the
middle of the road, telling the foreman:
–Friend, turn around and go back, because today no one passes for Lobos; unfortunately, already passed more than they
should, and for today it is over.
–But my friend Moreira –said the foreman–, here are some good people who
want to take tomorrow's train because they
have to go to Buenos Aires.
–Stop and go back my friend– Moreira insisted–. I have already told you once that
you can't pass today, because that's the way
I want it to be this day.
Go back soon and with good grace.
One of the passengers who knew the gaucho and knew that he was accessible to a
kind word, looked out of one of the windows of the stagecoach and said:
–Let us pass, my friend Moreira, we have
much to do in the town and the delay of
this trip could bring us serious harm in our
business.
Moreira sweetened his gesture when he
heard that gentle words, he went to the side
of the road and without taking his eyes off
the man, he said:
–It's okay, boss, I'm not righteous enough to
have the word of a king, and even though
I had sworn that no one would pass, it
was because I didn't realized that there are
words that reach the heart.
And the stagecoach went on its way, while
the countryman stood there with his arms
folded until the vehicle was far away.
The passengers had seen the three corpses on the road and when they noticed
Moreira, and heard his haughty words,
they had thought themselves dead; so when
they were at a certain distance, they just
breathed freely, appreciating that adventure
as salvation from the inevitable danger of
death, thanks to that young passenger who
knew Moreira.

-Si este hombre hubiese sido tratado con bondad siempre -dijo éste a los otros pasajeros-, hubiera sido tan dócil como un niño. Pero lo han perseguido de muerte, y ese espíritu naturalmente bondadoso, herido y humillado de todos modos, se ha lanzado al camino de guerra abierta con la justicia. Y aquella era una verdad inconmovible, pues solamente nuestra Justicia de Paz, mala y entregada a manos ignorantes, es capaz de convertir a un hombre bueno en un bandido, pues si Moreira no hubiera tenido el freno de sus instintos nobles y bondadosos, hubiera sido un asesino feroz que habría asolado toda la campaña con sus crímenes. Moreira permaneció mudo y de brazos cruzados, hasta que el ruido de la galera no fue perceptible al oído.

Entonces entró a la <u>pulpería</u> donde comió una caja de sardinas y bebió un trago de vino, montó en seguida a caballo después de haber pagado el gasto y se alejó al paso de su overo que a las diez o doce <u>varas</u> dio un bufido asustado y saltó hacia un lado con tal ímpetu, que a ser el jinete otro que Moreira, hubiera salido limpio del recado.

No fue tan feliz el Cacique, que resbaló por la anca y cayó al suelo, previniendo a Moreira con sus ladridos, que necesitaba ayuda para volver a subir.

El paisano se agachó, levantó de nuevo al Cacique e indagó a la media luz de la noche que ya se venía encima, la causa del susto del overo.

Eran dos de los cadáveres de los soldados que habían sido muertos en la lucha, que permanecían tirados al lado del camino, pues la partida no se había atrevido aún a venir a recogerlos.

-Queden con Dios -les dijo Moreira con un sarcasmo infinito-, yo les he de mandar tantos compañeros, que se han de estorbar para jugar al truco o a la <u>taba</u>.

Y su gallarda silueta se confundió con la oscuridad de la noche.

El paisano se dirigía a Navarro que, no sabemos por qué, era su pueblo predilecto.

Era entonces Juez de Paz de Navarro el mismo señor Marañón, a quien Moreira salvó anteriormente la vida, según lo hemos narrado.

El paisano marchaba a jornadas muy cortas para reponer a su caballo de la última fatiga sufrida, que había sido muy recia y había postrado algo sus fuerzas, se detenía en las pulperías del tránsito el tiempo necesario para dar de comer a su gente, según llamaba a su caballo y su perro y comer algo él mismo.

Dormía poco y a la siesta en el medio del campo, según su vieja costumbre, pues la noche la dedicaba para marchar "con la fresca" libre de toda sorpresa.

Moreira llegó a Navarro completamente descansado y listo para entrar en combate, si acaso la partida de plaza salía a hacerle una tanteada.

Eran las dos de la tarde cuando Moreira entró al pueblo de Navarro, con terror de sus pacíficos habitantes que lo vieron pasar por la calle, aterrados.

En vez de dirigirse a casa de algún amigo para ocultarse o a alguna pulpería de los arrabales para no hacerse tan notable Moreira se fue directamente a la pulpería de Olazo, donde peleó con Leguizamon, muy concurrida a esa hora, y tomó allí la copa invitando a algunos amigos que allí estaban refrescando.

Allí permaneció más de dos horas en alegre conversación, relatando alguna de sus aventuras en los toldos y el lance con el sargento Navarro, que fue muy aplaudido.

Después de recibir algunas felicitaciones de los amigos, pagó el gasto hecho y salió de lo de Olazo tomando la dirección de la plaza, como quien va al juzgado.

And his gallant silhouette was confused with the darkness of the night.

The countryman was on his way to Navarro, which, we don't know why, was his favorite town.

The same Mr. Marañón whom Moreira had previously saved, as we have narrated, was then Navarro's Justice of the Peace.

The countryman marched in short journeys to let his horse recover of his last effort, which had been very hard and had somewhat diminished his forces, he stopped in the pulperías on his way the time necessary to give food to his people, as he called his horse and his dog and to eat something himself.

He slept a little and took a nap in the middle of the field, according to his old custom, for he dedicated the night to march "with the fresh" free of all surprise.

Moreira arrived at Navarro completely rested and ready to enter in combat, in case the police force tried to catch him.

It was two o'clock in the afternoon when Moreira entered the town of Navarro, terrorizing its peaceful inhabitants who saw him pass through the street.

Instead of going to a friend's house to hide or to some pulpería in the suburbs so as not to become so noticeable, Moreira went directly to the pulpería of Olazo, where he fought with Leguizamon, which was very crowded at that time, and had a drink there inviting some friends who were refreshing there.

There he spent more than two hours in joyful conversation, recounting some of his adventures in the tents of the Indians and the fight with Sergeant Navarro, who was much applauded.

After receiving some congratulations from his friends, he paid for his expenses and left Olazo's, taking the direction of the square, as if he were going to the court.

Los paisanos quedaron asombrados de aquel rasgo de audacia, incomprensible en un hombre contra quien las partidas tenían una orden de muerte.

Moreira llegó a la puerta del Juzgado de Paz donde detuvo su caballo.

Eran más de las cuatro y el señor Marañón no estaba allí a aquella hora.

Todos los paisanos que había en lo de Olazo vinieron a la plaza a ser testigos de la hombrada que fuera de duda iba a hacer allí Moreira.

Éste se detuvo a la puerta y encarándose con el soldado que estaba de guardia, sacó sus trabucos, y con toda calma y prolijidad se puso a examinar los muelles.

–¿No está la partida en el juzgado? –le preguntó volviendo los trabucos a la cintura–. Llama al sargento y decile que aquí está Juan Moreira que viene a pelear:

El soldado temblando de miedo, se metió adentro y sin darse cuenta de lo que hacía, fue a avisar al sargento lo que sucedía, que quedó helado de espanto.

Viendo Moreira que el sargento tardaba en venir, se bajó del caballo y golpeó la puerta del Juzgado con el cabo del rebenque, gritando desesperadamente:

–¿Qué hacen que no vienen esas maulas, que dicen me andan buscando ganosos por todas partes sin querer dar conmigo? He venido a ahorrarles el viaje.

El sargento al oír las voces acudió como un autómata a la puerta y dijo a Moreira:

–Váyase don Juan, que nosotros no lo perseguimos. Váyase que me compromete, por Dios, que va a venir el juez que es el señor Marañón, y nos va a echar a todos a la calle, después de una cepiada.

Cuando Moreira supo que el juez era Marañón, montó rápido a caballo, y se alejó presuroso diciendo:

–Pues me voy, porque no quiero que ese hombre tenga ningún disgusto por causa mía, y me voy del partido, a donde no he de volver mientras él sea justicia.

The countrymen were astonished at that audacious trait, incomprehensible in a man against whom the police had a death warrant.

Moreira arrived at the door of the Justice of the Peace where he stopped his horse.

It was after four o'clock and Mr. Marañón was not there at that time.

All the countrymen at Olazo's came to the square to witness the brave deed that Moreira would undoubtedly do there.

He stopped at the door and, facing the soldier who was on duty, pulled out his blunderbusses, and calmly and neatly began to examine its springs.

–Isn't the police force in court? –he asked, putting the blunderbusses back in his waist. Call the sergeant and tell him that Juan Moreira is here to fight:

The soldier, trembling with fear, went inside and without realizing what he was doing, went to tell the sergeant what was happening, who was frightened to death.

Seeing Moreira that the sergeant was late in coming, he got off the horse and knocked on the door of the Court with the end of the whip, shouting desperately:

–What are you doing, why the cowards are not coming, since they say they are looking for me everywhere without wanting to find me? I've come to save you the trip.

When the sergeant heard the voices, he came like an automaton to the door and said to Moreira:

–Go away, Don Juan, we don't persecute you. Go away, for God's sake, the judge, Mr. Marañón, will come and throw us all into the street, after putting all us in the stocks.

When Moreira learned that the judge was Marañón, he rode quickly on horseback, and hurriedly walked away saying:

–Well, I'm going, because I don't want this man to have any displeasure because of me, and I'm going to leave the district, where I will not return as long as he is the Justice here.

¡Es el único hombre que quiero en esta vida! Y Moreira se alejó al galope largo, yéndose a hacer noche en casa de unos amigos en las orillas del pueblo.

Serían las ocho de la noche cuando apareció en el rancho donde se albergaba Moreira, previo aviso del Cacique, el mismo sargento de la partida con quien habló en el juzgado.

El sargento era portador de un recado del Juez de Paz Marañón, que mandaba decir a Moreira fuese a verlo inmediatamente a su casa.

No sabemos hasta qué punto tengamos derecho a hacer uso de estos datos, y si hay en ello alguna indiscreción pedimos humildemente disculpa a aquel digno caballero, en vista del móvil que nos guía.

–Los hechos pasados y su acción noble lo enaltecen lejos de deprimirlo.

Moreira llegó a casa del señor Marañón y éste empezó a hacerle todo género de reflexiones para que aceptara su primer oferta de irse a las provincias del interior.

–No puedo, mi patrón –dijo Moreira–, ya la vida me pesa y el día que me maten será el único día alegre que habré tenido

Si peleo no es ya por defender el cuero, como en tiempos en que podía vengarme.

Ahora peleo solo porque no digan que me han matado como un carnero, tengo que morir según mi crédito y esta es la razón por que no me he dejado matar con las últimas partidas que me han venido a prender.

Marañón tenía contraída con Moreira una de aquellas deudas que nunca se pagan: la vida; y trataba de detener a aquel gaucho desventurado en la pendiente de muerte a que rodaba con una conformidad tan imponente.

–Es preciso que te vayas de aquí –dijo Marañón, porque yo no puedo tolerar tu presencia Juez de Paz de este partido, o te vas o renunciaré.

–Me voy, señor, me voy –dijo Moreira–, y ha de ser esta noche misma.

He is the only man I appreciate in this life! And Moreira went away at a long gallop, to pass the night at the house of some friends on the outskirts of the town.

It would have been eight o'clock in the evening when the same sergeant of the party with whom he spoke in court appeared at the ranch where Moreira was staying, after the Chieftain warned Moreira with his barking. The sergeant was the bearer of a message from the Judge of Peace Marañón, who asked Moreira to go and see him immediately at his house.

We do not know to what extent we have the right to make use of these data, and if there is any indiscretion in it we humbly apologize to that worthy gentleman, in view of the motive that guides us.

–His past deeds and his noble actions exalt him far from decreasing his fame.

Moreira arrived at Mr. Marañón's house, where the last one began to expose all kinds of observations to make Moreira accept his first offer to go to the provinces of the interior.

–I can't, my boss –said Moreira–, life weighs heavily on me and the day I am killed will be the only happy day I have ever had.

If I fight it's no longer for defending my own skin, as in times when I could avenge myself. Now I fight just because to avoid they saying that they killed me like a ram, I have to die according to my credit and this is the reason why I didn't let myself be killed with the last police forces that have come to catch me.

Marañón had contracted with Moreira one of those debts that are never paid: life; and he tried to stop that unfortunate gaucho in the death slope where hie was rolling down with such an imposing conformity.

–You must get out of here –said Marañón, because I cannot tolerate your presence as Justice of the Peace of this district, or you will leave or I will resign.

–I'm going, sir, I'm going –said Moreira–, and it has to be tonight.

Usted es el único hombre que hay sobre la tierra contra quien yo jamás haré uso de mis armas.

Permítame que lo quiera patrón, y si algún día quiere quedar bien prendiéndome, mándeme avisar, que yo mismo me ataré para que me lleven.

–No seas loco –le dijo Marañón–, sal del partido y que Dios te ayude.

Y al estrechar la mano que el gaucho recibió entre las dos suyas, quiso inducirlo de nuevo a que se fuera al interior, prometiendo buscar a su hijo y mandárselo.

Pero Moreira desechó la propuesta con la misma decisión que las otras veces.

Estrechó la mano de aquel único ser en quien había encontrado un amparo.

Dos lágrimas rodaron por sus mejillas y salió de la casa de Marañón sin decir una sola palabra.

Montó a caballo, gritó un triste "adiós patrón querido" y largó su caballo al gran galope, hasta llegar al rancho donde paraba, y donde se detuvo a levantar la manta, y otras prendas que dejara al salir, y despedirse del amigo que le había ofrecido albergue.

Media hora después salía de pueblo al tranquito, tomando la dirección del partido del Salto.

You are the only man on earth against whom I will never use my weapons.

Allow me to love you, master, and if one day you want to make yourself look good, send me a warning, that I will tie myself up so that they may take me away.

–Don't be crazy –said Marañon–, get out of reach of the police and God help you.

And when he shook the hand that the gaucho received between his two hands, he wanted to induce him again to go inside, promising to look for his son and send him away.

But Moreira rejected the proposal with the same decision as other times.

He shook the hand of the one being in whom he had found shelter.

Two tears rolled down his cheeks and he left Marañón's house without saying a word.

He rode on horseback, shouted a sad "goodbye dear patron" and put his horse at a great gallop, until he reached the ranch where had stopped before, and where he stopped again to take the blanket, and other garments he left there before, and saying goodbye to the friend who had offered him shelter.

Half an hour later he would leave the village at a trot, taking the direction of the Salto district.

13

El guapo Juan Blanco
The brave Juan Blanco

Poco después de estos sucesos, llegó al partido del Salto un paisano sumamente lujoso que algunos indicaron bajo el nombre de don Juan Blanco.

Blanco era un paisano hermoso, que vestía con un lujo deslumbrador, un traje que no era de ciudad ni de campo, siendo mezcla de los dos.

Su pequeño pie estaba calzado con una rifa bota granadera, de cuero de lobo, que sujetaba al empeine una lujosa espuela de plata con incrustaciones de oro.

Llevaba bombacha de casimir negro, sujeta a la cintura por un tirador de charol, abotonado con monedas de oro, y adornado con pequeñas monedas de plata, en una cantidad tal, que apenas se podía adivinar por los pequeños claros, la clase de cuero de que estaba hecho aquel tirador.

Por la parte delantera de éste asomaban las culatas de dos enormes trabucos de bronce las de dos pistolas pequeñas pero de gran calibre y sistema moderno.

Detrás asomando por ambos costados aquel hombre traía una larga daga de vaina de plata, con una S de oro cincelado, que despertaba envidia a cuantos la veían.

El traje estaba completado por una chaqueta de casimir azul oscuro y un sombrero

Shortly after these events, an extremely wealthy looking countryman arrived at the Salto district, some of whom named him Don Juan Blanco.

Blanco was a handsome countryman, dressed in a dazzling luxury, with a suit that was neither city nor country, being a mixture of the two.

His small foot was wearing shoes with boots made of wolf leather, which held to the instep a luxurious silver spurs inlaid with gold.

He wore black cashmere panties, fastened at the waist by a patent leather belt, buttoned with gold coins, and decorated with small silver coins, in such a quantity, that one could hardly guess from the small clearings, the kind of leather of which that belt was made.

On the front of it were the butts of two enormous bronze blunderbusses and two small but large caliber modern system pistols.

Behind, looking out from both sides, the man carried a long silver sheath dagger, with a chiseled gold hilt, which aroused envy in all who saw it.

The suit was completed by a dark blue cashmere jacket and a hat with wide wings that

de anchas alas que Juan Blanco llevaba un poco a la nuca, dejando descubierta una frente juvenil y arrogante, iluminada por la expresión de sus ojos negrísimos, de extraordinaria fijeza, que miraban con una altivez irresistible.

Ningún habitante del partido conocía a este tal Juan Blanco, y sin embargo todos le atribuían mil proezas de valor, y guaperías que ninguno sabía de donde habían salido.

En una pulpería se contaba la historia de que aquel Juan Blanco había derrotado a muchas partidas de plaza, mientras en otras se narraban hazañas y peleas, en las que don Juan Blanco figuraba como un hombre invencible, de una vista suprema y de un manejo descomunal en las armas.

Juan Blanco usaba el cabello corto, y una larga y poblada pera San Simoniana que hacía juego con un bigote sedoso y negro como azabache.

Blanco había llegado al Salto y su primer diligencia fue presentarse al Juzgado de Paz y enrolarse en la Guardia Nacional, operación que decía no haber hecho antes porque recién concluía de hacer unos negocios y ventas de campo de su propiedad, para venir a fijar su residencia en aquel pueblito de que tanto gustaba.

El Comandante militar enroló a Blanco, muy contento de haber adquirido en la Guardia Nacional, a un hombre de aspecto tan bravo y tan militar.

Los cuentos que, sin conocerse el origen corrían sobre aquel hombre, le habían hecho tomar tales proporciones entre los paisanos, que los menos valientes temblaban en su presencia, y los guapos no se atrevían a "roncar" fuerte delante de aquel hombre de quien tantas mentas se hacían y tanto se ponderaba.

Juan Blanco concurría a todos los bailes sin ser invitado y nadie se atrevía a recordarle que no se había llenado en él aquella fórmula social.

Juan Blanco wore a little at the nape of his neck, leaving uncovered a youthful and arrogant forehead, illuminated by the expression of his extremely black eyes, of extraordinary fixity, which looked at the world with a irresistible haughtiness.

No inhabitant of the district knew this Juan Blanco, and yet all attributed to him a thousand feats of courage, and bravery that none knew where they had come from.

In one pulpería it was told that Juan Blanco had defeated many police forces, while in others feats and fights were narrated, in which Don Juan Blanco appeared as an invincible man, with a supreme sight and an extraordinary handling of weapons.

Juan Blanco wore short hair, and a long and populated, San Simón like goatee that matched a silky moustache black as a jet.

When Blanco arrived at Salto his first step was to appear before the Justice of the Peace and enlist in the National Guard, an operation that he said he had not done before because he had just concluded some business and field sales of his property, to come and establish his residence in that little town that he liked so much.

The military commander enrolled Blanco, very happy to have acquired for the National Guard, a man of such a brave and military appearance.

The stories that, without knowing the origin of the man, had made him take such proportions among the countrymen that the less brave trembled in his presence, and the brave did not dare to "snore" loudly in front of that man who was so famous and so much appreciated.

Juan Blanco attended all the dances without being invited and no one dared to remind him that he had not filled that social formula.

En todos estos bailes, Juan Blanco era el niño mimado de las paisanas, captándose por esta causa el odio profundo y reconcentrado de los paisanos; que no podían mirar tranquilos aquellas deferencias.

¿Pero quién era el guapo que se atrevería a demostrarle claramente su odio, cuando con tanto garbo llevaba a la cintura aquel formidable arsenal?

Fue en uno de esos bailes que los paisanos del Salto pudieron conocer prácticamente todo el valor de que estaba dotado Juan Blanco.

Se celebraba a orillas del pueblo un velorio, al que había asistido gran número de paisanos, entre ellos un teniente alcalde, hombre de bríos y de seria reputación.

Blanco supo que aquel teniente alcalde era tenido por muy bueno y que hacía los bajos a una de las paisanas que habían concurrido a aquel alegre velorio.

Desde su principio eligió por su compañera a aquella paisana, notándose que al hablarla trataba de echársele encima, mirando soslayo al teniente alcalde.

Éste empezó a calentarse de la cosa, a lo que contribuía en gran manera el placer con que la paisana escuchaba los requiebros del lujoso y galante forastero.

En un momento que Blanco sentó a la compañera, el teniente alcalde se aproximó a ella invitándola a bailar una polka que tocaban los acordeones.

La muchacha se iba a levantar, pero, al hacerlo echó una mirada para el lado donde estaba Juan Blanco, quien le hizo una seña negativa a la que ella obedeció quedando sentada.

La rabia que había estado juntando aquel hombre toda la noche, estalló por fin en una blasfemia poderosa, y dirigiéndose a Juan Blanco, le dijo amenazándole:

–Parece, amigo, que usted ignora que esa prenda tiene dueño y un dueño que no la cede, lo que le advierto para su gobierno.

In all these dances, Juan Blanco was the pampered child of the country women, obtaining by this cause the deep and reconcentrated hatred of the countrymen; which could not look quietly at those deferences.

But who was the brave man who dared to show his hatred clearly, when with so much elegance he carried that formidable arsenal on his waist?

It was in one of those dances that the countrymen of the Salto were able to know practically all the courage that Juan Blanco was endowed with.

A wake was held on the outskirts of the village, attended by a large number of countrymen, including a deputy mayor, a man of strength and serious reputation.

Blanco knew that this deputy mayor was regarded as very good and that he was courting one of the country women who had attended that happy wake.

From the beginning, he chose that countrywoman as his companion, being evident that when he spoke to her he tried to seduce her, looking at the lieutenant mayor sideways.

The last one began to get annoyed, seeing the pleasure with which the countrywoman listened to the compliments of the luxurious and gallant stranger

At a moment when Blanco sat his companion down, the deputy mayor approached them and invited her to dance a polka played by accordions.

The girl was going to get up, but in doing so she looked to the side where Juan Blanco was, who gave her a negative sign that she obeyed sitting down.

The rage that had been gathering inside that man all night, finally exploded in a powerful blasphemy, and addressing Juan Blanco, he said threatening:

–It seems, my friend, that you don't know that this lady has an owner and an owner who won't give her up, which I warn you for your knowledge.

–Ni que fuera usted justicia compadre –replicó Juan Blanco, sonriendo desdeñosamente.

Cualquiera que lo oyera, pensaría que usted por lo menos debe ser teniente alcalde.

En todos los pueblos de campaña, con o sin razón, los representantes de la justicia ¡triste justicia! son generalmente odiados, así es que la sátira de Juan Blanco hizo sonreír a todos los concurrentes que lo acompañaron con su más franca simpatía.

Ninguno de ellos se hubiera atrevido a contradecir al teniente alcalde, pero lo veían enredado en una mala cuestión con aquel hombre y deseaban ardientemente que llevara la peor parte si la cosa se ponía seria.

–Pues sépase so guaso –había respondido todo colérico el justicia, que soy el teniente alcalde de este cuartel y que no tengo que tolerar las compadradas de usted ni de nadie.

–Lo que es de los demás no digo nada –contestó el gaucho tomando asiento–, pero las mías las ha de aguantar, porque son buenas para avivar tontos.

–Usted se va a retirar de aquí en el acto, dijo ya completamente sulfurado el teniente alcalde avanzando hacia Blanco, o lo meto al cepo de cogote.

El incidente había tomado entonces un aspecto formidable. El teniente alcalde era guapo y caprichoso. En el baile había mucha gente y para conservar las ínfulas de justicia y hombre bravo, estaba dispuesto a cumplir su amenaza si aquel hombre no se retiraba sobre tablas.

Blanco miró al teniente alcalde que estaba dominado por la ira que salía a sus ojos, paseó en seguida la vista por todos los que estaban presentes y soltó una carcajada tan espontánea, tan cosquillosa, que los demás paisanos rieron también a pesar de la ira del teniente alcalde.

Éste se puso densamente pálido, sacó un revólver de la cintura y apuntando con él a Blanco hasta apoyárselo sobre la frente:

–Not even if you were justice, my friend –replied Juan Blanco, smiling contemptuously.

Anyone who heard it would think that you should at least be a deputy mayor.

In all the campaign towns, rightly or wrongly, the representatives of justice, sad justice! are generally hated, so Juan Blanco's satire made all the attendees who accompanied him smile with their most frank sympathy.

None of them would have dared to contradict the lieutenant mayor, but they saw him entangled in a bad matter with that man and ardently wanted him to bear the brunt if it got serious.

–Well, learn, you brute –the justice had answered with anger, that I am the deputy mayor of the garrison of this town and that I don't have to tolerate the bravado of you or anyone else.

–I don't say anything about others –said the gaucho, sitting down–, but mine you have to put up with, because it is good to wake up the fools.

–You're going to leave here at once –said the deputy mayor, completely sullied, advancing towards Blanco, or I'll put your neck in the stocks.

The incident had then taken on a formidable aspect. The deputy mayor was brave and capricious. There were many people at the ball, and in order to preserve his fame of brave man, and justice he was ready to carry out his threat if that man did not withdraw.

Blanco looked at the lieutenant mayor, who was dominated by the anger that was coming out in his eyes, then he immediately looked at all those present and he laughed so spontaneously, so ticklishly, that the other countrymen also laughed in spite of the lieutenant mayor's anger.

He turned densely pale, pulled out a revolver from his waist and pointed it at Blanco until it rested it on his forehead:

–O sale usted a fuera –le dijo–, para no volver más, o me entrega sus armas dándose preso.

Un estremecimiento poderoso recorrió el cuerpo de los testigos de este lance, pues sabían que el teniente era hombre de cumplir al pie de la letra lo que había dicho.

Juan Blanco se levantó lentamente de la silla y sin quitar su mirada poderosa de la mirada de su adversario, le respondió de esta manera:

–Yo he jurado no matar sino amenazado de muerte, cuando me obliga a defender la vida y para salvarla no tengo más remedio que matar; sin embargo esta noche me copo a mí mismo la banca, y quiero ser indulgente con usted, a pesar de ser justicia, retírese y no me moleste.

El teniente alcalde dio un gran tacazo en el suelo, y apoyando la boca de la pistola sobre la frente de aquel hombre que no se movió:

–¡Marche, canejo!, marche –le dijo–, o le hago volar el mate con la basura de porra que tiene adentro.

Blanco no hizo el menor ademán de sacar las armas que llevaba en la cintura, pero con una rapidez imponderable metió el brazo izquierdo, desviando de sobre su frente el arma del teniente alcalde, y le dio en la cabeza tan recio puñetazo, que lo lanzó como un fardo de lana hasta los pies del acordionista.

En seguida se precipitó sobre él, le arrancó de la mano el revólver, y lo hizo volar por la puerta a una gran distancia.

Los circunstantes quedaron helados confesando con la atónita mirada, que nunca habían visto un hombre tan guapo y tan limpio para dar una cachetada.

–Toquen la música maulas –gritó Blanco, después de haber empujado hasta un rincón el cuerpo del teniente alcalde–, toquen la música para que no se enfríe la gente, y salió con la paisana, causante de la querella,

–Either you go outside –he said–, and you don't come back, or you give me your weapons and go to jail.

A powerful shudder ran through the bodies of the witnesses to this conflict, since they knew that the lieutenant was a man of fulfilling to the letter what he had said.

Juan Blanco slowly got up from his chair and without taking his powerful gaze away from the eyes of his adversary, answered him in this manner:

–I have sworn not to kill unless I'm threatened with death, when I' m forced to defend my life and to save it I have no choice but to kill; nevertheless tonight I want to be indulgent with you, in spite of you being justice, withdraw and don't bother me.

The lieutenant mayor struck with his heel a big blow on the floor, and resting the muzzle of the gun on the forehead of the man who did not move said:

–March, you hell, march –he said–, or I'll blow your head with the trash you have inside.

Blanco did not make the slightest gesture of taking out the weapons he had on his waist, but with imponderable speed he inserted his left arm, diverting the lieutenant mayor's weapon from his forehead, and hit him in the head so hard that he threw him like a bundle of wool up to the feet of the accordionist.

Then he rushed at him, ripped the revolver out of his hand, and throw it through the door at a great distance.

The bystanders were frozen, confessing with an astonished look that they had never seen a man, slapping another in the face so bravely and cleanly.

–Play the music cowards –shouted Blanco, after having pushed the deputy mayor's body into a corner–, play the music so that people don't get discouraged, and went out with the countrywoman, the cause of the

al compás de la música que se apresuraron a ejecutar los del acordeón y la guitarra.

Antes de que terminara la pieza que se bailaba, el teniente alcalde se había repuesto completamente del moquete y enceguecido por la ira y la venganza se había lanzado sobre Blanco, cuchillo en mano, quien apenas tuvo tiempo de meter el brazo y evitar la primera puñalada.

Blanco sereno siempre, siempre sonriente, dio un salto atrás, descolgó del cabo de la daga su rebenque que llevaba allí sujeto y esperó, enrollando la lonja en la mano.

El teniente alcalde acometió de nuevo, pero con desgracia, porque el cabo del rebenque de Blanco encontró su mano derecha y el cuchillo saltó a dos varas de distancia.

En seguida Blanco desenrolló de su mano la lonja, tomó el rebenque por el cabo y dio al justicia tan tremenda rebenqueadura, que no tuvo fin hasta que aquel hombre sintió su brazo completamente fatigado.

El teniente alcalde quedó inmóvil y en un estado repugnante: su rostro se veía surcado por una cantidad de fajas cárdenas que había impreso en él la lonja del rebenque, y por entre el cuello de la camisa se veían asomar algunos vestigios de sangre amoratada y espesa.

Aquel hombre había quedado humillado y la fama de Juan Blanco había llegado al pináculo de toda ponderación fantástica.

A pesar de que él quiso hacer seguir el baile y la parranda, la gente estaba tan impresionada, que poco a poco fueron abandonando aquel recinto y montando a caballo.

Juan Blanco se despidió también de la paisanita y de los dueños de la casa a quienes pidió amablemente disculpa.

Salió afuera y se le vio desatar del palenque un caballo bayo overo, sobre cuyo apero se veía un cuzquito que paseaba alegremente de la anca a la cruz.

quarrel, to the rhythm of the music that the accordion and guitar players hurried to play.

Before the dance piece was finished, the deputy mayor had completely recovered from the blow and blinded by anger and revenge had thrown himself, knife on hand, on Blanco, who barely had time to stick his arm in and avoid the first stab.

Always serene, always smiling, Blanco jumped back, took down from the end of his dagger his whip that he carried there and waited, rolling the whip thong in his hand.

The lieutenant mayor attacked again, but with misfortune, because the butt knot of the whip de Blanco found his right hand and the knife jumped six feet away.

Then Blanco unrolled the thong out of his hand, took the whip by the handle and gave the justice a tremendous whipping, which did not end until he felt his arm completely fatigued.

The lieutenant mayor remained motionless and in a repugnant state: his face was furrowed by a quantity of purple marks that had been printed on him by the thong of the whip, and some traces of bruised and thick blood were visible between the collar of the shirt.

That man had been humiliated and Juan Blanco had reached the pinnacle of fame.

In spite of the fact that he wanted to follow the dance and the revelry, the people were so impressed that little by little they left that place and rode on horseback.

Juan Blanco also said goodbye to the countrywoman and the owners of the house to whom he kindly apologized.

He went outside and was seen to untie from the tethering post a spotted horse, on whose implements there was a small dog that was happily walking from the rump to the whiters.

Sobre aquel caballo montó Juan Blanco y se alejó al trotecito, tomando la dirección del centro del pueblito sin recelo de la partida, que ya debía saber lo que había sucedido al teniente alcalde.

La voz de aquel suceso llevaba por los que habían estado en el velorio, se desparramó por todo el pueblo con tal rapidez, que todo el paisanaje conocía la cosa con "pelos y señales" comentando el hecho de una manera poco favorable para la justicia de paz, que se ha hecho odiosa a todo habitante de campo.

Juan se vino a un café muy concurrido donde se armaban sendas partidas de billar que solían concluir de mala manera, y allí tuvo que aceptar varias convidadas, y corroborar las versiones que sobre la azotaina corrían, y que los menos crédulos se permitían poner en duda, pues, al hecho magnánimo de no hacer uso de las armas ventajosas que llevaba a la cintura, se unía el valor de que aquel hombre se había hecho alarde y la ocurrencia feliz de una rebenqueadura en pleno baile, al teniente alcalde más orgulloso y antepático de todo el partido.

–Yo no ensucio más mi daga en sangre de justicias –respondió Juan Blanco a la pregunta de que por qué no lo había muerto–, es gente que me da asco y para quien guardo el rebenque a falta de arriador, que si yo cargase arriador, a tolerazos los había de manejar.

–Pero es bueno que usted se oculte, al menos por unos días –dijeron a Blanco–, pues tenga por seguro que han de salir a buscarlo para prenderlo, pues querrán vengar de mala manera lo que usted ha hecho en el velorio, que tendrá al Juez de Paz dado a todos los diablos.

–La partida no ha de salir a buscarme –dijo insolentemente Juan Blanco–, porque los hombres se conocen en el pelo de la ropa; de todos modos –añadió con la mayor naturalidad de este mundo–, si pasan dos días sin que la partida me busque, yo he de bus-

On that horse rode Juan Blanco and moved away at a trot, taking the direction of the center of the village without distrust of the police, which should already know what had happened to the lieutenant mayor.

The word of that event carried by those who had been in the wake, spread throughout the town with such speed, that the whole country knew the thing chapter and verse, commenting on the fact in a manner unfavorable to the justice of peace, which has become hateful to every inhabitant of the countryside.

Juan came to a very crowded café where games of billiards, which used to end badly, were played, and there he had to accept several invitations, and corroborate the versions that ran on the whipping, and that the less gullible were allowed to doubt, because to the magnanimous fact of not making use of the advantageous weapons that he carried to the waist, was added the courage that he had shown and the happy occurrence of a whipping in full dance, to the proudest and most detested lieutenant mayor of all the district.

–I no longer dirty my dagger in the blood of justice –answered Juan Blanco to the question of why he had not killed the lieutenant mayor–, these are people who disgust me and for whom I keep the whip for lack of arriador, that if I carried arriador, I would have to handle them with it.

–But it would be good that you hide, at least for a few days –they said to Blanco–, for you can be sure that they'll have to go out and search you to catch you, because they'll want to avenge in a bad way what you've done in the wake, which will have the Justice of the Peace furious as a devil.

–The police doesn't have to go out to look for me –said Juan Blanco insolently–, because men know each other in the hair of their clothes; anyway –he added, as if it was the most normal thing in the world–, if two days pass without the police looking for me,

car a la partida y entonces nos hemos de ver lindo las caras y prometo que ha de haber diversión para más de un mes.

Los paisanos estaban absortos al escuchar a Blanco: o aquel hombre era un contador de guayabas, lo que no podía ser por la muestra que había dado esa noche, o era un hombre como jamás habían alojado en su pago los buenos habitantes del Salto.

Juan Blanco jugó con algunos paisanos varias partidas de billar, y se retiró después de hacerles algunas trampas, vicio que había contraído últimamente y del que no podía prescindir, según decía, cuando era pillado en una que no tenía disculpa.

Aquella noche todos pasaron por alto las trampas que les hizo Blanco, se acordaban del teniente alcalde y tenían miedo.

Juan Blanco montó a caballo y ganó el campo, pues no hacía noche en poblado, ni dormía jamás bajo techo.

Aquel suceso tragicómico fue el tema inagotable del resto de aquella noche y el día siguiente, hasta que una nueva aventura vino a hacerlo palidecer.

En los pagos del Salto existía por aquellos tiempos un tal Rico Romero, muy conocido de aquel partido por hombre bravo y de mucha fortuna.

Rico Romero tenía la reputación de la primera daga del partido y no podía mirar sin celos las proporciones colosales que iban tomando las mentas de Juan Blanco.

Rico Romero no daba crédito a las mentas de que había venido acompañado el tal Juan Blanco, y respecto a la mala ventura del alcalde, decía que Juan Blanco lo había madrugado y que además eso lo podía hacer cualquiera con un hombre que, como el teniente alcalde, era flaco y de muy poca vista para manejar el cuchillo.

Sin embargo, aquella aventura del alcalde le había conquistado a Blanco la admiración de los paisanos que sostenían a Romero que aquel hombre era más bravo que un toro.

I will have to look for them and then we will be face to face and I promise that there has to be fun for more than a month.

The countrymen were absorbed in listening to Blanco: either that man was a teller of lies, which could not be because of the sample he had given that night, or he was a man as the good inhabitants of the Salto had never hosted in their district.

Juan Blanco played with some countrymen several games of billiards, and retired after cheating them, a vice he had contracted lately and which he could not do without, as he said, when he was caught cheating.

That night they all overlooked the tricks Blanco had done to them, they remembered the deputy mayor and they were afraid.

Juan Blanco rode on horseback and won the field, as he did not spend the night in a village, nor did he ever sleep under a roof.

That tragicomic event was the inexhaustible theme of the rest of that night and the following day, until a new adventure came to make it pale.

In Salto district there existed at that time a certain Rico Romero, well known of that party by brave man and of much fortune.

Rico Romero had the reputation of being the first dagger of the district and could not watch without jealousy the colossal proportions that was taking the fame of Juan Blanco.

Rico Romero did not believe the things that were said about Juan Blanco, and regarding the bad luck of the mayor, he said that Juan Blanco had got lucky and that anyone could do that with a man who, like the deputy mayor, was skinny and had very little sight to handle the knife.

However, the fight with the mayor had won Blanco the admiration of the countrymen who said to Romero that the man was more brave than a bull.

La noche siguiente al famoso velorio, los paisanos habían caído al billar y casa de negocio donde armaban sus partidas y donde desde temprano estaba Rico Romero.

La conversación recayó sobre Blanco y se entabló la eterna discusión en que Romero sostenía que aquel Blanco debía ser más morado que una sandía.

–Es mucho hombre –dijo uno de los gauchos–, es mucho hombre y tiene la vista que parece relámpago y un manejo en la daga que asusta, créemelo.

–Pues con la vista y todo, y con manejo y todo –contestó Romero–, la primera vez que ese hombre se meta conmigo no le van a valer ni una cosa ni otra, porque lo he de matar.

Aún no se había extinguido el eco de las palabras de Romero, cuando apareció en la sala de billar Juan Blanco, altivo y sonriente.

Era imposible que al entrar no hubiese oído las palabras que acababan de pronunciarse, pero se hizo el desentendido y saludó a la concurrencia con un cordial buenas noches, compañeros.

Rico Romero comprendió que Blanco le había oído y creyó que disimulaba de miedo pues por nuevo que aquel hombre fuese en el pueblo, debía conocer quién era, y efectivamente ya Blanco sabía quién era Rico Romero y suponía que éste por celos de reputación trataría de buscar camorra.

Romero fue el único que no contestó al saludo del paisano, quien siguió haciéndose el desentendido y se puso a conversar con dos gauchos que estaban recostados al mostrador.

No habían pasado cinco minutos, cuando el gaucho deseoso de pelear, empezó a dirigir a Blanco indirectas hirientes, que éste siguió pasando por alto.

Romero empezó a encolerizarse del poco efecto que hacían sus indirectas y deseando

The night after the famous wake, the countrymen had fallen into the billiards and business house where they set up their games and where Rico Romero had been since early.

The conversation fell on Blanco, and the eternal discussion took place in which Romero maintained that Blanco should be more purple than a watermelon.

–He's a lot of man –said one of the gauchos–, he's a lot of man and he has eyes that looks like lightning and a dagger handling that scares me, believe me.

–Well, with sight and everything, and with handling and everything –replied Romero–, the first time this man messes with me, it's not going to be worth one thing or the other, because I'm going to kill him.

The echo of Romero's words had not yet been extinguished, when Juan Blanco appeared in the billiard room, haughty and smiling.

It was impossible that when he entered he had not heard the words that had just been pronounced, but he pretended not to understand and greeted the audience with a cordial good night comrades.

Rico Romero understood that Blanco had heard him and believed that he was ignoring him out of fear, because no matter how new that man was in the town, he had to know who he was, and indeed Blanco already knew who Rico Romero was and assumed that out of jealousy of reputation he would try to provoke a fight.

Romero was the only one who did not answer the greeting of the countryman, who continued to ignore Romero and began to talk with two gauchos who were leaning over the counter.

Five minutes had not passed when the gaucho, eager to fight, began to direct hurtful hints to Blanco, which the last one continued to overlook.

Romero began to get angry at the little effect his hints had, and wishing to prove

probar de una vez a los paisanos la superioridad que tenía sobre el forastero, lo llamó y le dijo:

–Se me hace, amigo, que usted ha venido aquí sólo a asustar, con la postura y que no ha de ser capaz de pararse conmigo a donde yo me pare.

–Será así, amigo –contestó Juan Blanco, sin dejar su postura perezosa y sonriendo siempre–, yo no puedo obligar a nadie que crea lo que no quiere creer.

–Bien se me había puesto –siguió diciendo Romero, ensoberbecido por la actitud humilde del paisano–, bien se me había puesto que usted era un malita mal pegador, y que en cuanto diera con un hombre que le metiera el resuello se lo iban a quitar los bríos del primer golpe, ¡a la mulita!, ¡y sin armas se ha venido!

–Será, amigo –volvió a contestar Juan Blanco, siempre imperturbable y sin cambiar de posición–, yo no sé contradecir a nadie cuando se trata de mí.

–Y aunque no se tratara –concluyó Rico, creciendo en insolencia–, y basta de parolas que no tengo hoy humor de que nadie me queme la sangre, y menos un intruso.

Juan Blanco se calló la boca y convidó a los paisanos que hablaban con él, a jugar una partida al billar, prescindiendo completamente de Romero.

–No dije yo –murmuró éste–, si a estos maulas hay que pegarles el grito a tiempo, si no lo madrugan a uno con la postura y lo llevan por delante.

Esta escena había sido sumamente perjudicial para Blanco, pues su actitud humilde le había hecho perder un cincuenta por ciento de su fama, que había pasado a Romero, pues éste había destapado la falsa reputación de aquel a quien habían creído un hombre duro e invencible.

Juan Blanco se puso a jugar al billar con cuatro de los paisanos, mientras Romero

once and for all to the countrymen the superiority he had over the stranger, he called him and told him:

–It seems to me, my friend, that you have come here only to frighten others with your posture and that you should not be able to stand with me wherever I stand.

–It may be so, my friend –answered Juan Blanco, without abandoning his lazy posture and always smiling–, I cannot force anyone who believes what he does not want to believe.

–I was right –said Romero, arrogant about the humble attitude of the countryman–, I was thinking that you are a coward not good for a fight, and as soon as you came across a man who put fright into your body, you were going to be taken away from the first blow, like a coward! You are here without any weapons!

–It may be so –Juan Blanco answered against, always calm and without changing his posture– I can't contradict anyone when it comes to me.

–And even if it wasn't –Rico concluded, growing in insolence–, and enough of words that today I have no mood for anyone to burn my blood, let alone an intruder.

Juan Blanco kept his mouth shut and invited the countrymen who spoke to him to play a game of billiards, completely dispensing with Romero.

–I said it –muttered Romera–, you have to warn these cowards in time, otherwise they get you up early with the posture and sweep one away.

This scene had been extremely damaging to Blanco, because his humble attitude had caused him to lose fifty percent of his fame, which had passed to Romero, because Romero had uncovered the false reputation of the man whom they had believed to be a hard and invincible man.

Juan Blanco began to play billiards with four of the countrymen, while Romero

tomaba poco a poco una copa de ginebra mirando la partida.

Los jugadores eran buenos, pero Blanco les empezó a ganar el dinero con suma ligereza y haciéndoles grandes trampas que los paisanos veían pero no se atrevían a protestar de ellas, pues a pesar de que Blanco había sufrido a Romero todo lo que éste le había dicho, no por eso había perdido por completo su prestigio.

Poco a poco los jugadores cansados de las trampas, fueron abandonando la partida, hasta que sólo quedó Blanco en la mesa haciendo rodar las bolas.

–Le juego una partida por cien pesos y la copa para los presentes –dijo Rico Romero levantándose y aproximándose al billar.

–No hay inconveniente –dijo Blanco y echó mano al tirador para sacar el dinero y depositarlo según la práctica establecida en estos casos.

–Bueno –agregó Romero, sacando también un billete de cien pesos–, pero prevengo que no sufro trampas, y a la primera le rompo el alma y alzo la parada.

Por agresiva que fuera la actitud con que Romero dijo estas palabras, Blanco no se inmutó ni apagó su eterna sonrisa; acomodó las bolas y se preparó a jugar.

Los paisanos se colocaron en los bancos, pues era fácil entrever que aquella jugada no era más que el pretexto de una de a pie, porque si Blanco había aceptado el desafío era porque también aceptaba las consecuencias fatales de una partida armada sólo para encontrar un pretexto.

Los adversarios empezaron a jugar y durante unos diez minutos todo siguió en la mayor armonía; parecía que el interés del juego había alejado todo mal pensamiento.

Blanco no pudo prescindir de sus malas mañas, en el primer descuido de Romero corrió el taco hacia los palos, volteándolos a todos.

slowly drank a glass of gin watching the game.

The players were good, but Blanco began to win their money with great ease and cheating grandly, but the countrymen, although they saw it, did not dare to protest him, because despite the fact that Blanco had suffered Romero everything had told him, not for that reason he had lost his prestige completely.

Little by little the players tired of the cheating, and left the game, until Blanco was alone on the table rolling the balls.

–I'll play you a game for a hundred pesos and a round of drinks for those present – said Rico Romero getting up and approaching the billiards table.

–There's no problem –said Blanco and he took out the money from his belt to deposit it, according to the established practice in these cases.

–Well –added Romero, also taking out a hundred-peso note–, but I warn you that I do not suffer cheating, and at the first one I will break your soul.

No matter how aggressive Romero's attitude may have been, Blanco did not flinch or extinguish his eternal smile; he arranged the balls and prepared to play.

The countrymen were placed on the benches, because it was easy to see that the play was nothing more than the pretext for a fight, because if Blanco had accepted the challenge was because he also accepted the fatal consequences of such dangerous game, only to find a pretext for a fight.

The adversaries began to play and for about ten minutes everything went on in the greatest harmony; it seemed that the interest of the game had driven away all bad thought.

But Blanco could not do without his bad tricks, at Romero's first carelessness he ran the cue towards the sticks, turning them all.

–¡Ah, puerco tramposo! –gritó Romero encendido de cólera–, esto es robar la plata –y tomando una de las bolas del billar la lanzó al pecho de Blanco, produciendo un ruido seco y obligándolo a llevar la mano al pecho y soltar una potente maldición.

Rápido como el pensamiento, Romero se lanzó sobre Blanco enarbolando el taco y tirando un golpe a la cabeza que apenas pudo Blanco parar.

La lucha se trabó bárbara y encarnizada, sin que ninguno de ellos hubiera echado mano a la cintura en busca de la daga.

Blanco era más alto que Romero y parecía más vigoroso; así que cuando éste se lanzó sobre aquél, Blanco abrió los brazos arriba, presentándole libre la cintura a la que se prendió Romero como si quisiera voltearlo al suelo para concluir con él.

Entonces Blanco se agachó sobre su espalda y le arrancó rápidamente la daga, dándole en seguida un golpe de puño en la cabeza que le hizo caer sin sentido.

–Tanto amoló esta maula –dijo dándole con el pie–, que al fin me obligó a hacerle el gusto; no te degüello de asco.

Romero volvió en sí inmediatamente, se levantó rápido y buscó en vano en su cintura la daga, que le quitara Juan Blanco.

–¡Demen una arma, demen una arma, canejo! –gritó enfurecido mirando a los paisanos que estaban mudos de asombro, ante lo que había pasado.

–¡Un cuchillo! –vociferó avanzando sobre el paisano que estaba más inmediato, y tratando de arrancarle la daga que esto rehusó, no queriendo comprometerse.

–¡Tome cuchillo maula! –le gritó entonces Blanco tirándole a los pies la daga que le arrancara de la cintura, y enrollando la manta en el brazo izquierdo.

Rico Romero se precipitó sobre su arma que blandió en su mano vigorosa y acometió a Blanco con la cabeza baja, marcando una

–Ah, you cheating pig! –This is stealing the silver– and taking one of the billiard balls he threw it at Blanco's chest, making a dry noise and forcing him to put his hand to his chest and release a powerful curse.

Quick as thought, Romero threw himself at Blanco waving the cue and throwing a blow to the head, that Blanco could barely stop.

The fight was barbaric and fierce, without any of them having reached for the dagger.

Blanco was taller than Romero and seemed more vigorous; so when Romero threw himself at him, Blanco opened his arms above him, presenting freely the waist to which Romero held himself as if he wanted to turn him to the ground to conclude with him. Then Blanco bent down on his back and quickly ripped off the dagger of Romero, giving him a fist blow to the head that made him fall senselessly.

–This coward was so annoying –he said with his foot–, that at last he forced me to fight with him; I don't cut his throat because he disgusts me.

Romero came to his senses immediately, got up quickly and searched in vain at his waist for the dagger that Juan Blanco took away from him.

–Give me a weapon, give me a weapon, hell! –he shouted enraged, looking at the countrymen, who were mute in astonishment at what had happened.

–A knife! –He vouched advancing on the countryman who was most at hand, and trying to pull off the dagger that the other man refused, not wanting to compromise.

–Take this knife coward! –Blanco shouted, throwing at his feet the dagger that he had ripped from his waist, and rolling the blanket around his left arm.

Rico Romero rushed to his weapon which he wielded in his vigorous hand and charged Blanco with his head down, thrust-

terrible puñalada. Blanco evitó el golpe con asombrosa limpieza, y golpeó con el plano de su daga la cabeza de Romero diciéndole:

–¡No se asuste <u>maula</u>!

Romero desesperado, y conociendo que era imposible llegar con el puñal al pecho de aquel hombre cuya vista era asombrosa, tomó rápidamente de sobre el billar otra bola que lanzó vigorosamente y que fue a estrellarse en el pecho de Blanco.

Detrás de la bola acometió Romero con suma rapidez, tirando una puñalada con todo el largo del brazo. Fue aquella la última puñalada que debía tirar en su vida.

Blanco no se había turbado a pesar del segundo golpe de bola recibido en el pecho; envolvió en su manta la puñalada que le tirara Romero y se tiró a fondo rápido y poderoso.

Su daga entró entre la tercera y cuarta costilla, yéndose a clavar en la espina dorsal y atravesando en su trayecto el corazón, de manera que Rico Romero cayó al suelo sin pronunciar una palabra. La muerte había sido instantánea.

Aquella puñalada había sido tirada con tal vigor, con tal fuerza muscular, que cuando Juan Blanco quiso sacar la daga de la herida, tuvo que apoyar una rodilla sobre el pecho del cadáver y dar un violento tirón de la daga con ambas manos.

Y era tan rica la hoja de aquella arma, que en la punta no se veía la menor lastimadura a pesar de haberse enterrado por lo menos medio centímetro en la columna vertebral.

Juan Blanco limpió su daga en el saco del cadáver y paseó al guardarla una mirada indagadora sobre los paisanos asombrados.

Ninguno de ellos dijo una sola palabra: estaban completamente dominados por el terror y el asombro, Juan Blanco había vuelto a tomar, para ellos, proporciones colosales, pues Rico Romero era un hombre recono-

ing a terrible stab wound. Blanco avoided the blow with astonishing cleanliness, and struck Romero's head with the flat side of his dagger saying:

–Don't be frightened, coward!

Romero desperate, and knowing that it was impossible to reach the chest of that man with amazing sight, with his dagger, quickly took from over the billiards another ball that he threw it vigorously, and it crashed into Blanco's chest.

Romero rushed very quickly following the ball, throwing a stab with the entire length of his arm. It was the last stab he would throw in his life.

Blanco had not been troubled despite the second blow of a ball received in his chest, he wrapped in his blanket the stab that Romero threw and stabbed Romero fast and powerfully.

His dagger entered between the third and fourth rib, getting stuck in the spine, piercing the heart along the way, so that Rico Romero fell to the ground without saying a word. Death had been instantaneous.

That stab had been thrown with such vigor, with such muscular strength, that when Juan Blanco wanted to remove the dagger from the wound, he had to rest a knee on the chest of the corpse and give a violent pull of the dagger with both hands.

And the blade of that weapon was so good that on the tip there was not the slightest mark, even though it had been buried at least half a centimeter in the spinal column.

Juan Blanco cleaned his dagger in the jacket of the corpse and, while he put it back, looked with an inquiring look at the astonished countrymen.

None of them said a single word: they were completely dominated by terror and astonishment, Juan Blanco had taken again, for them, colossal proportions, because Rico Romero was a man recognized as brave,

cido por guapo, y a quien no había valido ni aún el haber madrugado a su contrario.

–Una copa, amigo, para mojar la garganta – dijo Blanco al <u>pulpero</u>–, y otra para que esta gente vaya enjuagando el jabón que tiene.

El <u>pulpero</u> sirvió lo que aquel hombre había pedido, dándose por feliz de que no pidiese más.

Blanco bebió la suya, pagó el gasto hecho, y salió a la calle donde estaba su caballo bayo overo, atado en el tradicional barrote de fierro, que pasa de parte a parte en los postes y que colocan los negociantes de los pueblos de campo, haciéndoles prestar el servicio de tranquera, para que los animales que quedan a la puerta, no suban a la vereda.

Juan Blanco montó a caballo, apartando el perro que estaba sobre el apero y tomó el camino de la plaza. Eran apenas las nueve de la noche.

Se detuvo en la barbería que había a la otra cuadra del juzgado y se hizo afeitar.

Nos cuenta el mismo barbero que cuando empezaba a pasarle la navaja por la cara, Juan Blanco mantuvo con él el siguiente diálogo:

–Dígame, amigo, si viniera Juan Moreira y se sentara en su casa a hacerse afeitar, así como yo estoy, ¿qué haría usted con él?

–Lo afeitaría –contestó naturalmente el barbero–, porque dicen que aquel hombre es terrible y yo no quiero tener enemistades con nadie.

–Y si se negase a pagarle la afeitada, estando tan cerquita del Juzgado, ¿qué haría usted con él?, ¿daría parte o se asustaría?

–Yo no me asustaría –dijo el barbero–, pero si no me quisiera pagar lo dejaría irse, por-

and who had not been able to win the fight, although he cheated by throwing a ball.

–A cup, my friend, to wet the throat –said Blanco to the <u>pulpero</u>–, and another round for these people to rinse off the soap they have.[1]

The <u>pulpero</u> served what the man had asked for, happy that he did not ask for more.

Blanco drank his drink, paid his consumption, and went out to the street where his spotted horse was, tied to the traditional iron bar, which passes from part to part on the posts and which the merchants of the country villages place, making them provide the service of a gate, so that the animals that remain at the gate do not go up to the sidewalk. Juan Blanco rode on his horse, moving the dog that was on the saddle and took the road to the square. It was only nine o'clock in the evening.

He stopped at the barbershop on the other block from the courthouse and had himself shaved.

The same barber tells us that when he began to put the razor in his face, Juan Blanco had the following dialogue with him:

–Tell me, my friend, if Juan Moreira were to come and sit in his house and get himself shaved, as I am, what would you do with him?

–I'd shave him –said the barber naturally–, because they say that the man is terrible and I don't want to have enmities with anyone.

–And if he refused to pay for his shave, being so close to the court, what would you do with him? Would you report him to the authorities or would you be afraid?

–I wouldn't be afraid –said the barber–, but if he didn't want to pay me, I'd let him go,

---

1 This is a pun since "soap" is jabón in Spanish, but it also means "fright" in slang.

que peor sería que le fuese a dar rabia y me quisiera sacudir.

–Dicen que es un hombre muy malo ese tal Moreira y que ha hecho muchas muertes; no creo que es un buen amigo.

–Sí, pero también dicen que ha sido hombre bueno y que le han perseguido mucho. Dicen, así mismo, que su lujo es pelear las partidas.

Mientras así hablaban, el barbero concluyó de afeitar a Blanco, quien se puso el sombrero y dio para que se cobrase un billete de cincuenta pesos.

Cuando el barbero vino a traerle el vuelto Juan Blanco le retiró la mano, diciéndole:

–Guarde eso amigo, en recuerdo de Juan Moreira.

El barbero quedó inmóvil, como si lo hubiera herido un rayo.

Aquella revelación inesperada le cayó como un balde de agua helada, pensando en que tal vez si él se hubiera expresado de Moreira en otros términos, probablemente este lo cose a puñaladas.

El paisano montó a caballo y se alejó al tranquito, dando vuelta la plaza y tomando el camino de las quintas.

Media hora después todo los habitantes del Salto sabían que el tal Juan Blanco no era otro que el famoso Juan Moreira, por lo que ya no les llamaba la atención lo que éste había hecho con el teniente alcalde, y de la manera con que había dado muerte a Romero después de haberle sufrido mil impertinencias.

Si la partida de plaza había pensado salir a prender a Juan Blanco, se llamó a sosiego cuando supo que este tal Juan, era Moreira, llegando al extremo de negarse redondamente a la orden que de salir en su busca les diera el Juez de Paz.

Al otro día, Moreira salió del Salto y tomó el camino de Navarro; pero antes de abandonar el pueblo se le vio venir a la plaza, subir

because it would be worse if he were to get angry and wanted to shake me.

–They say that this Moreira is a very bad man and that he has killed many men; I don't think he's a good friend.

–Yes, but they also say that he has been a good man and that they have persecuted him a lot. They say, likewise, that his only luxury is to fight the police forces.

While they were talking, the barber concluded shaving Blanco, who put on his hat and gave him a fifty-pesos bill.

When the barber came to bring him the change, Juan Blanco withdrew his hand, saying:

–Keep that, my friend, in memory of Juan Moreira.

The barber remained motionless, as if struck by lightning.

That unexpected revelation fell to him like a bucket of icy water, thinking that perhaps if he had spoken of Moreira in other terms, he would probably have been stabbed.

The countryman rode on horseback and moved away at a trot, circling the square and taking the road of the country farms.

Half an hour later all the inhabitants of the Salto knew that this Juan Blanco was none other than the famous Juan Moreira, so they were no longer struck by what he had done with the deputy mayor, and the way he had killed Romero after having suffered a thousand impertinences.

If the police force had thought to go out to seize Juan Blanco, they were called to calm when they learned that this Juan, was Moreira, reaching the extreme of roundly refusing the order that the Justice of the Peace would gave them to go out in search of him.

The next day, Moreira left Salto and took the road to Navarro; but before leaving the village he was seen coming to the square,

a la vereda y golpear con el cabo del <u>reben-</u><u>que</u> la puerta del Juzgado anunciándose a voz el cuello.

La <u>partida</u> de plaza estaba dentro del Juzgado, pero resolvió prudentemente no hacer caso a las voces del paisano.

climbing to the sidewalk and knocking with the whip butt knot the door of the Court announcing himself loudly.

The police force was inside the Court, but they decided prudently not to listen to the countryman's calls.

14

La policía en jaque
Police in check

Moreira salió así del Salto, donde tan tristes recuerdos dejaba y se dirigió al pueblo de Navarro a pequeñas jornadas, como siempre para conservar su caballo.

Llegaba a las <u>pulperías</u> donde se detenía solamente el tiempo necesario para dar de comer al Cacique y al caballo, siguiendo el camino provisto de un poco de pan y queso que era el alimento que tomaba cuando andaba, de viaje; dormía profundamente a la siesta en medio del campo, hora en que ningún paisano está de pie.

Era entonces a fines del año 73 y en Navarro se hacían encarnizados trabajos para tristes elecciones que dieron por resultado la presidencia Avellaneda y la revolución de Setiembre.

Los hombres políticos de Navarro se disputaron el contingente poderoso de Moreira, ofreciéndole que harían cesar por completo la persecución tenaz de que era objeto.

Moreira se afilió a uno de los bandos políticos, al que se lanzó a la revolución y pudo quedar tranquilo en Navarro sin que la justicia se metiera con él para nada, llegando a ser mucho más temido que la <u>partida de plaza</u> a quien tenía dominada por completo, como así mismo a los alcaldes y tenientes alcaldes de todo el partido.

Moreira thus came out of the Salto, where he left such sad memories and went to the town of Navarro in small journeys, as always, to keep his horse fresh.

He would arrive at the <u>pulperías</u> where he would stop only long enough to feed the Chieftain and the horse, following his way, provided with a little bread and cheese, which was the food he took when he was on the road; he would sleep deeply during nap time in the middle of the countryside, an hour when no countryman is standing.

It was then at the end of the year 73 and in Navarro there were fierce works for sad elections that resulted in the Avellaneda presidency and the revolution of September.

Navarro's political men disputed Moreira's powerful force, offering him that they would put a complete end to the tenacious persecution to which he was subjected.

Moreira joined one of the political parties, which launched the revolution and so he was able to remain calm in Navarro without the justice being involved with him at all. He became much more feared than the police force to whom he had completely dominated, as well as the mayors and lieutenant mayors of the entire district.

Moreira no se hubiera hecho nacionalista si hubiera subsistido la candidatura del doctor Alsina; pero tratándose de Avellaneda, y hábilmente tocado por los enemigos de esta candidatura desastrosa, se entregó por completo a ayudar a los nacionalistas tan eficazmente, que con solo estar en el atrio ganó la elección sin un solo voto en contra. Cuentan entre otros un episodio de la vida de Moreira, en estas elecciones, que da una idea de la fortaleza de aquel espíritu y del dominio que llegó a ejercer sobre el paisanaje.

El club avellanedista de Navarro presidido por una persona muy conocida en la sociedad de Buenos Aires y que no nombramos por el papel que desempeñó en el incidente, contaba con cerca de cien afiliados, reclutados, entre la gente más cruda y a quien se había armado de una manera electoral, es decir hasta los dientes.

El presidente de este club mandó ofrecer un día a Moreira la suma de cincuenta mil pesos porque abandonase a los nacionalistas y les ayudara a ellos en aquella reñida elección.

Moreira contestó que él iría en persona esa noche a llevar la contestación a la propuesta, contestación que fue clara y terminante como las que acostumbraba a dar.

El club avellanedista estaba reunido en gran algazara contando con la incorporación de Moreira, cuando éste llegó, dejó su caballo en la puerta y entró como a su casa.

Todos los paisanos lo recibieron con muestras de la mayor alegría, pero él prescindió del paisanaje y se dirigió al presidente que estaba contando el dinero que le mandara ofrecer.

–Si usted se ha pensado –le dijo de la manera más severa–, que yo soy artículo de <u>pulpería</u> que cualquiera me puede comprar, se ha equivocado de medio a medio. Ni yo me vendo amigo, si usted tiene bastante dinero para comprarme en caso que yo tuviera

Moreira would not have become a nationalist if Dr. Alsina's candidacy had survived; but when it came to Avellaneda, and skillfully touched by the enemies of this disastrous candidacy, he gave himself completely to helping the nationalists so effectively, that just by being in the atrium he won the election without a single vote against them. Among others, they tell of an episode in Moreira's life, in these elections, which gives an idea of the strength of that spirit and of the dominion he came to exercise over the countryside.

Navarro's pro Avellaneda club, presided over by a person well known in Buenos Aires society and not named for the role he played in the incident, had nearly one hundred members, recruited, among the most brutal people who had been armed in an electoral manner, that is to say to the teeth.

The president of this club summoned Moreira one day to offer him sum of fifty thousand pesos to abandon the nationalists and help them in that close election.

Moreira answered that he would go in person that night to bring the answer to the proposal, an answer that was clear and strict like the ones he used to give.

The club in favor of Avellaneda was gathered in great hullabaloo counting on the incorporation of Moreira, when this one arrived, he left his horse at the door and entered as if he was entering his own house.

All the countrymen received him with signs of the greatest joy, but he dispensed with them and went to the president who was counting the money he was ordered to offer.

–If you have thought –he said in the most severe manner–, that I am a <u>pulpería</u> product that anyone can buy from, you are completely wrong. I don't sell myself my friend, if you have enough money to buy me in

para negocio mi <u>facón</u>, que está comprometido con mis amigos.

–Yo no he querido ofender, amigo Moreira –le contestó el presidente del club, sabiendo que a las malas era la causa perdida–, necesitamos su apoyo y le ofrecemos por hoy esto, pudiendo usted contar con mucho más si llegamos a triunfar; quiso hacer en seguida la apología del presidente Avellaneda, pero el gaucho le cortó la palabra.

–Yo no puedo servir con usted porque su candidato me da asco –prosiguió–, y porque no puedo servir para capitanear esta tropilla de <u>maulas</u> –y Moreira miraba de una manera provocativa a los ochenta o cien hombres que lo escuchaban.

No me vuelvan a ofrecer plata porque traicione a los míos –continuó–, porque si me llegan a ofender de esta manera, caigo aquí y esto se vuelve una fonda de vascos cuya puerta de salida no van a encontrar de puro miedo.

Y ustedes grandes sinvergüenzas –concluyó dirigiéndose a los paisanos–, como yo los vea ir al atrio a votar en contra mía, les voy a sacar los ojos a azotes.

A pesar de ser tantos aquellos hombres, a pesar de estar reclutados entre la gente más brava y estar armados de revólver y puñal, ninguno de ellos se permitió contestar a las insolencias de Moreira que había ido expresamente a insultarlos en su propia cara, tratándolos como a la última carta de la baraja.

Moreira salió por entremedio de ellos haciendo campo con el <u>poncho</u> y sin dignarse volver la cara para prever alguna puñalada traicionera.

Estaba tan seguro del dominio que ejercía sobre aquella gente que demasiado sabía que ninguno se atrevería a jugar la vida en una puñalada que podía errar.

Salió a la calle, desató su caballo del llamador del club, a donde lo había dejado, y se dirigió al club nacionalista, donde había constituido domicilio.

case I offered my knife for business, but it is committed to my friends.

–I didn't want to offend you, friend Moreira –said the club president, knowing that it was a lost cause–, we need your support and we are offering you this for today, and you can count on much more if we succeed; he wanted to immediately make the apology of President Avellaneda, but the gaucho cut him off.

–I cannot serve with you because your candidate disgusts me –he continued–, and because I cannot serve as captain of this flock of cowards –and Moreira looked provocatively at the eighty or one hundred men who listened to him.

Don't offer me money again to betray my friends –he continued–, because if you offend me in this way, I'll come back here and you won't find out how to escape of pure fear.

And you great scoundrels –he concluded, addressing the countrymen–, as I see you going into the atrium to vote against me, I'm going to whip your eyes out.

Even though there were so many of them, even though they were recruited from among the bravest people and armed with guns and daggers, none of them allowed themselves to respond to Moreira's insolence, who had gone expressly to insult them in his own face, treating them like the last card in the deck of cards.

Moreira went out through the middle of them making room with his <u>poncho</u> and without deigning to turn his face to foresee some treacherous stabbing.

He was so sure of the dominion he exercised over those people that he knew too well that none would dare to bet his life on a stab he could miss.

He went out into the street, untied his horse from the front of the club, where he had left it, and went to the nationalist club, where he had established his domicile.

Cuando Moreira salió de aquel club, los paisanos estaban dominados de tal manera; que declararon al presidente que habían decidido no votar en la elección, porque no querían andar encontrados con Juan Moreira, que al fin y al cabo podía más que la justicia y que la puñalada que él les diera nadie se las había de quitar.

Llegó el día de la elección y esta fue canónica por los nacionalistas, pues no hubo ningún paisano que se atreviera a votar en contra de don Juan Moreira.

Y cuentan en Lobos de aquella elección fue sostenida allí con el solo nombre de Moreira. Cuando la elección estaba más reñida y se temía la ganaran los avellanedistas, se hizo correr la voz de que Moreira llegaba de Navarro y hubo un completo desbande.

Tal era el terror que en aquella gente infundía el solo nombre de Juan que a propósito de él se decía esta frase pintoresca: No hay justicia que le venga bien.

Cuando pasó la elección, Moreira empezó a llevar en Navarro una existencia borrascosa; armaba en las pulperías grandes parrandas que duraban semanas enteras, porque ningún pulpero se atrevía a contradecirlo, desde que Moreira pagaba religiosamente el gasto que hacía durante aquellas infernales Salamancas.

El partido vencido empezó entonces a calumniar a Moreira, contando sendos y "horribles asesinatos" que no habían existido jamás, haciéndole figurar como principal autor de ellos, para obligar al gobierno a tomar una medida enérgica contra el gaucho que tan dominados los tenía.

Fue entonces que el Gobernador de la Provincia, que lo era don Mariano Acosta dispuso que salieran fuerzas de Guardia Provincial a perseguir vagos y cuatreros en la campaña, prendiendo de paso al célebre Juan Moreira, en cualquier parte donde se le hallara.

When Moreira left that club, the countrymen were so overwhelmed that they declared to the president that they had decided not to vote in the election, because they did not want problems with Juan Moreira, that in the end he could do more than the justice and that the stab he gave them would not be taken away.

Election day arrived and it was canonical for the nationalists, since there was no countryman who dared to vote against Don Juan Moreira.

And they tell in Lobos that the election was held there with the single name of Moreira. When the election was more contested and it was feared that the party of Avellaneda would win, word spread that Moreira was coming from Navarro and there was a complete disbandment.

Such was the terror instilled in those people by the name of Juan that they said this picturesque phrase about him: There is no justice that suits him.

When the election passed, Moreira began to lead a stormy existence in Navarro; he assembled big feasts in the pulperías that lasted entire weeks, because no pulpero dared to contradict him, since Moreira religiously paid the expenses he incurred during those infernal feasts.

The defeated party then began to slander Moreira, recounting two "horrible murders" that had never existed before, making him appear as their main author, in order to force the government to take an energetic measure against the gaucho who had them so dominated.

It was then that the Governor of the Province, who was Don Mariano Acosta, ordered the forces of the Provincial Guard to go out to pursue bums and cattle rustlers in the campaign, catching the famous Juan Moreira on his way, wherever he was found.

Y el mismo coronel Garmendia al frente de una compañía de su bizarro cuerpo dio una batida general por esos pueblos de campo, trayéndose gran cantidad de vagos y gente de libertad perjudicial, pero no pudo dar con Juan Moreira, por más que lo buscó a pleito por todos aquellos parajes donde sospechaba o le indicaban que podía hallarse.

En muchos de estos parajes los piquetes hallaron los rastros frescos aún del paisano, por todos ellos volvieron sin lograr verle la silueta.

En Navarro supo el coronel Garmendia por persona que acababa de verlo, que Moreira estaba armando barullo en la tienda y almacén del señor Olazo, donde tuvo principio la lucha que terminó con la muerte del célebre paisano Leguizamon.

Allí se trasladó la fuerza del Guardia Provincial, se allanó la casa y se practicó el más minucioso registro, llegándose en él a remover las pilas de pipas llenas y vacías, pero inútilmente porque Moreira no apareció.

¿Se había equivocado la persona que llevó el aviso, o Moreira avisado a tiempo se había puesto en fuga precipitadamente?

Ni una cosa ni otra; Moreira estaba allí con sus trabucos amartillados dispuesto a hacer volar a los primeros que se le acercaran, pero no dieron con su escondite.

Dicen y se ha probado que Moreira había estado oculto en un sótano del aposento del mismo señor Olazo, cuya puerta estaba disimulada por una tira de alfombra puesta expresamente, y añaden que cuando se retiró la fuerza, Moreira salió del sótano soltando una ruidosa carcajada.

–Con estos no quiero pelear –decía, revelando toda su astucia–, porque no haría más que hacer el gusto a los que me quieren ver muerto; la partida es muy despareja y a la larga yo tendría que caer, se han de morder el codo los que han creído verme difunto a la fija.

Moreira huyó en seguida de Navarro y se decidió a rondar los campos hasta que se alejara de Navarro el coronel Garmendia y su gente.

Después de una buena rejunta de matreros y gauchos sin <u>papeleta</u>, como se le había comisionado, el coronel Garmendia regresó a Buenos Aires y Moreira volvió a caer a Navarro.

El gobernador don Mariano Acosta empezó a recibir nuevas denuncias de los "horribles asesinatos" que se atribuían a Moreira, entre lo que figuraba un crimen de que entonces se ocupó mucho la prensa.

Era éste el de un panadero degollado por Moreira en el camino carretero, por robarle un peso de pan.

Sin embargo he aquí cómo pasó aquel hecho, del que tenemos hasta el más minucioso detalle, y que lejos de denigrar, enaltece a Moreira.

Aquel desgraciado repartidor de pan había sido asaltado por un gaucho malo, en su propio carrito, gaucho que está en la Penitenciaría condenado a veinte años de presidio y cuya vida figurará pronto en la colección de Dramas Policiales que publicará *La Patria Argentina*.

El gaucho había asaltado en pleno camino al repartidor de pan, que era un joven italiano con el ánimo de robarle el dinero que llevaba encima.

Para terminar su robo con toda tranquilidad y sin la menor oposición, aquel bandido feroz había dado de puñaladas al joven, degollándolo en seguida.

Concluida esta operación se había puesto a registrar los bolsillos del cadáver aún caliente, aliviándolo de la carga de unos trescientos pesos más o menos.

Daba el asesino sus últimas manitas en los bolsillos de la víctima, cuando se acercó al carro a gran galope Juan Moreira, que había adivinado la escena.

–¿Qué está usted haciendo ahí su puerco? –preguntó Moreira al asesino, para quien aquello era la cosa más natural del mundo.

–Ya lo ve amigo –respondió éste con un cinismo que revelaba el último grado de la perversión más absoluta del sentido moral–, me he limpiado a este gringo tonto y le estoy sacando los reales que de todos modos se los ha de sacar la justicia que anda a la pesca de estas boladas.

–Usted es un puerco, amigo –replicó Moreira en el colmo de la indignación–, no se mata a un hombre por robarle cuatro reales y el que estas muertes hace tiene un fin desgraciado; le aseguro a fe de Juan Moreira que usted va a tener la muerte de un chancho y en una cárcel.

Nos dice el asesino aquél, con quien hemos hablado sobre este incidente, que aquellas palabras le produjeron tan honda impresión que las ha podido olvidar nunca.

Todo asesino es, por naturaleza, cobarde, así es que al oír éste el nombre de Moreira, se echó a temblar pidiendo disculpa al gaucho.

Moreira no pudo contener la indignación que le había causado la acción de aquel hombre, y enarbolando el <u>rebenque</u>, le dio una docena de golpes, despojándole del dinero robado que puso en uno de los bolsillos del cadáver.

En seguida lo registró prolijamente, a ver si a cosa tenía remedio, pero convencido de la inutilidad de todo esfuerzo, revolvió su caballo y partió a gran galope.

Algunos que lo vieron alejarse del carro, atribuyeron a Moreira aquel asesinato, siendo corroborado este acierto por el mismo asesino a quien castigó Moreira, y el hecho llegó a conocimiento del gobernador de la provincia bajo esta desnudez terrible: "Moreira ha degollado a un panadero, por un peso de pan".

Ya aquello no podía tolerarse, era preciso librar de una vez a la campaña de tan bárbaro

–What are you doing there, your pig? –Moreira asked the murderer, for whom that was the most natural thing in the world.

–You see, my friend –he replied with a cynicism that revealed the last degree of the most absolute perversion of the moral sense–, I've killed this silly gringo and I'm taking the money from him before the justice that goes fishing for these things, can take them.

–You are a pig, my friend –Moreira replied in the height of indignation–, you don't kill a man for stealing four pesos from him, and the one that kills this way will have an unfortunate end; I assure for my faith that you will have the death of a pig and in prison.

The murderer, with whom we have spoken about this incident, tells us that those words gave him such a deep impression that he could never forget them.

Every murderer is, by nature, a coward, so when he heard Moreira's name, he began to tremble, apologizing to the gaucho.

Moreira could not contain the indignation that the man's action had caused him, and raising the whip, he gave him a dozen blows, stripping him of the stolen money that he put back in one of the corpse's pockets.

Immediately he searched it carefully, to see if he had any remedy, but convinced of the futility of all efforts, he stirred his horse and went off at full gallop.

Some who saw him move away from the carriage, assigned to Moreira that murder, being corroborated this assertion by the same murderer who was punished by Moreira, and the fact came to the knowledge of the governor of the province under this terrible nudity: "Moreira has slit the throat of a baker, for a peso of bread".

That could no longer be tolerated, it was necessary to rid the campaign of such a criminal barbarian once and for all, and

criminal, y así lo comprendió don Mariano Acosta.

Por conducto del ministerio de gobierno se pasó por entonces una nota al señor Marañón Juez de Paz de Navarro, ordenándole procediese inmediatamente a la captura de Moreira, que el gobierno sabía hallarse en aquel partido, según se lo había comunicado, protegido por la misma autoridad.

Y era verdad, la calumnia ruin y cobarde de los enemigos políticos se había cebado en el señor Marañón, hasta el punto de asegurar al gobierno que si Moreira hacía todos aquellos crímenes y desmanes, era únicamente porque estaba protegido por la autoridad local, que había llegado hasta esconderlo cuando el señor coronel Garmendia estuvo en Navarro con fuerzas de Guardia Provincial para prenderlo.

El señor Marañón recibió aquella terrible nota que le revelaba el golpe de calumnia de que era objeto.

Ya saben nuestros lectores, como constaba a todos los habitantes de aquel partido, que la partida de plaza de Navarro, como de muchos otros pueblos, temblaban materialmente de miedo solamente al pensar que algún podría ordenarle prender a Moreira, orden que hubiera desobedecido.

En vista de esto el señor Marañón, invocando el testimonio de los vecinos más respetables, contestó al gobierno una extensa nota en que explicaba las serias dificultades con que tocaba, y asegurándole que aquel Juzgado no tenía una partida capaz de prender a Moreira.

El gobierno no quiso creer lo que a todos constaba de una manera tan positiva, e hizo levantar un sumario a aquella honorable persona, al mismo tiempo que ordenaba a la policía de la capital, de que era entonces jefe el distinguido señor Enrique O. Germán, para que alistase una compañía de vigilanzas, tan numerosa como fuera necesaria para prender a Moreira.

that is how Don Mariano Acosta understood it.

Through the government ministry, a note was then passed to Mr. Marañón Juez de Paz de Navarro, ordering him to proceed immediately to the capture of Moreira, who the government knew to be in that district, as it had communicated to him, protected by the same authority.

And it was true, the slanderous and cowardly calumny of the political enemies had fed on Mr. Marañón, to the point of assuring the government that if Moreira did all those crimes and excesses, it was only because he was protected by the local authority, which had gone so far as to hide him when Colonel Garmendia was in Navarro with forces of the Provincial Guard to arrest him.

Mr. Marañón received that terrible note that revealed the slanderous coup he was being subjected to.

Our readers already know, as all the inhabitants of that party were aware, that the police force in Navarro Square, as in many other towns, trembled materially with fear when they thought that someone could order them to arrest Moreira, an order that they would surely disobey.

In view of this, Mr. Marañón, invoking the testimony of the most respectable neighbors, replied to the government with an extensive note in which he explained the serious difficulties that he faced, and assured him that the Court did not have a police force capable of arresting Moreira.

The government did not want to believe what everyone knew in such positive way, and made a summary of that honorable person, at the same time that it ordered the police of the capital, of which the distinguished Mr. Enrique O. Germán was then chief, to enlist a company of vigilantes, as numerous as it was necessary to arrest Moreira.

El jefe de policía alistó la compañía de vigilantes, que tomó el tren en Lobos para dirigirse a Navarro en busca de Moreira.

Eran veinte y cinco vigilantes elegidos entre los mejores, que marcharon bajo las órdenes del oficial de policía don Adolfo Cortinas, antiguo capitán del ejército de línea.

Cortinas llevaba orden terminante de reducir a prisión al bandido Juan Moreira, y traerlo a Buenos Aires muerto o vivo, para cuyo efecto le dieron sus señas explicándole que no era hombre de usar con él de consideraciones, porque era duro en el combate y sumamente sagaz en la retirada y de modo de combatir.

Cortinas, decidido a salir bien en su difícil comisión, adiestró a los vigilantes y se ocupó durante el trayecto de tomar datos del hombre que iba a combatir.

Los datos que obtuvo Cortinas en el camino fueron más o menos los que conocen nuestros lectores.

–Moreira es un hombre terrible –le decían todos–, con el que no hay que descuidarse, pues por más y mejor gente que usted lleve la ha de pelear, y si no puede pelearla, la ha de burlar con algún golpe de audacia o travesura.

Cortinas sonreía al oír todas esas prevenciones, que atribuía a excesivas exageraciones de los paisanos; tenía fe en la gente que llevaba, pues creía que un hombre sólo por más valiente que fuera y mejor armado que anduviera, no sería capaz de combatir con ella, ni evadírsele por un golpe de audacia, pues él tomaría serias precauciones.

Entre tanto no había faltado un compañero que previniera Moreira lo que sucedía, para que salvase el bulto yéndose de Navarro a otra parte más segura.

–Ni por un queso –había contestado Moreira–, mi deseo se va a cumplir en regla y por nada pierdo yo la bolada de pelear con vigilantes de la misma ciudad.

The chief of police enlisted a body of vigilantes, which took the train from Lobos to Navarro in search of Moreira.

There were twenty-five guards chosen among the best, who marched under the orders of the police officer Adolfo Cortinas, former captain of the army.

Cortinas had strict order to reduce to prison the bandit Juan Moreira, and to bring him to Buenos Aires dead or alive, for which effect they gave him his description explaining to him that he should not use with Moreira any considerations, because he was hard in the combat and extremely sagacious in the retreat and his way of fighting.

Cortinas was determined to perform well his difficult commission, he trained the guards and took care during the journey of learning as much as possible about the man who he was going to fight.

The information obtained by Cortinas along the way was more or less the same that our readers already know.

–Moreira is a terrible man –they all told him–, with whom one should not be careless, for no matter how many and good people you have, he will fight them, and if he cannot fight them, I will cheat them with some stroke of audacity or mischief.

Cortinas smiled when he heard all those warnings, which he attributed to excessive exaggerations of the countrymen; he had faith in the people he carried, for he believed that a man, no matter how brave he might be and how well armed he might be, would not be able to fight them, nor evade them by a stroke of audacity, because he would take serious precautions.

In the meantime, there was no lack of a companion to warn Moreira of what was happening, so that he could save himself by going from Navarro to a safer place.

–Not even for a cheese –Moreira replied–, my wish is going to be fulfilled, and for nothing do I lose the chance of fighting with vigilantes from the city.

Quiero que se sepa quien soy yo y que no hay justicia que me prenda; ya verán como a esos vigilantes me los limpio yo como si fueran narices.

Cortinas llegó a Lobos con su gente, donde hizo noche para seguir al otro día hasta Navarro, a donde llegaría a la tardecita, hora muy oportuna para hallar al gaucho.

Esa misma noche salieron de Lobos dos gauchos con caballo de tiro, que fueron a llevar a Moreira la novedad, dándole un minucioso detalle de la gente que iba.

–Lo que siento es que no sean cincuenta –replicó el gaucho con arrogante soberbia–, aquí los espero a esas maulas para que lleven mis mentas al gobierno.

Esa noche Moreira paseó por todas las pulperías del partido, invitando gente para que fueran a hacer público y presenciar cómo disparaban los vigilantes.

La partida de plaza estaba contentísima; sabían que era empresa peluda prender a Moreira y querían que vieran cómo peleaba el paisano, los que iban a pretender valer más que ellos en el pago, pretendiendo nada menos que a Juan Moreira, que según fama, peleaba ayuntado con el mismísimo diablo.

Al llegar Cortinas a Navarro, supo todo esto, y se empeñó más en la prisión de aquel hombre, por la misma razón que creían era una cosa imposible.

En vano los amigos de Moreira trataron de que huyera, haciéndole comprender lo descabellado de su propósito, pero todo fue en vano porque el paisano no cedía.

–He prometido que no había de descansar hasta no haber peleado con una partida de vigilantes –decía–, y tengo que cumplir mi palabra aunque me maten.

Cuando Cortinas llegó a Navarro, Moreira se fue a la fonda principal del pueblo, a cenar pues era ya más de la oración y quería esperarlo en la fonda.

I want it to be known who I am and that there is no justice that can take me; you will see how I cleanse those watchmen as if they were noses.

Cortinas arrived to Lobos with his people, where he passed the night to continue the next day to Navarro, where he would arrive in the late afternoon, a very opportune time to find the gaucho.

That same night two gauchos leading replacement horses left Lobos, going to Moreira to tell him the novelty, giving him a meticulous detail of the people who were coming.

–What I'm sorry is that there aren't fifty –replied the gaucho with arrogant pride–, here I wait for those cowards to take me to the government.

That night Moreira walked through all the pulperías of the district, inviting people to come to have public to witness how the vigilantes would escape.

They knew that it was a difficult business to arrest Moreira and they wanted them to see how the countryman fought with those who were going to pretend to be worth more than the people of the district, claiming nothing less than Juan Moreira, who according to his fame, fought with the devil himself to his side.

When Cortinas arrived in Navarro, he knew all this, and insisted more in catching of that man, for the same reason that they believed it was an impossible thing.

In vain Moreira's friends tried to make him flee, making him understand the insanity of his purpose, but everything was in vain because the countryman would not give in.

–I promised that I would not rest until I had fought with a party of vigilantes –he said–, and I must keep my word even if they kill me.

When Cortinas arrived in Navarro, Moreira, went to the main inn in the village, to have dinner, because it was already later than prayer time and he wanted to wait for them there.

El comedor de aquella fonda tenía una gran mesa común a todos los parroquianos, colocada frente mismo a la puerta de calle y dos o tres mesitas más a los costados.

Sobre la mesa del centro y colgados a los tirantes del techo, había unos de esos lamparones de aceite comunes a hotel de campaña.

Moreira se sentó a comer en aquella mesa, dando frente a la puerta de calle, paso forzoso para el que entrara; puso los dos trabucos sobre sus rodillas, que cubrió con la manta de vicuña y pidió alegremente una sopa y una botella de vino francés, para criar coraje, según dijo satíricamente.

Las pocas personas que había en aquella mesa se levantaron y fueron a ocupar las más chicas, pues todos sabían ya lo que había de suceder.

–Hacen bien, muchachos, porque aunque esto va a ser como chacota –les dijo el paisano sin perder la alegría–, puede llover algunos chumbos extraviados.

En esta actitud se puso a esperar a los vigilantes, que sabía lo habían de atacar allí, creyendo tal vez de tomarlo de sorpresa y prenderlo como a una <u>maula</u>.

En previsión de lo que pudiera suceder, el gaucho había dejado su overo bayo confundido con los demás caballos atados al fierro de la vereda.

Entre tanto, Cortinas que no conocía a Moreira se ocupaba en buscar un individuo que fuera con él para enseñárselo; esto era más difícil de lo que pensaba.

En el pueblo todos conocían a Moreira pero en ese tiempo nadie lo conocía bien.

Los paisanos tenían la certeza de que no prenderían a Moreira y no querían quedar colgados hasta que el gaucho fuera a vengar justamente en ellos la acción traidora de irlo a delatar a sus enemigos.

Cortinas ofreció dinero, para lo cual iba facultado, pero inútilmente; nadie conocían bien a Moreira, y por consiguiente no se lo podían enseñar.

The dining room of that inn had a large table common to all the parishioners, placed in front of the front door and two or three more tables on the sides.

On the table in the middle and hanging from the straps of the ceiling, there were some of those oil lamps common to the countryside hotels.

Moreira sat down to eat at that table, facing the street door, a forced step for anyone who entered; he put the two blunderbusses on his knees, which he covered with the vicuña blanket and joyfully asked for a soup and a bottle of French wine, to breed courage, as he satirically said.

The few people at that table got up and went to occupy the smaller ones, because everyone already knew what was going to happen.

–You're doing well, boys, because even though this is going to be like a joke –the countryman told them without losing his joy–, it might rain some stray bullets.

He waited for the guards with this attitude, because he knew he would be attacked there, perhaps believing that he would be taken by surprise and caught like a coward.

In anticipation of what might happen, the gaucho had left his spotted horse confused with the other horses tied to the sidewalk iron.

Meanwhile, Cortinas, who did not know Moreira, was busy looking for an individual who could identify Moreira; but this was more difficult than he thought.

Although everyone knew Moreira In the town, at that time nobody knew him well.

The countrymen were certain that they would not arrest Moreira and they were afraid of Moreira's vengeance over the one who would betray him treacherously to his enemies.

Cortinas offered money, for which he was authorized, but in vain; nobody knew Moreira well, and therefore they could not identify him.

Por fin, Cortinas dio con un paisano, conocido por nombre de Carrizo, enemigo de Moreira, porque éste lo humillara una vez, y deseoso de vengarse, a lo que no se había atrevido antes porque le tenía miedo, disimulando en odio con una amistad franca y cordial que a Moreira no le hacía mucha gracia.

Carrizo vio a los vigilantes que venían en busca de su odiado enemigo y echó sus cuentas, pensando que si tomaban buenas precauciones para cortar al gaucho la retirada, se le obligaría a pelear, y como aquellos hombres no habían de disparar como los policianos de la partida, Moreira era un hombre muerto.

Carrizo se presentó a Cortinas, comprometiéndose a enseñarle a Moreira, siempre que tomaran las precauciones que él le indicara, que serían buenas, porque él conocía perfectamente al bandido y conocía de qué tretas sabía valerse para poder huir con entera seguridad.

Cuando los vigilantes encabezados por Cortinas y guiados por Carrizo llegaron a la fonda donde comía Moreira, ya el gaucho había concluido de cenar pensando que por aquella noche, los vigilantes no irían a buscarlo, lo que le contrariaba mucho, pues el cuerpo le pedía un poco de ejercicio.

Así que llegaron a la esquina de la fonda. Carrizo detuvo a Cortinas y le indicó que era preciso que hiciera rodear la casa con diez o quince vigilantes, mientras ellos se presentaban con el resto en la puerta de la fonda, e intimaban a Moreira se diese preso bajo pena de la vida.

Carrizo creía que estas medidas eran suficientes para que Moreira no escapara, descuidando la principal de todas, que hubiera sido tomarle el caballo.

El gaucho miraba a la puerta de calle, con marcada impaciencia, cuando apareció en el dintel Carrizo, Cortinas, y los doce vigilantes que quedaban, pues los otros trece habían sido estratégicamente colocados al-

Finally, Cortinas came across a countryman, known by the name of Carrizo, he was Moreira's enemy, because he humiliated him once, and eager for revenge, which he had not dared to risk before because he was afraid of him, hiding in hatred with a frank and cordial friendship that Moreira did not like very much.

Carrizo saw the vigilantes coming in search of his hatred enemy, and he did his math, thinking that if they took good precautions to cut the gaucho off from the retreat, he would be forced to fight, and since those men were not to shoot badly like the cops of the police of the town, Moreira was already a dead man.

Carrizo presented himself to Cortinas, committing himself to identify Moreira, as long as they took the precautions he indicated, which would be good, because he knew perfectly the bandit and knew what tricks he would use to escape with complete safety.

When the guards headed by Cortinas and guided by Carrizo reached the inn where Moreira ate, the gaucho had already finished having dinner thinking that for that night, the guards would not go looking for him, which was very annoying, because his body asked him for a little exercise.

So they reached the corner of the inn. Carrizo stopped Cortinas and told him that it was necessary for him to surround the house with ten or fifteen guards, while they presented themselves with the rest at the door of the inn, and intimidated Moreira into prison under penalty of life.

Carrizo believed that these measures were sufficient to prevent Moreira from escaping, neglecting the main one of all, which would have been to take his horse.

The gaucho looked at the door of the street, with marked impatience, when Carrizo, Cortinas, and the twelve guards that remained, appeared in the entrance, since the other thirteen had been strategically placed

rededor de la fonda, para cortarle la retirada si como se esperaba saltaba la pared.

Apenas se detuvieron a la puerta, Carrizo señaló a Moreira con el cabo del <u>rebenque</u>, al mismo tiempo que decía a Cortinas:

–Aquel es el hombre.

–¡Ah! ¡Gran puerco! –gritó colérico Moreira al ver la acción cobarde de aquel canalla–, ya te sacaré los ojos para enseñarte a... alcaucil.

–Entréguese amigo –dijo severamente el oficial Cortinas–, entréguese a la policía de Buenos Aires, pues tengo orden de llevarlo vivo o muerto.

Al decir esto, el digno oficial había avanzado hasta el borde de la mesa, dejando la puerta guardada por los vigilantes.

–¿Y por qué me he de entregar? –Preguntó Moreira con toda naturalidad–. ¿Quién es el comedido que cree que yo ando demás como un ocho en la baraja?

–Yo no sé nada ni tengo que darte cuenta de nada –replicó el oficial–, entréguese usted preso por orden del jefe de policía o lo tomo yo.

Pues caballeros –replicó Moreira con cierta sorna–, vamos a ver cómo se hamacan –y rápido como una centella levantó de sus rodillas el <u>poncho</u>, y de un vigoroso ponchazo hizo volar la lámpara, que fue a estrellarse contra la pared, dejando la pieza en una densa oscuridad.

Acto continuo tendió los trabucos en dirección a la puerta, y al ser disparados produjeron tal estrépito, que los vigilantes quedaron atónitos en seguida y sin perder un segundo enrolló la manta al brazo izquierdo, sacó la daga y arremetió a la puerta, con un empuje violentísimo.

Los vigilantes asombrados aún y a oscuras sin saber lo que pasaba, hicieron cancha inconscientemente y Moreira pudo pasar como un relámpago por medio de ellos y saltar sobre su overo, no sin haber tirado

around the inn, to cut the retreat to Moreira if him, as it was expected jumped the wall.

As soon as they stopped at the door, Carrizo pointed to Moreira with the handle of his whip, at the same time that he said to Cortinas:

–That's the man.

–Ah, great pig! –Moreira shouted angrily at the sight of the cowardly action of that scoundrel, –I'll gouge your eyes out to teach you how to... snitch.

–Surrender, friend –said the officer Cortinas severely–, surrender to the police of Buenos Aires, for I have orders to take you alive or dead.

By saying this, the worthy officer had advanced to the edge of the table, leaving the door guarded by the vigilantes.

–And why should I give myself up? –Moreira asked quite naturally. Who's the willing man who thinks I'm good for nothing, like an eight in the card deck?

–I don't know anything and I don't have to explain you anything –replied the officer–, you should surrender by order of the chief of police or I'll take you.

Well, gentlemen –Moreira replied with some mockery–, let's see how you handle yourselves– and as fast as a spark lifted the <u>poncho</u> from its knees, and used it to throw the lamp flying, which went to crash against the wall, leaving the piece in dense darkness.

Without losing a moment he pointed the blunderbusses in the direction of the door, and when they were shot they produced such a din, that the guards were immediately stunned. Moreira, without losing a second rolled the blanket on his left arm, took out the dagger and attacked towards the door, with a very violent push.

The guards, still astonished and in the dark not knowing what was going on, let Moreira pass like lightning through them and jump over his spotted horse, not without having thrown a couple of stab wounds, which

al pasar un par de puñaladas, que fue el único que aquellos pobres vigilantes trajeron como trofeo de aquella empresa, si no imposible, por lo menos de una suprema dificultad.

–¡A él! –gritó Cortinas–, fuego, y no lo dejen escapar–; y algunas detonaciones de rifle se sucedieron unas a otras, sin más resultado que oír en respuesta una sonora carcajada con que el gaucho se burlaba aún desde la calle, del gran chasco que había dado a los vigilantes.

–¡Adiós Carrizo! –gritó por fin Moreira, poniendo su caballo al gran galope, rogá a Dios que no te encuentre en mi camino, porque vas a ser el primer hombre que degüelle yo en esta vida maldita–, y dio vuelta la esquina, perdiéndose de vista en seguida.

–Ahora sí que soy hombre muerto –dijo Carrizo, echándose en brazos del miedo más descomunal–, quién me metería a pata grande –concluyó lanzando una especie de gemido que no pudo oír Cortinas sin soltar una graciosa carcajada a pesar del espantoso estado en que estaba su espíritu al pensar en el ridículo en que había caído al ser burlado por aquel hombre a quien con tantas precauciones fue a aprehender.

Restablecida la luz en la pieza, Cortinas juntó a su gente, sumamente triste, haciendo se retiraran de su puesto los soldados con quienes había hecho rodear la casa, pensando cuerdamente que en caso de huir, Moreira hubiera huido por los fondos o saltando la pared del patio.

Recién entonces pudo apercibirse del estrago que entre su gente habían causado los dos trabucazos; un vigilante estaba en el suelo, revolcándose en su propia sangre, mientras otro daba sendos alaridos a causa de un proyectil que le había penetrado en el hombro derecho, rompiéndole la clavícula.

Cortinas, después de ordenar su gente, se fue al juzgado, con la intención de esperar al día siguiente para ver si volvía a hallar

was the only thing that those poor guards brought as a trophy of that undertaking, if not impossible, at least of a supreme difficulty.

–To him! –shouted Cortinas–, fire, and don't let him escape; –and some detonations of rifle succeeded, with no more result than to hear in answer a sonorous laughter with which the gaucho mocked from the street the great disappointment that he had given to the vigilantes.

–Farewell Carrizo! –Moreira finally shouted, putting his horse at a great gallop, pray God I won't find you in my path, for you will be the first man whose throat I will slit in this coursed life– and he turned the corner, disappearing instantly.

–Now I'm a dead man –said Carrizo, falling into the arms of the greatest fear– who put me up to this? he concluded, uttering a kind of groan that made Cortinas let out a graceful laugh despite the dreadful state of his spirit when he thought of the ridicule he had fallen into, being mocked by that man whom he was so cautiously going to apprehend.

Once the light was restored to the room, Cortinas gathered his people together, extremely sad, removing from his post the soldiers that he had used to surround the house, thinking sanely that in case of fleeing, Moreira would have fled through the backdrop or by jumping over the wall of the courtyard.

Only then could he notice the havoc that had been caused between his people by the two blunderbusses; one guard was on the ground, wallowing in his own blood, while another was screaming because of a projectile that had penetrated his right shoulder, breaking his collarbone.

After giving orders to his people, Cortinas went to court, with the intention of waiting for the next day to see if he would find the

el gaucho, a quien se prometía esta vez no dejaba, pues pensaba apretarlo sobre tabla, sin siquiera darle tiempo a hacer el menor ademán.

Moreira entre tanto, simulando una retirada, había vuelto hacia la fonda y se había emboscado entre una arboleda por donde debía atravesar aquella gente.

Allí esperó pacientemente a que concluyeran todos los arreglos pues antes de alejarse definitivamente quería dar el vuelto a Carrizo.

Éste que con la escapatoria de Moreira se creía hombre muerto, pues Moreira no lo perdonaría, salió afuera entre los vigilantes, embebido en la última hilera, pues se imaginaba que si quedaba solo, no había de tardar mucho en encontrarse con el puñal de Moreira.

Así marchaban en dirección al juzgado, cuando al pasar por la pequeña arboleda se sintió un grito de muerte, y uno de los hombres que venían a retaguardia, vino al suelo pesadamente para no levantarse más. Los vigilantes dieron vuelta presurosos para indagar la causa de aquel grito y aquel ruido de cuerpo que cae, pero fueron deslumbrados por un fogonazo, al que siguió el tremendo estampido de un disparo, que esta vez felizmente no hirió a nadie.

Enseguida el trueno que produjo aquel disparo, se sintió una lejana carcajada, y pudo escucharse el ruido del galope de un caballo.

Era Moreira que al pasar Carrizo le había sepultado la daga en la nuca, en castigo de su acción, y había disparado el trabuco para asustar a los vigilantes.

Cortinas regresó a Buenos Aires con el triste parte de lo que le había sucedido, y el gobierno de la provincia pudo convencerse de que la prisión de Moreira era más seria de lo que parecía.

Juan Moreira se vino entonces al partido de Lobos; permanecía en el pueblo un día

gaucho again, who, he promised to himself, this time he would not to let go, because he wanted to squeeze him, without even giving him time to make the slightest gesture.

Moreira, in the meantime, after simulating a retreat, had returned to the inn and had kept ambushed in a grove through which those people had to pass.

There he waited patiently for all the arrangements to be concluded, because before leaving he definitely wanted to pay back his dues to Carrizo.

This man, who with Moreira's escape was believed to be a dead man, because Moreira would not forgive him, went outside among the guards, embedded in the last row, because he imagined that if he was left alone, it wouldn't take him long to find Moreira's dagger.

And so they marched towards the courthouse, when as they passed through the small grove a cry of death was felt, and one of the men who walked at the rear, crashed to the ground heavily not to get up any more. The guards turned quickly to inquire into the cause of that scream and that falling body noise, but they were dazzled by a flash, which was followed by the tremendous bang of a shot, which this time happily hurt no one.

Immediately after the thunder that produced that shot, they heard a distant laughter, and also the noise of a horse galloping away.

It was Moreira who had buried his dagger in the back of Carrizo's neck as he passed on, in punishment for his action, and had fired the blunderbuss to frighten the vigilantes.

Cortinas returned to Buenos Aires with the sad part of what had happened to him, and the provincial government was able to convince itself that putting Moreira in prison was more difficult than it seemed.

Juan Moreira then came to Lobos' district; he stayed in the town for a day and a night,

y una noche, e iba en seguida a refugiarse a casa de su hermano Inocencio Moreira, que está actualmente de vigilante, en la policía, o a casa de Cuerudo, de quien nos ocuparemos más adelante.

El teatro de sus nuevas hazañas fue desde entonces el partido de Cobos, en cuyas pulperías y casas de negocios empezó a sentirse el nombre de Moreira, ligado a todo género de hombradas.

Sin embargo nunca se oyó decir que hubiera hecho alguna muerte a traición o que hubiese sido él el provocador de un conflicto o lance sangriento.

Una noche Moreira se metió a un baile que se daba en una casa a orillas del pueblito, y donde bailaban alegremente numerosas parejas.

La presencia de Juan Moreira enfrió por un momento la alegría que reinaba a su llegada, pero viéndolo parado en el dintel de la sala, en una actitud tranquila y humilde, poco a poco fue renaciendo la confianza, y la gente se entregó de nuevo al baile, en la seguridad de que Moreira, no siendo provocado no intentaría nada perjudicial para ellos.

Moreira, cansado de estar mirando el baile, pidió permiso al dueño de la casa, de quien era conocido, y entró al aposento de éste que hacía las veces de ambigú.

Pocos momentos después entraba al baile y a aquella misma pieza, el señor don Manuel Caminos, que hoy es uno de los municipales más distinguidos de aquel hermoso pueblo, donde ha desempeñado la mayor parte del año que expiró hace poco, las funciones de Juez de Paz.

El señor Caminos conocía a Moreira de nombre y por haberlo visto varias veces, y sabía la clase de hombre que era y lo que de él podía esperarse, así es que al verlo se sorprendió.

–Dispense, señor –dijo Moreira–, si mi presencia lo ofende me retiraré; pero ya que he

and immediately went to take refuge at his brother Inocencio Moreira's house, which is currently working as a vigilante with the police, or at Cuerudo's house, which we will deal with later.

The theater of his new exploits was from then on the Cobos district, in whose pulperías and bawdy houses Moreira's name began to be heard, linked to all kinds of brave deeds.

However, it was never heard that he had killed somebody treacherously or that he had provoked a conflict or a bloody fight.

One night Moreira got into a dance that took place in a house on the outskirts of the village, where many couples danced happily.

The presence of Juan Moreira cooled for a moment the joy that reigned when he arrived, but seeing him standing on the threshold of the room, in a calm and humble attitude, little by little the confidence was reborn, and the people gave themselves again to the dance, in the security that Moreira, not being provoked would not try anything harmful for them.

Moreira, tired of watching the dance, asked permission from the owner of the house, of whom he was known, and entered the room of this man who acted as a cafeteria.

A few moments later Mr. Manuel Caminos entered the dance and that same room. Today he is one of the most distinguished municipals of that beautiful town, where he has served most of the year that ended recently, the functions of Justice of the Peace.

Mr. Caminos knew Moreira by name and by seeing him several times, and he knew what kind of man he was and what could be expected of him, so when he saw him he was surprised.

–Excuse me, sir –said Moreira–, if my presence offends you I will withdraw; but since I

venido aquí casualmente voy a pedirle un servicio que usted me puede hacer.

El señor Caminos se detuvo a escuchar al paisano, pudiendo hacer esto sin comprometerse, pues la autoridad de Lobos aún no había dado orden de prisión contra él.

–Yo ando por el campo corrido por la suerte, siguió diciendo Moreira, no tengo papeleta de resguardo, y quiero que usted me dé una como un verdadero servicio.

El señor Caminos es naturalmente bondadoso, pero tiene también un carácter inflexible en el cumplimiento de sus deberes como funcionario público.

Por más que conociera la vida desgraciada de aquel hombre, comprendía que sin mengua de su cargo, no podía darle la papeleta perdida.

No quiso tampoco prometer al gaucho lo que no había de cumplirle, y aunque estaba sin armas, le dijo redondamente que no podía acceder a su pretensión.

–No sea malo, amigo, no me niegue la papeleta que le pido, que usted puede dármela sin compromiso alguno. ¿Por qué no me quiere hacer este servicio?

–Porque no puedo –añadió el señor Caminos–. Usted es un hombre perseguido por la justicia y yo no puedo entregarle una papeleta de Guardia Nacional, porque haría mal.

El señor Caminos que había oído tanto cuento sobre atrocidades de Moreira, esperaba que de un momento a otro el gaucho se le viniese encima daga en mano, sin tener él la menor arma con que repeler la agresión, pero el paisano no se movió ni hizo el menor ademán de hostilidad.

Sentado a la orilla de la cama, contemplaba a su interlocutor con una mirada profundamente melancólica en la que se podía ver un fondo de suprema resignación.

–Paciencia y barajar, dijo lánguidamente; yo debo de jeder a difunto, cuando de esta manera se me cierran todas las puertas; sin embargo, le pido por última vez una pape-

have come here by chance I will ask you for a service that you can do for me.

Mr. Caminos stopped to listen to the fellow countryman, being able to do this without compromising himself, because the authority of Lobos had not yet given an order of imprisonment against him.

–I'm in the field just like that, Moreira continued, –I don't have documents, and I want you to give me one as a real service.

Mr. Caminos is naturally kind, but he is also inflexible in the performance of his duties as a public servant.

As much as he knew the unfortunate life of that man, he also understood that he could not give him the lost document without diminishing his position.

Nor did he want to promise the gaucho what he could not fulfill, and although he was unarmed, he told him roundly that he could not accede to his claim.

–Don't be bad, my friend, don't deny me the document I'm asking for, because you can give it to me without any commitment. Why don't you want to do me this service?

–Because I can't –added Mr. Caminos. You're a man persecuted by the justice, and I can't give you a National Guard document because it would be wrong.

Mr. Caminos, who had heard so much about Moreira's atrocities, expected that suddenly the gaucho would come upon him with a dagger in his hand, without him having the slightest weapon with which to repel the aggression, but the countryman did not move or make the slightest gesture of hostility. Sitting on the edge of the bed, he contemplated his interlocutor with a deeply melancholic look in which one could see a background of supreme resignation.

–Patience and shuffle the cards –he said languidly–; I must smell like a dead body, when in this way all the doors are closed to me; nevertheless, I ask you for the last time

leta, asegurándole bajo mi palabra que no he de decir a nadie que ha sido usted quien me la ha dado, prometiendo hasta alejarme de Lobos.

El señor Caminos creyó que el gaucho lo amenazaba, y no queriendo fuese a figurarse lo había dominado, se negó de nuevo a complacerlo.

–Yo no puedo darle la papeleta –concluyó–, porque faltaría a mi deber, y yo no falto a él por ninguna consideración de este mundo; no insista pues en su pretensión, porque pierde su tiempo.

–Está de Dios –respondió el gaucho–, que yo he de vivir eternamente en guerra con la justicia, de lo que me alegro en parte, pues no tendré nada que perdonar a nadie.

El señor Caminos aconsejó a Moreira que se fuera del partido de Lobos, pues el Juez de Paz no había de tardar en dar contra él orden de prisión y se alejó de la pieza y en seguida del baile.

Moreira lo miró alejarse sin pronunciar una sola palabra, sin hacer un solo ademán, movió la cabeza de arriba abajo, como apreciando la conducta de aquel hombre, y quedó allí sumido en su pensamiento, sin que bastara a arrancarlo de él, la algazara y animación que reinaba en la pieza donde se hallaba.

Por fin fue levantando la cabeza poco a poco, salió lentamente del cuarto y entró a la pieza de baile, sentándose en una silla, al lado de los que tocaban la guitarra y el acordeón. Alguno que otro concurrente, alegre por demás con la bebida que se servía, intentó dirigir al gaucho una sátira, pero su aspecto era tan imponente y sombrío, que la sátira se heló en los labios antes de dejarse oír; el arsenal que se veía en su tirador y la daga que le cruzaba la espalda, eran argumentos de un peso bastante elocuente.

A eso de las tres de la mañana tuvo lugar un incidente que aterró por un momento a los alegres y pacíficos danzantes, hasta el punto de querer emigrar de la sala.

Un hombre de aspecto bravo, que había estado silencioso toda la noche, había bebido excesivamente, y el licor se le había ido completamente a la cabeza, dándole la mona por soltar una que otra indirecta a Moreira, sobre su aspecto sombrío y su cara de asustar a todo el mundo, perdonándole la vida. Se levantó poco después y se dirigió a la pieza donde hablara antes con el señor Caminos, de cuya pieza volvió trayendo su manta de vicuña y bajó de ésta un objeto que nadie pudo ver.

El hombre aquel, envalentonado con el silencio indiferente de Moreira, o con los dos medios frascos que tendría en el buque, siguió con alusiones groseras e insolentes.

–Amigo –dijo Moreira–, las monas se han hecho para dormirse y no para lucirlas, déjese pues de moler la paciencia, no sea que le cueste caro.

Un estremecimiento de terror experimentaron las demás personas, creyendo que aquello sería el prólogo de algún drama sangriento y el mismo dueño de casa se acercó a Moreira como pidiéndole un poco de prudencia, pero el gaucho sonrió, mirándole como quien dice: no tenga usted el menor cuidado, que no ha de suceder nada malo. Al oír lo que Moreira le dijera, el hombre se paró asegurando que no tenía miedo, pero volvió a caer sobre la silla, completamente dominado por el alcohol.

–¡No ve, amigo! –dijo Moreira alegremente–, no puede con el peso de la tranca y se quiere meter a fundillos grandes sin tener con qué alegar.

–Para un maula como usted –replicó aquel busca pleitos–, siempre me sobrará el talero, y si quiere que nos veamos las caras, puede ir saliendo cuando guste.

–Está usted demasiado mamado para hacerle el gusto –concluyó Moreira–, y para chacota esto es largo; cállese pues la boca y deje bailar a la gente.

A man of brave appearance, who had been silent all night, had drunk excessively, and the liquor had gone completely to his head, and his drunkenness made him annoy Moreira, speaking about his gloomy appearance and his frightening countenance.

Moreira rose a little later and went to the room where he had spoken before with Mr. Caminos, from where he returned, bringing his vicuña blanket, and an object that no one could see, under it.

The man, emboldened by Moreira's indifferent silence, or by the two half bottles he would have on his belly, continued with rude and insolent allusions.

–Friend –said Moreira–, drunkards should fall asleep and not to be showing off, so stop grinding my patience, lest it cost you dearly.

The other people experienced a shudder of terror, believing that this would be the prologue to some bloody drama, and the owner of the house himself approached Moreira as if asking for a little prudence, but the gaucho smiled, looking at him as if he were saying: don't be concerned, nothing bad will happen.

When he heard what Moreira said, the drunkard stood up and said that he was not afraid, but he fell back on the chair, completely dominated by alcohol.

–Don't you see, my friend! –Moreira said cheerfully–, you can't handle the weight of your drunkenness and you want to get into big trouble without having anything to argue with.

–For a coward like you –replied the trouble seeker–, I'll always have more than enough whip, and if you want us to see each other's faces, you can go out whenever you like.

–You're too drunk to indulge yourself –Moreira concluded–, and for you, this is enough; shut up and let people dance.

Aquel hombre, en vez de escuchar las sensatas palabras del paisano, desnudó la daga y se vino sobre él, dando sendos traspiés y tropezones, tal era la flojedad de sus piernas.

Varios de los concurrentes quisieron detenerlo antes que llegara adonde estaba Moreira, pero éste se paró gritando:

–Nadie lo toque: déjenlo no más venir.

El borracho siguió avanzando hasta llegar adonde estaba Moreira, y metiéndole la daga por los ojos, le dijo:

–Saque, pues, su maula, y va a ver quién es el que lo provoca.

Los asistentes a aquella escena vieron invitable la muerte de aquel pobre hombre, pero no se animaron a terciar en la contienda, visto que el gaucho dijo lo dejaran.

Cuando el borracho le cruzó la daga por la frente, queriendo obligarlo a defenderse, Moreira soltó una alegre carcajada, contendándose con darle un ponchazo en la cabeza, ponchazo que concluyó de alterar la bilis de aquel nuevo Baco, quien esta vez acometió al paisano, marcando una puñalada a la altura del estómago.

Moreira entonces presentó el brazo izquierdo, cubierto por el poncho, y con una facilidad asombrosa desarmó al borracho, arrojando al patio la daga.

En seguida apareció armado de una bota que era el objeto que ocultara entre la manta, y dio con ella tan feroz tunda al que lo había provocado, que según mentas, al vigésimo botazo se le había pasado la mona por completo, quedando fresco como si en el curso de la noche no hubiera bebido otra cosa que agua helada.

En seguida de esto y riéndose como un bien aventurado, Moreira salió del baile, montó en su overo bayo y se alejó al tranquito dejando a aquel pobre diablo avergonzadísimo con la tunda recibida y con las bromas sangrientas que le dirigían los testigos de aquella cómica aventura.

That man, instead of listening to the sensible words of the countryman, undressed his dagger and came over him, stumbling badly, such was the weakness of his legs.

Several of the audience wanted to stop him before he got to Moreira, but he stood up yelling:

–No one touches him: just let him come.

The drunk continued advancing until he got to Moreira's place, and putting the dagger in front of his eyes, he said:

–So, take out your knife coward, and you'll see who's provoking you.

The people attending that scene saw the inevitable death of that poor man, but they did not dare to participate in the contest, since the gaucho said to leave him alone.

When the drunkard crossed the dagger over his forehead, wanting to force his adversary to defend himself, Moreira laughed happily, and limited himself to give him a punch in the head, a punch that ended up infuriating more that new Bacchus, who this time attacked the countryman, trying to stab him at the level of the stomach.

Moreira then presented his left arm, covered by the poncho, and with astonishing ease disarmed the drunk, throwing the dagger into the courtyard.

Then he appeared armed with a boot that was the object that was hidden between the blanket, and he used it to beat so ferociously the person who had annoyed him, that it is told that by the twentieth boot stroke he was completely sober, being as fresh as if in the course of the night he had drunk nothing but cold water.

Then, laughing like an adventurous man, Moreira went out of the dance, rode in his spotted horse and went away, leaving the poor devil ashamed with the beating he had received and with the bloody jokes directed by the witnesses of that comical adventure.

Moreira se fue a la Estrella, casa de negocio en Lobos que permanecía abierta toda la noche, y que, atendida por mujerzuelas, ofrecía cierto aliciente a la gente calavera.

El paisano concurría mucho a aquella casa, pues decía que entre las mujeres y la bebida olvidaba por momentos la inmensa amargura que lo dominaba.

En aquella casa permaneció todo el resto de la noche y gran parte del día siguiente, sin que todavía se hubiera librado contra el orden de prisión a la partida de Lobos.

Cuando Moreira salió de la Estrella se encontró con el capitán de la partida de Lobos don Eulogio Varela, estimable persona y bravo oficial con quien se conocían porque una vez en tiempos en que Moreira era un hombre bueno y honrado, Varela le facilitó un caballo en Chivilcoy, en cuyo caballo pudo llegar hasta Matanzas.

–¿Qué anda haciendo en este pago? –le preguntó Varela, acercándosele–, mire que ahora yo soy capitán de partida y pueden mandarme prenderlo.

–Ando vagando –replicó el gaucho–, porque ya no encuentro un sitio donde descansar a gusto sin que vengan a provocarme de todos modos. ¡Que le hemos de hacer!

–Váyase de Lobos, amigo –insistió Varela–, váyase, porque si me mandan prenderlo, usted me ha de matar o yo he de cumplir la orden que me den.

Hará mal, amigo –replicó Moreira tristemente–, usted me hizo una vez un servicio que no puedo olvidar y al que siempre le estoy agradecido, yo nunca podré hacerle a usted daño por esta razón, pero si usted se cruza alguna vez en mi camino con la partida entonces será lo que Dios quiera.

–¿Y por qué diablos no se va de Lobos? –interrogó Varela–, ¿por qué se queda a provocar un lance de muerte entre los dos? Yo no lo prendo –prosiguió diciendo, porque no tengo orden del juez, pero si me dan esa orden, le aseguro que usted o yo vamos a

Moreira went to The Star, a bawdy house in Lobos that remained open all night, and that, attended by slutty women, offered a certain incentive to the revellers.

The countryman went to that house a lot, because he said that between women and drinking he forgot at times the immense bitterness that dominated him.

In that house he remained all the rest of the night and most of the following day, without having been issued yet an order of prison against Moreira to the justice in Lobos.

When Moreira left The Star he met with the captain of Lobos' police force, don Eulogio Varela, estimable person and brave officer. They knew each other because once, in times when Moreira was a good and honest man, Varela gave him a horse in Chivilcoy, which he rode until reaching Matanzas.

–What are you doing in this district? –Varela asked him, approaching him–, Look, now I'm the captain of police and I can receive an order to take you at any time.

–I'm wandering –replied the gaucho–, because I can no longer find a place to rest at ease without them coming to provoke me anyway. What can I do!

–Go away from Lobos, my friend –insisted Varela–, go away, because if they tell me to take you, you'll have to kill me or I'll have to carry out the order they gave me.

You will do wrong, my friend –Moreira sadly replied–, you once did me a service which I cannot forget and to which I am always grateful, I can never hurt you for this reason, but if you ever cross my path in order to catch then it will be what God wants.

–And why the hell don't you leave Lobos? –Varela asked–. Why do you stay to provoke a fight to the death between the two of us? I don't imprison you –he continued–, because I don't have a judge's order, but if they give me that order, I assure you that

quedar en el sitio. Así es que es mejor que se vaya.

–Mi vida –replicó Moreira–, es pelear siempre con las partidas y matar el mayor número de justicias que pueda, porque ellos me han hecho todo el mal que he recibido en la vida y por la justicia me veo acosado como una fiera a donde quiera que me dirijo.

Sin embargo, usted me ha hecho un servicio y yo quiero mostrarle que soy hombre que sé agradecer. Le prometo que mañana mismo salgo de Lobos, no por miedo, sino por consideración a usted.

Moreira y Varela se separaron. Éste se fue al Juzgado de Paz, donde ya lo esperaba una orden para prender a Moreira, que tomó el camino del rancho de su hermano Inocencio, donde pasó albergado dos o tres días al cabo de cuyo tiempo pensaba regresar a Navarro.

La Justicia de Paz supo esto, y envió a buscar a Inocencio, a quien se notificó que debía dar aviso cuando Juan Moreira durmiera para irlo a prender.

–Pero señor –replicó éste–, si es mi hermano, si viene a cobijarse bajo mi techo, ¿cómo lo voy yo a entregar para que lo fusilen?

–Pues ve lo que haces –le respondieron–, porque si no lo entregas se te considerará como cómplice y serás destinado a un cuerpo de línea por encubridor de bandidos.

–Inocencio volvió a su rancho, donde previno a Juan lo que sucedía, y éste por no comprometerlo se alejó inmediatamente en dirección a Navarro.

Inocencio Moreira recibió el premio de esta acción que fue el de destinarlo por dos años al servicio de las armas en el batallón 11 de línea.

Juan Moreira salió pues de Lobos, en dirección a Navarro, yendo a buscar guarida en casa de su amigo el Cuerudo, que fue más tarde su Judas.

En vano la <u>partida</u> de plaza batió casi todo el partido buscando a Moreira, no lo pudo

you or I are going to stay in the ground. So you'd better go.

–My life –replied Moreira–, is to always fight the police and kill as many justices as I can, because they have done me all the evil I have received in my life and for justice I see myself harassed like a beast wherever I go.

However, you have done me a service and I want to show you that I am a man who knows how to be grateful. I promise you that tomorrow I will leave Lobos, not out of fear, but out of consideration for you.

Moreira and Varela separated. The last one went to the Justice of the Peace, where an order was already waiting for him to arrest Moreira, who took the road to his brother Inocencio's ranch, where he spent two or three days, after whose time he planned to return to Navarro.

The Justice of Peace knew this, and sent for Inocencio, who was notified that he had to give notice when Juan Moreira slept in order to arrest him.

–But sir –he replied–, he is my brother, if he comes to take shelter under my roof, how can I deliver him to be shot?

–Well, see what you're doing –they replied–, because if you don't hand him over, you'll be considered an accomplice, and you'll be assigned to a line battalion as an accomplice to the cover-up of a bandit.

–Inocencio returned to his ranch, where he warned Juan what was going on, and he, to avoid compromising his brother, immediately went away in the direction of Navarro. Inocencio Moreira received the prize for this action which was to send him for two years to the service of the army in the battalion 11 of line.

Juan Moreira then left Lobos, in the direction of Navarro, going to look for a lair in the house of his friend Leather Man, who later became his Judas.

In vain the police force searched almost all the district looking for Moreira, they could

hallar; parecía que se lo hubiese tragado la tierra o lo hubiese merendado el Cuerudo.

Sin embargo, muchas noches Moreira solía venir a la Estrella, donde permanecía hasta el día siguiente, sin que la partida que lo buscaba sospechara la cosa.

El mismo Eulogio Varela se lo pasaba escondido muchos días en aquella casa esperando la venida de Moreira, pero este obedeciendo sin duda al aviso de un bombero de su entera confianza, caía a la Estrella cuando la partida estaba más persuadida de que no se hallaría ni aún en el pago.

Allí prepararon al gaucho la cama donde debía, venir a caer a sabiendas, poniéndole por cebo a una mujer de quien él gustaba enormemente.

Deseando dar algunos días de reposo a su overo bayo, Moreira se alejó en casa del Cuerudo, que era su guarida más segura, de donde no salió en quince días.

Veamos ahora quién era el Cuerudo.

not find him; it seemed that the earth had swallowed him or the Leather Man had eaten him.

However, many nights Moreira used to go to The Star, where he stayed until the next day, without the police that was looking for him suspecting the thing.

Eulogio Varela himself spent many days hiding in that house waiting for Moreira's coming, but he obeyed the warning of a firefighter of his entire confidence, and went to The Star when the police was more persuaded that he would not even be in the district.

There they prepared the gaucho the trap where he should come to fall knowingly, putting to him as bait a woman whom he liked enormously.

Wishing to give a few days of rest to his stripped horse, Moreira went away to the Leather Man's house, which was his safest lair, from where he did not leave for fifteen days.

Now let's see who the Leather Man was.

15

El cuerudo
The Leather Man

Éste era un tipo sumamente original; borrachón sin límites, pasaba su vida en las <u>pulperías</u>, jugando cuando tenía plata, y mirando jugar cuando no la tenía.

Su traje como su apero eran pobrísimos y aperreados, aperreo que se notaba desde su caballo flaco, que de puro hambriento y bichoco, parecía un caballo patrio.

El Cuerudo era alto y delgado, de pómulos agudos y salientes; reía eternamente, miraba como si con los ojos quisiera hacer cosquillas, y su cuerpo era una eterna sátira cambada.

No había reunión alegre posible si en ella no estaba Cuerudo, pues los paisanos se lo disputaban como a pleito porque era sumamente gracioso y contador de cuentos.

El Cuerudo era según decían los paisanos, tan guapo como las armas y tan sagaz como un zorro; jamás buscaba camorra ni se metía en las que los demás armaban, pero una vez que se ofrecía el caso, peleaba duro y parejo, sin que jamás se le hubiera visto volver cara ni aprovecharse de un descuido de su adversario.

Solía mamarse con mucha frecuencia y cuando el alcohol había aflojado bien sus piernas haciéndole perder la razón por

This one was an extremely original guy; boundless drunk, he spent his life in the <u>pulperías</u>, playing when he had money, and watching people play when he didn't have it.

His costume and his implements were very poor and wretched, which was noticeable from his skinny horse, which from pure hunger and old age, looked like a horse of the army.

The Leather Man was tall and thin, with sharp and protruding cheekbones; he laughed endlessly, looked as if he wanted to tickle with his eyes, and his body was an eternal crooked satire.

There was no joyful reunion possible if the Leather Man was not in it, for the countrymen disputed to have him because it was extremely funny and a storyteller.

The Leather Man was, as the countrymen said, as handsome as weapons and as shrewd as a fox; he never looked for fights or got into the ones that others started, but if it was needed, he fought hard and evenly, without ever having been seen to turn his face or take advantage of the carelessness of his adversary.

He used to get drunk very often, and when the alcohol had loosened his legs, making him lose his reason completely, the Leather

completo, el Cuerudo montaba en su <u>man-carrón</u> viejo y salía a pelear la partida para dar una prueba de su valor y proporcionarse un rato de gusto que en estos casos, según decía, se lo pedía el cuerpo.

Como el Cuerudo peleaba a la partida en aquel estado de completa embriaguez, siempre salía hachado en varias partes, hachazos que curaba cristianamente de cabeza en el cepo, que era como el Juez de Paz castigaba sus atropellos y desacatos a mano armada a la autoridad, pero al poco tiempo volvía a incurrir en lo mismo.

A los ocho días de cepo, que el Cuerudo sufría con gran resignación, empezando por convenir que había merecido aquel castigo era puesto en libertad en consideración a que era un hombre bueno y que las peleas con la partida sólo tenían lugar cuando estaba completamente dominado por la influencia del alcohol.

Cuando salía del juzgado, su primera operación era salir al campo y tenderse al rayo del sol durante toda la siesta, y si alguno le preguntaba que estaba haciendo allí y que objeto tenía el estar recibiendo sobre los lomos los ardientes rayos del sol, el Cuerudo reía mostrando sus dientes blanquísimos y replicaba naturalmente.

–Estoy haciendo secar estas lastimaduras para que no me entre pasmo y tenga sin ganas que entregar mi cuerpo al diablo.

Y su carnadura era tan especial, que a los cinco o seis días de haber recibido una herida, la tenía perfectamente cicatrizada, como si fuera una herida de tres meses.

Era éste el origen del apodo de Cuerudo con que le bautizaron los paisanos, quienes para ponderar la dureza de aquel cuero, decían que no había sable que le viniese bien.

Por este solo apodo era conocido en todas partes, hasta el extremo que él mismo no recordaba cómo era su nombre y apellido, aceptando aquel pintoresco mote.

Man rode on his old horse and went out to fight the police to give a proof of his courage and to give himself a time of pleasure that in these cases, as he said, his body asked for it.

As the Leather Man fought the police in a state of complete drunkenness, it always came out injured in several parts, wounds that he healed Christianly, while his head was fastened in the stocks, which was how the Justice of the Peace punished its atrocities and disrespect to the armed hand of the authority, but soon he would do the same thing again.

After eight days of imprisonment, which the Leather Man suffered with great resignation, beginning by agreeing that he had deserved that punishment, he was released, taking into consideration that he was a good man and that the fights with the police only took place when he was completely dominated by the influence of alcohol.

When he came out of the courthouse, his first task was to go out into the field and lie in the sunshine while he took a nap, and if anyone asked him what he was doing there and what was the object of receiving the burning rays of the sun on his loins, the Leather Man laughed showing his very white teeth and replied naturally.

–I'm drying these bruises so that I don't get sick and don't feel like giving my body to the devil.

And his healing was so special, that five or six days after receiving a wound, he had it perfectly healed, as if it were a three months old wound.

This was the origin of the nickname Leather Man with which the countrymen baptized him, to ponder the hardness of that leather, which, they said, there was no saber to suit him. He was known everywhere by this single nickname, to the extent that he himself did not remember what his name and surname were like, accepting that picturesque nickname.

Cuando el Cuerudo estaba fresco, no se lo llevaban por delante a dos tirones; entonces no peleaba con la <u>partida de plaza</u>, pero si alguno le buscaba camorra, podía estar seguro que se había echado un enemigo de gran coraje y de una vista extraordinaria en el manejo de la daga; que era en sus manos arma terrible.

Si en este género de luchas llegaba a ser herido, se le veía mojar la herida con caña después de concluida la pelea, montar a caballo cubierto de sangre e irse al rayo del sol para que sus rayos cicatrizaran la herida, operación milagrosa que se producía al cabo de ciertas horas de estar tendido al sol con aquel objeto.

El Cuerudo tenía la cara surcada en todas direcciones por largas cicatrices que iban a perderse entre su barba negra y espesa, que nunca había sentido el contacto de un peine. Siempre pobre, pero siempre alegre, los <u>pulperos</u> protegían al Cuerudo y le daban algún gasto, porque el paisano jamás tenía pereza para ayudarle a tirar agua, dar vuelta la majada, curar un animal o cualquiera de esos pequeños trabajos que en las casas de negocio de campo se ofrecen a cada rato.

Si el Cuerudo agarraba la guitarra, no la soltaba en toda la noche, cantando todo género de canciones picarescas y <u>gatos</u> de los que daban calor.

Su voz era vinosa y un tanto cuanto acarnerada como la generalidad de los paisanos, pero cantaba con tanta picardía que se le podía estar oyendo toda una noche entera sin fastidiarse, porque su repertorio era interminable y su gracia infinita, para hacer todo género de compadradas en el diapasón de la guitarra.

El Cuerudo era un poco soberbio, sabía que tenía reputación de hombre guapo y no permitía que delante de él se contasen ajenas hazañas ni hechos fabulosos.

–Yo soy el Cuerudo –decía–, y es <u>al ñudo</u> buscarme pareja porque no la tengo en

When the Leather Man was fresh, he was not easily sweep away; then he did not fight with the police, but if someone was looking for him, he could be sure he had got an enemy of great courage and of an extraordinary sight. The dagger was in his hands a terrible weapon.

If he got wounded in this kind of fights, he was seen to wet the wound with rum after the fight was over, to ride his horse covered with blood and go to under the rays of the sun so that its rays healed the wound, miraculous operation that took place after some hours of lying under the sun with that object.

The Leather Man had his face furrowed in all directions by long scars that were going to be lost between his black and thick beard, which had never felt the contact of a comb. Always poor, but always cheerful, the <u>pulperos</u> protected the Leather Man and gave him some slack, because the countryman was never lazy to help them with the water, turn the sheepfold over, cure an animal or any of those small jobs that in the country bawdy houses are required at all times.

If the Leather Man grabbed the guitar, he wouldn't let it go all night long, singing all kinds of picaresque songs and music with humorous couplets.

His voice was vinous and somewhat like that of a ram as much as the generality of the countrymen, but he sang with so much mischief that one could be listening to him all night without being bored, because his repertoire was endless and his grace boundless, playing all kind of provocative choruses on the guitar fingerboard.

The Leather Man was a little arrogant, he knew that he had a reputation as a brave man and he did not allow others to tell him about feats or fabulous facts.

–I am the Leather Man –he said–, and it is would be useless to look for somebody like me, because there is not one all over the

todo el mundo y mi padre y mi madre han muerto sin hacer otro Cuerudo.

Si hallaba quien le hiciera frente peleaba, y peleaba con tal bravura y tal tino, que eran muy contadas las veces en que hubiera sacado él la peor parte.

Cuando el Cuerudo se embriagaba, jamás buscaba pelea en las pulperías, de donde se retiraba decía, "para ir a hacerle el gusto al cuerpo", y ya se sabía que aquel gusto consistía en ir a buscar la partida y hacerse lastimar por los soldados quienes últimamente no le hacían caso pues apenas podía tenerse a caballo.

Cuando esto último sucedía, el Cuerudo regresaba a los almacenes diciendo que no había sacado en la lucha ni un rasguño, y que había derrotado a la partida con suma facilidad, siendo graciosísimo al escuchar la cantidad de detalles y minuciosidades con que el Cuerudo adornaba aquella pelea imaginaria.

–¡Ah hijitos! –concluía riendo–, ¡ah!, ¡criollitos!, y que vengan ahora a mentarme a ese tal Juan Moreira que no sirve ni para ensillarme el mancarrón.

Los paisanos se entretenían en mirar las graciosas muecas y cuerpeadas con que el Cuerudo adornaba su imaginario combate y lo pagaban la copa.

Éste es el famoso Cuerudo con quien Moreira hizo una especie de amistad, amistad que le debía serle fatal, apresurando su inevitable fin.

Moreira trabó relación con el Cuerudo en una casa de negocio donde tenía lugar una jugada de mucho interés, jugada muy concurrida por gente brava.

Sin ser invitado a ella, y por lo que se decía, Moreira cayó a la jugada acompañado de un paisano con quien se había ligado esos días y cuya compañía admitía de tarde en tarde, por tener con quien conversar un poco,

world and my father and mother have died without making another Leather Man.

If he could find someone to stand up to him he would fight, and he fought so bravely and so wisely that there were very few times when he got the worst of it.

When the Leather Man got drunk, he never looked for a fight in the pulperías, from where he withdrew, saying "to go and please my body", and it was already known that this pleasure consisted of going to look for the police force and getting hurt by the soldiers who lately did not pay attention to him because he could hardly keep seated himself on horseback.

When the latter happened, the Leather Man returned to the stores saying that he had not taken a scratch out of the fight, and that he had defeated the police with great ease, being hilarious to hear the amount of details and minutiae with which the Leather Man adorned that imaginary fight.

–Ah, my children! –He ended laughing– Ah little criollos! And now let them come and tell me about this Juan Moreira, who's not even good enough to saddle my old horse.

The countrymen were entertained in watching the graceful grimaces and movements with which the Leather Man illustrated his imaginary combat and paid for his drinks.

This is the famous Leather Man with whom Moreira made a kind of friendship, a friendship that was going to be fatal to him, hastening his inevitable end.

Moreira established a relationship with the Leather Man in a bawdy house where a very interesting game took place, it was a place very popular with brave people.

Without being invited to it, and by what was said, Moreira went to the game accompanied by a countryman which was his companion those days and with whom he was seen from time to time, to have someone to talk a little, because he was getting

pues ya se iba fastidiando de andar siempre solo y aislado del resto de los hombres.

El Cuerudo contemplaba aquella interesante jugada sin desplegar los labios y a espaldas de los jugadores. No tenía ni un centavo y aquella noche le tocaba mirar.

Tenía grandes tentaciones de arrebatar la parada y disparar con ella, pero se contenía esperando engordara la banca para dar el golpe más a la fija.

Moreira empezó a jugar con tanta felicidad, que a la hora tenía delante de sí una crecida cantidad de dinero y era el que tallaba.

El Cuerudo miraba lleno de emoción aquella jugada; tenía celos de aquel hombre a quien tanto protegía la suerte en todo lo que emprendía.

Moreira estaba de pie, con la baraja en la mano, cobrando o pagando los apuntes, según le iba en el juego, y echando cartas con increíble rapidez.

Una sota y un rey echó el gaucho sobre la mesa, cuando oyó a su espalda una voz que decía "¡copo la banca!"; y vio una mano enérgica y nerviosa que se apoderaba precipitadamente del dinero que tenía por delante, como lo podía haber hecho un juez de campaña sorprendiendo una jugada.

Los paisanos miraron asombrados al hombre que era tan guapo para jugar de aquella manera con la cólera de Moreira, que daba vuelta en ese momento aplicando un recio bofetón de revés en la cara del insolente que se había permitido con él aquella incalificable chanza.

El que había copado la banca, tomado el dinero y recibido el bofetón, no era otro que el Cuerudo, a quien como dijo después, lo había tentado el diablo.

Al recibir el revés, el Cuerudo vaciló sobre sus pies, pero no cayó, aflojó el dinero que tenía en la mano y sacó su daga con un ademán resuelto.

tired of always walking alone and isolated from the rest of the men.

The Leather Man contemplated that interesting game without unfolding his lips and behind the players' backs. He didn't have a penny and that night he had to watch.

He was greatly tempted by the idea to snatch the money and escape with it, but he held back hoping the pile of money would fatten a bit more before he stole it.

Moreira began to play with so much luck, than after an hour he had in front of him an increased amount of money and he was the one who shuffled the cards.

The Leather Man looked full of emotion at that game; he was jealous of that man who was so protected by luck in everything he undertook.

Moreira was standing, deck in hand, cashing or paying for notes as he went along in the game, and dealing cards with incredible speed.

The gaucho dealt a jack and a king on the table, when he heard behind him a voice saying "I win!"; and he saw an energetic and nervous hand which was hastily seizing the money in front of him, as a campaign judge could have done when raiding a card game.

The countrymen looked in astonishment at the man who was so brave as to play in such a way with Moreira's anger, which turned around at that moment, applying a strong backhand slap to the face of the insolent man who had dared to perform that unspeakable trick.

The one who had taken the money and received the slap was none other than the Leather Man, whom, as he later said, had been tempted by the devil.

When he received the backhand, the Leather Man hesitated on his feet, he did not fall, but loosened the money in his hand and pulled out his dagger with a resolute gesture.

Viendo que se trataba, según parecía, de una provocación, Moreira saltó al medio de la pieza, sacó la daga, enrolló la manta en el brazo y esperó la acometida.

Ya hemos dicho que por enojado que estuviera aquél paisano, a la vista del peligro real recuperaba toda su sangre fría, y se dominaba por completo, empleando el corto intervalo que mediaba entre la provocación y la lucha en estudiar a su adversario rápidamente, tratando de reconocer su lado vulnerable.

El Cuerudo avanzó sobre Moreira con la daga tendida en actitud de herir y la mirada buscando la mirada de su adversario, que lo esperaba inmóvil.

Cuando aquellas dos miradas se encontraron, antes de chocarse las dagas, sucedió una cosa particular e inesperada.

El Cuerudo bajó la suya y el brazo de la daga cayó a lo largo del costado, aquel hombre quedó inmóvil, completamente dominado por la mirada soberbia de Juan Moreira.

–Vamos a ver maula –gritó éste sin comprender de pronto lo que pasaba por el espíritu del Cuerudo que le había provocado tan sin motivo–, el que provoca pega primero y no espera a que le den en las aspas con el rebenque; no se arrepienta maula y atropelle que es un buen campo.

–Es inútil –contestó el Cuerudo completamente desalentado–, a todo hay quien gane en esta vida y conozco que no puedo pelear con usted, porque me ha ganado a guapo.

–Y a qué se metió a chiripá grande –replicó Moreira ya riendo–, cuando lo vi copar la banca creí que era justicia, si no, ni me levanto. Pegue pues, maula.

–Es inútil –concluyó el Cuerudo–, nosotros no podemos ser enemigos porque usted puede más que yo; si quiere ser mi amigo,

Seeing what it seemed to be a provocation, Moreira jumped into the middle of the room, pulled out his dagger, rolled the blanket around his arm and waited for the attack.

We have already said that no matter how angry that countryman was, in view of the real danger he recovered all his cold blood, and mastered himself completely, using the short interval between provocation and struggle to study his adversary quickly, trying to recognize his vulnerable side.

The Leather Man advanced on Moreira with the dagger stretched out in an attitude of wounding and his eyes looking for the gaze of his adversary, who was waiting for him immobile.

When those two glances met, before the daggers collided, something particular and unexpected happened.

The Leather Man lowered his gaze and left his arm holding the dagger fell along his side, then he remained motionless, completely dominated by the superb gaze of Juan Moreira.

–Let's see coward –Moreira shouted without understanding what was going on in the spirit of the Leather Man, which had provoked him for no reason–, the one that provokes hits first and doesn't wait to be hit on the face with the whip; don't regret it coward come on, here you have me.

–It is useless –said the Leather Man, completely discouraged–, there are those who win in this life and I know that I cannot fight with you, because you have are more brave than me.

–And why you started this fight? –Moreira asked with a laugh–, when I saw you take the money, I thought you were the justice, otherwise I wouldn't even get up. Let's hit it, coward.

–It's useless –said the Leather Man–, we can't be enemies because you are more powerful than I am; if you want to be my friend, I'll

estaré de ello orgulloso, si usted desprecia mi amistad, ahora mismo me voy del pago y aseguro que nadie vuelve a verme la cara tajeada, y agachándose alzó del suelo el dinero que había arrebatado momentos antes y lo ofreció a Moreira con la mano izquierda mientras le tendía humildemente la derecha.

Moreira guardó su daga, tomó al Cuerudo la plata y estrechándole la mano con cierto desdén, volvió a ocupar su sitio entre los jugadores, que empezaron a hacer al Cuerudo una sátira sangrienta por haberse metido a tan guapo para que lo corrieran con la vaina, de aquella manera tan vergonzosa.

–Caballeros –dijo severamente Moreira–, el que se burle de este hombre, debe hacer lo que él no ha hecho por falta de coraje; si no no hay que hacerle tanta burla que al fin y al cabo lo que él hizo lo hace cualquiera en igual caso, y si no vamos probando quien es más guapo que él.

Ninguno de aquellos hombres replicó a las severas palabras de Moreira y las sátiras se helaron por completo en todos los labios.

Desde aquella noche el Cuerudo fue completamente dominado por Moreira, hasta el extremo de ser una especie de peón que tenía para mandar a Lobos a bombear si había gente del Guardia Provincial o vigilantes de la ciudad que le pudieran impedir dar un paseo por la Estrella.

Pero el Cuerudo guardaba un profundo resentimiento a aquel hombre, resentimiento que el gaucho ocultaba íntimamente, esperando el momento oportuno para dejarlo conocer con todo el encono de que se iba sintiendo poseído cada día que pasaba.

Era tal el dominio que Moreira ejercía sobre el Cuerudo, que solía caer a su casa buscando guarida, lo echaba de su cama y se acostaba a dormir en ella profundamente, sabiendo que aquel hombre no se había de atrever ni aún a pensar en matarlo cuando lo viera completamente descuidado o profundamente dormido.

be proud of it, if you despise my friendship, I'm leaving the district right now and you can be sure that no one will ever see my slashed face again, and bending down he lifted off the ground the money he had snatched moments before and offered it to Moreira with his left hand while he humbly held out his right.

Moreira put away his dagger, took the silver the Leather Man gave him and shook his hand with a certain disdain, returning to take his place among the players, who began to make fun of the Leather Man for having got so brave, to be finally being scared away so easily, in that shameful way.

–Gentlemen –said Moreira sternly–, whoever mocks this man must do what he has not done for lack of courage; there is no need to make such a mockery of him that what he did would be done by anyone in the same position, and if not, let see which one is more brave than him.

None of those men replied to Moreira's stern words and the jokes froze completely on all lips.

From that night the Leather Man was completely under the influence of Moreira, to the extreme of being a kind of pawn that he used to send to Lobos to inquire if there were people from the Provincial Guard or city watchmen that could prevent him from going to The Star.

But the Leather Man kept a deep grudge against that man, a grudge that the gaucho hid intimately, waiting for the right moment to let him know all the resentment that he felt, more and more, every day that passed.

It was such a dominion that Moreira exercised over the Leather Man, that he used to drop into his house looking for a den, throw him out of his bed and lie down to sleep deeply in it, knowing that the man would not even dare to think of killing him when he saw him completely unguarded or deeply asleep.

Dice el Cuerudo que cuando esto sucedía, él no podía pegar los ojos en toda la noche y si alguna vez se le había ocurrido darle una puñalada mientras dormía, se salía afuera temeroso de que Moreira, dormido, fuese a conocerle la intención y coserlo a puñaladas.

–Yo –añadía el Cuerudo–, sería capaz de pelear con una partida entera, con veinte hombres como Moreira, pero con él es inútil: se me caería el cuchillo de las manos y no tendría ánimo ni aún para disparar; ese hombre es el mismo diablo con traje de hijo del país.

Moreira conocía que la amistad de ese gaucho no le era leal, pero no paraba en ello la atención, confiando en que el Cuerudo se había de medir bien antes de hacerle una traición y conociendo que al fin y al cabo le profesaba un miedo descomunal.

–Cuerudo –dijo una noche Moreira al paisano–, esta noche me han ofrecido diez mil pesos y he dado una vuelta de azotes al que me los ofreció ¿qué te parece?

–Asigún y conforme –replicó el Cuerudo–, lo que es yo por diez mil pesos soy capaz, de ir a cuerear peludos a la misma loma del diablo. ¿Por qué le cayó al de la oferta?

–Le caí –dijo Moreira sombrío porque esa plata me la vinieron a ofrecer para que yo mate a don Pancho Bosch y como yo no he nacido para asesino ni para tolerar tales propuestas, le caí al hombre para que nunca se meta a proponer porquerías.

De todos modos, dicen que ese hombre es muy guapo y puede ser que si me topo con él lo pelee por lujo, porque a mí me gusta pelear a los que se tienen por buenos.

El Cuerudo debía algunos servicios al comandante Bosch, que entonces vivía en Lobos, así es que en cuanto pudo se vino y le comunicó lo que le había dicho Moreira.

El Gobierno de la Provincia, entre tanto había sabido el mal resultado de la expedición de los vigilantes y había ordenado las cosas

The Leather Man says that when this happened, he could not close his eyes all night long, and if it ever occurred to him to stab him while he slept, he would go outside fearful that Moreira, asleep, would come to know his intention and stab him.

–I –added the Leather Man– would be able to fight an entire police force, with twenty men like Moreira, but with him it is useless: the knife would fall from my hands and I wouldn't even have the courage to escape; that man is the same devil in the garb of a son of the country.

Moreira knew that this gaucho's was not loyal to him, but he did not stop paying attention to it, trusting that the Leather Man had to be very careful before betraying him and knowing that after all he feared him exceedingly.

–Leather Man –Moreira said one night to the countryman–, tonight I have been offered ten thousand pesos and I have whipped the one who offered them to me, what do you think?

–I would accept –replied the Leather Man–, for then thousand pesos I am capable of going to the devil's hillock. Why did you rejected the offer?

–I rejected it –said Moreira somberly, because that money was offered to me so that I could kill Pancho Bosch, and since I was not born to be an assassin or to tolerate such proposals, I whipped the man so that he would never gain propose such rubbish.

Anyway, they say that this man is very brave and it could be that if I run into him I'll fight him for pleasure, because I like to fight those who think they're good.

The Leather Man owed some services to the commander Bosch, who then lived in Lobos, so as soon as he could he came and told him what Moreira had told him.

The Government of the Province, meanwhile, had known the bad result of the expedition of the vigilantes and had ordered

de modo de poder dar con Moreira y reducirlo a prisión de una manera o de otra.

Fue entonces que encargaron en Lobos al Cuerudo que así que Moreira viniese a la Estrella a pasar unos días, avisara al juzgado que ya le tenía preparado el jaque mate que debía dar fin con la larga partida que el gaucho venía jugando a la justicia.

El Cuerudo regresó a su rancho donde acompañó a Moreira, hasta que éste le dijo una tarde:

–Me voy a la Estrella, Cuerudo, a pasar un par de días, porque ayer he hecho una buena jugada.

–No te vas –respondió el Cuerudo disimulando–, en Lobos te tienen ganas y la partida es brava.

–El que nació barrigón es al pepe que lo fajen, –replicó alegremente Moreira–, ya he dicho que no tengo el cuero para negocio y alguna vez me han de pegar la buena.

De todos modos yo ya no peleo por defender la vida porque el día que me maten será para mí un beneficio. Si peleo lo hago por lujo y para que no digan que me han matado de arriba.

Y saltó sobre su overo bayo con el Cacique a las ancas, alejándose al tranquito en dirección a Lobos.

things so as to be able to find Moreira and reduce him to prison in one way or another.

It was then that they ordered the Leather Man, in Lobos, to notify the court when Moreira would come to The Star to spend a few days, since they had already prepared the checkmate that would end with the long game that the gaucho was playing with the justice.

The Leather Man returned to his ranch where he accompanied Moreira, until he told him one afternoon:

–I'm going to The Star, Leather Man, to spend a couple of days, because yesterday I made a good move.

-You're not leaving –replied the Leather Man pretending to be concerned–, in Lobos they want you and the police force is fierce.

–The leopard doesn't change his spots –Moreira replied cheerfully–, I've already said that I don't have the leather for business and sometimes I'll have to be caught.

Anyway I no longer fight to defend life because the day I'm killed it will be a benefit to me. If I fight I do it as a luxury and not avoid they saying that I have been killed easily.

And he jumped over his spotted horse with the Chieftain at his rump, moving away at a trot in the direction of Lobos.

16

Jaque mate
Checkmate

Y era verdad, ya Moreira no podía esperar nada que alegrara su vida.

Su cabeza codiciada por todas las partidas de plaza y policía de Buenos Aires, no merecía para él la pena de defenderla, porque esperaba que la muerte apagaría de una vez para siempre la tormenta de martirios que rugía en su alma.

Su mujer, a quien tanto había idolatrado, se había ido en compañía de su hijo que era el único lazo que lo ligaba a la vida, y de aquel hombre odiado que había podido escapar a la venganza cuando la creía más segura.

Moreira, pues, como decía, no peleaba por defender la vida; deseaba que lo matasen pero que lo matasen como él debía morir rodeado de cadáveres de policianos y oficiales de partida.

Ya no dormía como antes, al lado de su caballo ensillado que debía ser su salvación en esos casos de apuro. Poco le importaba quedar a pie con tal de tener al frente bastantes enemigos con que combatir y sobre quienes disparar sus trabucos.

Moreira sabía que la Estrella estaba vigilada, que la menor imprudencia podía hacerlo caer en una celada que tal vez le fuese fatal,

And it was true, Moreira could no longer expect anything to brighten his life.

His head, coveted by all the police forces and also the Buenos Aires police, was not worth defending for him, because he hoped that death would extinguish once and for all the storm of martyrdom that roared in his soul.

His wife, whom he had idolized so much, had gone away in the company of his son who was the only bond that hold him to life, and of that hated man who had been able to escape revenge when he believed it to be in his hand.

Moreira, therefore, as he said, did not fight to defend life; he wished to be killed but to be killed as he must die surrounded by the corpses of policemen and detachment's officers.

He no longer slept as before, next to his saddled horse that should be his salvation in such cases of trouble. Little did he care to remain on foot in order to have in front of him enough enemies to fight and on whom he could shoot his blunderbusses.

Moreira knew that The Star was watched, that the slightest imprudence could make him fall into a trap that might be fatal to him, but he did not stop going and spend-

pero no dejaba de ir allí y pasaba dos o tres días, según andaba el humor y el bolsillo.

En Lobos estaba además de Juez de Paz el señor don Casimiro Villamayor, persona enérgica y rígida en el cumplimiento de sus deberes, que había de poner en juego todos los medios a su alcance para reducirlo a prisión.

El señor Villamayor había dado órdenes terminantes al capitán de la partida don Eulogio Varela y sabiendo que Moreira andaba en Lobos, se había dirigido al gobernador Acosta pidiéndole algunos vigilantes disfrazados para lograr mejor el golpe.

Moreira a pesar de saber todo esto, saltó sobre su magnífico caballo tomando la dirección de la Estrella.

La partida, pues, se preparaba esta vez, fatal para el paisano.

A más de la partida de plaza mandada por don Eulogio Varela, había en Lobos una fuerza de Policía a órdenes del señor don Pedro Berton oficial de policía, de la que formaba parte el sargento Chirino, famoso desde aquella época y a la que se había agregado el oficial Molina, también de la policía. Al comandante Bosch se había confiado el mando de la partida de plaza, y los vigilantes, mientras algunos curiosos, entre los que se contaban don Gabriel Larsen, se habían agregado a la expedición.

Así estaba preparado el pueblo a donde se dirigía Moreira a pasar dos o tres días de aventura.

Por el camino, Moreira había encontrado a Julián Andrade, gaucho muy valiente, a quien invitó a la parranda y a tomar parte en el combate que sostendrían contra el pequeño ejército que les esperaba.

Moreira, acompañado de Julián Andrade hicieron noche en una pulpería del camino y a la mañana siguiente se dirigieron a la Estrella, donde llegaron a las 11 a. m.

El Cuerudo, que había quedado bombeando el establecimiento, llevó el parte al Juzgado de paz, donde estaba preparada la

ing there two or three days, depending on his mood and his pocket.

Mr. Casimiro Villamayor was the Justice of the Peace in Lobos, an energetic and rigid person in the fulfillment of his duties, who was going to use all the means at his disposal to reduce him to prison.

Mr. Villamayor had given strict orders to the captain of the police, Mr. Eulogio Varela and knowing that Moreira was in Lobos, he had gone to the governor Acosta asking for some disguised vigilantes to better achieve the coup.

In spite of knowing all this, Moreira jumped on his magnificent horse taking the direction of The Star.

The police trap, then, which was being prepared this time, would be fatal for the countryman.

In addition to the police commanded by don Eulogio Varela, there was in Lobos a police force under the orders of don Pedro Berton, police officer, of which was part the sergeant Chirino, famous since that time, and the officer Molina, also of the police.

Commandant Bosch had been entrusted with the command of the police force and the vigilantes, while some curious people, including Gabriel Larsen, had joined the expedition.

The village where Moreira was going to spend two or three days of adventure was thus prepared to receive him.

On the way, Moreira had found Julián Andrade, a very brave gaucho, whom he invited to the party and to take part in the combat they would hold against the small army that awaited them.

Moreira, accompanied by Julián Andrade, spent the night in a pulpería on the road and the next morning they headed for The Star, where they arrived at 11 am.

The Leather Man, who had been checking the establishment, took the part to the Justice of the Peace, where the people who had

gente que había de prenderlo. Era el 30 de abril de 1874.

Entretanto Moreira y Andrade almorzaban alegremente un puchero de gallina, largamente rociado con un par de vasos de vino carlón "del que toma el cura".

La Estrella era una casa de negocio donde se comía, se bebía y donde despachaban hermosas mujeres, una de las cuales había merecido las más finas atenciones por parte de Moreira.

La esquina estaba ocupada por el café y en el primer patio había unas cinco o seis habitaciones, que servían de aposento de los parroquianos o de las maritornes.

Concluido el almuerzo, Andrade y Moreira pidieron una habitación cada uno para echar una larga siesta y cada uno en caso que vinieran a prenderlos, pudieran tomar a la partida entre los dos fuegos de sus trabucos, operación que les aseguraba el triunfo. Julián Andrade era un gaucho bravo, digno compañero de Juan Moreira, y capaz de ayudarlo de una manera eficaz pues no le faltaban entrañas para hacer una limpiada.

Así los dos amigos se dirigieron cada uno a su pieza, Andrade se entregó al reposo y Moreira salió afuera para acomodar su caballo a los fondos de la casa, calculando no tener más que saltar la pared para ponerse a su lado en un caso de apuro, volviendo en seguida acompañado del Cacique, a la pieza que había elegido.

En seguida se desnudó y se acostó en la cama, mientras Laura a su lado le contaba los preparativos que hacían para prenderlo y las ganas que le tenían.

Poco tiempo después, tanto Andrade como Moreira dormían profundamente sin sospechar tal vez que aquel día podía ser su último sueño.

Eran las dos de la tarde más o menos, cuando los vigilantes mandados por don Pedro Berton, la <u>partida de plaza</u> mandada por don Eulogio Varela y el comandante Bosch

to turn it on were prepared. It was April 30, 1874.

In the meantime Moreira and Andrade ate a chicken stew happily, sprinkled liberally with a couple of glasses of Carlon wine "the same that the priest drinks".

The Star was a bawdy house where people ate, drank and got beautiful women, one of whom had deserved the finest attention from Moreira.

The corner was occupied by the café and in the first courtyard there were about five or six rooms, which served as rooms for the parishioners or the prostitutes.

At the end of lunch, Andrade and Moreira asked for a room for each one to take a long nap, planning that in case they police came to catch them, they could take the police between the crossed fire of their blunderbusses, an plan that assured their triumph. Julián Andrade was a brave gaucho, worthy companion of Juan Moreira, and capable of helping him in an effective way since he did not lack the guts to fight bravely.

So the two friends each went to their own piece, Andrade gave himself to rest and Moreira went outside to place his horse at the back of the house, calculating that he would only have to jump over the wall to get to his side in a case of trouble, returning immediately accompanied by the Chieftain, to the room he had chosen.

He immediately undressed and lay down on the bed, while Laura next to him told him about the preparations they were making to turn him on and how much they wanted to catch him.

Shortly after, both Andrade and Moreira slept soundly without suspecting that it might be their last dream.

It was about two o'clock in the afternoon, when the vigilantes commanded by don Pedro Berton, the police commanded by don Eulogio Varela and the commander Bosch,

a cuyas órdenes iban todas las fuerzas y varios vecinos de Lobos, entre los que iba el joven Gabriel Larsen, llegaban cautelosamente a la Estrella.

Unos cuantos soldados de la partida a caballo y algunos vigilantes a pie quedaron del lado de afuera rodeando al edificio, mientras el resto entraba al patio.

El dueño del establecimiento dijo ignorar dónde se hallaba Moreira y el registro de la casa empezó a llevarse a cabo con suma prudencia y minuciosidad.

Adonde primero se dirigió la gente fue a una pieza cuya puerta entornada dejaba ver un paisano que dormía profundamente, en una silla al lado de la cama, se veían sobre un <u>chiripá</u> de paño dos grandes trabucos de bronce y una lujosa daga de larga y filosa hoja.

–Se acabó Juan Moreira, pensaron los soldados entrando a la pieza sin hacer el menor ruido y apoderándose de aquellas armas que debían ser tan terribles en manos de su dueño, a quien despertaron de pronto apuntándole al pecho con dos rifles, y ordenándose se entregara preso.

Inmensa fue la agonía que cruzó como un relámpago por la mirada de aquel hombre al ver sus armas en manos de aquellos soldados que le apuntaban al pecho.

Las miró con una especie de estertor, y dando un suspiro prolongado. Está bien, no me <u>maten</u> que estoy rendido, y dos lágrimas corrieron por sus pómulos.

Ya estaban atándolo cuando uno de los soldados de la partida, que lo conocía dijo:

–Ése no es Moreira compañeros es Julián Andrade, otro bandido.

Concluyeron de amarrarlo y empezaron a reconocer de nuevo las habitaciones en busca del terrible Moreira, temiendo se les hubiera escapado.

Así llegaron a una habitación completamente cerrada a cuyo dintel estaba el señor Bosch diciendo:

who commanded all the forces and several Lobos' neighbors, among whom was the young Gabriel Larsen, arrived cautiously at The Star.

A few soldiers from the mounted force and some guards on foot remained on the outside surrounding the building, while the rest entered the courtyard.

The owner of the establishment said he did not know where Moreira was, and the search of the house began with great prudence and thoroughness.

They went first to a room, the door of which was ajar and showed a countryman sleeping soundly, in a chair beside the bed, two great bronze blunderbusses and a luxurious dagger with a long and sharp blade were seen on the breeches.

–Juan Moreira is over, the soldiers thought, entering the room without making the slightest noise and seizing those weapons that must have been so terrible in the hands of their owner, whom they woke up suddenly pointing two rifles at his chest, and ordering him to surrender and be imprisoned. Immense was the agony that crossed like lightning through the eyes of that man when he saw his weapons in the hands of those soldiers who were aiming his rifles at his chest.

He looked at them, uttering a kind of wheezing sound, and a long sight. He said all right, don't kill me, I surrender, and two tears ran down his cheekbones.

They were already tying him when one of the soldiers from the party, who knew Moreira, said:

–That's not Moreira comrades, that's Julián Andrade, another bandit.

They finished tying him up and began to recognize the rooms again in search of the terrible Moreira, fearing that he would have escaped them.

Thus they arrived at a completely closed room, where near its entrance Mr. Bosch was saying:

–Aquí está el hombre, es inútil buscarlo en otra parte.

¿Qué sucedía entretanto en la pieza que ocupaba aquel hombre verdaderamente descomunal? Oigamos a la mujer que estaba con él.

Cuando los soldados hablaron en alta voz, creyendo haber atado a Moreira, éste se asomó al umbral y pudo ver a Andrade completamente rendido. El cuzquito ladraba de una manera amenazadora avanzando hacia la puerta entreabierta por su amo.

Moreira entró precipitadamente, echó los pasadores a la puerta y se puso a vestir rápidamente, revisando sus armas con minuciosa atención.

–¿Qué es eso? –le preguntó Laura–, ¿por qué cierras la puerta y te vistes tan ligero? Esa gente ha venido a prender al otro porque a vos no te han visto.

–Me vienen a matar –agregó Moreira con una expresión de inmensa fiereza–, me vienen a matar, lo conozco en el modo con que ladra el Cacique.

En ese momento golpearon fuertemente la puerta.

–¿Quién es? –preguntó Moreira sin apagar de sus labios la sonrisa de desdén.

–Es la justicia –contestó el señor don Pedro Berton, es inútil que se resista, amigo; entréguese y no se haga matar.

En esto Moreira abrió una hendija de la puerta, por donde echó a Laura y volvió a encerrarse precipitadamente.

–Entréguese amigo –insistió Berton–, porque si se resiste se va a hacer matar inútilmente.

Ya las medidas estaban hábilmente tomadas; al frente de la puerta se habían colocados tiradores, tomando los puntos, y a los flancos de la misma estaban soldados de la partida, el capitán Varela y el señor Bosch, de modo que toda tentativa de fuga era imposible.

–¿A quién he de entregarme? –preguntó Moreira, y se sintió el seco ruido que hacían los muelles de los trabucos al montarse.

–Here is the man, it is useless to look for him elsewhere.

What was going on in the room occupied by that truly great man? Let us hear the woman who was with him.

When the soldiers spoke aloud, believing they had bound Moreira, he leaned over the threshold and could see Andrade completely surrendered. His small dog barked in a threatening manner, advancing towards the door half opened by his master.

Moreira rushed in, threw the pins, fastening the door and quickly got dressed, checking his weapons with meticulous attention.

–What's that? –Why do you close the door and dress so fast? These people have come to arrest the other one because they haven't seen you.

–They're coming to kill me –Moreira added with an expression of immense ferocity–, they're coming to kill me, I know it because the way the Chieftain barks.

At that moment they knocked strongly on the door.

–Who is it? –Moreira asked without extinguishing the disdainful smile from his lips.

–It's justice –replied Mr. Pedro Berton–, it's useless for you to resist, my friend; surrender yourself and don't get yourself killed.

At this point, Moreira opened a crack in the door, through which he threw Laura out and hurriedly locked himself in again.

–Give yourself up, my friend –insisted Berton–, because if you resist, you're going to get yourself killed in vain.

The measures had already been skillfully taken; some marksmen had been placed at the front of the door, taking the key places, and on the flanks of it were the soldiers from the party, Captain Varela and Mr. Bosch, so that any attempt to escape was impossible.

–To whom shall I give myself? –Moreira asked, and the dry noise of the springs of the blunderbusses as they got cocked was heard.

–A la policía de Buenos Aires –contestó el joven Berton.

–Me cago en la policía de Buenos Aires –contestó Juan Moreira, y abriendo la puerta de par en par, apareció en el dintel sereno, y altivo, teniendo amartillado en cada mano uno de los trabucos.

La aparición de Moreira fue tan rápida y tan inesperada, que todos quedaron inmóviles y vacilantes.

El paisano aprovechó rápidamente el estupor que su aparición había causado; se dio cuenta de la situación, y comprendiendo que el mayor número de enemigos estaba a los flancos, tendió sus hercúleos brazos y disparó los dos trabucos que llevaron la muerte a las filas enemigas.

–¡Fuego! ¡Fuego! –gritó desesperadamente el oficial Berton; y sonó un fuego graneado, mal dirigido porque los soldados estaban profundamente conmovidos, y sin ningún resultado.

Moreira, entre tanto, soltando una alegre carcajada, volvió a entrar a la pieza y cerró rápidamente la puerta.

Y se sintió desde afuera cómo volvía a cargar los trabucos, golpeando las culatas contra el suelo.

–Entréguese y no se haga matar tan sin provecho, volvió a gritar Berton. Entréguese a la policía de Buenos Aires.

–Aquí no hay más policía que yo, hijos de una gran mala –y abrió de nuevo la puerta, presentándose en el dintel amartillando sus dos trabucos.

–¡Fuego! ¡Fuego a él! –gritó Berton animando a la gente; pero esta vez como la anterior, ninguno de los tiros pudo herir a Moreira.

El comandante Bosch hizo también fuego con una pistola que llevaba, por única arma, pero el proyectil aunque bien dirigido, sólo rozó el hueso pariental derecho.

Moreira apuntó sus armas una de frente y otra al flanco derecho, y disparó acompa-

–To the police of Buenos Aires –answered the young Berton.

–I shit on the Buenos Aires police –answered Juan Moreira, and opening the door wide, he appeared on the threshold serene and haughty, with one of the blunderbusses cocked in each hand.

Moreira's appearance was so quick and so unexpected, that everyone remained motionless and hesitant.

The countryman quickly took advantage of the stupor that his appearance had caused; he became aware of the situation, and understanding that the greatest number of enemies were on the flanks, he stretched out his herculean arms and fired the two blunderbusses that brought death to the enemy ranks.

–Fire! Fire! –shouted Officer Berton desperately, and they sustained an intense fire, misdirected because the soldiers were deeply shaken, and got no result.

Moreira, meanwhile, laughing cheerfully, went back into the room and quickly closed the door.

And they felt from the outside how he was reloading the blunderbusses, knocking its butts against the ground.

–Give yourself up and don't get yourself killed so pointlessly, Berton shouted again. Turn yourself in to the police of Buenos Aires.

–There's no policeman here but me, sons of a great whore –and he opened the door again, appearing on the threshold cocking his two blunderbusses.

–Fire! Fire on him! –Berton shouted cheering people on, but this time, like the last time, none of the shots could hurt Moreira.

Commander Bosch also fired with a pistol that he carried, as his only weapon, but the projectile, though well directed, only grazed the right pariental bone of Moreira.

Moreira pointed his weapons one at the front and the other at the right flank, and

ñando el doble disparo de una sátira a la policía.

Este disparo fue fatal para uno de los soldados de la partida y para don Eulogio Varela que recibió toda la descarga de un trabuco en la rodilla izquierda.

Moreira se encerró de nuevo en la pieza y se le sintió volver a cargar sus trabucos.

La gente estaba desmoralizada, y casi dominada por el inmenso valor de aquel hombre.

La muerte de un soldado y la grave herida del capitán Varela contribuían a aquella desmoralización; el mismo comandante Bosch, hombre noble y verdaderamente bravo después de descargar el único tiro de su pistola, se había retirado como descontento de aquella lucha tan desigual, que tendría que dar por resultado la muerte de un valiente.

Moreira abrió por tercera vez la puerta y se presentó armado de un solo trabuco; sin duda el otro se había descompuesto.

El capitán Varela, joven de un valor a toda prueba, y deseoso de medirse de igual a igual con aquel hombre, lo acometió sable en mano, sin lograr herirlo por el momento.

Moreira entonces le volcó el trabuco sobre la cara, pero al volcarlo había caído el fulminante y el trabuco no dio fuego.

Entonces el paisano, riendo siempre, tiró al rostro de Varela su inservible trabuco y saltó al medio del patio, enrollando en el brazo izquierdo su manta de vicuña y blandiendo en la diestra poderosa su terrible daga.

Al saltar Moreira al patio, daga en mano, todo el mundo disparó, quedando solo en el patio, frente al gaucho, don Pedro Berton, y el capitán Varela, que apenas podía moverse a causa del trabucazo que recibiera en la articulación de la pierna.

fired accompanying the double shot with a joke at the police.

This shot was fatal for one of the soldiers and for Don Eulogio Varela who received the whole discharge of a blunderbuss in the left knee.

Moreira locked himself again in the piece and he was heard reloading his blunderbusses.

The people were demoralized, and almost dominated by the immense courage of that man.

The death of a soldier and the serious wound of Captain Varela contributed to that demoralization; commander Bosch himself, a noble and truly brave man after discharging the only shot from his pistol, had withdrawn as if discontent with that unequal struggle, which would have resulted in the death of a brave man.

Moreira opened the door for the third time and presented himself armed with only one blunderbuss; the other one undoubtedly was out of order.

Captain Varela, a young man of unquestionable courage, and eager to measure himself on an equal footing with that man, attacked him saber in hand, without succeeding in hurting him for the moment.

Moreira then overturned the blunderbuss on his face, but when he overturned it the percussion cap had fallen and the blunderbuss did not fire.

Then the countryman, always laughing, threw his useless blunderbuss into Varela's face and jumped into the middle of the courtyard, wrapping his vicuña blanket around his left arm and wielding his terrible dagger on his powerful right hand.

As Moreira jumped into the courtyard, dagger in hand, everyone shot, leaving only in the courtyard, in front of the gaucho, Don Pedro Berton, and Captain Varela, who could barely move because of the shot he received in the joint of the leg.

Uno de los vigilantes que disparaba, pasó en ese momento al lado de Berton, quien le arrebató el rifle para disparar sobre Moreira. Éste, siempre sonriente, siempre despreciativo, sacó del tirador una pistola, puso los puntos a Berton que se había echado ya el rifle a la cara y le hizo fuego.

El pulso del gaucho era inalterable a pesar del peligro que corría, y su sangre fría asombrosa: como prueba de esto, su bala fue a incrustarse en la muñeca derecha de Berton quitándole toda la acción sobre el gatillo.

Moreira pudo disparar el otro tiro y concluir con aquel valeroso joven, pero volvió a guardar la pistola en el tirador, blandiendo de nuevo la daga.

–¡Fuego! ¡Fuego sobre él! –gritaba Berton, oprimiendo su articulación destrozada; pero los soldados se habían puesto a respetable distancia.

Entonces, el señor don Eulogio Varela, tan bravo como el mismo Moreira, arrastrando su pierna como podía, lo atropelló con la espada en la mano.

Y fue en verdad magnífico aquel choque, pues si el manejo, y la vista de Moreira eran fabulosos, el sable manejado por Varela era una arma terrible.

Aquellos dos hombres se acometieron rápidos y enérgicos, enviándose golpes de muerte.

Nos ha dicho el mismo señor Varela, que eran tan hercúleas las fuerzas de Moreira, que no podía desviar con la espada los golpes de aquella daga imponderable, que se movía en todas direcciones como una culebra de acero en contacto con una pila eléctrica.

No siendo bastante la espada, tenía que volcar el cuerpo a uno y otro lado, para evitar los hachazos que lo dirigía a la cabeza, cualquiera de los cuales, recibido, le hubiera partido el cráneo.

¡Fue magnífica la apostura de aquel hombre! Protegía el cuerpo con la manta en-

One of the guards who was shooting, passed by Berton, who took his rifle to shoot Moreira.

This one, always smiling, always scornful, pulled out a gun from the belt, aimed to Berton, who had already thrown the rifle in his face and fired on him.

The hand of the gaucho was steady, despite the danger he was in, and his cold blood amazing: as proof of this, his bullet went to embed itself in Berton's right wrist taking away all the action on the trigger of his gun.

Moreira could have fired the other shot and finished that brave young man, but he put the gun back in his belt, wielding the dagger again.

–Fire! Fire on him! –Berton shouted, oppressing his shattered joint; but the soldiers had put themselves away, at a respectable distance.

Then, Mr. Eulogio Varela, as brave as Moreira himself, dragging his leg as he could, ran over him with his sword in his hand.

And that collision was truly magnificent, for if the handling and the sight of Moreira were fabulous, the sword handled by Varela was a terrible weapon.

Those two men attacked each other quickly and energetically, sending each other death blows.

Mr. Varela himself told us that Moreira's forces were so Herculean that he could not deflect with his sword the blows of that imponderable dagger, which moved in all directions like a steel snake in contact with an electric battery.

Since the sword was not enough, he had to turn his body from one side to the other, to avoid the chops directed to his head, any of which, if received, would have broken his skull.

That man's aspect was magnificent! He protected his body with the blanket wrapped in

vuelta en el potente brazo, y acometía recio y deseoso de terminar con todos.

Su pupila fosforescente lanzaba intensos rayos de cólera cuyo contacto abrasador acobardaba a sus enemigos que retrocedían cediéndole el terreno palmo a palmo.

Los dos oficiales que mandaban aquella tropa iban perdiendo el ánimo, a medida que por sus heridas brotaba la sangre abundantemente y se veían abandonados por la tropa.

–¡Campo! ¡Campo maula! –gritaba Moreira, y los vigilantes retrocedían aterrados y los soldados de la partida daban vuelta la espalda, porque cada vez que el paisano pedía campo cargaba de firme esgrimiendo su daga que amenazaba a un tiempo todos los pechos.

El patio fue así conquistado ladrillo por ladrillo y Moreira se detuvo por fin jadeante, y respiró con inmenso placer el aire tibio de la siesta.

En ese momento Julián Andrade, haciendo un esfuerzo poderoso, había logrado deshacer sus ligaduras y había corrido a la calle buscando su caballo.

¡Vana esperanza! Apenas pasó el umbral de la puerta, desarmado como iba, fue acometido por los que rodeaban el edificio y herido de dos hachazos en la cabeza.

Andrade cayó esta vez completamente postrado; fue amarrado fuertemente y entrado de nuevo a la casa donde se llevó un nuevo ataque a Moreira.

Éste estaba en el medio del patio fatigado por larga lucha, pero sereno y tranquilo como si ningún peligro lo amenazara.

Su sedoso y negro cabello estaba pegado a la altiva frente por el sudor que le corría y por la sangre que, en pequeña cantidad, brotaba de una ligera herida de sable que había recibido en el hueso frontal sobre la ceja derecha.

Su pecho valeroso se levantaba y bajaba a impulsos de la respiración fatigosa, pero en

the powerful arm, and he rushed hard and eager to finish them all.

His phosphorescent pupils threw intense rays of anger whose scorching contact frightened his enemies who retreated giving him the ground inch by inch.

The two officers who commanded that troop were losing their courage, as their wounds gushed abundant blood and they were abandoned by the troop.

–Make way! Make way cowards! –shouted Moreira, and the vigilantes retreated, terrified, and the soldiers of the party turned their backs, because every time the countryman spoke, he carried his dagger, which at the same time threatened all the breasts.

The courtyard was thus conquered brick by brick and Moreira finally stopped panting, and breathed with immense pleasure the warm air of the afternoon at nap time.

At that same moment Julián Andrade, making a powerful effort, had managed to undo his bonds and had run to the street looking for his horse.

Vain hope! As soon as he passed the threshold of the door, unarmed as he was going, he was attacked by those surrounding the building and wounded with two chops in his head.

Andrade fell this time completely prostrated; he was tied tightly and moved again into to the house, where a new attack on Moreira took place.

He was in the middle of the courtyard, tired by the long struggle, but serene and calm as if no danger threatened him.

His silky black hair was stuck to the haughty forehead by the sweat that ran through it and by the blood that, in small quantity, sprouted from a slight saber wound that he had received in the frontal bone on the right eyebrow.

His courageous chest rose and fell at the impulse of his weary breathing, but on his dis-

sus labios desdeñosos no se había apagado aquella eterna sonrisa.

Y allí con la daga en la mano, siempre dispuesto a herir, esperaba la acometida que le traían por una parte vigilantes y soldados, y por otra, el capitán Eulogio Varela que animaba a la gente con la palabra y caminaba penosamente dispuesto a combatir con Moreira hasta matarlo o morir.

Este valiente oficial nos ha mostrado en Lobos la espada que llevaba ese día y hemos quedado asombrados al comprender por su lastimada hoja, toda la fuerza muscular de que estaba poseído Moreira y el magnífico temple de aquella espléndida daga que se hizo legendaria en manos de aquel hombre. La espada está llena de melladuras, mostrando dos o tres hachazos a la altura del tercio de la hoja, que la cortan hasta el revés. Moreira recibió aquella nueva acometida con tanto brío y pujanza que parecía que recién empezaba a combatir, y como lo cargaron muchos y de firme echó mano a la cintura buscando sus trabucos, con tal expresión de exterminio en la mirada, que le cedieron el campo disparando francamente.

El vigilante Chirino, hoy sargento de policía al servicio de la penitenciaría, se había ocultado detrás del brocal del pozo, temiendo que el paisano le hiciera algún disparo tan certero como el que rompió el brazo a don Pedro Berton, desde donde espiaba la oportunidad de una salida provechosa.

Varela acometió de nuevo a Moreira, que paró tranquilamente los golpes de sable que le tirara, diciéndole:

–Vaya a curarse, amigo, que usted no está para estas cosas.

Y en seguida, viendo que algunos vigilantes cargaban de lejos sus remingtons para hacerle fuego, pasó como una exhalación por delante del brocal del pozo, sin ver a Chirino que estaba allí oculto; y poniéndose la

dainful lips that eternal smile had not been extinguished.

And there, with the dagger in his hand, always ready to wound, he waited for the attack brought to him by vigilantes and soldiers on the one hand, and by Captain Eulogio Varela on the other, who encouraged people with his word and walked painfully ready to fight with Moreira until he could kill him or be killed himself.

This brave officer has shown us in Lobos the sword that he carried that day and we have been amazed to understand by its damaged blade, all the muscular strength that Moreira possessed and the magnificent temple of that splendid dagger that became legendary in the hands of that man.

The sword is full of dents, showing two or three chops at the height of the third of the blade, which cut it upside down.

Moreira received that new attack with so much energy and strength that it seemed that he had just begun to fight, and as he was charged by many, he firmly put his hand to his waist looking for his blunderbusses, with such an expression of extermination in his eyes, that they gave him the camp firing frankly.

The vigilante Chirino, today a police sergeant in the penitentiary service, had hidden behind the shaft of the well, fearing that the countryman would shot him as accurately as he shot Don Pedro Berton, breaking his arm; he was spying from there, looking for the opportunity of a successful attack.

Varela attacked Moreira again, who calmly stopped the saber blows he threw at him, telling him:

–Go and get well, my friend, you're not cut out for these things.

And then, seeing that some vigilantes were carrying their remingtons from afar to fire on him, he passed like an exhalation in front of the well's rim, without seeing Chirino who was hidden there; and putting

daga entre los dientes, se tomó de la pared con ánimo de pasar al otro lado donde estaba su caballo que era su completa salvación y la burla de toda aquella gente, que en vano había intentado matarlo a toda costa.

Ya había alcanzado con las manos al extremo de la pared; con dos pisadas más que diera sobre los salientes ladrillos estaba completamente a salvo, cuando una espantosa maldición salió como un trueno de su boca, su pie derecho se escapó del ladrillo donde se apoyaba y su mano derecha se desprendió de la pared.

¿Qué había sucedido que aquel hombre se había detenido a la mitad del camino prorrumpiendo en una maldición que pasó amenazadora por sobre la hoja de daga que conservaba en sus dientes?

¿Por qué daba vuelta la cara bañada súbitamente de honda palidez?

Es que a Moreira le había sucedido algo espantoso, que venía a arrancarle la victoria que tuvo siempre de su lado, mientras duró aquella sangrienta lucha.

Chirino que había visto pasar al gaucho con la daga entre los dientes, desde el brocal que le servía de escondite, salió rápidamente y cuando el paisano levantaba ya la pierna derecha para montar sobre la pared, terció su rifle y le sepultó la bayoneta en el pulmón izquierdo.

Tanto deseo de matar el gaucho tenía Chirino, tal fuerza imprimió al golpe, que la bayoneta hundió por completo el pulmón, atravesó el pecho y se enterró en la pared en una profundidad de más de cuatro dedos.

El cuerpo de Moreira faltó del apoyo del pie y brazo derecho, vino a quedar descansando se puede decir en la misma bayoneta que lo hiriera, pues la fuerza hercúlea de su pie izquierdo y de la mano que lo sostenía, se había debilitado por el dolor y por el frío del acero triangular envainado en el cuerpo.

Moreira dio vuelta la cara y miró a Chirino con sus negras pupilas brillantes, cuyo

the dagger between his teeth, he grabbed the wall with the intention of passing to its other side where his horse was, which was his only salvation and the mockery of all those people, who in vain had tried to kill him at all costs.

He had already reached the end of the wall with his hands; with two more footsteps on the protruding bricks he would be completely safe, when a frightful curse came out of his mouth like thunder, his right foot escaped from the brick where it rested and his right hand fell off the wall.

What had happened, stopping him in the middle of the way, with a threatening curse which he muttered over the dagger blade which he kept between his teeth?

Why did he turn his face, suddenly bathed in deep pallor?

Something terrible had happened to Moreira, who had come to take away the victory he had always had on his side, while that bloody struggle lasted.

Chirino, who had seen the gaucho pass by with the dagger between his teeth, from the curb of the well that served as his hiding place, quickly came out and when the countryman was already lifting his right leg to mount on the wall, he placed his rifle and buried the bayonet in his left lung.

Chirino's desire to kill the gaucho was so strong that the bayonet completely sank the lung, pierced the chest and buried itself in the wall at a depth of more than four fingers.

Moreira's body lacked the support of the foot and right arm, he came to rest on the same bayonet that wounded him, because the Herculean force of his left foot and of the hand that held him, had been weakened by the pain and cold of the triangular steel sheathed in his body.

Moreira turned his face and looked at Chirino with his bright black pupils, whose

fulgor bravío no había logrado extinguir la muerte que llevara a su cuerpo aquella bayoneta traidora que hería su espalda como si fuera la espalda de un ladrón o de un cobarde a quien la muerte sorprende en medio de la fuga.

–¡Ah!, ¡cobarde!, cobarde –murmuró, dejando caer la daga de entre los dientes–, a hombres como yo no se les hiere por la espalda, ¡no podés negar que sos justicia!

Su mano derecha, crispada por el dolor, empuñó la pistola de que se había servido para inutilizar a Berton y la pasó por sobre su hombro izquierdo, tratando de hacer puntería en la cabeza de Chirino que hacía fuerza para que la bayoneta vencida por el cuerpo de Moreira, no se desclavase de la pared. El resto de los vigilantes, incitados por la voz de Berton y Varela, cargaban en grupo para ultimar al paisano, cuando éste retorciéndose sobre la bayoneta como si ésta no le causara dolor alguno, inclinó la pistola e hizo fuego sobre la cabeza de Chirino.

La bola, hábilmente dirigida a pesar de la posición violentísima, rozó de arriba al ojo, la pupila izquierda del vigilante y fue a incrustarse en el pómulo.

Chirino cayó de espaldas lanzando un grito horrible y arrastró en su caída el rifle cuya bayoneta produjo un ruido fatídico al salir de la herida.

Moreira libre del arma que la mantuviera clavado en la pared, cayó al suelo de pie y con una expresión de suprema alegría recogió su daga.

–¡Aún no estoy muerto! ¡Aún no estoy muerto, maulas! –gritó, y blandiendo la daga arremetió al grupo que lo cargaba.

El aspecto de Moreira era entonces terrible; de su elevado pecho caía un torrente de sangre que empapaba hasta la espuela, sus ojos despedían llamaradas y el dolor había contraído aquella sonrisa altiva y desdeñosa que vagaba siempre por sus labios.

–¡A mí maulas! –prosiguió–, ¡a mí! Y blandió la daga con un movimiento poderoso

brave glow was not yet extinguished by the death that would bring to his body that traitorous bayonet that wounded his back as if it were the back of a thief or a coward whom death surprises in the middle of the escape.

–Ah, coward, coward –he muttered, dropping the dagger from his teeth–, men like me are not wounded in the back, you cannot deny that you are justice!

His right hand, crisp with pain, wielded the pistol that had been used to disable Berton and passed it over his left shoulder, trying to aim it at Chirino's head, which was pushing his bayonet, to keep Moreira pinned to the wall.

The rest of the guards, incited by the voice of Berton and Varela, were charging in a group to kill the countryman, when he twisted over the bayonet as if it did not cause him any pain, leaned the gun and fired over Chirino's head.

The ball, skillfully directed in spite of his painful position, grazed from above the eye of the watchman and went to be embedded in his cheekbone.

Chirino fell backwards with a horrible scream and dragged down the rifle whose bayonet made a fateful noise as it came out of the wound.

Moreira free of the weapon that kept him nailed to the wall, fell to the floor standing up and with an expression of supreme joy picked up his dagger.

–I'm not dead yet! I'm not dead yet, cowards! –he shouted, and wielding the dagger he lunged at the group charging him.

Moreira's appearance was then terrible; a torrent of blood fell from her lofty chest, soaking him up to the spurs, her eyes flickered, and the pain had contracted that haughty, contemptuous smile that always wandered on his lips.

–Come to me cowards! –He continued–, To me! And he brandished the dagger with

que detuvo la marcha de los que avanzaban a rematarlo.

El joven Gabriel Larsen que venía en el grupo armado de un revólver con el que apuntaba al gaucho, quedó estático ante aquella muestra de valor salvaje y aquella potente vida arraigada a aquel hombre varonil, que acometía poderosamente, con un herida que hubiera sido inmediatamente mortal para cualquier otro que no hubiera sido el coronel Sandez o Juan Moreira, dos naturalezas de bronce que se pueden llamar gemelas.

Larsen había quedado completamente asombrado, la vista de Moreira que avanzaba decidido aunque vacilante, lo había impuesto de tal modo que no tuvo aliento para disparar su revólver y su brazo derecho cayó a lo largo del cuerpo, completamente debilitado por el terror.

Moreira encogió el brazo lo acometió y se tendió en una larga puñalada tomando por blanco el pecho del joven que cerró los ojos y esperó el golpe automáticamente.

La daga no lo hirió, sin embargo, Eulogio Varela que estaba a pocos pasos, acudió a evitar el golpe con una abnegación suprema y convencido por experiencia que no había fuerza humana capaz de doblar aquella mano de acero, puso el brazo entre el pecho de Larsen y la daga de Moreira, recibiendo en él la terrible puñalada que, sin aquella valla de carne hubiera dado muerte al imprudente joven.

Moreira retiró la daga y miró a Varela, con una especie de admiración; quiso acometer de nuevo, pero un vómito de sangre le empapó por completo la pechera de la camisa haciéndolo caer sobre las rodillas, completamente debilitado por la copiosa pérdida de sangre.

Todos a una cargaron sobre él, apresurándose a concluir con el átomo de vida que le quedaba, mientras un nuevo vómito de sangre, más abundante que el primero salía de aquella boca en cuyos labios lívidos, el

a powerful movement that stopped the march of those advancing to finish him off. The young Gabriel Larsen, who was part of the group, armed with a revolver with which he pointed at the gaucho, remained static before that sample of wild courage and the powerful life rooted in that manly man, who still attacked fiercely, with a wound that would have been immediately deadly for any other than Colonel Sandez or Juan Moreira, two bronze natures that can be called twins.

Larsen had been completely astonished, the look of Moreira, advancing resolute but with faltering steps, had impressed him in such a way that he had no breath to fire his revolver and his right arm fell along his body, completely weakened by terror.

Moreira shrugged his arm, attacked him, and thrust a long stab wound, taking as target the chest of the young man who closed his eyes and waited for the blow.

The dagger did not hurt him, however, Eulogio Varela, who was a few steps away, came to avoid the blow with supreme self-denial and convinced by experience that there was no human force capable of bending that hand of steel, put his arm between Larsen's chest and Moreira's dagger, receiving in him the terrible stab that, without that fence of flesh would have killed that reckless young man.

Moreira removed the dagger and looked at Varela, with a kind of admiration; he wanted to attack again, but a vomit of blood soaked him completely in the chest of his shirt making him fall on his knees, completely weakened by the copious loss of blood.

One by one they all charged him, hastening to conclude with his remaining atom of life, while a new vomit of blood, more abundant than the first one came out of that mouth on whose livid lips, the exterior of death

exterior de la muerte no había logrado apagar la sonrisa de desdén.

El Cacique que lo había seguido paso a paso desde que salió de la pieza, se acercó solícito a lamer aquel semblante que la agonía iba apagando poco a poco, y Moreira, mirándolo con el último destello que quedaba en sus ojos entornados por la muerte cayó de boca pesadamente.

Entonces todos cargaron sobre él, cuya cabeza reposaba sobre el último vómito de sangre, última sangre de sus venas que salió al caer el cuerpo.

Así mismo aquel hombre excepcional levantó su brazo armado aún por la daga, y amagó una última puñalada pero aquel brazo que sólo la muerte podía haber debilitado, cayó por primera vez sin herir, para no volverse a levantar más.

Alzó entonces lentamente la cabeza y dirigió su última mirada llena aún de soberbia sobre el cuerpo de Chirino que estaba a pocos pasos y bajó poco a poco la frente empapada en sangre, y quedó tan inmóvil como un muerto.

Los actores de aquella verdadera tragedia quedaron parados, sin atinar a hacer un solo movimiento; una extraña sensación de respeto les alejaba de aquel hombre que había caído como un verdadero gigante dando pruebas de un valor imponderable y de un espíritu que no había logrado abatir la muerte dolorosa, terriblemente dolorosa a que había sucumbido.

Cuando vemos caer hombres como Juan Moreira, no podemos dominar el sentimiento de profunda tristeza que invade nuestro espíritu.

Sentimos respeto por aquel corazón esforzado, y no podemos mirar indiferentes la caída de uno de estos seres llenos de hermosas cualidades, con un espíritu noble o inquebrantable y dotados de un carácter hidalgo, lanzados al camino del crimen y empujados a una muerte horrible, por la maldad salvaje de uno de esos tenientes

had not managed to extinguish the smile of disdain.

The Chieftain, who had followed him step by step since he left the room, approached, licking that face that the agony was slowly extinguishing, and Moreira, looking at it with the last spark that remained in his eyes surrounded by death, fell heavily on his mouth.

Then all charged on him, whose head rested on the last vomit of blood, the last blood from his veins that came out when his body fell down.

Still then, that exceptional man raised his arm still yielding the dagger, and feigned a last stabbing but that arm that only death could have weakened, fell for the first time without hurting, not to raise ever again.

Then he slowly raised his head and directed his last look, still full of arrogance, on Chirino's body, which was a few steps away, and little by little he lowered his blood-soaked forehead, and remained as motionless as a dead man.

The actors of that true tragedy stood still, without being able to make a single movement; a strange sensation of respect kept them away from that man who had fallen like a real giant, demonstrating an imponderable courage and a spirit that had not managed to avoid the terribly painful death to which he had succumbed.

When we see men like Juan Moreira fall, we cannot dominate the feeling of deep sadness that invades our spirit.

We have respect for that hardened heart, and we cannot look indifferently upon the fall of one of these beings full of beautiful qualities, with a noble, unbreakable spirit and endowed with a noble character, thrown to the path of crime and pushed to a horrible death, by the savage evil of one of those lieutenant mayors of the campaign

alcaldes de campaña a quienes desgraciadamente está librado el honor y la vida del humilde y noble gaucho porteño.

Cuando los vigilantes se convencieron por la inmovilidad del cuerpo, de que Moreira estaba realmente muerto, se acercaron al cadáver y le dieron vuelta.

Se decía que Moreira era tan valiente y no había sido herido nunca, porque usaba cota de malla, y era preciso convencerse si aquello era cierto.

Los labios del cadáver estaban sonrientes, parecía que aún provocaba a la lucha con palabras despreciativas.

Aquellos hombres abrieron la pechera de la camisa y miraron aquel pecho admirable por su modelación lanzando un grito de asombro.

El pecho de Moreira estaba realmente cubierto por una cota, pero no era de malla de acero, sino un tejido de enormes cicatrices que lo cruzaban en todas direcciones, heridas cuya existencia no se había conocido nunca, porque el altivo paisano cuando las recibía, iba a curárselas donde nadie pudiera verlo.

Decían que una de aquellas cicatrices, que marcaba un largo de dos centímetros bajo la tetilla derecha, había sido recibida en la segunda lucha con Leguizamon.

Desde la cintura hasta los hombros se podían contar nueve heridas, de las cuales tres eran de arma de fuego en el muslo derecho, a la altura de la rodilla se veía una cicatriz de bala y su hombro izquierdo, a manera de presilla, estaba cruzado por un hachazo que había dejado allí una cicatriz de un centímetro de profundidad.

Esta era la cota de malla que había vestido Moreira para evitar la muerte que casi diariamente le había salido al encuentro.

Dos horas después de haber muerto aquel hombre excepcional, se presentó en la Estrella el señor don Blas Varela, tío del valiente capitán de partida de Lobos, que recogió y llevó a su casa a los heridos de aque-

whom unfortunately, have in their hands the honor and the life of the humble and noble gaucho of Buenos Aires.

When the vigilantes were convinced by the immobility of the body, that Moreira was really dead, they approached the corpse and turned it around.

It was said that Moreira was so brave and had never been injured, because he wore a coat of mesh, and it was necessary to convince himself if that was true.

The lips of the corpse were smiling, it seemed that he was still provoking the fight with scornful words.

Those men opened the chest of the shirt and looked at that admirable chest for its modeling, shouting in astonishment.

Moreira's chest was really covered by a coat, but it was not of steel mesh, but a tissue of enormous scars that crossed it in all directions, wounds whose existence had never been known, because the proud countryman when he received them, was going to cure them where no one could see him.

They said that one of those scars, which marked a length of two centimeters under the right nipple, had been received in the second fight with Leguizamon.

From the waist to the shoulders one could count nine wounds, of which three were gun wounds on the right thigh, at knee level one could see a bullet scar and his left shoulder, like a loop, was crossed by an chop that had left there a scar one centimeter deep.

This was the coat of mail that Moreira had dressed to avoid the death that had almost daily come out to meet him.

Two hours after that exceptional man died, Mr. Blas Varela, uncle of the brave departure captain of Lobos, appeared in The Star, he picked up and took home the wounded of that action, which were Eulogio Varela,

lla acción, que eran Eulogio Varela, Pedro Berton, el sargentino Chirino y dos más, donde recibieron los primeros cuidados.

Más tarde llegaron por un tren expreso tres cirujanos que envió el Gobernador de la Provincia y que procedieron inmediatamente a la cura, de aquellos heridos.

Al otro día de haber muerto Moreira, cediendo al empuje de tantos enemigos y dando una última prueba de su valor novelesco, llegaban al partido de Lobos comisiones de los pueblos vecinos para cerciorase por sus propios ojos que realmente Moreira había muerto.

En el rostro de todos los que miraban aquel cuerpo exánime se podía ver una expresión del más franco asombro, pues para todos los que conocían su tristísima historia, Moreira era un desventurado cuya muerte conmovía el espíritu de una manera inevitable.

Y aquel hombre cuya hermosura típica no había alterado la rigidez de la muerte y que momentos antes sembraba el terror entre sus enemigos estaba allí frío e inmóvil con la barba convertida en una masa de sangre coagulada y los labios entreabiertos por una última sonrisa, sirviendo de espectáculo a los innumerables curiosos que llegaban a la Estrella para verlo por última vez y contemplar las herida que había dado fin a aquella existencia desventurada.

Moreira fue enterrado en el cementerio de Lobos, veinte y cuatro horas después de su muerte, en una humilde fosa donde sólo se ve un número calado en una plancha de fierro. Nos contaba la buena vieja vasca, que en compañía de su marido cuida el cementerio de Lobos, que cuando todos se alejaron de aquel sitio fúnebre, se vio trepar al montoncito de tierra recién movida, un perrito que se echó allí y empezó a aullar de una manera tristísima.

Según aquella buena vieja, esta escena patética es la que más la ha conmovido desde que cuida aquel cementerio solitario, donde no se ven aquellos objetos pomposos con

Pedro Berton, Sergeant Chirino and two more, where they received the first care.

Later, three surgeons arrived by express train, sent by the Governor of the Province, and they immediately proceeded to cure the wounded.

The next day after Moreira died, giving in to the push of so many enemies and giving one last proof of his novel courage, commissions from the neighboring towns arrived to Lobos party to make sure by their own eyes that Moreira had really died.

In the faces of all those who looked at that lifeless body one could see an expression of the most frank astonishment, because for all those who knew his sad history, Moreira was a wretched man whose death moved the spirit in an inevitable way.

And that man whose typical beauty had not altered the rigidity of death and who moments before sowed terror among his enemies was there cold and motionless with his beard turned into a mass of coagulated blood and his lips ajar with a last smile, serving as a spectacle to the innumerable curious people who came to The Star to see him for the last time and contemplate the wound that had put an end to that unfortunate existence.

Moreira was buried in the cemetery of Lobos, twenty-four hours after his death, in a humble grave where only an iron plate with an engraved number can be seen.

The good old Basque old woman that in company of her husband takes care of the cemetery of Lobos, told us, that when everyone moved away from that funereal place, a little dog was seen climbing to the heap of earth just shifted, a little dog that lay there and began to howl in a very sad way.

According to that good old woman, this pathetic scene is the one that has moved her the most since she takes care of that solitary cemetery, where the pompous objects with

que la vanidad de los vivos adornan la soledad de los muertos.

Era el Cacique, el fiel Cacique, que no abandonaba a su amo, eligiendo por guarida aquel humilde montoncito de tierra.

Extraña lealtad y abnegación que hace a un perro muy superior al hombre mismo, que concluye por olvidar hasta el paraje que, en el seno de la tierra, descansan los seres que más se amaron en la vida.

Así terminó aquel gaucho que había nacido para ser feliz, por las hermosas prendas que adornaban su corazón y la conducta ejemplar que había observado hasta que la Justicia de Paz, esa terrible Justicia de Paz, se echó sobre él, como el buitre que abate su vuelo sobre la osamenta.

¡Pobre Moreira! Ni una mano amiga vino a cerrarle los párpados sobre la altiva mirada empañada por el exterior de la agonía.

El caballo, el célebre overo bayo, compañero inseparable de aquella especie de judío errante en su propia tierra, pasaría a poder de algún alcalde o sargento de partida; sus armas, aquellas terribles armas que tan temidas se habían hecho, pasaron a manos del juez del crimen que instruyó la causa del valiente Juan Moreira.

which the vanity of the living adorn the solitude of the dead are seen by nobody.

He was the Chieftain, the faithful Chieftain, who did not abandon his master, choosing that humble heap of earth as his den.

Strange loyalty and self-denial that makes a dog much superior to man himself, who concludes by forgetting even the place that, where in the heart of the earth, rest the beings who loved each other most in life.

Thus ended that gaucho who had been born to be happy, because of the beautiful virtues that adorned his heart and the exemplary conduct that he had observed until the Justice of Peace, that terrible Justice of Peace, fell on him, like the vulture that hovers over the skeleton.

Poor Moreira! Not even a friendly hand came to close his eyelids, on his haughty look tarnished by the outside of agony.

His horse, the famous spotted horse, inseparable companion of that kind of wandering Jew in his own land, would pass to the power of some mayor or sergeant of the police; his weapons, those terrible weapons that were so feared, passed to the hands of the judge of the crime that instructed the cause of the brave Juan Moreira.

17

El epitafio de Moreira
Moreira's epitaph

El día cuatro de mayo, como a las tres de la tarde, entró en el pueblo de Lobos un paisano de aspecto humilde, montando en un magnífico caballo zaino colorado.

Aquel hombre tenía la cabeza abatida sobre el pecho, como cediendo al peso de una horrible desgracia y no se preocupaba de apurar el pesado tranco de su caballo.

El paisano, siempre triste, con la mirada inmóvil sobre la cabeza de su pobre apero atravesó el pueblo por la calle principal, y recién al llegar a la plaza alzó la cabeza, dejando ver una mirada inteligente empañada por el dolor que se revelaba en su actitud sombría y lúgubre ademán.

Levantó la cabeza, decimos, y miró a todos lados como para orientarse del camino que debía seguir, camino en que le parecía no estar muy seguro, pues desmontó en un almacén y preguntó por dónde se podía ir al cementerio.

Uno de los gauchos que había en el almacén salió afuera, e indicó al paisano el camino que debía seguir, mirando con extrañeza a aquel desconocido que se alejó sin siquiera dar las gracias por el servicio recibido, descomedimiento que el gaucho atribuyó a la pena en que aquel hombre parecía ir sumido.

On the fourth of May, at about three o'clock in the afternoon, a humble looking countryman entered the village of Lobos, riding a magnificent red chestnut horse.

That man had his head down on his chest, as if giving in to the weight of a horrible misfortune and did not worry about hurrying the heavy stride of his horse.

The countryman, always sad, with his gaze fixed on the head of his poor saddle, crossed the village by the main street, and when he arrived at the square he raised his head, letting see an intelligent look tarnished by the pain that was revealed in his gloomy attitude and gesture.

He lifted his head, we say, and looked everywhere as if to orient himself on the path he had to follow, a path on which he did not seem to be very sure, for he dismounted in a warehouse and asked which way one could go to the cemetery.

One of the gauchos in the store went outside, and indicated to the man the path he should follow, looking with surprise at the stranger who left without even giving thanks for the service received, lack of good manners that the gaucho attributed to the sorrow in which the man seemed to be submerged.

El paisano siguió siempre al tranquito, hasta que llegó al cementerio, echó pie a tierra delante de la puerta de fierro, y sin atar siquiera su caballo, penetró al cementerio, cuyas tumbas interrogó con una mirada húmeda y vacilante.

Aquel hombre, sin despegar los labios para responder al comedido saludo de la vasca sepulturera, detuvo su mirada sobre el montón de tierra donde estaba echado el Cacique, y se dirigió allí con el paso vacilante, sacándose el sombrero con imponente respeto.

Llegó a la tumba solitaria, dobló en ella las rodillas y se pudo ver que de su ojos negrísimos y varoniles, caía un torrente de lágrimas que iban a rodar a la tierra que cubría los restos de Moreira.

El Cacique, que recibía siempre con amenazadores gruñidos a los que se acercaban a la tumba de su amo, se arrastró hasta aquel hombre y mientras lamía sus manos cariñosamente, se puso a aullar, con ese aullido triste y lastimero que emplean los perros en las situaciones lúgubres.

El paisano acarició la cabeza del noble animal, se puso de pie, cruzó los brazos y, clavó la mirada en aquella huesa miserable, permaneciendo así inmóvil como una estatua, y llorando silenciosamente, más de tres horas.

A la caída de la tarde, el hombre que cuidaba el cementerio fue a prevenir a aquella especie de estatua humana que iba a cerrar la puerta y que era necesario se retirara, pero el paisano estaba tan embebido en su pensamiento que fue necesario golpearlo al hombro y repetirle la advertencia.

Entonces sus labios temblaron a impulsos de los sollozos que lo sofocaban, por sus pómulos se deslizaron las últimas lágrimas, levantó al Cacique en sus brazos que seguía aullando lúgubremente y dio vuelta para tomar el camino que conduce a la salida del cementerio. ¡No alcanzó a andar dos pasos!

–Adiós Moreira –gritó con la voz entrecortada por los sollozos que hacían su palabra

The countryman always rode at a walk, until he reached the cemetery, set foot on the ground in front of the iron door, and without even tying his horse, he entered the cemetery, whose tombs he interrogated with a moistened and hesitant eye.

That man, without opening his lips to respond to the measured greeting of the Basque undertaker, stopped his gaze on the pile of earth where the Chieftain was lying, and went there with a hesitant step, taking off his hat with imposing respect.

He reached the solitary tomb, bent his knees on it and it could be seen that from his very black and manly eyes, a torrent of tears fell, going to roll to the earth that covered Moreira's remains.

The Chieftain, who always received with threatening grunts those who approached his master's tomb, crawled to that man and while he licked his hands affectionately, began to howl, with that sad and pitiful howl that dogs use in gloomy situations.

The countryman caressed the head of the noble animal, stood up, crossed his arms and stared at that miserable grave, thus remaining motionless like a statue, and crying silently for more than three hours.

At dusk, the man guarding the cemetery went to warn that kind of human statue that he was going to close the door and that it was necessary to withdraw, but the countryman was so absorbed in his thought that it was necessary to tap him on the shoulder and repeat the warning.

Then his lips trembled with the impulses of the sobs that suffocated him, the last tears slipped down his cheekbones, he lifted the Chieftain –that continued howling gloomily– in his arms and turned to take the road that leads to the exit of the cemetery. He did not manage to walk two steps!

–Farewell Moreira –he shouted, his voice broken by the sobs that made his words

casi ininteligible–, ¡adiós hermano Morei- ra! Daría toda mi vida por poder montarte en ancas de mi caballo y llevarte al rancho de la amistad –dijo, su voz espiró en un do- loroso gemido y salió del cementerio a la carrera, como si tuviera que hacer un vio- lento esfuerzo para arrancarse a la fuerza desconocida que allí lo retenía.

Llegó a su caballo sobre cuyo recado saltó sin tocar el estribo y acomodando al cuz- quito en el brazo izquierdo se perdió al ga- lope de su caballo.

Aquel paisano era el amigo Julián que, sa- biendo la muerte de Moreira, había venido a darle el último adiós sobre su tumba.

Moreira vive aún en la tradición de los pa- gos que habitó. Sus desventuras se cantan en <u>décimas</u> tristísimas y sus hazañas son el tema de los más sentidos y tiernos estilos, que cantan cada paisano, lamentando la muerte de aquel hombre fabuloso para ren- dirlo fue necesario que la Policía de Buenos Aires se pusiese en campaña eligiendo sus mejores soldados y pelear con él hasta que le quedó un átomo de vida.

Los paisanos que lo trataron sienten una especie de orgullo al recordar que fueron amigos de aquel hombre, y las partidas de plaza, recuerdan aún con cierto terror, los destellos de aquella mirada soberbia, cuyos rayos no podían sostener sin bajar la vista al momento.

Moreira no tiene paragón con ninguno de los muchos hombres de valor asombroso que han habitado nuestra campaña. El úni- co que se le acerca en algo es aquel terrible Juan Cuello que en los años comprendidos del cuarenta y siete al cincuenta y uno, tuvo aterrorizadas a la ciudad de Buenos Aires y a la misma mazorca, cuya vida y curiosísi- mas aventuras recién hemos concluido.

Juan Cuello es una narración que interesará sobre manera a nuestros lectores, por estar llena de episodios sumamente romancescos.

almost unintelligible–, farewell Moreira brother! I would give my whole life to be able to ride you on the rump of my horse and take you to the ranch of friendship, –he said, his voice exhaled in a painful groan and he left the cemetery swiftly, as if he had to make a violent effort to tear himself away from the unknown force that was holding him there.

He got to his horse on whose saddle he jumped without touching the stirrup and, accommodating the small dog in his left arm, he got lost, galloping in his horse.

That countryman was the friend Julián, who, knowing about Moreira's death, had come to give him his last goodbye on his grave.

Moreira still lives in the tradition of the districts he inhabited. His misadventures are sung in sad <u>décimas</u> and his exploits are the subject of the most heartfelt and tender styles, sung by every countryman, mourn- ing the death of that fabulous man, which only could be caught after the Buenos Aires Police campaigned hard, by choosing their best soldiers and fighting with him until he had only an atom of life.

The countrymen who dealt with him feel a kind of pride in remembering that they were friends of that man, and the police forces, still remember with a certain terror, the flashes of that superb eyes, whose gaze they could not sustain without lowering the sight immediately.

Moreira has no comparison with any of the many men of astonishing courage who have inhabited our campaign. The only one who comes close to him is that terrible Juan Cuello who, in the years from forty-seven to fifty-one, terrorized the city of Buenos Aires and the political police of Rosas itself, whose life and curious adventures we have just concluded.

Juan Cuello is a narrative that will interest our readers because it is full of extremely romantic episodes.

Andrea y su hijo, el pequeño Juan, se encuentran actualmente en casa del señor Aguilar, calle de la Victoria frente al cuartel de bomberos.

Cuando Vicenta oye hablar del tremendo Juan Moreira sus ojos se llenan de lágrimas y miran al suelo, como si buscara la tumba de aquel desventurado cuya existencia feliz fue cortada por el poder de un teniente alcalde de campaña.

¡He aquí los graves defectos que adolece nuestra célebre Justicia de Paz!

De un hombre nacido para el bien y para ser útil a sus semejantes, hacen una especie de fiera que, para salvar la cabeza del sable de las partidas tiene que echarse al camino y defenderse con la daga y el trabuco.

Es preciso convencerse una vez por todas que el gaucho no es un paria sobre la tierra, que no tiene derechos de ninguna clase, ni aún el de poseer una mujer buena moza en contra de la voluntad de un teniente alcalde. El gaucho es un hombre para quien la ley no quiere decir nada más que esta gran verdad práctica, el Juez de Paz de partido tiene derecho de remacharle una barra de grillos y mandarlo a cuerpo de línea.

Es tiempo ya de que cesen estos hechos salvajes y el gaucho empiece a gozar de los derechos que le otorgan la constitución y que ha conquistado con su sangre en todos los campos de batalla.

Cerraremos esta dramática historia, haciendo notar que todas nuestras críticas referentes a la organización de la Justicia de Paz en la campaña, obedecen a la noble aspiración de que los derechos imprescriptibles de ciudadano, con los cuales invisten al hombre las leyes divinas y las leyes escritas, sean respetados y garantidos en todas la latitudes del suelo argentino.

Andrea and her son, little Juan, are currently in Mr. Aguilar's house, calle de la Victoria in front of the fire station.

When Vicenta hears about the tremendous Juan Moreira, her eyes fill with tears and look at the ground, as if she were looking for the tomb of that unfortunate man whose happy existence was cut off by the power of a country deputy mayor.

These are the grave defects of our famous Justice of Peace!

From a man born for good and to be useful to his fellow men, they make a kind of beast that, to save the head of the sword from the police has to lie down on the road and defend itself with the dagger and the blunderbuss.

It is necessary to be convinced once and for all that the gaucho is not a pariah on earth, that he has no rights of any kind, not even that of possessing a good woman against the will of a deputy mayor.

The gaucho is a man for whom the law means nothing more than this great practical truth; the Justice of the Peace of the district has the right to rivet him a bar of shackles and send him to the corps of line in the frontier.

It is time that these wild events cease and the gaucho begins to enjoy the rights granted to him by the constitution, which he has conquered with his blood on all battlefields.

We will close this dramatic story, noting that all our criticisms regarding the organization of the Justice of Peace in the campaign, obey the noble aspiration that the imprescriptible rights of the citizens, granted to man by the divine laws and written laws, are respected and guaranteed in all latitudes of the Argentine soil.

18

La daga de Moreira
Moreira's Dagger

Concluida la historia de Moreira con que adornamos nuestros folletines, vino a nuestro poder la daga de aquel paisano legendario, que conservaba el señor Melitón Rodríguez como una verdadera pieza de Museo.

La daga de Moreira con la que llevó a cabo tanta hazaña verdaderamente asombrosa, es un arma que en nada se parece a las de este nombre que usan la generalidad de nuestros paisanos.

Esta arma cuya hoja es de un completo temple toledano, está entre la daga y el sable; mide ochenta y cuatro centímetros de largo, contando la empuñadura y sesenta y tres centímetros su hoja sola.

El ancho de la hoja tiene cerca de la empuñadura como cuatro centímetros y disminuye gradualmente a medida que se aproxima a la punta, hecha como su filo destruido ya, con una lima.

La empuñadura de plata maciza, con algunas incrustaciones de oro y llena de delicada obra de cincel, pesa 25 onzas; la forma de esta empuñadura es digna de estudio, pues a ella sin duda que Moreira debe la rara suerte de no haber sido herido nunca de hacha.

La S con que los paisanos adornan la empuñadura de sus dagas, les sirve para proteger

After writing the story of Moreira, published as a serialized novel, the dagger of that legendary countryman came to our possession. Mr. Melitón Rodríguez kept this dagger as a real museum piece.

The dagger of Moreira with which he carried out so much truly amazing feats, is a weapon that in nothing resembles those of the same name that the generality of our countrymen use.

This size of this weapon whose blade is of a complete Toledan temple, is between the dagger and the saber; it measures thirty three inches, counting its hilt and twenty four inches its blade alone.

The width of the blade, near the hilt, is 1.25 inches and gradually decreases as it approaches the tip, made like its edge already obliterated, with a file.

Its solid silver hilt, with some gold incrustations and full of delicate chisel work, weighs 25 ounces; the shape of this handle is worthy of study, because to it, without a doubt, Moreira owes the rare luck of never having been wounded by an chop.

The S with which the countrymen decorate the hilt of their daggers, serves to protect

su mano derecha de los golpes de hacha que con tanta maestría barajan.

Esta S hace converger todos los golpes de hacha en su parte saliente, pero en su parte entrante es fácil, muy fácil que los hachazos resbalen, yendo a herir el pecho del que la esgrime.

Moreira había corregido este defecto con increíble suspicacia, colocando en su daga una gran U, en vez de la S vulgar; de este modo había resuelto el problema de hacer converger a la curva de la U todos los golpes de hacha, sin riesgo de su cabeza, de su pecho, y de su mano, aunque exponiendo a la fuerza de los mismos hachazos a la U, que se ve rota y saldada en varios puntos.

El filo de esta arma curiosa bajo todos respectos, está lleno de melladuras, una de las cuales penetra como una línea en el cuerpo de la hoja, y que el capitán Varela supone ser un hachazo que él le tiró en la última lucha que sostuvo aquel hombre excepcional, y que paró con aquella parte del filo de la daga, golpe en que le quebró su propia espada.

Conociendo el peso y las dimensiones de esta arma, se puede calcular la prodigiosa fuerza muscular de aquel hombre, que sin la menor fatiga combatía con ella tan largos intervalos de tiempo.

Esta daga es la sola que usó Moreira, por lujo primero, y por necesidad después, siendo la misma que le regalara Adolfo Alsina, y a la que él solo hizo la modificación de la S cuando confió a ella sola la defensa de su vida.

La daga de Moreira es digna de figurar en un museo al lado de la espada del Cid o cualquier otra arma histórica que simbolice un brazo de extraordinaria pujanza y un corazón de un temple espartano.

Y ya que nos ocupamos otra vez de Juan Moreira en la descripción de su daga, para agregarla a la segunda edición que de su biografía hacemos, vamos a consignar un episodio de su vida que pinta admirable-

their right hand of the chops that they apply with so much mastery.

This S makes to converge all the chops in its salient part, but in its entrant part it is easy, very easy that the chops slip, going to hurt the chest of the one who wields it.

Moreira had corrected this defect with incredible intelligence, placing in his dagger a big U, instead of the vulgar S; in this way he had solved the problem of making all the chops converging in the curve of the U, without risk of his head, his chest, or his hand, although exposing the U to the force of the same chops, which is broken and settled in several points.

The edge of this weapon curious in all respects, is full of dents, one of which penetrates like a line in the body of the blade, and that Captain Varela supposes to be a chop he threw to him in the last fight that he maintained with that exceptional man, and that was stopped with that part of the edge of the dagger, blow in which he broke his own sword.

Knowing the weight and dimensions of this weapon, one can calculate the prodigious muscular strength of that man, who without the slightest fatigue fought with it so long intervals of time.

This dagger is the only one Moreira used, first for luxury, and later for necessity, being the same one Adolfo Alsina gave him, and to which he only made the modification of the S when he entrusted to it alone the defense of his life.

Moreira's dagger is worthy of appearing in a museum next to the sword of the Cid or any other historical weapon that symbolizes an arm of extraordinary strength and a heart of a Spartan temple.

And since we are once again dealing with Juan Moreira in the description of his dagger, to add it to the second edition of his biography, we are going to record an episode of his life that describes admirably the

mente las prendas raras de que estaba dotado y que conocimos después de haber concluido su historia, episodio que nos ha sido relatado por el mismo protagonista.

El doctor don Leopoldo del Campo, a quien hemos tenido la ventaja de conocer desde estudiante, es un noble carácter unido a una inteligencia clara y robusta, cultivada con verdadero desvelo y dedicación.

Leopoldo del Campo tiene verdadera pasión por la carrera que ha elegido, pasión que lo lleva a comprender las defensas más arduas, sin el menor interés, pues sus predilectas con aquellas de infelices procesados, que para pagar su trabajo no cuentan más que con su verdadero agradecimiento.

Es uno de aquellos bellos espíritus semejante al de Julián María Fernández, que hacen el bien por el solo placer de hacerlo.

Uno de tantos infelices defendidos gratuitamente por el doctor del Campo, era un paisano de Navarro cuyo nombre no recordamos en este momento, procesado por homicidio en la persona de otro paisano.

Del Campo puso su inteligencia y labor al servicio de este paisano con tan feliz éxito que pocos meses después lo sacaba libre de todo cargo, haciendo resplandecer su inocencia.

El paisano era un pobre diablo, cuyos únicos bienes de fortuna eran un pobre rancho en Navarro y unas pocas ovejas y vacas; pagó pues a su abogado con un agradecimiento sincero y ofreciéndose al gran defensor en lo que valía, por si alguna vez quería hacerle el servicio de ir a pasar una temporada a su rancho en compañía de su mujer y de sus hijitos a quienes enseñaría su nombre para que lo veneran sobre todas la cosas de la tierra; emprendiendo en seguida viaje para su pago con algún dinerito que le proporcionó el mismo del Campo para complemento de su acción noble y desinteresada.

Llegó un año de vacaciones en que del Campo tenía sendas tentaciones de ir a tomar

strange qualities he was endowed with and that we knew after having finished his story, an episode that has been told to us by the same protagonist.

Doctor Leopoldo del Campo, whom we have had the advantage of knowing since he was a student, has a noble character paired with a clear and robust intelligence, cultivated with true care and dedication.

Leopoldo del Campo has a true passion for the career he has chosen, a passion that leads him to undertake the most arduous defenses, without the slightest interest, since his favorites are those unhappy defendants who, in order to pay for their work, only count on his true gratitude.

He is one of those beautiful spirits similar to that of Julián María Fernández, who do good for the sole pleasure of doing so.

One of so many unhappy people defended for free by the doctor of the Field, was a countryman of Navarro whose name we do not remember at this moment, prosecuted for homicide in the person of another countryman.

Del Campo put his intelligence and labor at the service of this countryman with such happy success that a few months later he was released from all charges, making his innocence shine.

The countryman was a poor devil, whose only assets of fortune were a poor ranch in Navarro and a few sheep and cows; he therefore paid his lawyer with sincere gratitude and offering himself to the great defender for what he was worth, in case he ever wanted to do the service of going to spend a season at his ranch in the company of his wife and his little children to whom he would teach his name so that they would worship him above all things on earth. He immediately went to his district with some money provided by del Campo himself to complement his noble and selfless action.

There came a year of vacation in which del Campo was tempted to take a month's vaca-

un mes de campo sin ocurrírsele un amigo propietario a quien ir a pedir hospitalidad.

El nombre de su defendido olvidado tanto tiempo, se le vino al magín, ocurriéndosele que en ninguna parte sería mejor recibido que en aquel humilde rancho que con tanta franqueza le fue ofrecido.

Sin más ni más lió sus petates de viaje que no eran muy lujosos que digamos y tomó el tren de Lobos con el corazón rebosando de alegría estudiantil, dispuesto a pasar un mes de expansiones.

En Lobos alquiló un matungo de posta, y se largó camino de Navarro, navegando sobre el recado como uno de estos marineros ingleses que suelen bajar de abordo y alquilan un sotreta en la primer caballeriza con que se topan, prometiéndose un día de alto refocilamiento, aunque a la noche sepan volver más molidos que si les hubieran dado mil azotes, tendidos sobre el temible cañón de proa.

En aquellos tiempos la fama de Moreira llenaba aquellos alrededores, y era muy gaucho el hombre que se atrevía a hacer solo aquella cruzada, pero del Campo era joven y poco se preocupaba de agüerías y miedos. Apenas había andado unas cuatro leguas, cuando se encontró con un paisano hermoso, paquetísimo y montado sobre un magnífico caballo overo bayo, aperado con un lujo pintoresco.

En su cintura, sujeta a la espalda, en el tirador, se veía una larga y hermosa daga; sobre los costados, el paisano ostentaba un par de magníficos trabucos de un brillo deslumbrador, tal era su limpieza.

–Adiós demonios –pensó del Campo para sus adentros–, esta especie de parque humano no puede ser otro sino Moreira. Si de esta escapo con vida lo podré contar como milagro.

Tales eran las cosas que de Moreira habían contado a del Campo, que éste creía de bue-

tion, but could not think about any friend to go to him and ask for hospitality in the countryside.

The name of his long-forgotten defender came to the memory of del Campo, and it occurred to him that nowhere would he be better received than in that humble ranch that was so frankly offered to him.

Without any more hesitation, he prepared his travel luggage, which was not very luxurious as we might say, and took Lobos' train with his heart overflowing with youthful joy, ready to spend a month well entertained.

In Lobos he rented a horse at the post house, and left Navarro's way, riding on the saddle as one of these English sailors who usually come down from board and rent a bad horse in the first stable they encounter, promising themselves a day of much fun, although at night they return more tired than if they had been given a thousand lashes, lying on the fearsome bow cannon of a ship.

In those times Moreira's fame filled those surroundings, and it was a very gaucho man who dared to make alone that travel, but del Campo was young and had little concern for such things.

He had barely rode fifteen miles, when he met a handsome fellow countryman riding a magnificent spotted horse, dressed in picturesque luxury.

In his waist, attached to the back, in the belt, there was a long and beautiful dagger; on the sides, the countryman had a pair of magnificent blunderbusses of a dazzling shine, such was his cleanliness.

–What the Devil! –he thought to himself–, this heavily armed man cannot be any other than Moreira. If I can escape with my life, it would be a miracle.

Such were the things about Moreira that had been told to del Campo that he believed

na fe que el gaucho era un bandido asesino que se complacía en matar por lujo, como se dice en el campo.

Aquel apuesto gaucho encaminó su caballo hacia el del viajero, a quien dio un cortés "buen día amigo", preguntándole si no había visto en su camino un paisano acompañando una niña.

Del Campo había visto efectivamente una hermosa paisana acompañada de un hombre de campo que llegaron a la pulpería donde él había mudado caballo. Sin embargo, pensó que aquella pregunta era sólo un pretexto para entrar en conversación, exigirle más tarde el dinero que llevaba y coserlo en seguida a puñaladas para que no pudiera contar la cosa.

–Ésta es la introducción y más tarde vendrá la sinfonía –se dijo–. ¿Cómo diablos haré yo para salir airoso de ésta, montando tan detestable matungo? Sin embargo, dominando por completo todo recelo, repuso tranquilamente:

–Efectivamente, paisano, al salir de la pulpería donde mudé el caballo, llegaba un hombre acompañando una mujer bastante hermosa, pero no sé si siguieron o quedaron allí.

–Esos tienen una larga cuenta que ajustar conmigo –repuso el gaucho tomando un aspecto sombrío–, y usted amigo –añadió–, que parece pueblero ¿donde la va tirando tan mal montado en ese flacucho?

Del Campo creyó inútil ocultar el objeto de su viaje; así es que mirando al gaucho con su mirada inteligente le contó el objeto de aquel viaje improvisado.

–Voy –dijo–, a casa de Juan Almada (hoy conocemos el nombre del gaucho que había olvidado) yo lo defendí y lo saqué libre cuando estuvo preso, y como él me ofreció su rancho lo vengo a visitar.

–Es verdad, dijo el gaucho quedando un poco pensativo, ño Juan el chico (lo llamaban así para distinguirlo de Moreira, cono-

in good faith that the gaucho was a murderous bandit who was pleased to kill for luxury, as they say in the countryside.

That handsome gaucho directed his horse towards the traveller's, to whom he gave a polite "good day friend", asking him if he had not seen on his way a countryman accompanying a girl.

Del Campo had indeed seen a beautiful countrywoman accompanied by a country man who had arrived at the pulpería where he had changed his horse. However, he thought that this question was only a pretext to enter into conversation, to demand later the money he was carrying and to stab him at once so that he could not tell the story.

–This is the introduction, and later the symphony will come –he said to himself–. How the hell am I going to get out of this symphony, riding such a detestable horse? But, having completely mastered all suspicion, he replied calmly:

–Indeed, countryman, when I came out of the pulpería where I changed the horse, there came a man accompanying a quite beautiful woman, but I don't know if they are still there or if they went along.

–They have a long account to settle with me –said the gaucho, taking on a gloomy appearance–, and you, friend –he added–, who looks like a city dweller, where are you going, so badly mounted on that skinny horse?

Del Campo thought it useless to hide the object of his journey; so, looking at the gaucho with his intelligent gaze, he told him the object of that improvised journey.

–I'm going –he said–, to Juan Almada's house (today we know the name of the gaucho that I had forgotten), I defended him and freed him when he was in prison, and since he offered me his ranch I come to visit him.

–It's true, said the gaucho, remaining a little thoughtful, Juan the little (or so they called him to distinguish him from Moreira, also

cido también por Juan el grande) mató a uno, según decían, dándole dos puñaladas, y por eso lo mandaron a Buenos Aires para fusilarlo, según dijeron en el juzgado.

–Pero yo tuve la suerte de defenderlo –continuó del Campo–, probé que era inocente y lo soltaron, por eso él me convidó a que viniera a su rancho a pasear cuando anduviera desocupado.

Al oír estas palabras los ojos de aquel gaucho se dilataron por la más franca expresión de asombro, posé en el joven abogado su hermosa mirada y preguntó atónito.

–Y usted mozo ¿defiende a los hombres que están en desgracia? ¿Usted se los quita a las justicias y trabaja para devolver la libertad a los que tienen una desgracia en la vida?

–Esa es mi misión –dijo del Campo–, soy abogado y me ocupo de defender a todo hombre que tenga necesidad de mis servicios; cada uno tiene su oficio.

–Pero mi compadre, Juan –añadió el gaucho–, es pobre y habrá tenido que vender todo para pagarle a usted. ¡Oh! –continuó lleno de amargura–, los gauchos no somos hijos de Dios hay una maldición que nos acompaña.

–Se equivoca amigo –replicó del Campo bondadosamente–, aquel hombre me ha pagado con un apretón de manos, y aunque yo también soy pobre, con ese franco agradecimiento me considero bien pago.

Al oír esto, el gaucho se entregó al colmo del más inocente asombro; miró a del Campo mostrando una lágrima que brillaba en cada uno de sus párpados, y tendiéndole una mano, le dijo con la voz conmovida por un raro enternecimiento, mientras con la otra mano se quitaba el sombrero.

–Vaya con Dios, vaya con Dios y él lo bendiga, amigo, los hombres que se conduelen de las desgracias de los hombres, lo merecen todo en esta vida; Dios lo ayude en todo lo que usted emprenda.

known as Juan the Great) killed one, they said, by stabbing him twice, and that's why they sent him to Buenos Aires to be executed, as they said in court.

–But I was lucky enough to defend him –continued del Campo–, I proved he was innocent and he was released, so he invited me to come to his ranch to enjoy a holiday when I was not busy.

When he heard these words, the gaucho's eyes widened with the most frank expression of astonishment, he looked at the young lawyer with his beautiful gaze and asked in astonishment.

–And you young man, do you defend men who are in disgrace? Do you take them away from justice and work to restore freedom to those who have a disgrace in life?

–That's my mission –said del Campo–, I'm a lawyer and I'm in charge of defending every man who needs my services; everyone has his own job.

–But my buddy, Juan –added the gaucho–, is poor and will have had to sell everything to pay you. Oh –he continued, full of bitterness– we gauchos are not children of God, there is a curse that accompanies us.

–You're mistaken, my friend –replied del Campo kindly–, that man has paid me with a handshake, and although I'm poor too, with that frank gratitude I consider myself well paid.

On hearing this, the gaucho yielded to the uttermost innocent astonishment; he looked at del Campo showing a tear that shone on each of his eyelids, and holding out a hand to him, he said in a voice moved by a rare tenderness, while with the other hand he removed his hat.

–Go with God, go with God and may God bless you, my friend, the men who feel sorry for the misfortunes of men, deserve everything in this life; God help you in everything you undertake.

Del Campo quedó sorprendido ante aquel raro gaucho que así le hablaba y que había concluido por hacérsele fuertemente simpático; su asombro fue mayor cuando lo vio retirar la mano para enjugar una lágrima.

–Vaya con Dios lindo mozo –concluyó aquel hombre–, yo soy Juan Moreira, y si alguna vez necesita de mí, ocúpeme como si fuera su peón, que seré feliz en servirlo –ño Juan el chico, añadió, es compadre mío y dígale que Moreira le manda muchas memorias–, y clavando las espuelas en los flancos del overo, se alejó de allí a gran galope.

Del Campo quedó un momento sorprendido al saber que aquel hombre de carácter tan noble y tan fácil de enternecer era Juan Moreira, el tremendo Juan Moreira.
En seguida taloneó también a su matungo, cuyo galope de ratón de mercado sólo sujetó en el rancho de su antiguo cliente a quien narró el encuentro que había tenido.

Y con este nuevo capítulo creemos dejar terminada la narración que ha sido tan bondadosamente acogida.

Eduardo Gutiérrez

19

Epílogo
Epilogue

Terminado este capítulo, recibimos una carta en que se nos narran dos episodios de la vida de Moreira, que no conocíamos.
Va la carta en seguida, pues no queremos privar de ellos al lector.

Buenos Aires, marzo 20 de 1880.

Señor don Eduardo Gutiérrez.

Apreciable señor.

Al volver a ocuparse usted de Juan Moreira, tipo que ha hecho usted tan popular, no puedo dejar de hacer conocer de usted los hechos siguientes que tanto contribuyeron a dar a conocer aquel raro y noble carácter. Garanto a usted su veracidad.
El Viernes santo se le ocurrió a Moreira pasar a galope por frente a la iglesia de san Justo. No podía nadie pasar por allí a caballo y cinco de los soldados encargados de la vigilancia lo atacaron sable en mano: bajose Moreira y sin duda por ser día santo, sólo empleó el rebenque en la defensa, parando los golpes con el sombrero, pues no llevaba poncho.
Los soldados atacaban con brío al ver que Moreira no usaba sus armas, pero tan repetidos fueron los rebencazos, que volvie-

After ending this chapter, we received a letter narrating two episodes of Moreira's life, which we did not know.
The letter goes immediately, because we do not want to deprive the reader of them.

Buenos Aires, March 20, 1880.

Mr. Eduardo Gutiérrez.

Dear sir.

When you return to Juan Moreira, the type that has made you so popular, I cannot fail to make known to you the following facts that contributed so much to making that rare and noble character popular.
I guarantee you its veracity.
On Good Friday it occurred to Moreira to gallop in front of the church of St. Justo. Nobody could pass there on horseback and five of the soldiers in charge of surveillance attacked him with saber in hand: Moreira dismounted, and no doubt because it was a holy day, he only used his whip to defend himself, stopping the blows with his hat, because he did not wear a poncho.
The soldiers attacked briskly when they saw that Moreira did not use his weapons, but so repeated were the whippings, that they

ron al atrio de donde en mal hora salieron, haciéndose humo como dineros en cajas nacionales.

El otro episodio de esa vida temeraria es el siguiente:

La partida de san Justo al mando entonces del teniente Ponce hizo un día la tentativa de tomarlo y preparándose como para habérselas con ese ser que se había convertido en aviso permanente de su incapacidad y cobardía, hallolo en una fonda y lo que jamás hubiera creído, Moreira huyó. Envalentonados con ésta, al parecer muestra de temor, salen tras él con la algazara del que pretende animarse a sí mismo. Poco le duró el contento: pues, al llegar Moreira al paraje conocido por el "Estanque" vieron que se bajó, y desensillando con tranquilidad, ató el caballo con el lazo y se sentó en el recado.

El teniente hizo alto a respetable distancia y se pusieron a deliberar si debían o no llevarle un formidable ataque; hacían esto en medio de las sangrientas pullas del gaucho; se propuso la idea de no molestarlo, lo que obtuvo mayoría sin necesidad de cociente.

Volvieron a san Justo acompañados por las carcajadas de Moreira.

Me es grato hacer conocer a usted estos hechos, a los que su inimitable pluma sabrá llenarlos de ese gran interés que despierta siempre lo interesante cuando está bien escrito.

Me repito de usted humilde S. S.

Julio Llanos.

Chacabuco 464.

returned to the atrium from where in bad time they left, escaping as fast like money in national boxes.

The other episode of that reckless life is the following one:

The police force of San Justo at the command of Lieutenant Ponce, one day made the attempt to take him and preparing to deal with that being who had become a permanent sign of his incapacity and cowardice, they found him in a inn and against what the would have believed, Moreira fled. Emboldened by this, apparently a sign of fear, they go out after him with the enthusiasm of the one who tries to encourage himself. When Moreira arrived at the place known as the "Estanque", they saw that he got off and, unsaddling calmly, he tied his horse with the lasso and sat down on the saddle.

The lieutenant stopped at a respectable distance and they deliberated whether or not they should bring on him a formidable attack; they did this while Moreira mocked them mercilessly; they proposed the idea of not disturbing him, which obtained a majority, since nobody voted against it.

They returned to San Justo accompanied by Moreira's laughter.

I am pleased to let you know these facts, which your inimitable pen will know how to fill with that great interest that always awakens the interesting stories when they are well written.

Your Faithful Servant,

Julio Llanos.

Chacabuco 464.

Glossary

AL ÑUDO: Uselessly.

ARRIADOR: A whip with a short handle and a long thong, for herding.

BASTOS: Pads on which the saddle rests.

BOLEADAS: Hunting expeditions were the animals were captured or killed with boleadoras.

BOLEADORAS: An instrument consisting of two or three balls of stone or other heavy material, lined with leather and fastened with leather straps, which is thrown at the legs or neck of the animals to apprehend them.

BOMBILLA: Thin metal straw used to sip mate. It is about 8 inches long and the part that is introduced into the liquid ends in the form of an almond full of holes, so that only the infusion passes and not the herb of the mate.

CACIQUE: Indian chief.

CANEJO: Expression used to express surprise, disappointment, etc.

CAPITANEJO: Captain, subordinate to a chief who led a party of Indians.

CARONA: Leather cushion. Large piece of leather that is placed between the blanket and the bastos of the saddle.

CEPIADA: The action of applying or suffering the pain of being put in the stocks.

CHIRIPÁ (pl. **CHIRIPASES**): Baggy breeches. A rectangular woolen garment used by gauchos, usually tucked in at the belt and wrapped in various ways around the hips and thighs.

CHUSMA: In an Indian tribe, children, women and old people.

CHUSPA: Bag. Tobacco. Bladder used to store tobacco and cigarette paper.

CRIOLLO: Native child of a foreigner.

DÉCIMA: A décima is a ten-line stanza of poetry,

FACÓN: A facón is a fighting and utility knife widely used in Argentina, Brazil, and Uruguay as the principal tool and weapon of the gaucho of the South American pampas.

FIADOR: Part of the muzzle with a ring that surrounds the neck of the horse. The "fiador" preceded the modern muzzles: it is a leather ring that is placed on the top of

the neck of the horse, exactly in the line of union of this with the head. A leash that passes through the forehead of the animal (the "frentera" or "testera"), prevents the "fiador" from slipping.

GATO: The "gato" is a type of folk music and dance from Argentina, Bolivia, Paraguay and Uruguay. It is danced as a loose couple. The couple describes a loving game where the man courts the lady in an elegant and prudent way. They interrupt the music to recite "relaciones", "aros" or "bombas" which are the names given to these humorous couplets.

HUEYA: Country dance of loose couple and moderately soft and cadenced step, whose couplets are accompanied with a guitar.

JETEAR: Test a horse with the bit.

KEPÍ: A cylindrical or slightly conical cap with a horizontal visor, worn as a uniform by the military in some countries.

LADINO/A, LADINAZO: Clever, skillful.

LEGUA: Unit of measurement equal to 3.8 miles.

MALAMBO: Typical gaucho dance. Vivacious tap dance performed only by men and accompanied by a strumming guitar. One or several dancers may take part, who, loose and often in counterpoint, make various changes, with no other movements than those of the legs and feet.

MANCARRÓN: A horse which is old, slow or unusable, of little value.

MATE: An infusion prepared with the leaves of an American plant, dried or toasted and crushed, and poured into a pumpkin shell along with hot water, then sipped through a cane or a thin tube (bombilla), also called "yerba mate".

MAULA: Coward.

PAPELETA: The "papeleta de conchabo" or "libreta" was a mandatory document for all non-owners of property of working age in rural areas of Argentina throughout almost the entire 19th century. It was granted by the owners of ranches, and accredited that the laborer carrying it was employed at their orders. The civil, military or police authorities were authorized to demand its presentation, and otherwise to arrest and punish the offender as lazy. If the offender did not enjoy the health conditions required for military service, he was condemned to perform public services without pay for twice the expected years. The target group was the gauchos, inhabitants of rural Argentina, who were thus forced to submit to wage labor relations. The ulterior objective was to make cheaper the labor force for the rural tasks –essentially cattlemen– and to avoid the gauchos loitering in the ranches, with the consequent robbery of cattle.

PAREJERO: Horse trained to run in pairs.

PARTIDA: A small group of armed people, with a military or military-like organization.

PAYADA: The payada is competitive composing and singing of verses native to Argentina, Uruguay, southern Brasil, and parts of Paraguay, also called paya in Chile. It is a performance of improvised ten-line verse called décimas usually accompanied by guitar.

PAYADOR: Popular singer who, accompanied by a guitar and generally in counterpoint with another, improvises on various themes.

PELUDO: Species of armadillo, of medium and pointed ears, that has the shell with hirsute hair and abundant, although not very long. Drunkenness

PONCHO: A warm garment consisting of a square or rectangular blanket made of sheep's wool, alpaca, vicuña, or other fabric,

with an opening in the centre to pass the head, and hanging from the shoulders, usually below the waist.

PULPERO: Merchant who attends the pulpería.

PULPERÍA: Small grocery store and/or drinking establishment.

REBENQUE: Leather whip used by riders to stimulate their horses. Its hilt can be of different materials (wood, metal, cattle horn, etc.), lined in leather. It was also used as a weapon. The most important varieties are the argolla, talero and guacha.

REDOMÓN, REDOMONA: Horse in taming.

SANGRÍA: Sweetened red wine and orange or lemon juice with soda water.

TABA: This is the common name of the astragalus bone of the leg of the cow, sheep, etc. The taba game come from Spain, which in turn, inherited it from the Greeks. It consists of throwing into the air a taba of a cow, if when it falls is up the concave side or face, called luck, is won, and if it falls on the opposite side, called ass, is lost. If it falls on the side, there is no game.

TATA: Father; also used as a respectful treatment.

VARA: Unit of measurement, equal to about three feet.

VISTEADOR: The one who participates in a simulated fight. The criollo fencing is the knife fencing used by the gauchos, being accompanied by the poncho, rebenque and other criollo weapons. The visteadores used a stick or simply the index finger greased or smudged replacing the weapon to simulate a knife fight.

VISTEAR: Simulate, as a display of skill and dexterity, a knife fight.

VIZCACHA: A nocturnal rodent typical of the great plains, where it builds complex cave colonies. Its body is plump, the head large and wide, measures approximately 80 cm and its color is dark gray, with white belly. It lives in Peru, Bolivia, Chile and Argentina.

YERBA, YERBA MATE: It is used to make a beverage known as mate.

Other of our titles
Published as bilingual English & Spanish editions

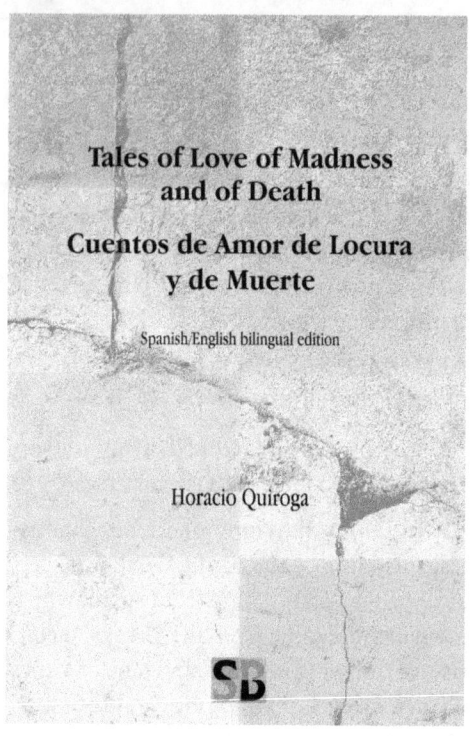

Available at:
amazon.co.uk

Available at
any Amazon store.

(search for don segundo
sombra: bilingual)

www.ingramcontent.com/pod-product-compliance
Lightning Source LLC
Chambersburg PA
CBHW051333020726
47501CB00007B/2055